Condamnée(s) au Silence
Salomé Plaza

© 2024 Salomé Plaza
Édition : BoD · Books on Demand, 31 avenue Saint-Rémy,
57600 Forbach, bod@bod.fr
Impression : Libri Plureos GmbH, Friedensallee 273,
22763 Hamburg (Allemagne)
ISBN : 978-2-3225-6115-5
Dépôt légal : Février 2025

« Le voile de l'omerta s'était déchiré, car le silence qui garantit la protection a toujours une date d'expiration, c'est-à-dire le moment où la vie d'une personne est en danger »

Roberto Saviano

« Les défauts de l'âme sont comme les blessures du corps. Quelque soin qu'on prenne de les guérir, les cicatrices paraissent toujours et elles sont à tout moment en danger de se rouvrir »

François de La Rochefoucauld

Prologue

Après une journée peu passionnante passée à préparer mes cours pour la rentrée qui approche à grand pas, je décide qu'il est temps de m'octroyer une pause bien méritée. Je regarde furtivement ma montre : dix-huit heures trente. Je ne pensais pas avoir travaillé tant de temps, je vérifie une seconde fois le cadran sur mon poignet pour être certaine que mes yeux ne m'aient pas fait défaut, mais l'heure indiquée reste identique. Je rassemble mes cours dans mon classeur rose et, ne prenant pas la peine de le ranger, je le laisse traîner sur la table à manger. Je me relève difficilement, peinant à tendre mes jambes tant celles-ci sont engourdies. Finalement, j'ai dû passer un bon bout de temps sur cette chaise, mais le travail a toujours été pour moi une activité dans laquelle je me donne corps et âme. Je sais que je peux y passer des heures et des heures presque sans m'en rendre compte tant la sensation d'exutoire que cela me procure est intense.

Ayant pris connaissance de l'heure tardive, je commence à me soucier de ne pas avoir vu Laurent rentrer. Mon époux est employé dans une petite usine textile et nous devions aller dîner dans un restaurant de la promenade afin de « célébrer », si je puis dire, la fin des vacances. Laurent devait, me semble-t-il, terminer sa journée vers dix-sept heures. Autrement dit, il devrait déjà être rentré depuis un bout de temps, sachant pertinemment qu'il ne serait jamais allé au restaurant sans s'être lavé ni apprêté au préalable. Étrange. Perplexe, je fronce les sourcils et me rassieds quelques minutes pour réfléchir. J'essaie d'imaginer où il peut bien être, mais rien ne me vient à l'esprit pour justifier son retard. Étant de nature très angoissée, je commence tout naturellement à m'inquiéter. Je déteste les imprévus, j'ai besoin de tout contrôler. Si mes journées ne se passent pas comme je les ai imaginées, l'anxiété apparaît, me paralysant dans certaines situations extrêmes. Il faudrait moi aussi que j'aille me préparer mais je décide de joindre Laurent avant. J'ai besoin de me rassurer, de le savoir en sécurité et en bonne santé.

La sonnerie dans le vide me cingle les oreilles. Interminablement. Aucune réponse. Deuxième appel, toujours rien. Mais que fait-il bon sang ! Commençant à vraiment m'inquiéter, je m'apprête à enfiler une tenue correcte afin de me rendre à son travail. Les mains moites et le cœur battant de plus en plus vite, je m'assieds sur le canapé, tentant de reprendre mes esprits. Cela ne sert à rien d'agir sur un coup de tête. Chercher c'est bien, mais encore faut-il savoir où. J'aimerais parvenir à prendre ce recul, mais je n'y arrive pas. Trop inquiète pour rester ainsi, je me lève et me dirige vers les escaliers abrupts de notre maison, me tenant fermement à la rambarde et continuant à composer le numéro de Laurent de ma main gauche. Je ne peux m'empêcher de me tenir, ces escaliers m'ont toujours terrifiée.

Plusieurs fois par jour, je crains de manquer une marche tant ceux-ci sont dangereux. Je me dirige dans notre chambre afin d'enfiler les premiers vêtements qui me tombent sous la main, ma douche attendra, quand soudain, je sens mon téléphone vibrer. Un message. Fébrile, je déverrouille mon portable.

« Plus de batterie. On se rejoint devant le resto. »

Pas de *« bisous »* ni de *« je t'aime »*, étrange... Ce n'est pas dans ses habitudes d'être si froid. Je place cela sur le compte de mes nombreux appels. Laurent est un solitaire qui ne supporte pas d'être épié, chose que je comprends totalement, mais qui, parfois, me déplaît. Nous avons parfois quelques éclats de voix avec mon mari à ce sujet, mais mes arguments ont toujours fini par le faire céder. Je ne crains pas l'infidélité, persuadée que s'il veut me tromper, c'est que je n'ai pas su lui offrir ce qu'il recherchait. Autrement dit, ce serait pour le rendre plus heureux. Ne voulant que son bonheur, je serais prête à l'accepter, bien que cela soit forcément difficile. Mon petit côté intrusif ne part pas d'une mauvaise intention, mais je sais qu'il agace parfois. Passant outre, je me dirige à gauche, en haut des escaliers afin de rejoindre la salle de bain. Comme à mon habitude, je verrouille la porte. Il n'y a certes personne dans la maison, mais je ne peux m'empêcher de fermer la porte à clé. Vieux réflexe de gamine, sûrement. Pudique depuis ma plus tendre enfance, je craignais toujours que quelqu'un entre dans la salle de bain alors que j'y suis dans mon plus simple appareil. Je crois que j'ai été traumatisée par un petit garçon qui avait ouvert le rideau d'une cabine d'essayage alors que j'étais en sous-vêtements et j'en garde toujours un horrible souvenir, même vingt ans après. Je sais que c'est débile, personne d'autre que mon mari et moi-même ne vit ici et cela ne peut pas me déranger qu'il me surprenne nue, mais je ne peux balayer une habitude bien ancrée aussi facilement.

Une fois en sécurité, j'allume la radio afin d'écouter les musiques proposées. Comme il n'y a personne, je me permets de mettre le son bien fort, couvrant les bruits habituels d'une maison qui me terrifient lorsque je suis seule. Je retire mon survêtement et fais couler un bain bien chaud. Eh oui, même en été, je ne peux me passer d'une eau brûlante pour me laver. Je ne mets pas le chauffage, mais ce n'est pas l'envie qui me manque, non pas que j'aie froid, mais cette chaleur ambiante me rassure. J'ai l'impression d'un agréable cocon bien rassurant. Comme à mon habitude, je scrute partie par partie mon petit corps se reflétant devant le miroir, vérifiant d'un simple coup d'œil mon apparence. On me définit souvent comme une femme superficielle, tout ce que je ne suis pas. Je prête une très grande importance à mon apparence physique. Toujours être bien coiffée, bien habillée, bien maquillée, mais je ne suis pas superficielle, je suis simplement coquette et obsédée par le paraître. J'aime faire bonne impression et renvoyer une belle image de moi-même. Il est totalement inconcevable pour moi de sortir avec des vêtements mal accordés, pas impeccables ou encore avec les cheveux sales.

Satisfaite par le reflet que je vois, je souris et me glisse dans mon bain plein de mousse. Je me prélasse et me détends, oubliant l'espace d'un instant mon compagnon qui doit m'attendre. Il ne m'a pas répondu et bien moi, je vais le faire patienter. Je suis comme cela, rancunière au possible. Entre deux chansons que je massacre avec ma voix catastrophique, je frotte vigoureusement mes cheveux ainsi que ma peau pâle. Après une bonne heure, et me sentant enfin impeccable, je décide qu'il est grand temps de sortir. J'attrape une serviette blanche et éponge mes longs cheveux ébène. Une fois sèche, je passe la tenue que j'avais imaginée, composée d'un pantalon noir évasé et d'un body blanc à manches courtes. Je sèche mes cheveux, les lissant parfaitement. Ayant réussi à dompter mon épaisse chevelure, je les laisse libres. Je me maquille d'un simple trait d'eye liner et d'un rouge à lèvres rouge foncé, presque bordeaux. Mes petits yeux noirs étant bien mis en valeur, je peux enfin apprécier pleinement mon image. Me sentant propre et jolie, je ne peux m'empêcher de sourire. C'est une chose difficile de se plaire, alors autant en profiter quand cela arrive. S'aimer et s'accepter est un long chemin, je ne vais pas dire que je me trouve particulièrement magnifique, mais je parviens de plus en plus régulièrement à me trouver jolie.

Il est presque vingt heures lorsque je suis enfin prête à partir. Je regarde furtivement mon portable, pas de nouveau message. Pas vraiment étonnant sachant que Laurent n'avait plus de batterie. Nous avions convenu dix-neuf heures trente au restaurant, il doit vraiment s'impatienter. J'enfile rapidement une paire d'escarpins noirs de douze centimètres, ne sortant jamais sans ma paire de talons hauts. Je ne suis pas très grande, tout juste un mètre soixante et pour me différencier d'une adolescente, il faut que j'adopte une tenue très féminine. Certains diront que je triche, voire pire, que cela fait vulgaire. Je me moque de ces remarques, je ne les entends même plus. C'est ainsi que je suis à l'aise et quand bien même je leur plaise, mon cœur est déjà pris. Je sais que je ne suis pas une femme vulgaire, c'est même tout l'inverse. Fut un temps où j'aimais séduire, mais maintenant je n'en ai plus besoin. Je saisis également une petite veste en jean noire. Me voilà prête à partir. Je prends mon sac à main fétiche, un sac rose et blanc que j'ai depuis très longtemps mais que j'aime énormément. C'est ma mère qui me l'a offert à mes vingt ans, le dernier cadeau qu'elle m'a fait avant de succomber à un cancer du pancréas. J'en prends très soin, je prends toujours soin de mes affaires, mais encore plus de celui-ci.

Je claque fortement notre imposante porte d'entrée anthracite afin de la fermer correctement. Celle-ci étant un petit peu difficile à verrouiller, il ne faut pas hésiter à forcer, produisant un bruit assourdissant à chaque fois. Même avec toute la bonne volonté du monde, il est impossible d'être discret en franchissant cette porte. Étant dos à ma maison, je me dirige sur la droite de notre jardin afin de rejoindre le garage et d'en sortir ma voiture. Manquant de me tordre une cheville dans les graviers qui jonchent notre cours, je parviens tant bien que mal à ouvrir le portail. Il faudrait vraiment que nous refassions les deux allées qui nous permettent de sortir, un jour, je finirai par vraiment me blesser. Je m'installe dans ma Mini rouge et prends la route pour rejoindre le restaurant. Comme à mon habitude, j'allume l'autoradio afin de donner un petit peu de vie et de bruit. J'ai horreur du silence, l'impression que tout peut survenir d'un instant à l'autre. Les crimes se passent dans la discrétion, alors je me noie dans le bruit afin d'occuper mon esprit pour ne pas trop penser. Je ne supporte pas de n'entendre que ma respiration. J'ai besoin de combler le silence par la musique, constamment.

Le soleil commence doucement à se coucher, le ciel est orange. Éblouie par cette lumière criarde, je saisis mes lunettes de soleil dans la boîte à gants afin d'améliorer ma visibilité. C'est un vrai plaisir pour moi de conduire sous ce temps, j'ai l'impression d'être dans un rêve. Ce coucher de soleil sur la mer, que demander de plus beau ? Pour rien au monde je ne changerais ce paysage si apaisant. Il n'y a plus grand monde sur les routes, les Niçois étant déjà rentrés du travail pour la plupart. Il n'y a personne mais je roule doucement, ne dépassant pas les cinquante kilomètres heure, je veux profiter de ce paysage éphémère. Cette beauté me semble tellement artificielle. Les belles couleurs de la fin d'août se dissipent peu à peu, laissant place à un ciel bleu se fonçant chaque minute davantage.

Mes lunettes ne m'étant déjà plus utiles, je les retire. En les enlevant, les couleurs me paraissent tout de suite plus fades. Me voilà de retour dans la réalité. J'ai pu m'en échapper l'espace d'un instant, bonheur éphémère. Je continue ma route, observant les derniers vacanciers rentrer de la plage, serviette sur l'épaule et tongs qui claquent contre le sol ; quel style ! Cela me fait toujours rire d'observer les touristes. Lorsque l'on habite et travaille dans une station balnéaire, il est habituel de croiser, en été, de nombreux vacanciers, habillés plus que décontractés. Pour ma part, cela ne me concerne pas trop. Je suis en vacances en même temps que les enfants de France, mais j'imagine que pour les bureaucrates, cela doit être perturbant, voire un petit peu triste, d'observer les autres s'amuser alors qu'eux doivent travailler sous cette chaleur écrasante.

Après un bon quart d'heure de route, j'arrive enfin sur le parking des plages. Je sors de ma voiture, prenant mon sac à main au passage et me dirige vers le restaurant, pressant le pas. Je zigzague entre les nombreux passants. Mes talons claquent contre le sol, annonçant ma présence aux personnes devant moi. De loin, j'aperçois notre restaurant habituel, un gastronomique, mais étrangement, il n'y a personne devant. Aucune silhouette connue, proche ou lointaine, n'attire mon regard. Je presse le pas, perplexe. Cela ne ressemble absolument pas à Laurent de me faire faux bond. Une fois devant la bâtisse, j'observe les bords de plage, mais ne remarque nullement la silhouette de mon conjoint. Étrange... Les battements de mon cœur s'accélèrent, tout comme ma respiration. Je commence à angoisser, mais ne voulant pas entrer dans une crise de panique pour rien, je décide d'entrer dans le restaurant, simplement pour vérifier que Laurent ne soit pas à la table réservée à notre nom.

— Bonsoir. Aviez-vous réservé ?
— Oui, au nom de Louvier.
— Une table pour deux personnes à l'intérieur. Bien, suivez-moi Madame.

Le serveur ne semblant pas surpris de me voir seule, je le suis jusqu'à notre table, espérant y retrouver mon compagnon. Dès lors que le serveur m'indique ma table, je déchante. Je reste debout, totalement sous le choc. Table vide. Personne à qui faire face. Mais où peut-il bien être ?

— Il y a un souci madame ? Préféreriez-vous une autre table ?

— Non, non, ce n'est pas cela. Dites-moi, personne ne s'est encore installé ici ?

— Non, cette table vous était réservée.

— Mon conjoint n'est pas venu ?

— Non, Madame.

— Bien, merci quand même. dis-je, quittant le restaurant encore plus angoissée qu'avant.

Étant totalement désarmée, je commence à m'imaginer tous les scénarios possibles, des plus farfelus aux plus pragmatiques. Est-il en retard ? Est-il coincé quelque part ? A-t-il eu un accident ? Est-il à l'hôpital, blessé ? Paniquée par cet imprévu, et imaginant que tout cela est dû à mon retard, je porte machinalement ma main droite à ma bouche, rongeant frénétiquement mes ongles, abîmant au passage ma belle manucure rouge. Mais que fait-il bon sang ? Sans grand espoir, je compose une énième fois son numéro de téléphone. Messagerie, sans surprise. Totalement déboussolée et perdue, je m'assois sur un banc en pierre de la promenade, face au restaurant, guettant son potentiel passage. Vingt-et-une heures, la nuit est déjà pratiquement tombée et seules les enseignes lumineuses animent les rues. C'est un cadre que j'apprécie beaucoup et qui, d'habitude, m'apaise. Ce soir, tout est différent, j'aimerais agir, le chercher mais j'en suis plus qu'incapable, mes membres m'empêchent de me mouvoir. Les mains moites et le cœur battant la chamade, je suis à deux doigts de faire une crise d'angoisse, mais je parviens à me ressaisir, surprise mais fière de moi.

Après de longues minutes passées sur ce banc à reprendre mes esprits, je m'apprête à vraiment chercher Laurent. La nuit est maintenant vraiment tombée, amenuisant considérablement ma visibilité. Éclairée par les réverbères et la lune, je me faufile énergiquement à travers la foule, me dirigeant vers ma voiture. Dans le brouhaha général, il me semble entendre mon téléphoner sonner, je m'écarte légèrement du monde, me rapprochant de la mer, et sors mon téléphone de mon sac. Un numéro inconnu s'affiche sur mon écran. J'hésite un instant à répondre, ne sachant pas qui se trouve à l'autre bout du fil. Espérant obtenir des nouvelles de mon conjoint, je décroche.

— Allô ?
— Bonsoir, vous êtes bien madame Louvier ?

— Tout à fait. réponds-je, inquiète.

— Madame, votre conjoint vient d'être transféré à l'hôpital Pasteur à la suite d'un grave accident de la route survenu sur la départementale. Ne vous inquiétez pas, ses blessures sont sans gravité, mais il serait bien que vous veniez le chercher.

— J'arrive tout de suite. réponds-je, le regard dans le vide.

Légèrement affolée par la nouvelle qui vient de me tomber dessus, je sens mes muscles se crisper. Mes jambes flageolent, mais je n'ai pas le temps de m'attarder. Apprendre que mon compagnon a eu un accident de la route m'inquiète beaucoup, il est loin d'être le conducteur le plus prudent, à tel point que je refuse tout bonnement d'être sa passagère, par peur de finir dans un fossé. Il se pense invincible, dépassant sans cesse les limitations de vitesse et ne prêtant aucunement attention au code de la route. Je lui ai répété maintes et maintes fois d'être plus prudent, étant persuadée qu'un accident se profilait, mais il n'en a fait qu'à sa tête, encore une fois... Je savais que ce jour arriverait tôt ou tard, alors je ne suis qu'à moitié surprise par ce coup de fil que je redoutais de recevoir. Laurent semble, a priori si j'en crois les échos que j'en ai eus au téléphone, s'en être sorti presque indemne.

Laurent est un homme assez sanguin et qui ne supporte aucune contradiction, tout doit toujours aller dans le sens que lui a décidé, sinon, cela ne va plus. Hormis son impulsivité et son peu de patience, c'est vraiment un époux d'une grande gentillesse, toujours prêt à me faire plaisir. J'ai parfois craint ses accès de colère, mais il savait toujours trouver les mots justes pour me rassurer et me confirmer que ce n'était pas après moi qu'il en avait. Je ne sais pas vraiment de quoi j'ai peur dans ces moments-là, peut-être qu'il me frappe ? Ce n'est encore jamais arrivé alors c'est absurde de s'inquiéter, mais quand même. Je sais que tout peut basculer d'un instant à l'autre et que, pris dans la colère et l'impulsivité, nous ne contrôlons plus rien. Le savoir blessé m'inquiète pour autant. Il faut que je le rejoigne au plus vite, me doutant qu'il doit attendre ma présence pour rentrer à la maison.

Je cours sur la promenade, tentant de rejoindre ma voiture au plus vite. J'ai besoin de me retrouver auprès de mon conjoint, m'assurer qu'il aille bien et comprendre ce qui a bien pu se passer. Sortie de l'attroupement, je me dirige vers mon véhicule et m'empresse de démarrer. Je roule vers l'hôpital, tentant de respecter les limitations de vitesse, cela ne servirait à rien que nous soyons deux à être blessés. Laurent a eu de la chance, cela ne se reproduira sûrement pas une seconde fois. Je tape nerveusement mes doigts contre mon volant, faisant tinter mes nombreuses bagues entre elles. Je mâchouille nerveusement mes ongles, tentant de réduire mon angoisse, en vain. Je suis à deux doigts de m'effondrer, mais je me dois d'être forte pour mon Laurent. Il a besoin de moi, alors je dois honorer la promesse faite à notre union : pour le meilleur et pour le pire. Quel sympathique dernier week-end de vacances ! Qui aurait bien pu prévoir que notre dîner romantique se transformerait en soirée hospitalière. On peut rêver plus romantique...

Après un trajet m'ayant semblé durer une éternité, j'arrive enfin sur le parking de l'hôpital. Je me gare relativement proche de la porte de sortie des urgences, me doutant que Laurent préférera effectuer un court déplacement. Une fois dehors, je m'étire, laissant échapper un lourd bâillement. La soirée risque d'être interminable, je n'ai qu'une hâte, retrouver mon lit, mais je sais que ce n'est pas pour tout de suite. Frissonnant à cause de l'humidité ambiante, je récupère ma veste afin de me réchauffer. Je la ferme simplement à l'aide de mes bras, les croisant devant ma poitrine afin de me réchauffer plus rapidement. Je presse le pas, me rendant dans le hall blanc glacial de l'hôpital.

J'avance d'un pas fébrile vers la réception, m'approchant d'une secrétaire inoccupée.

— Bonsoir, je cherche Monsieur Louvier. Il a été admis dans la soirée à la suite d'un accident de voiture.

— Vous êtes de la famille ?

— C'est mon mari. affirmé-je, lasse.

— Passez du côté des urgences au bout du couloir et prenez l'ascenseur jusqu'au premier étage. Vous le trouverez chambre 112.

— Merci.

Une fois dos à la secrétaire, aussi aimable qu'une porte de prison, je me permets de lever les yeux au ciel et de lâcher un long soupir. Les secrétaires ne sont-ils pas censés rassurer les proches des patients ? Je veux bien concevoir que travailler de nuit n'est pas des plus réjouissant, mais être agréable ne leur allongera pas leur temps de travail. Et puis, dans la majeure partie des cas, ils l'ont choisi leur travail, avec les avantages et inconvénients qu'il comporte. Quel dommage franchement... Il est tellement plus apaisant de se renseigner auprès d'une personne qui prend plaisir à nous aider, or, c'est tout sauf l'impression qu'elle m'a donnée. J'avais plutôt l'impression de la déranger en pleine conversation avec sa collègue, visiblement tout aussi gracieuse qu'elle. J'espère que Laurent pourra sortir rapidement car je suis réellement exténuée.

Comme indiqué par l'aimable secrétaire, je me dirige tout au bout du couloir, entrant dans le service des urgences. Observant les couloirs d'un blanc criard, je finis par trouver l'ascenseur, sa porte grise tranchant avec le reste des murs. J'appuie sur le bouton et patiente, tapant frénétiquement mes talons contre le sol. Les couloirs sont déserts, je n'ai croisé personne, ni un patient, ni un médecin, à croire que personne n'a besoin de soins... Après quelques secondes, me voilà arrivée dans les couloirs du premier étage. Étant légèrement perdue, je demande quelques renseignements à une jeune infirmière.

— Bonsoir, veuillez m'excuser, mais je cherche mon conjoint Laurent Louvier, admis ici à la suite d'un accident de la route.
— Bonsoir, il est chambre 112, suivez-moi, je vais vous accompagner. me sourit-elle.
— Merci beaucoup. Dites-moi, ses blessures ne sont pas trop importantes ? la questionné-je, l'inquiétude perceptible dans mon regard.
— Rassurez-vous, ce ne sont que des blessures superficielles, mais à en croire les médecins, il a eu beaucoup de chance quant à l'état de sa voiture.
— Tant que cela ?

Peu rassurée par les déclarations de l'infirmière, je recommence à ronger mes ongles. Cette dernière, ayant remarqué mon trouble, pose une main sur mon épaule. Je l'écoute me répéter inlassablement qu'il ne faut pas que je m'inquiète et que tout va bien. Cela me fait du bien, sa chaleur calme peu à peu mon angoisse. Après coup, nous voilà devant la porte de la chambre abritant mon compagnon, l'infirmière me laisse, m'indiquant de frapper avant d'entrer, le médecin étant probablement toujours dans la chambre. Cette dernière ne s'est effectivement pas trompée, mon conjoint est actuellement examiné par le médecin, je m'apprête à sortir afin de les laisser tranquille lorsque ce dernier m'indique que je peux rester.

Fébrile, je m'approche du lit accueillant Laurent, je me penche au-dessus de lui afin de l'embrasser lorsqu'une odeur nauséabonde me fait reculer. Intriguée, je me tourne vers le médecin qui me répond d'un simple haussement de sourcils, m'indiquant que mes soupçons sont avérés. Je commence à comprendre ce qui a pu se passer, mais je ne dis rien, préférant attendre la sortie du médecin avant de sermonner mon conjoint. Je me retire légèrement, m'asseyant sur la chaise pliante à ma disposition. Nerveuse et de plus en plus tendue, je tape frénétiquement mon talon contre le sol gris de l'hôpital. Déjà bien sous pression quant aux événements qui s'enchaînent un petit peu trop rapidement à mon goût, je suis à deux doigts d'exploser, mais je me contiens. Cela ne servirait à rien et ne changerait pas le cours des choses.

— Bien Monsieur Louvier, vous allez pouvoir sortir. Gardez bien votre attelle au moins deux semaines et ne reprenez aucune activité physique avant minimum trois mois. Nettoyez vos blessures deux fois par jour à l'aide d'une solution aseptisée. Passez une bonne soirée, courage à vous. dit-il, me lançant un regard compatissant.

— Merci, vous de même. réponds-je, me levant au même moment afin de lui serrer la main.

J'attends quelques minutes que le médecin s'en aille, puis je me dirige une nouvelle fois au chevet de mon compagnon, j'ai envie de le sermonner suite à la frayeur qu'il m'a faite, mais voyant son état plus que pitoyable, cela me désarme. Laurent porte une attelle à la jambe gauche, ses bras sont couverts d'égratignures superficielles, tout comme son visage. J'observe également quelques points de suture au niveau de l'arcade sourcilière. Mon époux est dans un sale état, mais si j'en crois les dires du personnel hospitalier et son haleine puant l'alcool, je comprends rapidement qu'il a eu effectivement beaucoup de chance. Laurent, pourtant toujours plein d'assurance, n'ose à peine soutenir mon regard. Ses yeux fuient inlassablement mes yeux qui le dévisagent, m'offrant comme seule vision son crâne chauve couvert de contusions. Je m'assieds sur le lit, à ses côtés, et lui prends la main.

— Qu'est-ce qu'il s'est passé Laurent ? le questionné-je avec un calme déconcertant.

— Je rentrais du boulot, j'ai tenté de te rappeler, bien qu'il ne me restait plus beaucoup de batterie et j'ai perdu le contrôle de mon véhicule. J'ai dû faire quelques tonneaux avant d'être stoppé par un arbre. J'ai réussi à sortir de la voiture, puis plus rien, je me suis évanoui avant de me réveiller à l'hôpital. Paraît que j'ai eu de la chance de m'en tirer avec une simple entorse, mais ce n'est pas comme cela que je le vois. Tu te rends compte combien je vais en chier pour me déplacer et pour aller bosser ! répond-il, commençant à hausser le ton.

— Calme-toi Laurent, je n'y suis pour rien moi ! m'énervé-je à mon tour.

Sceptique quant à sa réaction, j'hésite un instant à lui demander s'il a bu avant de prendre le volant. Au fond, je connais déjà la réponse, mais j'aimerais l'entendre avouer son erreur. Ce n'est pas très délicat, et le moment n'est peut-être pas le plus propice, mais j'ai besoin d'en avoir le cœur net. Laurent boit peu et rarement puisqu'il sait pertinemment qu'il ne tient pas l'alcool. Après deux verres, ses propos deviennent déjà incohérents et sa colère s'accroît. Malgré tout, je prends une grande inspiration et lui pose, de but en blanc, ma question, le plus calmement possible.

— Laurent, réponds-moi sincèrement s'il te plaît, est-ce que tu as bu avant de prendre le volant ?

D'un instant à l'autre, l'expression de son visage change du tout au tout. Ses yeux fuient à nouveau mon regard et je l'observe crisper ses imposants doigts sur le drap de son lit. Ne voulant pas le mettre en colère, je saisis sa main, la caressant délicatement. Laurent, visiblement agacé par mes accusations, retire violemment sa main de la mienne. Surprise par son geste, je reste bouche bée quelques instants. Je n'ose plus prononcer le moindre mot, craignant de le faire exploser. Dans ce genre de moment, pris de court et ne sachant quoi répondre, il est une bombe à retardement, mais étrangement, Laurent est le premier à briser ce silence pesant.

— Qu'est-ce que tu insinues au juste Anne ? Que je suis un alcoolique ? Un irresponsable ? Que je passe mes journées à boire et non à travailler ? me questionne-t-il, le regard noir.
— Non, bien évidemment que non. J'aimerais simplement comprendre pourquoi tu as eu cet accident. dis-je, sur la défensive.
— J'étais en train de te répondre ! Tu trouves que je sens l'alcool ? me demande-t-il, soufflant sur mon visage et m'embaumant de cette odeur que je déteste.

Légèrement blessée par sa réaction, je ne réponds pas. J'aimerais lui demander s'il se sent prêt à partir, mais je n'ose plus prononcer le moindre son. Je me doutais un petit peu de sa réponse, impulsif comme il est, mais l'entendre de sa bouche est différent. Ne sachant plus vraiment où me mettre, je me lève du lit et vais m'asseoir sur la chaise. Laurent ne me retient même pas, mon estomac se crispe et un grand sentiment de gêne m'envahit de plus en plus. Je ne suis pas claustrophobe, mais je commence à manquer d'air dans cette petite chambre. J'ai comme l'impression que les murs se rétrécissent petit à petit. Je commence à être prise de vertiges, ma tête tourne et les battements de mon cœur s'accélèrent. Je m'assieds et ferme les yeux pour me calmer, essayant de me concentrer sur ma respiration.

Soudain, Laurent se relève, bien trop facilement à mon goût. Comment fait-il pour être aussi vif après un accident de voiture ? Étrangement, mon époux semble plus apaisé que jamais. Sa colère est visiblement passée, les traits de son visage sont redevenus normaux. Ne comprenant plus rien, je me relève et frotte frénétiquement mes mains sur mon pantalon de façon à le lisser parfaitement. N'osant parler et craignant une nouvelle réaction excessive, je fuis son regard à mon tour. Laurent, semblant calmé, s'approche de moi à l'aide de ses béquilles, m'offrant son plus beau sourire. Gênée, je lui rends timidement avant qu'il ne brise ce silence pesant.

— Excuse-moi de m'être emporté chérie, mais les médicaments ne font pas vraiment effet et cela me rend un petit peu à cran. Tu m'en veux ? me questionne-t-il, affichant un regard de chien battu.

— Ce n'est rien. Je te demande pardon, je n'aurais pas dû insister autant.

— Bisou ?

Je fais quelques pas en sa direction et l'enlace tendrement, déposant mes lèvres contre les siennes. Laurent, à cause de ses béquilles encombrant ses mains, ne me serre pas contre lui, mais sa présence me suffit. Malgré ses petites sautes d'humeur, je suis heureuse de me retrouver à ses côtés et de savoir qu'il va bien, c'est le plus important, le reste, ce ne sont que des détails. Après cet instant suspendu, je l'aide à prendre ses affaires et nous nous dirigeons vers l'accueil afin de régler les dernières formalités pour quitter ce lieu trop uniforme à mon goût. Freinés par sa jambe blessée, nous mettons dix minutes, qui me semblent être une éternité, à rejoindre la voiture. Je suis une femme dynamique, du moins il me semble, et je sens que cela va être compliqué de vivre au ralenti pendant un laps de temps incertain. J'aime savoir de quoi demain sera fait et cet événement chamboule tous mes plans. Je ne vais pas avoir d'autre choix que de m'adapter aux besoins de Laurent, laissant les miens en suspens.

Après un court trajet, nous voilà de retour chez nous. Je gare ma voiture dans la cour avant de m'en extraire pour ouvrir la portière du côté passager afin que Laurent puisse sortir plus facilement. Mon envie d'aller me coucher ne m'a pas quittée, bien au contraire même, mais je sais pertinemment que ce n'est encore pas pour tout de suite. Il me reste encore tellement de choses à faire avant de pouvoir me payer le luxe de me reposer. Me doutant que Laurent ne pourra jamais monter les escaliers pour rejoindre le lit conjugal, je comprends qu'il va falloir que je lui installe un lit de fortune en bas et que je lui descende toutes ses affaires. Je déteste que quelqu'un soit aussi dépendant de moi, cela me donne l'impression de jouer à la bonne. J'ai conscience qu'il ne s'agit que d'un simple service, mais je sais pertinemment que Laurent va y prendre goût. Franchement, ne rien faire et être servi comme un prince, qui n'y prendrait pas plaisir ? Je demande quand même à Laurent ce qu'il préfère, sans pour autant attendre une autre réponse que celle que j'imaginais.

— Tu veux que je t'installe de quoi dormir en bas ou tu penses pouvoir monter les escaliers ?
— Jamais je n'en aurai la force Anne. Cela ne te dérange pas de me descendre un lit d'appoint ? Je suis tellement exténué.

Sans surprise, il faut que je me coltine une installation de lit à pratiquement minuit. M'en voilà ravie... Je me rends donc dans la chambre d'amis, dénichant dans un placard un lit d'appoint et son matelas. Soulagée de ne pas avoir eu à chercher plus longtemps, je descends le tout rapidement. Comme quoi, cela sert d'être ordonnée et un brin maniaque sur le rangement. Je descends prudemment les escaliers, prenant garde de ne rater aucune marche. Je retrouve un Laurent avachi sur le canapé, devant les débilités de la nuit passant à la télévision. Je pousse la table basse afin de l'installer devant la télévision, étouffant un bâillement au passage. Je ne masque pas ma fatigue, ayant la ferme intention de bien lui montrer qu'il n'est pas le seul à être épuisé.

Une fois Laurent confortablement installé, je m'étire doucement, dépliant mon dos qui a bien souffert avec tout ce déménagement. Laurent me remercie et pointe sa bouche de son doigt, m'indiquant de lui faire un bisou avant de monter me coucher. Je m'exécute sans entrain ni conviction, et monte difficilement les quinze marches qui forment notre escalier. Je suis harassée, les semaines à venir risquent d'être longues sachant que je reprends le travail lundi. Je ne sais comment je vais réussir à gérer la reprise des cours, les copies à corriger et Laurent. Je ne suis pas une machine ni une super héroïne, mais je vais faire de mon mieux pour tenter de faire chaque chose convenablement. Je ne veux négliger personne, ni mes élèves, ni mon mari. Je sais bien que je ne suis pas indispensable, loin de là même, mais je sais que tous auront besoin de moi pour des raisons différentes, alors je ne dois laisser personne de côté. Malheureusement, il va falloir que j'apprenne à vivre au jour le jour, sans rien pouvoir anticiper. Cela ne va pas être évident, mais je n'ai pas d'autre choix que d'essayer d'y parvenir.

Chapitre I

Mon réveil sonne pour la première fois depuis deux mois, m'annonçant la reprise du travail. Je tends mon bras droit afin d'éteindre le son strident qu'il émet et m'étire de tout mon long, me réveillant doucement. Cela fait bien longtemps que je ne me suis pas levée à six heures. Je suis pourtant une femme très matinale, mais je ne peux nier que cela fait du bien de se lever un petit peu plus tard. Mes nuits sont peu reposantes depuis samedi, consacrant une importante partie de mes journées à Laurent, m'occupant de lui sans cesse et cherchant à ce qu'il se sente au mieux malgré sa jambe. Je pense que mon conjoint prend un grand plaisir à être servi comme un roi, dans le fond je le comprends, c'est toujours agréable d'obtenir les choses sans faire d'efforts. Me doutant que son accident est dû à la quantité d'alcool qu'il a consommé avant de prendre le volant, et même s'il ne me l'a jamais avoué clairement, je ne devrais pas lui faciliter autant la vie. Il s'est mis dans le pétrin tout seul, à lui d'en assumer les conséquences, mais je me sentirais coupable de le laisser gérer seul ce qu'il peine à faire.

Je n'ai qu'à peine pu profiter de mon dimanche pour me reposer un petit peu. Entre la cuisine, le ménage, tenter de trouver un moyen pour que Laurent puisse prendre sa douche, puisqu'il ne peut pas monter dans la salle de bain, je n'ai pas eu une minute à moi. Paradoxalement, j'ai plutôt bien dormi cette nuit. Je ne sais pas si cela est dû à ma fatigue ou à l'absence de Laurent dans le lit, m'offrant plus de place et me rendant entièrement libre de mes mouvements, mais cela faisait longtemps que je n'avais pas dormi sans me réveiller une seule fois. J'ai toujours préféré dormir seule, sans devoir me soucier que la personne à côté de moi ait assez de couverture et de place. S'engager et s'installer avec quelqu'un, c'est supprimer quelques-unes de ses libertés et faire certaines concessions. J'étais prête à le faire, je ne le regrette absolument pas, mais il n'est pas négligeable qu'un peu de confort fasse du bien de temps à autre.

Je m'extirpe du lit conjugal, poussant la couette aux pieds du lit afin de l'aérer un petit peu. Je me dirige vers la fenêtre qui donne sur la rue et ouvre les volets ainsi que la fenêtre. Bien qu'il soit encore très tôt, j'ai l'immense plaisir de découvrir un ciel baigné de lumière. Une légère fraîcheur matinale me fait frissonner. Je quitte rapidement ma chambre, prenant dans le petit dressing de notre suite ma tenue du jour. Je me dirige vers la salle de bain en faisant attention à faire le moins de bruit possible afin de ne pas réveiller Laurent qui doit probablement toujours dormir. J'allume la lumière et le petit chauffage d'appoint. Même s'il va faire très chaud dès dix heures du matin, les débuts de journée sont toujours un petit peu frais. Je n'aurais pas vraiment besoin de chauffage puisqu'il ne fait pas froid au point d'avoir à le mettre, mais j'aime sentir cette chaleur artificielle sur ma peau.

Après quelques minutes passées devant le chauffage, je daigne enfin me dépêcher un petit peu. Je retire mon short et mon t-shirt constituant mon ensemble de pyjama et enfile une simple robe noire en dentelle à manches longues. Je relève mes cheveux ébène en une demi-queue de cheval. Je me maquille relativement légèrement, d'un simple smokey eye noir. Moi qui suis d'habitude si longue à choisir ma tenue et mon maquillage, je l'ai fait très rapidement ce matin puisque je mets toujours les mêmes vêtements à chaque rentrée, comme un rituel. Cela me rassure, même si c'est en soi très bête. C'est toujours avec une petite appréhension que je commence l'année. Nouvelles têtes, tout recommencer à zéro sans savoir si nous aurons la chance de tomber sur une classe calme ou si au contraire, elle nous en fera voir de toutes les couleurs. Je ne suis pas professeure depuis très longtemps, j'entame ma cinquième année avec la chance de toujours être dans le même établissement, mais je suis certaine que ce stress ne disparaîtra jamais. S'il s'en va, c'est que j'aurais perdu cette petite flamme qui m'anime, et cela serait mauvais signe. Lorsque nous n'avons plus de réelle motivation, ce sont nos élèves qui en pâtissent, alors mieux vaut ne jamais la perdre. Ce matin, je voudrais arriver assez tôt afin de retrouver mon amie et collègue Faustine, que je n'ai pas eu le temps de voir cette dernière semaine des vacances, trop occupée à préparer les cours que j'ai repoussés pendant ces deux mois. C'est bien agréable de profiter, mais quand vient l'heure de s'y remettre, c'est loin d'être évident, surtout que cette année, je vais être chargée d'une nouvelle mission : professeure principale.

En toute sincérité, mon conjoint pourrait parfaitement monter les escaliers, je l'ai aperçu marcher sans ses béquilles hier soir et il n'avait franchement pas l'air de souffrir trop. Il serait également capable de préparer son repas tout seul, sachant très bien que j'ai bien d'autres choses à faire, mais il feint de ne pas avoir assez de force dans ses jambes. Étonnamment, Laurent n'a pas du tout l'habitude de se plaindre et de se lamenter, bien au contraire même. Cela ne fait pourtant qu'un jour que je suis à son service, mais je commence déjà à regretter de lui avoir proposé autant d'aide, surtout que cet accident était entièrement de sa faute. Je crois que j'ai eu peur. Peur de sa réaction si je ne faisais rien pour lui. J'aurais dû, dès samedi soir à l'hôpital, lui exprimer ma colère. Malgré l'appréhension que j'avais face à son potentiel accès de colère, il aurait été judicieux que je lui exprime haut et fort ce que je pensais tout bas. Cela ne servirait plus à rien de le faire maintenant puisque ce serait insensé et risqué de reprendre ce semblant de conversation que nous avions débuté, mais je regrette sincèrement mon manque de courage. Je me suis laissé attendrir par ses plaintes quant à la douleur qu'il ressentait.

Laurent sait qu'il faut me prendre par les sentiments pour obtenir ce qu'il souhaite, alors parfois, il en joue.

D'un côté, je me dis que c'est normal que je l'aide, je suis sa compagne et je dois lui offrir la meilleure vie possible, peu importe la situation. C'était un de nos principaux engagements lorsque nous nous sommes installés ensemble : toujours faire en sorte que l'autre soit heureux. Dans le fond, je pense qu'il aurait fait de même pour moi, enfin si je n'avais pas bu avant de prendre le volant... Avec Laurent, c'est un petit peu fais ce que je te dis, mais pas ce que je fais. Prendre le volant sous emprise d'alcool est une faute grave que j'ai du mal à accepter, et je sais pertinemment que Laurent m'aurait fait une vie pas possible si c'était moi qui avais eu cet accident dans des circonstances similaires. Il n'est pas toujours évident d'être sur la même longueur d'onde que lui, mais c'est un pli à prendre. Personne n'est parfait, c'est une certitude, mais j'ai vraiment du mal à accepter que quelqu'un me donne un ordre que lui-même ne respecte pas.

D'un autre, je sais que Laurent prend un grand plaisir à se laisser servir, et cela me gêne beaucoup. Venir en aide à une personne que j'aime n'est en aucun cas un fardeau, bien au contraire même. Dès que j'ai l'occasion de lui donner un coup de main, je le fais avec plaisir, même si cela ne va pas toujours dans les deux sens. Laurent a du mal à prendre des initiatives à la maison, si je lui demande de faire quelque chose, je sais qu'il le fera, en maugréant certes, mais il le fera. Or, si je ne lui demande rien, il ne bougera pas du canapé. Ce n'est pas toujours simple de toujours quémander de l'aide, mais d'un côté, s'il se prenait un petit peu en charge, je n'aurais pas besoin de le faire à sa place. Il est totalement hors de question que je fasse tout, nous sommes deux à vivre dans cette maison, nous devons donc être deux à s'en occuper. Il ne peut pas y avoir une personne qui salit et l'autre qui nettoie, chacun doit y mettre du sien. Je sais que de nombreux foyers ressemblent au nôtre. Combien d'hommes se laissent volontiers servir par leur femme ? Nous sommes tous humains, et parfois, notre fainéantise prend le dessus, mais il faut être capable de se faire violence pour le bien de tout le monde. Laurent peut avoir tendance à me prendre pour sa bonne, m'ordonnant de faire telle ou telle chose, alors qu'il pourrait très bien la faire tout seul. J'essaie le plus souvent de lui faire comprendre que je ne suis pas d'accord, ce qui engendre souvent de grosses tensions, mais parfois, il est vrai que je ne relève pas et m'exécute sans broncher, mais n'en pensant pas moins pour autant. Bien souvent, il est plus rapide de faire les choses par soi-même que de se battre pendant des heures pour finalement céder, épuisée de marchander dans le vent. Après avoir craqué, je m'en veux généralement beaucoup, sachant qu'il sera très compliqué de refuser de coopérer la prochaine fois. Dire oui une fois, c'est dire oui pour toujours, du moins avec Laurent.

Une fois prête, et espérant m'être faite un petit peu jolie, je descends prudemment les escaliers, sans allumer la lumière pour ne pas réveiller Laurent, prenant le risque de tomber pour laisser mon époux poursuivre sa nuit. Ayant encore une bonne demi-heure avant de partir, je traverse le salon sur la pointe des pieds afin de me rendre à la cuisine pour me faire un café. Je pourrais partir maintenant, mais autant boire un bon café, car nous ne pouvons franchement pas en dire autant de celui que nous sert la machine de la salle des professeurs. Ne pouvant démarrer une journée sans cette boisson source d'énergie immédiate, je peux en boire de nombreux dans la matinée pour bien me réveiller. Notre cuisine est construite comme les cuisines américaines, elle est ouverte sur le salon et une imposante verrière l'isole du couloir. Je ne peux donc pas empêcher la machine de faire un bruit assourdissant qui, je suis sûre, réveillera le sommeil léger de Laurent. Serrant les dents pendant qu'il coule dans ma tasse, j'en profite pour envoyer un message à Faustine, lui demandant avec quelle voiture nous partons.

Faustine est professeure d'anglais. Elle était déjà enseignante dans l'établissement où j'ai été affectée juste après avoir obtenu mon diplôme. Elle enseignait depuis deux ans et avait du mal à trouver sa place auprès des autres professeurs. Lorsque l'on arrive dans un établissement scolaire pour sa première année en tant que professeur titulaire, les autres ont souvent de nombreux a priori sur nous, pensant que nous sommes encore trop jeunes et incompétents pour effectuer notre travail convenablement. Faustine a toujours eu une façon de faire assez originale, tentant une approche différente du cours classique et des programmes afin d'essayer d'intéresser ses élèves. J'admire sa façon de faire, souhaitant vraiment parvenir, un jour, à trouver moi aussi une façon d'enseigner particulière. Je sais que les élèves aiment l'originalité puisque tous ne sont pas forcément très scolaires, mais lorsque l'on parvient à trouver quelque chose qui les captive, ils sont capables de fournir un travail d'une grande qualité. Mais c'est pour tout le monde pareil, quand quelque chose nous intéresse, nous sommes capables de nous investir corps et âme dedans. Cela étant, il est vrai que certaines matières sont plus propices à la liberté pédagogique que d'autres. Les langues vivantes, par exemple, sont plus libres que le français où nous devons respecter un programme avec des œuvres très précises. Je ne dis pas que les professeurs de langues font ce qu'ils veulent, bien au contraire, mais qu'ils abordent un point de grammaire dans un thème ou dans un autre ne changera pas grand-chose.

Lorsque je suis arrivée dans cet établissement au centre de Nice, j'étais très intimidée. Je me sentais incompétente et inutile. Mes classes de première avaient des épreuves de baccalauréat à la fin de l'année et j'avais l'impression de ne pas les préparer de la bonne façon. J'ai passé de longues soirées à pleurer, remettant en cause mon choix de métier. Étais-je réellement faite pour cela ? Et puis est arrivé le jour où j'ai craqué en salle des professeurs. J'avais eu une journée difficile, mes élèves de seconde me sentant peu sûre de moi, en ont profité pour jouer avec mes nerfs. J'ai raconté mes mésaventures à mes collègues de français, leur demandant des conseils pour tenter d'avoir de l'autorité, ce qui n'est pas forcément inné, et ces derniers m'ont ri au nez. C'en était trop pour moi, j'ai à peine eu le temps de m'isoler dans une salle de réunion que mes nerfs ont lâché. Je me suis effondrée et Faustine, que j'avais aperçue une ou deux fois, est venue me voir. Je n'étais, et ne suis toujours pas d'ailleurs, du genre à craquer facilement, qui plus est en public, mais ce jour-là, je n'ai pu me contenir.

À ce moment-là, Faustine m'a prise sous son aile, m'expliquant qu'elle subissait les mêmes réflexions il y a deux ans de cela, mais qu'elle a su passer outre et se faire respecter progressivement par ses élèves et ses collègues. Peu à peu, j'ai trouvé ma place dans ce lycée, réussissant à trouver assez d'autorité pour canaliser mes élèves, sans pour autant mettre de côté la bonne humeur, qui pour moi est essentielle dans le travail. Nous apprenons toujours mieux en prenant goût à ce que l'on fait. Au fil des jours, des semaines et des années, nous avons tissé une magnifique amitié avec Faustine, qui s'avère également être ma voisine, à quelques maisons près. Mon amie a su être là quand j'en avais besoin et vice versa, dès que j'en ai l'occasion, je tente également de tout faire pour l'aider, notamment lors de son retour en avril dernier, après la naissance de sa fille Rebecca. Faustine avait beaucoup de mal à laisser sa petite princesse à une nourrice, elle aussi a craqué de nombreuses fois, pensant ne pas tenir face à cette séparation. J'ai tenté de lui venir en aide, espérant avoir un petit peu réussi. Je suis rarement convaincue de l'aide que j'essaie d'apporter aux autres, ayant l'impression d'être inutile et d'agir dans le vent. Tous me disent que je suis de très bon conseil, mais c'est rarement comme cela que je le ressens.

Mon café se termine, j'entends Laurent maugréer. Et merde, je pense que cela ne va pas lui plaire d'avoir été réveillé à une heure si matinale, surtout de façon aussi brutale. Je saisis ma tasse et inspire un grand coup avant de m'avancer dans la pénombre du salon. Le jour est déjà levé, mais Laurent ne se lève pas pour autant. Bien que le soleil s'invite dans le salon grâce aux petits jours du volet, le rez-de-chaussée est quasiment plongé dans le noir, réduisant drastiquement ma visibilité. Je marche prudemment jusqu'au salon, entendant mon conjoint, j'allume la lumière criarde sans me poser plus de questions.

— Putain Anne ! Tu es obligée de me réveiller pour aller bosser ? s'emporte-t-il, frottant ses yeux à l'aide du revers de sa main.
— Excuse-moi, j'ai voulu me faire un café avant de partir au lycée. Je ne pensais pas te réveiller.
— Qu'est-ce que je vais faire de ma journée si je suis déjà réveillé ? me questionne-t-il, un ton sarcastique dans la voix.
— Je...je ne sais pas. Vois le positif, je vais pouvoir t'aider à t'habiller avant de partir.
— Parce que tu comptais t'en aller sans me donner un coup de main ?
— Mais...
— Va donc me faire un café. me coupe-t-il.

Je reste ébahie quelques instants face à sa réaction, affichant une grimace nettement visible sur mon visage. Laurent se redresse et me fusille du regard, haussant les épaules avec dédain. Mon estomac se crispe, je retourne à la cuisine faire couler un second café. Cela ne me dérange aucunement de lui apporter son café, porter une tasse ou deux revient au même, mais la façon dont il me l'a demandé me perturbe énormément. Je comprends que sa jambe le fasse souffrir, mais ce n'est pas une raison pour me parler de la sorte. Les larmes me montent aux yeux, je les refoule rapidement, levant mes pupilles au ciel afin de chasser les quelques perles qui menacent de rouler le long de mes joues. J'ai toujours été assez sensible, mais je déteste me mettre à pleurer pour des choses futiles. Je préfère passer outre ses réflexions, lui faisant couler son café. Me doutant qu'il va falloir que je cuisine avant de partir, il faut que je me dépêche si je ne veux pas arriver en retard.

Après un court instant, j'apporte son café à Laurent, tendue et gênée. Mon conjoint s'est levé pour rejoindre le canapé, je pose sa tasse brûlante sur la table basse et m'assieds à ses côtés afin de boire le mien. Laurent me remercie du bout des lèvres. Je reste le regard dans le vide, buvant sans entrain mon café tiédi. Je n'ose émettre le moindre son, par crainte que Laurent trouve une nouvelle chose à redire. Ma gorge se noue de plus en plus, à tel point que je peine à finir mon café. Je jette quelques regards furtifs sur ma droite, observant Laurent du coin de l'œil. Ce dernier boit son café, avachi contre le dossier, me regardant également du coin de l'œil. Ne supportant plus ces jeux de regards et ce silence si pesant, je décide d'engager la discussion sur des banalités, prenant le risque de m'attirer les foudres de mon conjoint encore un petit peu dans les vapes.

— Tu...tu as bien dormi malgré tout ? Ta jambe ne t'a pas fait trop mal ? le questionné-je.

— Disons que j'ai mieux dormi que la nuit précédente, mais je n'aurais pas été contre une nuit plus longue...

— Je suis désolée, vraiment. Je ferai attention les prochains matins. m'excusé-je, penaude.

— C'est bon Anne. J'étais simplement énervé sur le coup. Tu sais bien que je ne suis pas du matin. rigole-t-il.

Afin de ne pas me montrer trop froide, je me force à rire à mon tour. Laurent passe un bras autour de mes épaules et m'attire contre lui ; d'abord réticente, je cède rapidement face à la force de ses bras musclés. Il dépose un baiser dans mes cheveux, murmurant un « je t'aime » presque inaudible. Je suis vraiment déroutée par son comportement. Comment peut-il presque m'insulter et m'embrasser à quelques secondes d'intervalles ? C'est insensé. Physiquement, mon conjoint est bien plus grand et plus fort que moi. Il mesure près d'un mètre quatre-vingt-dix et son corps est très musclé, autant dire que mon corps frêle d'à peine un mètre soixante ne fait pas le poids. Je ne peux, par conséquent, jamais lui résister lorsqu'il m'attire contre lui, même si je n'ai pas envie de me laisser aller dans ses bras. S'il veut, il obtient puisqu'il sait pertinemment que je ne suis pas en mesure de résister.

Laurent m'a l'air de s'être calmé, le réveil brutal l'a semble-t-il vexé sur le coup, mais sa colère me paraît passée. Je me détache de son emprise après quelques minutes, me penchant à nouveau vers la table basse en verre afin d'y récupérer ma tasse de café. Je le termine d'une traite et me lève, souriant timidement à mon conjoint. Je retourne à la cuisine avec les deux tasses sales à la main. N'ayant pas le temps d'habiller Laurent et de lui préparer à manger, je lui demande ce qu'il préfère que je fasse entre les deux. Sans grande surprise, mon conjoint me demande un repas, m'affirmant qu'il parviendra bien à s'habiller. Je ne suis même pas sûre qu'il essaie, passer sa journée avec son short et son t-shirt de pyjama ne peut pas le déranger.

N'ayant pas le temps de me lancer dans de la grande cuisine, je fais cuire une dose de pâtes, je décongèle un steak et lui râpe du comté. Le repas que je lui prépare est d'une simplicité enfantine, mais à sept heures du matin, je n'ai aucune envie de faire quoi que ce soit de plus poussé. Cela me dégoûte profondément de cuisiner à cette heure-ci, je pourrais vomir comme de rien, mais je me contiens. Je ne déjeune jamais le matin et ayant le ventre pratiquement vide, les effluves de fromage me donnent la nausée. C'est d'ailleurs pour cette raison que je mange à la cantine du lycée la plupart des midis. Certes, nous sommes loin d'avoir dans nos assiettes de la grande cuisine, les repas servis sont parfois à la limite du mangeable, mais je n'ai ni le temps ni l'envie de me faire à manger chaque matin avant de partir, préférant dormir un petit peu plus longtemps.

C'est un parti pris qui n'est pas toujours compris, surtout que selon les dires de certains de mes collègues, je suis plutôt bonne cuisinière. Ayant déjà préparé de nombreux plats pour eux lors de pots de départ, ils ont pu tester ma cuisine, toujours simple, mais visiblement tout à fait correcte pour autant.

Après quelques minutes à lutter contre cette nourriture qui me répugne, tout est enfin prêt. Je place les différents aliments dans une boîte avant de tout mettre au réfrigérateur. Mine de rien, le temps est passé plutôt rapidement ce matin ; en même temps, je n'ai pas eu le temps de m'ennuyer. Avant de partir, j'ouvre les trois volets du rez-de-chaussée, les deux du salon et celui de la cuisine. La lumière artificielle laisse place à un grand soleil, baignant la pièce d'une lumière éclatante. Obligée de partir rapidement si je ne veux pas faire patienter Faustine trop longtemps, je me vois contrainte de laisser la vaisselle dans l'évier. Je ne me fais pas trop d'illusions, elle m'attendra bien sagement jusqu'à ce soir, Laurent ne me fera pas cette surprise. Il ne vide que très rarement l'évier en temps normal, alors avec sa jambe, ce n'est pas la peine que j'espère quoi que ce soit. J'enfile mes escarpins noirs, attrape mon « sac de prof », comme je l'appelle, contenant mes cours, ainsi qu'une simple veste en jean noire. Mes hauts talons claquant sur le carrelage, je me dirige vers mon conjoint afin de l'embrasser avant de partir. Je dépose mes lèvres contre les siennes et lui fait un signe de la main.

— Je t'aime ma chérie, fais attention à toi.
— Je t'aime aussi Laurent. Appelle-moi si tu as un problème.

Je quitte la maison, assez déstabilisée. Je ne sais quoi penser de ce qu'il s'est passé ce matin. Comment prendre les rudes paroles de Laurent ? Simple mauvaise humeur matinale ou exigences liées à sa blessure ? Combien de temps cela va-t-il durer ? Comment Laurent va-t-il réagir lorsque je vais lui faire comprendre qu'il est temps de reprendre une vie normale, comme avant ? Toutes ces questions trottent dans ma tête et me perturbent sérieusement. Un mauvais pressentiment s'installe en moi, mais que dire ? Que faire ? Dans le fond, quand nous y réfléchissons, le comportement de Laurent n'a rien d'anormal. Quand on souffre, nous avons généralement besoin de faire souffrir les autres, pensant soulager notre douleur ainsi, en vain. Mon époux ne mâche pas ses mots et s'emporte rapidement, les deux additionnés ne peuvent qu'envenimer son caractère.

Dès que je sors de notre maison, j'aperçois Faustine faire les cent pas devant le portail en fer. Je ne pensais pas que mon amie serait aussi en avance, ou moi si en retard. Je lui fais un signe de la main et me dirige immédiatement vers ma voiture.

J'aurais pu aller saluer mon amie, mais je préfère quitter la maison avant d'engager une quelconque discussion, j'ai besoin de changer d'air. Je sors ma voiture du garage, me stationnant quelques secondes sur la route afin de laisser ma collègue monter. C'est généralement moi qui emmène Faustine lorsque nos emplois du temps sont relativement similaires. Elle m'a souvent proposé de me conduire afin de partager les frais d'essence, mais je déteste ne pas être maîtresse du véhicule. J'ai ce constant besoin de tout contrôler, la route est dangereuse, le moindre faux pas peut être fatal et je ne veux prendre aucun risque en laissant quelqu'un d'autre contrôler ma vie. Je sais que je ne suis pas invincible, que moi aussi je peux avoir un accident, mais au moins, si drame il y a, je ne pourrais m'en prendre qu'à moi-même. Je n'avais déjà que très peu confiance en la conduite des autres, mais après l'accident de Laurent, cela ne m'aide pas à aller dans l'autre sens.

— Bonjour ma belle Anne ! Comment vas-tu ce matin ? Prête à retrouver de nouvelles têtes ? me questionne Faustine, tout en m'embrassant.
— Ça va plutôt bien et toi ? Je ne te cache pas qu'il me tarde de retrouver mes élèves, même si mon stress est à son apogée...
— Ça va merci. Ne t'inquiète pas, être professeure principale est toujours stressant au départ, mais c'est très enrichissant.

Cela va te permettre de t'imposer encore davantage dans l'établissement.

— Merci d'être là, de me rassurer.

Touchée par l'extrême gentillesse de mon amie, j'ose à peine soutenir son regard, par crainte qu'elle ne décèle ma fatigue. J'ai vraiment une chance inouïe d'avoir Faustine à mes côtés. Elle est mon pilier, l'épaule sur laquelle je peux me reposer si j'en ai besoin. Je ne me confie pas facilement, même si j'adore Faustine, j'ai du mal à me dévoiler, ayant constamment cette crainte d'être jugée, voire que mon interlocuteur se serve de mes dires contre moi, même si cela est complètement absurde avec Faustine. Je suis peut-être un petit peu paranoïaque, mais avoir confiance n'est pas une chose évidente. Mon amie est plus à l'aise pour se confier que moi ; quand cela ne va pas, je le remarque immédiatement, et elle ne peut pas me mentir. Elle ne sait absolument pas mentir, son visage la trahit toujours. À force de se prouver l'une et l'autre que nous pouvons instaurer une confiance mutuelle, Faustine ne cherche plus à se cacher et se confie à moi dès qu'elle ne va pas bien. J'aimerais pouvoir en faire autant, mais cela me semble au-dessus de mes forces.

Faustine, visiblement de bonne humeur et bien réveillée, chante à tue-tête les titres passant à l'autoradio. La voir aussi joyeuse me fait automatiquement sourire, je secoue brièvement la tête, échappant un petit rire. Sa joie de vivre me fait du bien, un peu de légèreté pour commencer la journée, déjà bien entamée pour ma part, fait toujours du bien. Je suis sincèrement admirative envers toutes ces personnes presque toujours de bonne humeur, c'est un réel bonheur. Ma froideur des dernières minutes s'évapore peu à peu, allant jusqu'à chanter, enfin plutôt murmurer, avec ma collègue quelques paroles. Manque de chance pour moi, Faustine a remarqué mon léger malaise, ni une ni deux, elle me questionne avec une pointe d'insistance dans la voix.

— Dis-moi Anne, tu es certaine que tout va vraiment bien ? Tu me sembles un petit peu ailleurs et fatiguée.

Je pourrais inventer une excuse bidon, mais je n'en ai pas envie. J'ai besoin de me décharger de ce week-end plus que catastrophique. Me surprenant moi-même, je me laisse aller aux questions de mon amie. Ce n'est pas dans mes habitudes de me confier aussi facilement puisque Faustine n'a à peine eu à insister, à croire que j'avais besoin de parler. Mon amie se laisse également surprendre par ma spontanéité, elle qui doit toujours me tirer les vers du nez pour que je daigne lui parler de moi.

— Disons que j'ai eu un week-end un petit peu compliqué, mais je ne vais pas t'embêter avec cela. dis-je par politesse.

— Je ne vais pas te forcer, mais sache que si tu veux en parler, je suis là pour t'écouter. me sourit-elle, posant une main sur ma cuisse en signe de soutien.

— Pour la faire courte, samedi soir nous devions aller au restaurant avec Laurent. Je suis arrivée au restaurant sans lui puisqu'il travaillait, j'étais un petit peu en retard, il aurait dû être là depuis un petit moment, mais lorsque je suis arrivée, il n'y avait personne. Décontenancée et perdue, je n'ai su que faire jusqu'à ce que mon téléphone sonne. C'était l'hôpital, Laurent avait eu un accident de voiture. Par chance, il n'a rien eu de trop grave, contrairement à sa voiture qui est totalement morte. Il s'en est tiré avec une simple entorse du genou et quelques égratignures. Rien de bien méchant, mais cela l'empêche de vivre et de se mouvoir comme il le souhaite, et disons que cela ne le rend pas forcément de très bonne humeur. Sachant qu'il faut en plus que je m'occupe constamment de lui, je t'avoue que cela m'épuise un petit peu, mais bon, rien de bien grave sinon, c'est simplement pénible, comme tous les imprévus.

— Oh merde ! Cela craint un peu... Sache que si tu as besoin d'un coup de main ou de quoi que ce soit, n'hésite pas.

— Merci Faustine. Bon assez parlé de moi, Seb et Rebecca vont bien ?

— Oui, ne t'inquiète pas, tout le monde va bien. Il était assez éprouvant de laisser ma fille chez sa nourrice ce matin, mais ce n'est rien de comparable à ce que cela pouvait être en avril !

J'ai préféré omettre les sautes d'humeur de Laurent, estimant qu'elle n'a pas besoin de savoir cela. Nos petites querelles de couple sont privées et doivent, selon moi, le rester. Bien évidemment que nous pouvons confier des éléments de notre vie à quelqu'un, mais j'estime que le couple et toutes les choses en rapport avec les relations amoureuses doivent rester assez secrètes. Personne n'a besoin de connaître les événements intra-familiaux dans leurs moindres détails. Bien que je sois restée assez évasive avec mon amie, cela m'a fait du bien de pouvoir vider un petit peu mon sac. Me confier n'est vraiment pas une chose innée, je sais que cela peut parfois me faire défaut, mais je ne peux aller contre ma nature profonde. Je ne dis pas que ma façon de faire est la bonne, ni qu'elle est meilleure qu'une autre, mais à quoi bon lutter contre soi-même ? En soi, les éléments que j'ai pu confier à Faustine sont assez insignifiants puisqu'elle l'aurait appris en croisant mon compagnon. Dans ce sens-là, je n'ai pas l'impression de me confier réellement, et cela m'arrange plutôt bien. C'est ainsi que j'ai choisi de mener ma vie, dans le secret et la discrétion. Je sais que tôt ou tard cela me fera défaut puisque toute personne a plus de facilité à parler avec une personne qui fait de même en retour. Je sais pertinemment que Faustine me raconte parfois certaines choses très difficiles pour me mettre en confiance et me prouver que si elle ose me dire certaines choses personnelles, je peux faire de même sans risque. Je crains parfois de perdre mon amie à cause de mon côté taiseux, mais j'espère que cela n'arrivera jamais. Pour cela, je dois fournir des efforts, laissant parfois mon masque de côté. Mais ce n'est pas évident, loin de là.

Chapitre II

Après un trajet relativement court, qui m'a pourtant semblé durer une éternité, nous arrivons devant le lycée. Je me gare sur le parking réservé aux enseignants et nous sortons de la voiture, prenant nos sacs au passage. Il est un peu plus de huit heures, nous sommes vraiment en avance puisque les élèves sont attendus à neuf heures, et ce n'est pas pour me déplaire. Cette année, c'est ma première rentrée en tant que professeure principale, alors autant dire que le stress est à son apogée. J'ai appris que j'étais responsable d'une classe de seconde, la seconde cinq me semble-t-il. Malgré ma courte expérience dans le métier de l'enseignement, je peux d'ores et déjà affirmer que je n'ai pas hérité du niveau le plus calme. Les secondes, je les évite un maximum. Ces jeunes d'une quinzaine d'années sont généralement déchaînés à leur arrivée au lycée. Eh oui, c'est nouveau, on a plus de liberté et la plupart en oublient le travail. Autant dire qu'il faut les tenir bien fermement si nous souhaitons obtenir quelque chose d'eux. Rares sont les professeurs qui demandent ce niveau, c'est généralement l'inverse, et bien évidemment, c'est aux plus jeunes et aux moins expérimentés qu'ils sont confiés. Pas très logique tout cela, nous sommes d'accord, mais bon, c'est ainsi. Cela nous sert soi-disant à apprendre comment se faire respecter, j'émets un doute là-dessus.

Généralement, je parviens à me faire respecter sans trop de soucis, étant même bien appréciée par mes élèves, du moins c'est ce que j'imagine. En début d'année, je me montre ferme et intransigeante, avec moi, il faut que ça file droit. J'aime le calme et la discipline, et s'il y a bien quelque chose que je ne tolère pas, c'est le manque de respect envers qui que ce soit. Mon comportement avec mes élèves varie au long de l'année. Si je sens que je peux leur faire confiance, qu'ils sont calmes et respectueux, je me montre relativement sympathique et détendue, rendant mes cours les plus vivants possibles. Au contraire, si j'ai affaire à une classe difficile, qui bavarde beaucoup et qui ne se montre que très peu coopérative, alors je reste froide et formelle avec eux. Ce n'est pas un rôle que j'apprécie, bien au contraire même. Je suis intimement convaincue que la meilleure façon d'apprendre, c'est dans la bonne humeur et le plaisir, d'un côté comme de l'autre. Rigoler n'est absolument pas incompatible avec le travail efficace et de qualité. Je ne suis pas certaine que faire régner la terreur soit la meilleure façon d'obtenir quelque chose de ses élèves, bien au contraire, mais parfois nous n'en avons pas le choix. Il est impossible de se laisser marcher dessus ne serait-ce qu'une fois, car après, les élèves remarquent nos failles, laissant la porte ouverte à tous les excès.

Faustine a plus ou moins les mêmes méthodes d'enseignement que moi. Elle rigole beaucoup avec ses élèves, mais son charisme naturel impose le respect, personne ne l'a jamais embêtée, et ceux qui ont essayé s'en sont mordu les doigts. Ce charisme, je ne l'ai absolument pas, alors je dois trouver d'autres méthodes. Les débuts d'années sont rarement un plaisir avec moi, mais s'il y a un travail qui est fourni, tout se passe très bien. J'entends régulièrement mes élèves faire quelques réflexions négatives après les premiers cours passés avec moi. Ils craignent que je sois trop exigeante et sévère, mais la réalité est que je suis simplement juste. Avec moi, les élèves ont les notes qu'ils méritent et celles qui correspondent à la quantité et à la qualité de travail qu'ils fournissent, ni plus, ni moins. Leurs petites réflexions ne me blessent plus, mais me font maintenant bien rigoler. Je craignais d'être la professeure qu'ils craignent d'avoir, mais avec tous les remerciements que je peux recevoir en fin d'année, je crois que ma méthode porte ses fruits.

Après avoir traversé la cour et un grand couloir, nous nous retrouvons dans la salle des professeurs, par chance nous ne sommes que quelques-uns pour l'instant. Les premiers élèves arrivent dans une heure, alors nous avons largement le temps de nous préparer, mais également de faire monter l'appréhension. Nous échangeons quelques banalités avec les collègues présents avant de nous éclipser vers un canapé isolé de la salle. Dans ce lycée, nous n'apprécions pas grand monde. Nous avons quelques collègues que nous tolérons, mais tous les autres nous agacent au plus haut point. La plupart ont passé la cinquantaine, alors autant dire que nous qui n'avons même pas la trentaine, nous les dérangeons. Nous avons des méthodes d'enseignement qui sont radicalement différentes des leurs et cela cause parfois des étincelles durant les différentes réunions. Pour eux, nous sommes encore deux gamines sortant de l'Université et ayant eu leur concours au rabais. Nous sommes plus proches des élèves grâce à notre jeune âge, et cela nous permet de mieux les comprendre, mais surtout de mieux les préparer aux études supérieures actuelles. Enfin bon, l'ambiance est loin d'être des plus agréables avec nos collègues, alors heureusement qu'avec nos élèves cela se passe généralement bien mieux.

Afin de passer le temps et d'éviter de trop nous soucier de l'arrivée imminente des élèves, nous comparons nos emplois du temps. Par chance, nous nous rendons compte que nous avons nos pauses aux mêmes heures le midi, ce qui nous permettra de constamment pouvoir déjeuner ensemble ; à cette bonne nouvelle, nous sourions automatiquement. Malheureusement, nous n'avons qu'une seule classe en commun, celle dont je suis responsable, la seconde cinq. Cela nous embête davantage puisque nous comprenons que nous ne serons pratiquement jamais ensemble lors des conseils de classe, pas évident pour se soutenir. Faustine est, cette année, professeure principale d'une classe de terminale, or n'ayant pas de terminales, cela va m'être compliqué de l'aiguiller dans l'orientation des élèves. Par mon métier, j'ai la chance de ne pas avoir trop à me soucier de la paperasse pour l'entrée en faculté des élèves, les professeurs de français n'ont pas de terminales puisque le français est remplacé par la philosophie cette année-là. Heureusement, Faustine, qui a déjà de l'expérience dans la fonction de professeure principale, pourra m'aider et me conseiller dans le déroulé des conseils de classe lorsque nous sommes à la tête de celui-ci. J'ai vraiment de la chance d'avoir une amie et collègue comme Faustine à mes côtés ; sans elle, je pense que je ne pourrais pas être aussi épanouie dans ma vie professionnelle. Elle joue un rôle immense dans mon bonheur.

La sonnerie de neuf heures vient de retentir, annonçant le retour à la vie active. Ça y est, nous sommes le deux septembre et c'est la rentrée des classes. Ce sont les secondes qui sont les premiers à intégrer l'établissement, autant dire que mon tour est bientôt arrivé. Faustine, qui ne commençait qu'à treize heures, s'est levée pour m'accompagner dans cette étape difficile. Peu rassurée, je ronge une nouvelle fois mes ongles. N'ayant pas d'autre choix que d'y aller si je ne veux pas que le proviseur me tombe dessus, je sors de la salle des professeurs avec mes autres collègues responsables d'une classe de seconde. Faustine pose une main sur mon épaule et dépose un bisou sur mon front, me transmettant un peu de sa force et de son courage. Je ne me sens pas très bien, je tremble et dois être plutôt livide. Je ne peux pas me défiler, alors je prends une grande inspiration et me dirige vers la cour arrière.

— Courage ma belle, ça va aller. On se rejoint à midi pour déjeuner.
— Merci Faustine.

Mes talons claquent contre le carrelage grisâtre du hall, je suis la dernière à me rendre auprès des anciens collégiens. Mes collègues se tiennent bien droit devant eux, derrière le proviseur, je me glisse timidement tout à gauche de cette ligne parfaite. Je place mes mains dans mon dos et fixe mes chaussures. Je pourrais m'écrouler comme de rien, mais je me dois d'être forte. Les élèves ne doivent pas me sentir affaiblie dès le premier jour, ils pourraient s'en servir contre moi par la suite. Les quatre premières classes sont appelées par mes collègues, c'est déjà à mon tour. Je me racle la gorge et énonce, la voix chevrotante, le nom des nombreux élèves qui composent la seconde cinq. Une fois tout le monde réuni, nous montons au deuxième étage de l'établissement. Je ne sais pas vraiment pourquoi, mais cette classe ne m'inspire pas vraiment confiance.

Ma classe se compose essentiellement de garçons qui m'ont l'air bien agités. À voir ce que cette première journée me réserve.

Je laisse mes élèves s'installer à côté de la personne de leur choix, ce n'est peut-être pas une idée très judicieuse, mais il est difficile de placer convenablement des personnes dont nous ne connaissons pas encore les affinités. Ma classe se compose de trente élèves, très exactement dix filles et vingt garçons. Cela ne me rassure que très peu, sans vouloir tomber dans les clichés, il est vrai que la plupart des garçons atteignent l'âge « bête » à l'entrée au lycée, probablement une augmentation du taux d'hormones qui les pousse à chercher la virilité. Très sincèrement, cela ne fait que quelques minutes qu'ils sont devant moi, et j'ai déjà mal au crâne. Voyant que je suis relativement jeune, ils doivent penser que je n'oserai rien leur dire, et ils se trompent.

— Bon très bien, vous avez fait connaissance. Maintenant chacun s'assoit à une place et se tait. dis-je calmement, mais fermement.

Le silence se fait immédiatement, satisfaite d'avoir obtenu le résultat escompté sans insister, j'esquisse un léger sourire, presque invisible. Cette journée s'annonce plutôt positive. Je suis intimement convaincue que lorsqu'une journée commence de la sorte, elle ne peut que se poursuivre dans le bon sens.

— Bien. Bonjour à tous, je suis Madame Louvier, votre professeure de français et professeure principale. Afin que l'année se déroule de la meilleure des façons, je vais tout de suite être très claire et mettre certaines choses au point. Premièrement, s'il y a bien une chose que je ne supporte pas, c'est le manque de respect, envers qui que ce soit. Vous êtes mineurs, vous avez tous reçu une éducation, alors vous devez le respect aussi bien aux adultes qu'à vos camarades. C'est une chose avec laquelle je serai intransigeante. Le respect passe par plusieurs points. Tout d'abord, lorsque quelqu'un parle, vous devez faire silence et être attentif à ce que cette personne dit. Si vous étiez à sa place, vous apprécieriez que l'on vous écoute. Je vous autorise à discuter, en chuchotant et de façon contrôlée, lorsque vous réalisez un exercice non noté ou un travail de groupe, cela va de soi. Ensuite, prenez maintenant conscience que vous êtes au lycée, que le baccalauréat et les études supérieures arrivent à grand pas, je ne veux pas vous mettre la pression, je n'y vois pas d'intérêt, mais sachez simplement que je suis une personne très exigeante, exigeante ne voulant pas dire injuste, bien au contraire. Quand un travail est demandé, j'aime qu'il soit fait en temps et en heure. Vous pouvez tout à fait rencontrer des difficultés, je le conçois totalement, mais ce je n'accepte pas, c'est la fainéantise et le manque de travail. Préparez-vous bien à avoir une charge de travail largement supérieure à celle que vous avez connue auparavant, du moins avec moi. Certes, en seconde vous n'avez pas d'examen à la fin de l'année, mais ce n'est pas une raison pour se la couler douce. Dans la vie, il n'y a pas de secrets, si on travaille, on réussit. Mon objectif est de vous guider vers l'excellence et de vous préparer au mieux à l'épreuve de français de l'année prochaine ainsi qu'aux études supérieures.

Après mon long monologue, je finis par m'arrêter, légèrement essoufflée. Je fais une courte pause, m'asseyant sur mon bureau afin d'observer les élèves un à un. Cela peut sembler peu professionnel de la part d'un professeur de s'asseoir là où sont censées être posées les copies, je peux l'admettre, mais j'ai vraiment horreur de rester assise convenablement, les deux fesses vissées sur une chaise. J'ai besoin de bouger, de changer régulièrement de position ; rester en place, ce n'est pas pour moi. Étrangement, mes élèves pourtant si bavards tout à l'heure, se regardent tous en chiens de faïence, n'osant parler. J'ai l'impression que mon discours a fait son effet. Oui, je peux peut-être effrayer au premier abord, mais cela est simplement pour m'assurer un certain respect des élèves vis-à-vis de moi. Ne voulant pas créer un silence trop long et pesant où ils auraient tendance à bavarder et maugréer sur mes dires, je leur distribue leur emploi du temps, chose qu'ils attendent impatiemment.

— Prenez connaissance de votre emploi du temps. Nous l'observerons ensemble après afin de vérifier que tout le monde ait bien le même et qu'il n'y ait pas d'erreurs. Je souhaiterais également que vous preniez chacun une feuille sur laquelle vous marquerez quelques renseignements. Notez-y s'il vous plaît votre nom, votre prénom, la profession de vos parents, si vous avez des frères et sœurs, vos activités extra-scolaires, votre projet d'orientation et pourquoi ce choix, la filière que vous envisagez pour l'an prochain, les matières où vous vous sentez à l'aise et celles où vous avez plus de difficultés et enfin, si vous avez des problèmes ou des remarques à me confier, n'hésitez pas, quel que soit le genre. J'ai conscience que ces questions peuvent sembler quelque peu indiscrètes, votre vie personnelle ne me regarde pas, mais cela permet de comprendre à quoi pourraient être dues certaines difficultés. Par exemple, si vos parents travaillent beaucoup et que vous devez vous occupez de vos frères et sœurs en leur absence, cela peut expliquer quelques difficultés à supporter la charge de travail. Je n'aménagerai pas pour autant votre emploi du temps et le travail donné, mais cela peut peut-être découler sur un suivi plus particulier et individuel. Comprenez bien que notre seul but en tant qu'enseignants, c'est que vous réussissiez votre vie et vos études.

Encore une fois, mes élèves se regardent en levant les yeux au ciel, je semble les exaspérer. Je me doute qu'après cette matinée avec moi, ils vont s'empresser d'aller retrouver leurs camarades et de me dresser un élogieux portrait. Dans le fond, je m'en moque un petit peu puisque je sais très bien que si leur comportement est digne de celui que nous pouvons escompter d'un lycéen, ils découvriront une autre facette de ma personnalité. Je me suis bien gardée de leur dire que je pouvais me montrer cool, voire très cool ; au départ, mieux vaut assurer ses arrières et rester constamment sur ses gardes. À m'écouter parler de la sorte, on pourrait presque croire que j'ai affaire à des animaux enragés. En réalité, ce n'est pas complètement faux. À l'école, les élèves se permettent souvent de faire des choses qu'ils ne peuvent pas faire chez eux. Bien évidemment, ce n'est pas le cas de tous, mais il arrive que certains élèves très calmes à la maison soient totalement déchaînés en classe. De toute façon, nous avons tous besoin à un moment ou à un autre d'extérioriser, mais bon, je préfère que cela se fasse en dehors de mon cours.

La matinée étant passée relativement vite à cause des nombreux papiers à remplir et à distribuer, je me rends compte que je dois libérer mes élèves dans une petite demi-heure ; cela me laisse juste le temps de leur faire faire ce que j'avais prévu, en espérant qu'ils participent autant que je le souhaite. Me doutant que l'entrée au lycée ne doit pas être évidente pour tout le monde, certains élèves ont probablement des interrogations sur le fonctionnement de l'établissement ou sur les cours en général. Après avoir bien parlé, je leur laisse la possibilité de s'exprimer à leur tour, me mettant à leur disposition. Peu de mes collègues, à ma connaissance, prennent ce petit temps pour permettre aux élèves de poser toutes leurs questions, expédiant ce moment en un rien de temps. Personnellement, c'est quelque chose que je juge extrêmement important. Quoi de pire que de commencer une année avec des questions en suspens dans la tête ?

— Je me doute que votre entrée au lycée doit susciter chez vous quelques interrogations. Si vous en avez, c'est le moment. Profitez de cette demi-heure pour me poser toutes vos questions.

Étonnamment, mes élèves sont plutôt réceptifs et me posent de nombreuses questions. Au départ, j'avais du mal à imaginer qu'ils puissent être aussi à l'aise pour prendre la parole devant des camarades qu'ils ne connaissent pas encore, mais a priori, cela ne les intimide pas trop. La dernière demi-heure passe à grande vitesse, j'ai l'impression d'avoir plutôt bien éclairé mes élèves, plus personne ne semble avoir de questions. Je les laisse donc quitter ma salle dès que la sonnerie retentit. Après ces trois heures passées avec eux, je suis quelque peu rassurée. Certes, ils me semblaient, et me semblent toujours être difficiles à canaliser, mais j'ai plutôt bien réussi à le faire. Je sais que rien n'est gagné, souvent, le premier jour ne veut trop rien dire. Les élèves sont relativement intimidés, surtout lorsqu'ils changent d'établissement, et se montrent donc un petit peu plus discrets que de nature. C'est généralement vers octobre, avant les vacances de la Toussaint, que nous découvrons le vrai visage de chacun d'entre eux. Cela nous permet d'adapter nos méthodes de travail à chaque classe, car même si les programmes sont universels, tout le monde ne peut pas apprendre exactement de la même façon. Chacun a une méthode qui lui est propre et nous devons faire en sorte que chaque élève parvienne à trouver la sienne.

Après avoir libéré mes élèves, je suis allée rejoindre mon amie pour déjeuner. Nous avons mangé un repas plus que simple, composé d'un steak et de pâtes, servi par le réfectoire. Faustine, me voyant revenir souriante, s'est sentie soulagée. Je lui ai rapidement raconté le déroulé de ma matinée, tout en lui dévoilant les personnalités qui m'ont semblé être plus fortes que les autres, remarquant de prime abord les élèves que je vais devoir surveiller de près. J'ai déjà dans le collimateur une dizaine de garçons ; j'espère sincèrement que mes doutes ne sont pas fondés, sinon je risque d'avoir du fil à retordre avec certains. Après avoir déjeuné, nous quittons rapidement le réfectoire, n'ayant pas envie de nous éterniser. Cela va bientôt être à Faustine de découvrir sa classe, alors je la rassure à mon tour, lui affirmant qu'elle va s'en sortir à merveille. Je pose ma main droite derrière son crâne, emmêlant mes doigts dans ses longs cheveux blonds vénitiens. Je pose un baiser sur son front. Nous sommes plutôt tactiles comme femmes, nous nous faisons de nombreux câlins pour nous donner de la force ; étrangement, cela est assez efficace. L'alchimie créée entre nous est inexplicable, même nous, nous sommes incapables de l'expliquer, préférant la vivre plutôt que de toujours trouver une justification.

Faustine a sa classe de terminale jusqu'à dix-sept heures, n'ayant encore trop rien à faire pour m'avancer dans mes cours, je me résous à aller faire quelques courses pour remplir notre frigo presque vide, ainsi qu'à rentrer voir Laurent avant de repasser prendre mon amie. Je vais essayer de ne pas être trop en retard, c'est un gros désavantage du covoiturage, généralement, nous pensons très bien à l'aller, mais bien moins au retour. Je récupère mon sac à main ainsi que ma veste dans mon casier et fais un dernier signe de la main à mon amie avant de rejoindre ma voiture. Plutôt satisfaite de ma première journée de reprise, je me surprends à siffloter sur le parking. Je me sens légère, libre. Quel bonheur de passer une journée à l'extérieur de la maison, sans être constamment aux petits soins pour Laurent. Mais d'un autre côté, je me sens également un petit peu coupable de le laisser se débrouiller seul sachant qu'il souffre. J'espère qu'il va bien. J'hésite un instant à lui téléphoner pour prendre de ses nouvelles, mais je renonce rapidement, j'ai envie de passer un moment toute seule, simplement pour me retrouver avec moi-même. Je trouve cela extrêmement important de s'octroyer des petits instants à soi régulièrement. Personnellement, j'en ai besoin tous les jours, si ce n'est plusieurs fois dans la journée. Dans tous les cas, il n'est pas censé savoir que je termine à treize heures.

J'arrive rapidement au centre commercial. Je gare ma voiture au plus près des portes automatiques, par chance, une place semble m'attendre. Je prends un caddie et entre dans la galerie marchande. Je suis simplement censée faire quelques courses rapides pour acheter ce qu'il nous manque, lorsqu'une paire de chaussures attire mon attention. Il s'agit d'une paire de bottines à talons aiguilles rouges en daim. Je regarde furtivement ma montre et je constate que j'ai largement le temps d'aller les essayer. Je laisse mon caddie à côté de la devanture et entre dans le magasin. Je cherche ma pointure, par chance, il reste une paire de trente-sept. Je m'assieds sur un tabouret mis à la disposition des clients, retirant mes chaussures afin d'essayer les nouvelles. Je me lève pour les observer dans un miroir. Coup de foudre. Elles sont absolument sublimes et très confortables. Je regarde le prix, cinquante-cinq euros soldées à trente-huit puisqu'elles font partie de l'ancienne collection. Je n'hésite pas plus longtemps et passe en caisse, absolument ravie de ma trouvaille.

Il faut maintenant que je me dépêche de faire les courses si je veux avoir le temps de les ranger avant d'aller chercher Faustine.

Mes courses terminées, je retourne à ma voiture. J'ai finalement mis plus de temps que prévu puisque j'ai croisé Sébastien, le mari de Faustine, accompagné de leur petite Rebecca, qui faisait également ses courses. Nous avons discuté pendant près d'une demi-heure. Sébastien est vraiment d'une extrême gentillesse, ce que j'apprécie tout particulièrement chez un homme, mon amie a vraiment trouvé une perle rare. Les hommes aussi gentils et attentionnés sont précieux. Ayant eu la chance de prendre dans mes bras quelques instants leur petite princesse de six mois, je suis comblée de bonheur. Rebecca est vraiment adorable et toujours très joviale. Rares sont les moments où je l'ai vue pleurer. J'envie un petit peu mon amie d'avoir un bébé, j'adorerais avoir un enfant et je pense sincèrement que je pourrais être une bonne mère, mais Laurent refuse totalement, il déteste les enfants. Il craint tellement que je sois enceinte que nous n'avons jamais eu une relation sexuelle sans préservatif, il ne veut pas prendre ce risque. Je dois donc renoncer, la mort dans l'âme, à ce désir pourtant si cher à mes yeux. Chaque fois que je vois Rebecca, je suis toujours nostalgique. Elle représente pour moi une chimère, un désir impossible.

Après ce petit moment aussi plaisant qu'affligeant, j'arrive chez moi aux alentours de quinze heures trente, tout juste le temps de ranger les courses avant de retourner au lycée. Je me gare dans la cour et traverse les graviers, chargée au maximum pour faire le moins de trajets possibles. Une fois tous les sacs posés à la cuisine, je m'attelle immédiatement à les ranger afin de ne pas perdre de temps. Je ne suis pas encore allée saluer Laurent, mais le son de la télévision bien trop fort à mon goût m'indique que cela ne doit pas aller trop mal. Je ne veux pas aller le voir avant car je sais pertinemment qu'il va me demander quelque chose et j'aimerais avoir le temps de terminer mon rangement avant. Soudain, quelque chose attire mon attention, l'évier est vide. Rien de bien alarmant dans l'absolu, mais cela est inhabituel. En temps normal, Laurent ne remplit jamais le lave-vaisselle puisque cela le dégoûte. Pourquoi aujourd'hui, ralenti par son genou, l'aurait-il fait ? Trouvant cela vraiment irréaliste qu'il ait fait un effort, j'ouvre discrètement le lave-vaisselle. Mon intuition était bonne. Vide. Tout comme l'évier. Cela veut donc dire qu'il n'a pas débarrassé ses couverts à midi.

Exaspérée, je pousse un long soupir. Si les assiettes et couverts ne sont pas rincés, cela les rend impossibles à nettoyer. Épuisée et déçue de voir qu'il n'a même pas daigné faire cela, je finis prestement de ranger les courses pour aller lui faire une petite réflexion, mais surtout pour tenter de nettoyer sa vaisselle sûrement couverte de nourriture séchée. Je pars du principe que s'il est capable de se déplacer pour apporter son repas sur la table, il est capable de le débarrasser également. Je veux bien être gentille et prévenante, mais au bout d'un moment, il y a des limites. Pourtant toute contente de lui montrer ma nouvelle acquisition, je les laisse posées sur la table à manger, n'ayant même plus envie de partager cela avec lui. D'un pas décidé, je me dirige au salon. Me trouvant derrière lui, il ne peut me voir, mais à l'inverse, je peux bien observer le désordre qu'il m'a laissé. Sous le choc de son irrespect, je reste interdite un temps, observant avec effroi l'état de mon salon. Les vestiges de son repas du midi trônent sur la table basse. Un cadavre d'une bouteille de bière est couché sur la table, quelques gouttes de mousse étendues sur celle-ci. Le paquet de chips qu'il est en train de manger devant son match de football jonche le canapé de miettes. Trop c'est trop. Il se moque vraiment de moi. Tendue, je contourne le canapé par la gauche et me pose devant la télévision, mains sur les hanches.

— Ah tiens tu tombes bien. Tu ne veux pas m'apporter ma bouteille d'eau s'il te plaît, les chips commencent à me donner soif. me demande-t-il, sans même me regarder.

Intérieurement, je bous. Il me prend vraiment pour sa bonne.

— Non mais ça va bien Laurent ! Tu penses que je suis à ta merci peut-être ? Je viens d'enchaîner une demi-journée de travail, les courses, et tu penses que je n'en fais pas suffisamment comme cela ? Tu crois que c'est un plaisir pour moi de rentrer et de découvrir une telle porcherie ? Je suis désolée, mais si tu es capable de te lever pour prendre ton repas, tes chips et ta bière, tu es également capable de le faire pour prendre une bouteille d'eau et pour débarrasser ton assiette. Je ne te demande pas de faire la vaisselle, simplement de me ranger cette porcherie. Je repars chercher Faustine, il vaudrait mieux pour toi que tout soit fait en rentrant. Je veux bien être gentille et comprendre que tu as mal, mais j'ai assez de mon travail. Pense un petit peu à moi de temps en temps !

Laurent, sous le choc de ma petite crise, reste interdit, battant simplement des cils, tout en me dévisageant. Ce dernier se lève, en s'appuyant sur ses béquilles. Étonnée par son geste je recule dès que mes yeux rencontrent son regard noir. Mission première, ne pas se démonter.

— Tu n'as vraiment aucune once d'empathie pour ton pauvre mari. Regarde comme je souffre. Tu ne peux imaginer la douleur intense que me procure mon genou, mais tu te permets de me demander d'agir comme si de rien n'était. Ce fut un effort surhumain pour moi que de prendre mon repas ce midi, mais de cela tu ne t'en soucies pas ! J'attendais que tu m'appelles, que tu prennes des nouvelles de ton époux, mais tu n'en as rien à faire. Alors aie un petit peu pitié de moi pour une fois ! C'est de ta faute si le salon est dans cet état-là alors tu vas le nettoyer ! C'est uniquement de ta faute puisque tu m'as laissé me débrouiller tout seul ! Si tu avais été davantage soucieuse, tu aurais pris le temps de me téléphoner, mais tu ne l'as pas fait ! J'ai agi comme j'ai pu avec mon atroce souffrance !

— Laurent, si je ne t'ai pas appelé, c'est tout simplement que je n'ai pas eu le temps. Nous n'avions presque plus rien à manger dans le frigo alors il a bien fallu que j'aille faire des courses, il ne se remplit pas encore tout seul ! Et quand bien même je t'aurais téléphoné, cela n'aurait rien changé puisque je n'aurais pas pu te venir en aide ! Alors tu vas me ranger ta merde avant que je rentre !

Sans même prendre le temps d'écouter sa réponse, je tourne les talons et retourne à la cuisine. D'un côté, je m'en veux terriblement de ne pas lui avoir apporté mon aide, mais d'un autre, je n'en avais sincèrement pas le temps. Cela ne fait peut-être pas de moi une très bonne compagne si je pense de la sorte, mais je suis convaincue qu'il est tout à fait capable de se débrouiller seul, du moins un minimum. Une fois à la cuisine, je m'assieds sur une chaise en cuir noir et retire mes chaussures actuelles, souhaitant porter les nouvelles afin de les montrer à mon amie. Alors que j'étais prête à repartir, Laurent surgit devant l'encadrement de porte, bien évidemment les mains vides. Ni une ni deux, une réflexion m'échappe.

— Tu vois, tu es capable de venir jusqu'ici, mais tu n'as encore rien pris pour débarrasser ta table. Je te promets que si rien n'est rangé quand je rentre, tu te débrouilles pour tout !

— Qu'est-ce que c'est que cette boîte de chaussures ? me questionne-t-il sur un ton méprisant.

— Une nouvelle paire, j'avais envie de me faire plaisir. J'en ai encore le droit ? crié-je.

— Non mais tu te moques de moi ! Tu n'as soi-disant pas le temps de venir m'aider, mais pour t'acheter une paire de chaussures, là bizarrement tu le trouves ! Tu n'es qu'une égoïste Anne !

— Oh mais tu as fini de m'emmerder oui ! réponds-je, frappant du poing sur la table.

Laurent sursaute, ni une, ni deux, je me lève, le poussant au passage de l'encadrement de la porte et passe, furieuse. Dans ma précipitation, je le bouscule un petit peu. Laurent manque de perdre l'équilibre, mais il se rattrape comme il peut. Je vois son visage se ternir. Et merde. Quelle conne. Je me précipite vers lui, honteuse de mon comportement. Cela ne me ressemble pas d'agir avec tant d'ardeur, mais agacée, je n'ai pu me contenir.

— Merde Laurent, je suis désolée. Ça va ? le questionné-je, inquiète.

— Casse-toi et vite avant que je t'en mette une. dit-il, bien trop calmement à mon goût.

Je comprends qu'il vaut mieux que je parte, et rapidement. J'attrape prestement mon sac et m'apprête à quitter la maison lorsque Laurent s'approche vers moi. Je n'ai pas le temps de réaliser ce qu'il se passe qu'il me pousse violemment avec le bout de sa béquille droite. Je sens celle-ci se cogner contre mes vertèbres. Mon visage se liquéfie, mais je ne peux lui montrer mon trouble. Je ne me retourne pas et pars vite, du moins le plus vite que je peux, perchée sur mes talons aiguilles de douze centimètres. Une fois la porte fermée, je m'autorise à passer ma main délicatement dans mon dos, massant délicatement l'endroit du choc. Il ne m'a pas ratée. Son coup m'a plus choquée qu'il ne m'a fait mal, mais dans le fond, il a eu raison. Je n'avais pas à lui manquer de respect de la sorte. Franchement, qu'est-ce qu'il m'a pris de le pousser aussi violemment ? Je n'aurais pas dû me montrer si méchante. Je n'aurais pas dû m'attarder aussi longtemps dans ce magasin de chaussures. J'aurais dû être présente pour lui, sachant pertinemment qu'il souffre. Contre toute attente, j'espère simplement qu'il n'aura pas fait le ménage, que je puisse le faire pour qu'il me pardonne.

Il est pratiquement dix-huit heures lorsque je suis de nouveau chez moi. Faustine a passé une excellente rentrée, sa classe lui semble très mature et contrairement à moi, elle a beaucoup de filles. Je n'ai pas eu besoin de lui montrer mes chaussures puisque c'est la première chose qu'elle a remarqué quand je suis descendue de la voiture. Sans grande surprise, elle les adore. En même temps, qui pourrait ne pas les trouver magnifiques ? Faustine a également perçu que j'étais quelque peu troublée, mais je n'ai pas voulu lui dévoiler les vraies raisons, ayant trop honte de mon comportement. Je lui ai simplement dit que j'étais fatiguée, mais qu'après une bonne nuit de sommeil, tout ira mieux. Par chance, cette dernière m'a crue et n'a pas posé plus de questions.

Lorsque je rentre chez moi, une surprise m'attend. Tout est impeccable. Laurent a débarrassé et nettoyé la table. Il a même rempli le lave-vaisselle et je le retrouve aux fourneaux, cuisinant une tarte à la tomate. Lorsque j'observe tout cela, je suis bien évidemment ravie de ne rien avoir à faire, mais je me sens tellement coupable de l'avoir contraint à agir de la sorte par mes mots. Quand j'entre dans la cuisine, Laurent se retourne et me sourit. Sans vraiment comprendre pourquoi, je fonds en larmes. Laurent, complètement déboussolé, reprend ses béquilles et vient à ma rencontre, m'attirant dans ses bras. Je me laisse faire et pleure à chaudes larmes contre son torse musclé.

— Hey Anne, qu'est-ce qu'il se passe ?

— Je...je suis tellement désolée pour tout à l'heure, je m'en veux atrocement. Tu n'aurais pas dû nettoyer, c'était à moi de le faire, tu avais raison.

— Je voulais également m'excuser pour tout le travail que je te donnais, et pour le coup de béquille. Je ne recommencerai plus, je te le promets.

— Je te promets également que je serai plus attentive. Excuse-moi. Que veux-tu que je fasse pour me faire pardonner ?

— Simplement que tu sèches tes larmes et que tu te reposes. Je tiens vraiment à te préparer ce repas mon amour. répond-il, m'embrassant tendrement.

Du revers de la main, j'essuie mes larmes et me dirige au salon. Je déteste pleurer devant quelqu'un, j'ai l'impression d'être vulnérable, mais je n'ai pas pu me contrôler, mes nerfs ont lâché sans prévenir. Soulagée que la situation se soit arrangée, je m'assieds dans le canapé, lisant un roman que je n'ai pas eu le temps de terminer durant les vacances. Je déteste être en conflit avec mon compagnon, ayant toujours l'impression que cela finira en drame. La pression est redescendue, je sais que nous allons maintenant repartir sur de bonnes bases. Je sais qu'il va tenir ses engagements, et je me dois de tenir les miens aussi. L'avenir de notre couple en dépend.

Chapitre III

Je me tourne et me retourne encore, tentant de trouver le sommeil, en vain. Laurent est revenu dormir auprès de moi depuis deux soirs, et mes nuits s'en ressentent. Je ne peux plus me mouvoir à ma guise et m'étendre autant que je le souhaite. Il faut que je reste dans ma moitié du lit, faisant attention à ne pas donner de coups dans son genou. Je me mets dos à Laurent, fixant les volets entrouverts, la lumière des réverbères de la rue permettant à la pièce de ne pas être totalement plongée dans le noir. J'essaie de rêvasser pour retrouver le sommeil, mais rien n'y fait. Mes pupilles sont grandes ouvertes et je sens qu'elles ne sont pas près de se refermer. Je me redresse légèrement afin de passer ma tête au-dessus du corps de Laurent pour observer l'heure qu'il est. Cinq heures trente. Trop tôt pour se lever. Je me laisse tomber lourdement sur le dos, fixant inlassablement le plafond. Je m'ennuie tellement que j'essaie de distinguer les petites fissures et irrégularités dans la pénombre. À force, je vais pouvoir le décrire dans ses moindres détails.

En ayant plus qu'assez de rester là, inerte, je décide de me lever. Sans exagérer, je crois que je prends au moins cinq minutes pour sortir du lit. Je repousse la couverture avec soin, extirpant mes jambes l'une après l'autre. Je redresse mon buste et serre les dents, priant pour ne pas que le sommier grince. Je me lève délicatement et replace la couverture bien droite sur mon époux. Je veux à tout prix éviter de réveiller Laurent, ayant déjà expérimenté ce que cela pouvait donner. Il n'est pas du matin et ne supporterait pas d'être réveillé à une heure si matinale un samedi. J'escomptais faire une grasse matinée, perdu. C'est absolument affreux à dire, mais je préférais quand Laurent ne pouvait pas monter les escaliers. J'étais libre de mes mouvements, presque comme protégée à cet étage qu'il ne pouvait atteindre. Il est vrai que pendant ce laps de temps, j'espérais qu'il guérisse rapidement pour retrouver un petit peu d'aide à la maison. Je l'espérais et l'espère toujours. Disons que l'espoir fait vivre...

Plus d'un mois après l'accident, Laurent se porte bien mieux, il devrait pouvoir retirer son attelle dans quelques jours. Il se porte mieux, mais ne fait toujours rien. Le soir où il a fait le ménage après notre dispute n'est qu'un lointain souvenir. J'ai cessé de lui demander, jugeant que ma petite crise de la dernière fois était malvenue. N'ayant pas très envie de me reprendre un coup de béquille, j'encaisse et ne dis plus rien, mais ce n'est pas parce que je ne dis rien que je ne pense pas. Je suis épuisée, j'ai du mal à tout combiner. Entre les cours à préparer, les copies à corriger et la maison à gérer, je ne m'en sors plus. Cela fait près de deux semaines que mes élèves m'ont rendu leurs copies et je n'ai toujours pas eu le temps de les regarder. Laurent guide en quelque sorte mes journées. Si Monsieur veut, j'exécute, sinon j'ai le droit à une réflexion ou à la culpabilité à la suite de ses phrases telles que *« Souviens-toi que je ne peux pas bouger »*. Bien évidemment qu'il joue de la situation, je ne suis pas dupe, mais que dire ? Je sais que Laurent peut s'énerver en moins de temps qu'il faut pour le dire, je veux le calme, simplement le calme, alors j'encaisse en silence. Dans le fond, en étant rationnelle, cela ne va pas me tuer d'en faire un petit peu plus que d'habitude, et puis je suis certaine que cela finira par se tasser. Soit parce que Laurent daignera m'aider, soit parce que je m'y serai habituée.

Une fois complètement levée, je me dirige à tâtons jusqu'à la salle de bain, marchant sur la pointe des pieds pour éviter de faire grincer le parquet. Je ferme délicatement la porte de la chambre pour ne pas le réveiller à cause de la lumière et de mes déplacements. Nous dormons toujours la porte ouverte, mais quand l'un a besoin de se lever avant l'autre, il ferme la porte pour laisser l'autre continuer sa nuit. Ayant un petit peu froid et ne sachant pas vraiment quoi faire, je me dirige à la salle de bain où j'y allume expressément le chauffage. Je reste stoïque, les yeux dans le vide, tentant de réchauffer mon corps. Je m'ennuie atrocement, mais je n'ai pas envie de bouger. Je pourrais corriger des copies, cela m'avancerait considérablement, mais je n'en ai pas vraiment le courage.

J'allais dire que j'ai d'autres projets un samedi matin à presque six heures, mais finalement non. N'étant d'habitude pas une adepte de la procrastination, je cède pourtant aujourd'hui à la facilité.

Soudain, une idée m'effleure l'esprit, et si j'allais courir ? Il semble faire relativement beau, le jour commence à peine à se lever et cela me permettrait d'évacuer un petit peu. Je ne suis pas une grande fan de sport, je n'en pratique quasiment jamais, mais il est vrai que parfois, l'idée me prend, simplement pour me défouler. Ni une ni deux, je vais chercher discrètement dans l'armoire de notre chambre ma tenue de sport. Il faut que je saute sur l'occasion avant que l'envie ne disparaisse. Chercher dans le noir ma tenue de sport, qui doit être rangée bien loin, ne va pas être une chose simple. Je crains vraiment de réveiller Laurent. Je fais coulisser la porte de l'armoire et me mets à genoux, farfouillant dans la partie inférieure. Après quelques minutes à tâtonner dans le noir, je finis par déceler un t-shirt, un sweat zippé et un jogging. J'entends Laurent grogner, je me stoppe net, espérant qu'il se rendorme aussitôt. Ma poitrine se crispe, angoissant comme si j'étais une criminelle prête à être prise en flagrant délit. Par chance, il semble s'être rendormi ; je quitte la chambre, refermant la porte en toute discrétion.

C'est seulement une fois dans la salle de bain que je découvre la tenue que mes doigts ont choisi. Jogging noir, t-shirt gris et sweat bordeaux. Disons qu'on aura vu pire en association de couleurs. J'aurais préféré être totalement de noir vêtue, mais je ne vais pas me montrer exigeante, ces vêtements feront très bien l'affaire, je ne veux pas prendre le risque de réveiller Laurent pour de bon. Je retire mon short et mon t-shirt que je troque contre ma tenue de sport. Je relève mes cheveux en une queue de cheval peu soignée. J'ai une sale tête, les yeux cernés et les pupilles dilatées. Je pourrais être considérée comme une junky sans souci. Je descends rapidement les escaliers, enfile mes baskets et sors de la maison, prenant garde de ne pas claquer la porte trop fort. Je décide de courir jusqu'à la plage, de faire quelques mètres sur la promenade avant de faire demi-tour.

Je m'élance doucement. N'étant pas une grande sportive, il faut que j'aille à mon rythme si je veux tenir longtemps. Je ne cherche pas à faire une quelconque performance, mais simplement à me défouler. Mes chaussures frappent le bitume. Ma respiration s'accélère. Je me tiens bien droite et fige mon regard droit devant. Je fixe un point imaginaire et ne le quitte pas, laissant mes pensées divaguer. Mes bras en angle droit font des va-et-vient près de ma poitrine. Le soleil commence à se lever à mon plus grand bonheur. Je n'aime pas vraiment courir de nuit, craignant constamment une mauvaise rencontre. Je sais pourtant que le jour n'empêche pas les enlèvements, ni les meurtres, mais je me sens plus rassurée, ayant l'impression de pouvoir anticiper. Faux et archifaux, mais j'aime m'en convaincre. Il fait encore frais, un léger vent soufflant sur mon visage me refroidit. J'ai un instant hésité à prendre mon sweat, puis, me disant qu'il m'encombrerait plus qu'autre chose, je l'ai laissé sur le canapé. J'ai bien fait de faire taire cette petite voix qui ne me fait faire que des maladresses depuis quelque temps. C'est notamment à cause d'elle que j'ai envoyé paître Laurent. Non pas que je me dédouane de toute responsabilité, mais il est vrai que ma conscience n'a pas que de bons conseils.

Une fois arrivée sur la promenade, je suis à bout de forces, j'ai l'impression que je vais m'écrouler après chaque foulée. Je transpire, mes cheveux collent sur mon visage. Je me sens sale et je déteste cela. Je crois que c'est essentiellement pour cette raison que je déteste autant le sport, nous sommes toujours dégoulinants de sueur. Fatiguée, mais tendue par la vue du restaurant devant lequel j'ai attendu Laurent, j'accélère. Je cours vite, beaucoup trop vite. Mes pieds frappent le sol à une vitesse folle. Je ne lâche pas mon point imaginaire des yeux, courant le plus vite possible vers celui-ci. Soudain, ce qui devait arriver arriva. Une irrégularité du sol me fait trébucher, je m'écroule de tout mon long contre le bitume, face contre le goudron. Dégoûtée par les microbes contenus sur ce sol, je me relève immédiatement. Je regarde mes mains, je saigne. Et merde. Je sens un liquide chaud couler le long de ma tempe. Je porte ma main à cette dernière et la retire dans la seconde suivante, couverte de sang. J'en conclus que j'ai dû m'ouvrir l'arcade sourcilière en tombant. Re-merde.

Dépitée par cette chute qui a stoppé net mon élan, je décide d'aller me poser sur le sable. Je pourrais prendre un banc, mais je préfère être face à la mer. Je m'écroule dans le sable, me posant très près de l'immensité salée et de ses vagues irrégulières. Ne prêtant plus attention au sang sur mes mains, j'attrape des poignées de sable et les jette devant moi, tentant d'atteindre la mer. À cette heure, le sable est encore humide et je n'ai aucun mal à former de petites boules compactes. Épuisée, je me laisse tomber en arrière, m'allongeant de tout mon long dans le sable humide. Je fixe les nuages, essayant de trouver ce qu'ils représentent. Ce moment de calme me fait du bien, mais pour aller encore mieux, j'ai besoin de hurler, de crier toute la rage et la fatigue qui m'envahissent. Je vérifie furtivement autour de moi qu'il n'y ait personne. Je suis une femme qui vit beaucoup dans le paraître et je ne voudrais pas que quelqu'un pense que je suis complètement folle. Personne à l'horizon. Je me redresse, me relevant en même temps. Je marche jusqu'à la mer, m'arrêtant juste avant de mouiller mes chaussures. Je lève mes bras en position du Christ, faisant passer le vent à travers mes doigts. Je ferme les yeux et pousse un grand cri afin de me vider la tête.

Libérée et tellement plus légère, je me laisse une nouvelle fois tomber sur le sable. Je rabats mes jambes contre ma poitrine et souris, heureuse et apaisée. Étrangement, cet effort vient de faire disparaître toute ma fatigue. Je me sens bien. Ma tempe a arrêté de saigner, je dois avoir une drôle de tête entre la transpiration et le sang. Je déteste attirer l'attention sur moi de cette façon. Je n'ai pas envie que quelqu'un vienne me questionner. Je ne supporte pas de sentir des regards insistants me dévisager, je déteste cela, mais je sais que je vais devoir y faire face. Il va pourtant bien falloir que je rentre, mais je me dis que normalement, je ne devrais pas croiser grand monde à cette heure si matinale.

Je me relève, tapotant avec le revers de ma main mes fesses pleines de sable. Mes courbatures me ramènent rapidement à la réalité, courir autant quand nous n'en avons pas l'habitude laisse des marques. Les douleurs liées à ma chute et celles liées à mes courbatures naissantes m'empêchent d'avoir une démarche convenable. Je me sens tout à fait incapable de rentrer à pied et encore moins en courant. Ne pouvant rentrer par la seule force de mes jambes, je ne vois qu'une solution, prendre le bus. Je ne suis pas ravie, ce n'était pas prévu comme cela. Je n'ai pas très envie que l'on m'observe dans un tel état. Je suis sale, couverte d'égratignures et un filet de sang a séché sur ma joue, quel tableau. Pour couronner le tout, je suis partie les mains vides. Pas de carte de bus, pas de carte bancaire, rien pour payer mon ticket. J'observe ma montre, pratiquement huit heures. Cela m'étonnerait fortement que des contrôleurs s'amusent à chercher un fraudeur un samedi matin à huit heures. Je n'ai pas envie de prendre ce risque, mais, trop fatiguée pour marcher jusqu'à chez nous, je me rends à l'arrêt de bus le plus proche.

Un quart d'heure plus tard, le bus arrive. Trop mal à l'aise à cause de mon apparence, j'hésite à monter dedans. Je finis par me résoudre à cette unique solution, le regard baissé, murmurant un « bonjour » inaudible au chauffeur. Gênée, je me dirige au fond du bus, là où personne ne pourra me voir. La traversée dans le passage étroit me paraît interminable. Je fixe mes chaussures telle une petite fille qui vient de commettre une bêtise. Je sens des regards inquisiteurs se poser sur moi, plus jamais je ne pars courir aussi loin, plus jamais. Une fois installée sur mon siège du côté gauche du bus, je me colle à la fenêtre et rabats mes jambes contre ma poitrine, les encerclant de mes bras. Je pose ma tête sur mes genoux et ferme mes yeux. Je ne veux pas attirer l'attention sur moi, mais je me demande si cette position n'est pas encore plus alarmante que mon apparence.

Le bus s'arrête, dernier arrêt avant que je descende, par chance je n'aurai pas été contrôlée. Je m'apprête à esquisser un sourire satisfait lorsque j'aperçois quatre contrôleurs entrer dans le bus. Ne jamais crier victoire trop vite. C'est la première fois de ma vie que je ne paie pas mon titre de transport et forcément, il faut que je me fasse contrôler ce jour-ci. Et dire que certains le font tous les jours sans que personne ne le remarque, quelle malchance quand même. Toute gênée, je me tapis au fond de mon siège et baisse la tête.

— Bonjour, pourriez-vous nous faire face ?

Je sursaute au son de la voix de cet homme au ton glacial. Je m'exécute sans broncher, mais je ne parviens pas soutenir leurs regards.

— Votre ticket s'il vous plaît. s'impatiente-t-il
— Je...je n'en ai pas. dis-je penaude.
— Je vais vous demander de sortir du bus et de me suivre. m'ordonne-t-il, avec une pointe d'agacement dans la voix.

Ma peau pâle vire au rouge cramoisi. Je sors du bus, toujours la tête baissée, n'osant supporter les regards insistants et emplis de jugement des autres passagers. J'ai envie de m'enfoncer dans le sol et de disparaître à jamais. J'ai cru que j'allais avoir un petit peu de chance, mais les astres ne se sont visiblement pas alignés ce matin. La honte, mais la honte. Pourquoi ai-je cédé à la facilité ? Je suis pourtant une femme raisonnable, jamais je n'aurais pris le bus sans ticket, alors pourquoi l'ai-je fait aujourd'hui ? J'ai l'impression d'entendre les gens rigoler et maugréer en me voyant passer. Je suis dans un état lamentable et en plus, je me donne en spectacle, mais que suis-je en train de devenir ? Le bus repart, je me tiens devant les nombreux contrôleurs, fixant mes baskets. Je suis à deux doigts de craquer tant la culpabilité est forte, mais je dois rester forte. Je me suis suffisamment exposée comme cela, il est inutile d'en rajouter.

— Pourrions-nous savoir pourquoi vous n'avez pas payé votre ticket de transport Madame ? me demande l'un d'entre eux, tout cela sans aucune expression dans la voix.
— Je...je suis partie courir ce matin, pensant être capable de pouvoir faire l'aller-retour, mais j'ai quelque peu surestimé mes capacités physiques. J'ai pris le bus, pensant ne pas être contrôlée un samedi matin à cette heure-ci. Veuillez m'excuser, je...j'en suis profondément désolée, cela ne me ressemble pas.

Je tente de soutenir le regard des deux hommes qui sont en train de me questionner, mais je n'y parviens plus. Mes yeux s'embuent de larmes, je mords l'intérieur de mes lèvres pour tenter de les chasser. Je ne veux pas pleurer, pas devant eux. Je me sens faible, j'ai mal partout et je sens que mon arcade sourcilière commence à saigner de plus belle. Complètement à bout, je pousse un long soupir.

— Ça va Madame ?

— Très bien. dis-je, relevant la tête et souriant, tentant de m'en persuader.

— Vous en êtes certaine ? Vous me semblez assez mal en point.

— Ce n'est rien, je vous assure. Je suis simplement exténuée de mon jogging, et je suis tombée. affirmé-je, pointant mon sourcil du doigt.

L'homme acquiesce, visiblement perplexe. Ce dernier se tourne vers ses collègues. Ne comprenant pas vraiment pourquoi il ne m'a toujours pas donné de contravention, je m'appuie sur l'une des parois de l'abribus. Cela me dégoûte, c'est un nid à microbes jamais désinfecté, mais je n'en ai pas le choix. Il faut que je me soutienne avant que mes jambes ne se dérobent. Je pose ma main droite sur le verre transparent et ma main gauche sur mes yeux, tentant de reprendre mes esprits. Le contrôleur revient vers moi, sa présence me fait tressaillir.

— Bon, disons que c'est mon jour d'indulgence. Je vous laisse tranquille pour cette fois, mais ne vous avisez pas de recommencer. Je serai tout de suite moins compréhensif si vous recommencez. Rentrez vous reposer, vous semblez en avoir grandement besoin.

— Me...merci. C'est très gentil de votre part. réponds-je, sous le choc.

— Tenez, gardez-le précieusement, cela peut parfois servir.

J'attrape le papier qu'il me tend et le déplie délicatement. Devant ce qu'il est écrit, je reste stupéfaite, « 3919, ligne d'écoute pour les femmes victimes de violences conjugales ». Je fronce les sourcils, ne comprenant absolument pas où ce dernier veut en venir.

— Pourquoi me donnez-vous cela ? Qu'insinuez-vous ? le questionné-je, loin d'être sur la même longueur d'onde que ce dernier.

— Oh, je n'insinue absolument rien Mademoiselle, je fais juste de la prévention. Vous savez, les violences faites aux femmes existent bien plus qu'on ne le pense. J'espère que ce numéro ne vous servira jamais, mais gardez-le, au cas où.

— Me...merci, mais je vous assure, tout va très bien chez moi. souris-je.

Je fronce les sourcils, les observant s'en aller. Une poubelle est devant moi, à côté de l'arrêt de bus. Je m'apprête à y jeter le papier, mais je me ravise. Je le plie en deux et le glisse dans la poche arrière de mon jogging, haussant les épaules. J'ai beau chercher et réfléchir encore et encore à la scène, je ne parviens pas à comprendre pourquoi je n'ai pas eu d'amende et pourquoi cet homme m'a donné ce papier. Je ne vais pas m'en plaindre, bien au contraire, mais cela n'empêche que je ne parviens pas à comprendre ce qui justifie sa gentillesse. Ce papier ne pouvant me servir, j'aurais pu le jeter, mais quelque chose en moi me dit de le garder. Une force inexplicable qui m'a éloignée de la poubelle. Cela ne prend pas de place, alors je décide d'écouter ma petite voix intérieure, le laissant au fond de ma poche. Je l'oublierai sûrement bien rapidement.

Ne pouvant plus me permettre de prendre le bus une seconde fois, je me résous à rentrer à pied. Mes douleurs ne font que s'accentuer, j'ai une démarche étrange et je saigne toujours. Le trajet va être long, mais je me console en sachant que ma maison ne se trouve qu'à quelques rues d'ici, ayant été obligée de descendre du bus un arrêt avant le mien. Mon trajet me semble durer une éternité. La scène qui vient de se passer ne fait que tourner en boucle dans ma tête. A-t-il pensé que mes blessures avaient été causées par mon conjoint ? Pourtant, sale comme je suis, mes dires ne pouvaient que sembler crédibles. Peut-être que cet homme a été confronté à une situation de violences conjugales dans son entourage proche ? Une femme avec des blessures similaires, causées elles par son conjoint, l'a probablement alarmé. Je ne connais en rien la vie de cet homme, ce ne sont que des suppositions pour essayer de comprendre le pourquoi du comment. Je déteste rester dans l'ignorance, alors je tente de trouver une réponse à mes questions, à ma manière. Je cherche ce qui me semble le plus logique, mais rien n'est vérifié.

Après une longue et douloureuse marche, je finis enfin par franchir le portail de ma maison. Je retire mes baskets pleines de sable avant rentrer. Je n'ai qu'une envie, aller me laver. Je suis collante, couverte de sueur, de sable et de sang, je ne me supporte pas ainsi. Pensant pouvoir prendre un bain immédiatement, une drôle de surprise m'attend lorsque je pousse la porte d'entrée. Les volets sont ouverts, j'entends de l'agitation à la cuisine. Laurent est déjà debout à huit heures et demie, chose extrêmement étrange sachant qu'il s'offre une grasse matinée tous les week-ends, ne se levant pas avant au moins dix heures, grand minimum. Je ne pense pas à mal, songeant simplement que j'ai dû le réveiller avec mon peu de discrétion. Toute gaie suite à ma course ressourçante, je clame un « bonjour chéri » assez fort pour qu'il m'entende, prenant un ton relativement enjoué. Pas de réponse. J'avance un petit peu, croisant son regard à travers la verrière qui sépare le couloir de la cuisine, me dirigeant vers le salon.

— C'est à cette heure-ci que tu rentres ? Tu étais où ? crie-t-il.

— J'étais partie courir, j'avais du mal à dormir.

— Et en plus tu te fous de moi ! Avec qui tu étais ?

— Et toi, que fais-tu déjà debout ?

— Tu m'as réveillé. Six heures trente un samedi matin, non mais ça va bien ! Je suis exténué et tu ne me laisses pas dormir ! Alors réponds-moi, avec qui tu étais Anne ?

— Mais avec personne voyons, je suis simplement allée courir.

— Arrête un petit peu de me mener en bateau Anne ! Tu ne cours pratiquement jamais, mis à part après les fêtes pour soi-disant perdre du poids, sans succès visiblement. me dit-il avec un ton plus que méprisant.

Je reste interdite face à ses violents dires. Je m'attendais à tout sauf à un tel accueil. Que Laurent soit énervé parce que je l'ai réveillé passe encore, mais qu'il se permette de m'attaquer sur mon physique me blesse profondément. Laurent sait pertinemment que je ne suis pas à l'aise avec mon corps. J'ai beau être très mince, j'ai toujours l'impression d'être énorme dès que je passe devant un miroir. Le poids est un sujet compliqué, je ne supporte pas de me sentir pleine de graisse, alors oui, c'est vrai, je cours après les fêtes. Pas longtemps, je ne tiens jamais mes engagements sportifs plus de deux semaines. Oui, mes efforts ne sont probablement pas payants, mais l'entendre dans la bouche de mon conjoint me blesse. Comme quoi, quand il veut faire mal, il sait pertinemment où appuyer.

— Réponds-moi ! Tu étais avec qui ? hurle-t-il.

Je tressaille. Effrayée par son ton cinglant, j'ai un mouvement de recul, me cognant le bas du dos dans le coin de la table. Je ne peux pas me démonter face à Laurent, cela serait lui donner raison, alors je prends mon courage à deux mains et lui réponds, le fixant droit dans les yeux.

— Si je te dis que je n'étais avec personne, c'est que je n'étais avec personne. Je ne suis pas une menteuse, alors j'aimerais que tu arrêtes tes accusations mensongères et infondées. dis-je, très calmement.
— Je ne te crois pas, alors maintenant tu vas me dire la vérité !

Laurent s'avance brusquement vers moi, attrapant fermement mes poignets et me poussant encore un petit peu plus contre le coin de la table à manger. De plus en plus sous le choc face à sa réaction brutale, je tente de me libérer de sa forte poigne, en vain. Laurent a le regard d'un noir profond qui m'effraie, j'aimerais lui demander d'arrêter, mais aucun son ne passe la barrière de mes lèvres.

— Tu me réveilles tôt un samedi matin, tu pars sans me prévenir, tu ne me prépares pas mon petit déjeuner et tu reviens dégueulasse ! Cela fait beaucoup tu ne crois pas ? Tu penses être digne de partager ta vie avec la mienne avec un tel comportement ? Tu te trompes bien ma pauvre Anne. Je sais que tu tentes de me tromper, et je vais parvenir à le prouver pour te mettre face à tes actes ! Je ne suis pas assez bien pour toi c'est ça ? Eh bien dis-le, assume-le, avoue-le ! Tu n'es qu'une traînée de toute façon !

— Non mais ça va bien ? Tu vas arrêter ta paranoïa cinq minutes ou tu comptes poursuivre ton monologue jusqu'à ce que mort s'en suive ? Il faut que tu comprennes que je ne suis pas à ta merci Laurent. Oui, je veux bien être gentille et te faire plaisir quand tu te sens mal, mais il va falloir arrêter avec ton genou. Tu marches très bien sans béquilles, tu ne sembles pas trop souffrir pour monter les escaliers ou sortir alors tu dois être capable de te faire tes repas et ton ménage tout seul comme un grand. Je ne suis pas ta bonniche ! hurlé-je, le rouge me montant aux joues tant mon agacement est intense.

— Tu n'es qu'une égoïste, tu ne penses qu'à ta sale petite gueule et malgré tout cela, tu oses me demander quand je souhaiterais avoir un enfant avec toi...

— Cela n'a aucun rapport... le coupé-je.

— Ta gueule, je parle. Tu veux un enfant, mais tu n'es déjà pas capable de t'occuper de ton conjoint ! Je ne veux et ne voudrai jamais d'enfants avec toi et c'est tant mieux ! Tu serais une mère ignoble qui privilégiera son petit confort de merde avant le bien-être de ta famille. Allez casse-toi ma pauvre fille, tu ne vaux rien ! m'ordonne-t-il sur un ton méprisant.

Je suis sous le choc, Laurent lâche mes poignets et me pousse sur les épaules. Les bras m'en tombent, je reste stoïque, incapable d'émettre le moindre son ou même de bouger. J'aimerais pouvoir lui répondre de façon aussi cinglante, mais je ne sais pas faire, je ne suis pas comme cela, loin de là. Je ne suis pas méchante de nature. Pour moi, il n'y a absolument aucun intérêt à descendre une personne en s'appuyant sur ses points faibles et les sujets qui peuvent potentiellement la blesser. J'essaie constamment de contrôler mes mots afin de n'offenser personne. Le respect est pour moi la chose la plus importante, passant même avant l'amour en lui-même. De toute façon, il ne peut y avoir d'amour sincère sans respect pour soi et pour l'autre.

Laurent s'apprête à faire demi-tour, me toisant de haut en bas avec un air dégoûté lisible à travers son regard et son expression. Reprenant peu à peu mes esprits, je me redresse difficilement, massant mon dos délicatement à l'aide de mes mains. Sur le coup de la douleur et de la surprise, j'échappe un « putain » pratiquement inaudible, enfin c'est ce que je croyais. Laurent se retourne immédiatement, plongeant son regard dans mes yeux fuyants. Je regrette immédiatement d'avoir sorti cette injure, pourtant sans arrière-pensée. Laurent me fait une nouvelle fois face, approchant son visage du mien. Il saisit l'encolure de mon sweat et serre sa poigne. Mes pupilles s'écarquillent, les larmes me montent aux yeux, je suis absolument terrifiée. Je n'ai jamais vu Laurent s'énerver de la sorte, jamais.

— Tu peux répéter ce que tu viens de dire ? me questionne-t-il, serrant encore un peu plus sa poigne.
— Je...je suis désolée, c'est sorti tout seul. me justifié-je.
— Tu vas répéter !

Ses cris me strient les oreilles, je sursaute et commence à trembler. Je ne veux pas me montrer faible, ni vulnérable face à lui, mais je ne parviens plus à cacher mon angoisse grandissante. Je ne réponds pas, la gorge nouée et trop honteuse de mon comportement. Laurent s'agace davantage, mon silence n'étant visiblement pas une bonne solution.

— Très bien, j'espère que cela va te servir de leçon. Tu dois m'obéir Anne ! Lorsque je te demande quelque chose, j'aimerais que tu écoutes, sinon cela ne pourra pas aller longtemps.

Sans vraiment comprendre ce qui est en train de se passer, Laurent desserre sa main droite et la monte à hauteur de mon visage. Laurent m'assène violemment son poing sur mon œil droit. Je ne réalise pas immédiatement la tournure brutale qu'ont pris les événements, seule une vive douleur m'envahit. Après quelques secondes, je reprends mes esprits et commence à réaliser ce qu'il s'est passé. Il vient de me frapper, de m'infliger un violent coup de poing en plein visage avec une rage que je ne lui ai encore jamais découverte. La douleur est intense, mais l'impact psychologique est encore plus vif. Je reste déconcertée, ne comprenant clairement pas ce qui a pu le pousser à agir ainsi.

— Allez casse-toi avant que je ne t'en remette une. Dégage traînée !

J'aimerais lui répondre, mais je n'en ai plus la force. Laurent illustre ses menaces en montant une nouvelle fois son poing face à ma tête. Je ne prends pas le risque de recevoir un second coup, alors je fuis, montant difficilement les escaliers. Je parviens péniblement à atteindre la salle de bain, où je m'enferme pour être tranquille. Une fois seule et en sécurité, l'expression de mon visage change du tout au tout. Je me sens faible, je dois être totalement blafarde. Épuisée et toujours sous le choc de ce qu'il vient de se passer, je me laisse glisser le long de la porte. Je rabats mes genoux contre ma poitrine et y enfouis ma tête. Mes nerfs lâchent complètement, je ne contrôle plus rien. Une perle roule le long de ma joue, bientôt suivie d'une seconde, laissant place à un torrent de larmes incontrôlé. Je sanglote comme une petite fille qui vient de se faire disputer.

Mon mental flanche complètement, je tremble sans pouvoir me contrôler. Je tente de me calmer, me concentrant sur ma respiration. Je passe ma main sous mes yeux et masse mon front à l'aide de ma main droite, tentant de me concentrer pour me calmer. Bientôt, la tristesse laisse place à la colère. Mes larmes s'étant taries, je me relève d'un bond. La douleur de mon corps fracassé par les courbatures me ramène rapidement à la réalité, mais ne m'empêche pas de fulminer. J'ai mal, ce n'est pas négligeable. Je saigne, je le sens bien. Un hématome se formera autour de mon œil droit, je n'en ai aucun doute. Toutes ces blessures me fragilisent, mais ce n'est pas cela qui me fait le plus mal. Non, la douleur la plus violente est psychologique. Je n'en reviens pas que Laurent ait pu me frapper avec une telle rage, sans sourciller, étant a priori prêt à recommencer si j'avais osé rétorquer. Un mélange d'émotions se confondent en moi. Je ne sais si je dois être triste ou en colère, si je dois être effrayée et me taire ou au contraire ne rien laisser passer et montrer à Laurent que je n'ai pas peur. Pour la première fois depuis que je vis avec lui, sa violence m'inquiète. Dans sa colère, je ne sais réellement pas de quoi il aurait été capable.

Bien que je sois toujours bouleversée, je décide qu'il ne faut pas que je laisse passer son geste. Si je ne dis rien et que je lui montre ma crainte, il pourra tout naturellement s'en servir contre moi, voyant que cela m'a profondément touchée. Je suis quelque peu tétanisée à l'idée de le confronter à son geste, mais je sais que cela est essentiel pour mon bien-être. Après un temps de réflexion, j'ai réussi à me calmer totalement. Je prends donc la décision de me laver, de faire ma valise et de lui faire croire que je compte m'en aller. En réalité, je ne compte pas vraiment quitter la maison, cela ne serait d'ailleurs pas à moi de partir, mais plutôt à lui, mais soit. Je compte simplement lui donner un petit coup de pression, en lui montrant que je suis capable de m'en aller si sa violence persiste, que rien ne me rattache à lui. Je veux imposer et marquer mon territoire. C'est un parti pris risqué, Laurent peut s'excuser et me promettre d'arrêter ou alors s'énerver davantage. Voulant lui laisser le temps de redescendre, je prends un bain assez long. J'ai besoin de me prélasser un petit peu, mais surtout de faire le point sur ce qu'il vient de se passer.

Après une longue douche et une fois vêtue d'un jean noir et d'un léger pull blanc, je me dirige en toute discrétion vers la chambre conjugale. Je farfouille dans mon placard afin d'en dénicher ma valise. Après réflexion, je ne compte pas vraiment partir, du moins, j'espère que Laurent me retiendra. S'il le fait, mon électrochoc aura fonctionné avec succès, mais s'il me laisse partir, je me retrouve coincée dans mon propre engrenage. Par sécurité, je prends quand même quelques affaires. Une fois ma valise pleine à craquer, je comprends qu'il est temps d'aller au bout de mon idée. Après de nombreux efforts pour la fermer, je finis par y parvenir. Pas simple quand nous sommes une femme coquette de limiter sa garde-robe. Étant équipée du nécessaire, je descends les escaliers, fébrile. Une fois en bas, une odeur inattendue me chatouille les narines. Laurent est en train de cuisiner un poulet au curry. Un bon nombre de personnes ne serait pas étonné d'observer leur mari aux fourneaux. La chose qui m'étonne n'est pas tant que Laurent cuisine, mais qu'il cuisine pour lui seul. Jamais il ne se ferait un tel repas, s'il se fait cuire des pâtes, c'est déjà le bout du monde.

Passant devant le miroir en bas des escaliers, j'y observe mon reflet. Honnêtement, je fais peur à voir. Mon arcade sourcilière est encore à vif, bien qu'elle ne saigne plus et mon œil droit est bleu d'un gros coquard, autant dire que Laurent ne m'a pas ratée. Ce que je constate à travers cette glace me conforte dans mon idée ; je ne dois pas laisser passer son geste, sinon c'est la porte ouverte à tous les comportements. Si je passe son coup sous silence, où s'arrêtera-t-il ? Tout ne pourra que monter crescendo. Laurent est bien à la cuisine ; voulant éviter une seconde dispute, je tente de passer incognito. Je récupère mon manteau noir et me chausse avec la rare paire de baskets un petit peu habillée que j'ai. Je prends également les talons que je me suis achetés dernièrement, ne voulant pas les laisser ici. Je prends mes clés et quitte la maison, claquant la porte suffisamment fort afin qu'il m'entende. Je marche d'un pas déterminé jusqu'à ma Mini quand j'entends la porte d'entrée s'ouvrir et Laurent scander mon nom. Et merde. Je stoppe net mon élan et ferme les yeux, lâchant un long soupir de désespoir. Je me retourne et tente de soutenir son regard.

— Qu'est-ce que tu fais Anne ? me questionne-t-il avec une voix étonnamment calme.
— Je me barre si cela ne se voit pas. dis-je, tout en chargeant ma valise dans le coffre.
 — Anne, attends, je crois qu'il faut qu'on parle.

Laurent attrape mon poignet brusquement, me faisant faire volte-face et me coinçant entre son corps et ma voiture. Je suis prise au piège, ma respiration s'accélère et mes pupilles s'écarquillent, ne sachant ce qui m'attend réellement.

— Anne, ma chérie je suis désolé. Je t'aime tellement, mais tellement que je ne supporterai pas de te perdre. Je suis désolé de t'avoir frappée, mais tu m'as énervé. Je n'ai pas supporté que tu sois absente ce matin. Ton comportement fuyant m'a également fait croire que tu me trompais. Oh mon amour, reviens s'il te plaît. Je te promets de faire attention, c'était la première et la dernière fois que je lève la main sur toi. Viens manger mon amour, je t'ai préparé le plat que tu adores.

Tout s'éclaircit, Laurent n'a pas fait à manger pour lui, mais pour moi. Ses mots ont su me toucher exactement là où il fallait. Je ne sais pas si je suis naïve, mais j'ai envie de le croire. Laurent me semble sincèrement désolé et la détresse dans ses yeux lorsque je lui ai dit que je partais m'a profondément émue. Le voir si démuni à l'idée de se retrouver seul m'attendrit. Peut-être que cela n'est qu'une façon de me récupérer, c'est une possibilité, mais j'ai envie de lui offrir une seconde chance. Malgré tout, je l'aime comme jamais je n'ai aimé qui que ce soit. Je comprends qu'au final, ce coup était peut-être mérité. Si j'avais communiqué avec lui et si je n'étais pas partie sans le prévenir, cela aurait évité qu'il s'inquiète et qu'il n'imagine des scénarios absurdes. Tout est ma faute, j'aurais dû attendre qu'il se réveille avant d'aller courir. Laurent a eu raison de me donner une bonne correction, elle était tout à fait justifiée. Je récupère ma valise et retourne dans la maison familiale, mon plan a fonctionné. En espérant que je ne le regrette pas par la suite...

Chapitre IV

Comme chaque matin depuis plus d'un mois, mon réveil sonne à six heures, me rappelant qu'il faut que je m'extirpe, à contrecœur, de mon lit douillet. Je jette un furtif coup d'œil vers Laurent, vérifiant qu'il dort toujours. Il doit vraiment avoir le sommeil très lourd pour ne pas entendre ma musique stridente. Fatiguée de ma courte nuit, je tente de la prolonger un petit peu, j'aimerais m'accorder encore quelques minutes, simplement pour prendre le temps de me réveiller convenablement. Je me laisse tomber sur l'oreiller et ferme les yeux, mais dès que je sens mon esprit divaguer, je me relève en sursaut. Une vague de stress m'envahit, si je m'endors, je ne me réveillerai pas avant neuf heures, soit bien trop tard pour être à l'heure au lycée. Ne pouvant me permettre ce luxe, je me lève, encore plus épuisée qu'hier soir.

Mon week-end a été tout sauf reposant. Après ma violente altercation avec Laurent samedi, je n'ai pas osé faire la moindre remarque quant à son comportement. Malgré ses promesses, il ne s'est pas plus investi dans la vie de la maison, encore moins qu'avant. En un mot, il ne fait rien, passant ses journées entre la position assise et la position allongée. Je me trouve obligée de tout gérer. Le ménage, les repas, mes cours... Absolument tout. J'aurais pu tenter de repartir, mettant mes menaces à exécution, mais je n'en ai pas eu la force. Je crois plutôt que j'ai eu peur de sa réaction. S'il a été capable de me frapper pour de simples suppositions, qui sait ce qu'il pourrait faire si je le contrarie. Alors j'accepte en silence mon rôle de servante. J'ai perdu mon sourire, je suis plus songeuse et manque parfois quelques bribes de vie réelle tant mes pensées m'obnubilent et me dominent. Dans des moments si difficiles, chacun trouve un moyen de se couper de la réalité. Personnellement, je plonge dans le courant aride de mes pensées, une mer noire absorbant toutes les tempêtes, se remplissant peu à peu.

Laurent n'a pas levé la main sur moi depuis samedi matin, je pense qu'il en a eu l'envie quand je lui ai dit que je ne pouvais pas lui préparer un vrai repas pour dimanche midi par manque de temps, mais il ne l'a pas fait. Mon conjoint essaie par tous les moyens d'entamer une discussion avec moi dans les rares moments que nous passons en commun, mais je ne me montre que peu réceptive, répondant de façon plus que concise à ses questions qui attendent forcément une réponse. Je n'ai plus envie de lui parler après son geste, mais je reste par facilité, n'ayant pas le courage de me lancer dans des procédures administratives. Je vis avec lui comme je vivrais avec un colocataire, dans l'indifférence la plus totale. Je suis mal à l'aise de me trouver à ses côtés. Ce samedi matin, j'ai découvert une facette de sa personnalité que je ne connaissais pas et que je n'aurais jamais soupçonnée. Je savais qu'il pouvait se montrer cru dans ses propos, mais jamais je n'aurais pensé qu'il finirait par lever la main sur moi.

Je ne peux m'empêcher de revivre cette scène encore et encore. Je le revois abattre son poing contre mon œil, m'insultant de tous les qualificatifs possibles et imaginables. Je me revois, préparant ma valise et prête à partir. Et bien évidemment, je revois Laurent, les yeux brillants d'une crainte irrépressible me suppliant de rester. Mon conjoint a compris que la situation lui échappait, alors il a touché ma corde sensible pour me convaincre de rester. Je ne supporte pas d'observer les larmes embuer un regard et Laurent le sait très bien. Vraie crainte de me perdre ou larmes de crocodile pour me convaincre de rester ? Je n'ai toujours pas la réponse et cela favorise mes angoisses. Dès qu'un moment d'accalmie se présente, mes pensées m'envahissent, me submergeant presque. Je revis cette scène encore et toujours, tentant de la comprendre dans ses moindres détails et d'en éclaircir les zones ombragées, sans succès. Plus j'y pense, plus les questions surgissent. Je reste figée dans mes pensées et je ne peux fermer les yeux. J'aimerais simplement débrancher mon cerveau le temps d'une nuit. Le mettre sur pause pour pouvoir dormir, car à ce rythme-là, je sais que je ne vais pas tenir longtemps.

Je suis si fatiguée, je n'ai pas le courage d'aller travailler, pourtant, j'en crève d'envie. Je commence à détester les week-ends tant ils me confrontent à moi-même. Trop difficile pour moi de faire face à ce que je suis vraiment, je préfère me voiler la face, même si je sais que c'est tout sauf la bonne solution. J'ai envie de travailler, d'avoir l'esprit occupé par autre chose que mon couple. Je souhaite me plonger dans mes cours, tenter d'instruire une bande d'adolescents désabusés qui oublieront tout une fois sortis de mon cours. J'ai surtout envie de retrouver mon amie Faustine, discuter avec elle, l'écouter me raconter son week-end en famille. J'ai hâte d'entendre sa douce voix qui m'apaise immédiatement. J'ai besoin qu'elle me calme et qu'elle me fasse penser à autre chose. Je sais pertinemment que mes pensées et mes doutes vont revenir dès lors que je serai seule, mais j'ai simplement envie de me payer le luxe de faire une pause pendant huit heures. Ce n'est pas grand-chose, mais c'est toujours mieux que rien. Je ne dirai rien à Faustine, ce n'est pas la peine de l'embêter avec mes petits soucis et de me placer au statut de victime, place que j'ai toujours détestée et cela ne changera jamais. Je ne veux pas me plaindre et je ne veux pas que l'on me plaigne, cela m'agace de sentir toute l'attention braquée sur mes dires. Je trouverai un prétexte bidon pour justifier mon coquard. De toute façon, plus le mensonge est gros, plus il est crédible.

Après avoir récupéré mes vêtements sur la chaise où je les avais posés hier soir, je me dirige vers la salle de bain. J'allume la lumière et m'enferme afin d'être tranquille. Sachant pertinemment que je ne pourrai soutenir mon reflet, j'évite au maximum de croiser le regard des miroirs. Pas évident lorsque dans une si petite pièce il y en a deux, un au-dessus du lavabo et un derrière la porte. J'aimerais éviter de me regarder dans cet état, mais pour pouvoir désinfecter ma plaie causée par ma chute sur le béton, me coiffer et tenter de camoufler mon coquard, il va bien falloir que je me regarde à un moment ou à un autre. Préférant garder cette épreuve pour plus tard, je me tourne face à la baignoire, ne pouvant voir mon reflet nulle part dans cette position. Je retire mon ensemble qui me sert de pyjama et me vêts d'un simple jean slim noir et d'un chemisier de la même couleur. Je n'ai absolument pas la tête à faire un quelconque effort pour être élégante, j'aimerais simplement me sentir à l'aise malgré mes nombreuses courbatures. Le sport intense, quand on n'en a pas l'habitude, laisse des traces. Ne pouvant plus reculer, je saisis un flacon de désinfectant dans le meuble à côté du lavabo, ainsi qu'un coton.

Prenant une grande inspiration, je relève la tête, portant le coton près de mon arcade sourcilière, mais dès que mon regard croise mon reflet, je manque de perdre l'équilibre. M'observer avec le visage aussi amoché est pour moi un vrai supplice, à tel point que les larmes me montent aux yeux. Je baisse mon regard et plaque une main contre ma bouche, étouffant mes sanglots. Ayant besoin de reprendre mes esprits, je m'assois quelques secondes sur le rebord de la baignoire. Je fixe un point imaginaire et commence à jouer avec un fil qui dépasse de mon jean. Mes yeux s'emplissent petit à petit sans que je puisse contrôler leur humidité. Je ferme les yeux un instant, faisant déborder quelques perles salées. L'eau sillonne le long de mes joues, sans que je puisse stopper cette rivière. N'ayant pas le temps de rester indéfiniment comme cela, je passe une main sous mes yeux et me relève. Une chance que je ne me sois pas encore maquillée, il m'aurait sinon fallu tout recommencer. Il faut que je me fasse violence, pensant que tout cela n'est qu'éphémère, alors je me relève et me dresse face au miroir, le regard aussi rougi qu'impassible.

Respirant lourdement et évitant de trop m'attarder sur mon visage coloré de façon peu naturelle, je tamponne délicatement mon sourcil droit à l'aide de mon coton, ne voulant pas prendre le risque d'attraper une quelconque infection. Après cela, je me munis d'un produit de maquillage dont je ne me sers presque jamais — un fond de teint — probablement périmé depuis un moment. Je l'applique uniformément sur mon visage, insistant lourdement sur mon œil bleu par le poing de Laurent. Observant cet hématome de près, je ne peux m'empêcher de repenser à ce moment, qui me paraît toujours aussi improbable. Comment a-t-il pu me violenter avec une telle force ? J'aimerais pouvoir répondre à cette question, mais je vais finir par devenir folle si je cherche une réponse à chaque événement contrariant qui peut se dérouler dans ma journée. J'observe mon reflet après application de fond de teint, et franchement, je me dégoûte. La couleur n'est plus en accord avec ma carnation et je ressemble vraiment à un pot de peinture. Me rendant bien compte que je parais encore plus négligée ainsi et que cela attire davantage les regards inquisiteurs, je comprends bien qu'il va falloir que j'aille travailler avec mon hématome à vif, sans quelconque produit pour le masquer. Sincèrement agacée par ce matin qui commence plus qu'en demi-teinte, je retire brusquement, un peu trop d'ailleurs, cette tartine de fond de teint. Je ne peux réprimer un petit gémissement en passant mon démaquillant sur mon œil.

Quelque peu agacée de me battre avec une chose si futile que mon apparence physique, je me maquille d'un simple rouge à lèvres carmin et d'un petit peu de mascara. Je me surprends à réagir de la sorte, étant pour moi tout à fait impensable de sortir avec une quelconque imperfection. J'étais dans cet optique à mon réveil, mais je suis fatiguée de faire tant d'efforts, qui, pertinemment, seront vains. Peu importe ce que je ferai sur mon visage, il est et restera tuméfié pendant plusieurs jours, voire semaines, ne pouvant me payer le luxe de rester chez moi pour ne faire jaser personne, je dois me résoudre à assumer cette apparence. Pas évident, mais je n'en ai pas le choix. Ne voulant pas trop dégager mon visage, je lisse simplement mes cheveux ébène, laissant quelques mèches l'encadrer. Je jette un furtif regard à ma montre et me rends compte que c'est déjà l'heure de partir. Je soupire, comprenant que je n'aurai pas le temps de prendre mon petit déjeuner. Je me console en me disant que de toute façon, je n'ai pas très faim et que je me rattraperai à midi.

Ce matin, c'est Faustine qui m'emmène. Je n'aime pas vraiment être conduite par quelqu'un, mais dans le fond, cela m'arrange. Je n'ai pas envie d'avoir la vie de quelqu'un entre mes mains, sachant que je risque de déconnecter de la réalité à de nombreux moments, me plongeant dans mes pensées qui me hantent. Je me lave rapidement les dents avant de descendre. Laurent n'est pas réveillé, je fais en sorte que cela le reste jusqu'à ce que je quitte la maison. Malgré ses excuses, je n'ai pas particulièrement envie de le voir, je préfère limiter mes moments avec lui. Je ne sais pas vraiment si c'est par crainte de ses réactions imprévisibles ou simplement par besoin de me retrouver un petit peu avec moi-même, mais je préfère l'éviter. Observant qu'il fait relativement beau, je décide de mettre les dernières chaussures que je me suis achetées, que par ailleurs, Laurent déteste, soi-disant puisqu'elles font trop vulgaire. Peut-être qu'inconsciemment, j'ai envie de le provoquer et d'aller contre son gré. Je ne sais pas, c'est probable. Ayant toutes mes affaires, j'observe un petit rayon de soleil au moment où j'allais verrouiller la porte de la maison. Ni une ni deux, je saisis cette aubaine pour prendre mes lunettes de soleil. Le gros avantage de ces lunettes, c'est qu'elles vont me permettre d'éviter les nombreuses interrogations de mon amie, du moins durant le trajet. Je sais qu'elle finira par remarquer mes blessures, il faudrait être aveugle pour ne pas les voir, mais plus je peux retarder son interrogatoire, mieux je vais me porter.

Je pose mes grosses lunettes noires sur mon nez et quitte, cette fois-ci pour de bon, mon domicile. Faustine est en train de sortir sa voiture du garage, cela me rassure un petit peu puisque premièrement je ne suis pas en retard, et secondement, elle ne m'a pas vu rentrer de nouveau pour prendre mes lunettes. Les petites éclaircies ne justifient en rien mon port de lunettes, mais je vais expliquer à mon amie que ma petite nuit me rend plus sensible à la lumière. Dans le fond, ce n'est qu'un semi-mensonge, il n'est même pas huit heures et je suis déjà épuisée, la journée risque d'être longue. Faustine, toujours grand sourire, se gare devant moi et me salue d'un geste de la main. Je lui rends un sourire timide et monte à ses côtés. Je l'embrasse comme à mon habitude et me place bien droite, mon regard fixant la route. Mes lunettes sont tellement grandes qu'elles couvrent mon arcade sourcilière, Faustine ne remarque rien. Quel soulagement. Je préfère retarder les questions, craignant de ne pas savoir gérer mon stress.

— Bonjour ma belle, tu vas bien ? Tu as passé un bon week-end ? me questionne Faustine, tout sourire.

Avant même de répondre, un long soupir m'échappe, sans même que je m'en rende compte.

— Tant que cela ?
— Pardon ?
— Tu viens de lâcher un long soupir, ça ne va pas ?
— Oh excuse-moi, j'ai juste eu du mal à m'endormir hier soir. Je suis simplement fatiguée voilà tout. Et toi, bon week-end en famille ?
— C'est toujours un plaisir pour moi de passer du temps en famille. Nous sommes allés nous promener à la plage et Rebecca était vraiment ravie, elle s'est bien amusée dans le sable. Si vous voulez venir avec nous la prochaine fois, tu me dis. Ma fille t'adore, elle n'en sera que plus contente.
— Bien sûr, moi aussi je l'adore ta petite puce, mais je vais vous laisser profiter de vos rares moments tous les trois.
— Tu es un peu de la famille Anne tu sais.
— Me...merci. bredouillé-je, prise de court.

Étant vraiment touchée par ses compliments, les larmes me montent aux yeux une seconde fois. Je crois que j'avais besoin de cet élan de gentillesse, cela me fait chaud au cœur. Me détestant d'être aussi faible, je mords brutalement l'intérieur de mes lèvres. Je ne me reconnais pas, moi qui suis pourtant si forte et si contrôlée de nature, je ne parviens pas à contenir mon émotion. Les larmes ne coulent pas, mais mes yeux embués se remarqueraient aisément sans mes lunettes. Je crois que ces dernières vont m'être vraiment utiles. Je sais que Faustine ne me jugerait pas si je lui laissais entrevoir mon émotion, bien au contraire même, mais je ne voudrais ni l'importuner avec mes problèmes, ni lui montrer mes faiblesses. Je sais qu'elle ne s'en servira jamais contre moi, mais je ne peux empêcher cette crainte de m'envahir constamment. Je suis assez pudique, j'ai du mal à parler de ce que je ressens et encore plus de laisser les larmes couler devant quelqu'un. Cela ne m'empêche pas d'être très sensible, je pleure souvent pour évacuer la pression, mais toujours seule, sans que personne ne puisse me voir ou m'entendre. C'est une chose extrêmement difficile pour moi de me montrer aussi faible ; on me colle souvent l'étiquette d'insensible, chose absolument fausse, mais cela me convient puisque c'est ce que je veux montrer face aux autres.

Le lycée se dresse devant nous, je n'ai pas été très bavarde durant le trajet, simplement un minimum pour ne pas éveiller les soupçons de Faustine. Le soleil s'est évaporé en un rien de temps, me rendant vraiment ridicule avec mes lunettes. Je ressemble à une veuve éplorée. Entrant dans l'établissement, je n'ai d'autre choix que de retirer mes lunettes. Les élèves n'ont pas le droit d'avoir quelconque élément qui masque leur visage, il en est de même pour les professeurs. Comment peut-on exiger quelque chose des élèves si nous-mêmes, figures d'autorité, ne respectons pas les consignes qui nous sont données, sous prétexte que nous sommes des adultes ? Les adultes n'ont pas plus de droits que les mineurs, contrairement à ce que certains peuvent penser. Fébrile, je retire mes lunettes et plisse les yeux, agressée par la violente lumière qui réveille l'établissement de sa longue nuit de deux jours. Je baisse la tête et me dirige immédiatement vers les escaliers pour rejoindre ma salle. Je sais pertinemment que Faustine ira en salle des professeurs afin de prendre un café et de faire ses photocopies. En temps normal, je l'accompagnerais, mais je voudrais soigneusement éviter de croiser le regard froid, presque critique de mes collègues. Sans grande surprise, Faustine me rappelle, et ingénue comme je suis, je me retourne sans précautions.

— Où vas-t... Anne, comment t'es-tu fait cette blessure ? me questionne-t-elle, perplexe, tout en pointant mon œil du doigt.

Automatiquement, je porte une main sur mon œil droit. Quelle conne. Comment puis-je être aussi bête pour baisser ma garde si facilement ?

— Oh, tu parles de cela ? Ce n'est rien, je suis allée courir samedi matin, j'ai trébuché et je suis tombée sur le coin d'un banc. dis-je, rigolant légèrement tant je suis gênée.

— Je ne te pensais pas si maladroite. Tu es sûre que ce n'est que cela ? Tu ne me caches pas quelque chose ?

— Non, bien sûr que non, que veux-tu que je te cache, franchement ? réponds-je avec aplomb.

— Je ne sais pas. Dis-moi, ça va avec Laurent ? Il arrive à remarcher avec son genou ?

— Disons que ce n'est pas toujours évident, je dois l'assister pour à peu près tout et c'est fatigant à la longue, mais ça ne peut qu'aller en s'arrangeant n'est-ce pas ?

Faustine, dubitative quant à ma réponse, me répond par un simple hochement de tête. Je comprends à son regard qu'elle aurait aimé insister davantage, mais qu'elle n'a pas osé, et je l'en remercie. J'avais prévu une excuse et une façon de l'annoncer et je sais pertinemment que je n'aurais pu en inventer une autre sur le champ. Je ne suis pas une très bonne menteuse, je ne sais pas mentir du tout en fait, et mon amie le sait très bien. Ne voulant pas prendre le risque de faire douter Faustine quant à mes dires, je la salue timidement et monte rapidement les escaliers, partant m'isoler dans ma salle de classe. Mon amie m'observe prendre les escaliers, un voile de tristesse se posant sur son regard et retirant son si joli sourire. Je déteste l'observer si triste, surtout lorsque j'en suis la principale cause. Faustine est une femme très empathique et qui se soucie beaucoup de moi. Elle sait toujours déceler quand cela ne va pas. J'aimerais me confier à elle, lui dévoiler la vérité, mais je sais que cela causerait plus de problèmes qu'autre chose. Laurent ne supporterait pas que je sois allée me plaindre et Faustine s'inquiéterait. Je ne veux pas qu'elle s'inquiète, premièrement pour ne pas lui gâcher tout son temps et secondement puisque je déteste que l'on s'apitoie sur mon sort.

J'estime que tout ce qui nous arrive dans la vie est mérité et justifié, alors pourquoi vouloir en changer le cours ? Tout serait plus simple si je pouvais me justifier, mais cela n'est pas dans ma nature. Je ne peux m'empêcher de jeter un regard derrière moi pour observer mon amie s'éloigner. Faustine baisse la tête et marche, le regard vide, vers la salle des professeurs. Me voilà immédiatement prise de remords. Un pincement me serre le cœur. J'ai envie de courir, de la rattraper et de lui dire toute la vérité, mais mes démons me figent sur place. Mon âme souhaiterait la rejoindre, mais mon corps m'en empêche, alors je monte, la mort dans l'âme. Je comprends que mes mensonges ne m'apportent pas que de bonnes choses. À vouloir agir dans le

115

secret le plus total, je risque de perdre une des personnes les plus chères à mes yeux : Faustine.

Je me sens si stupide d'être comme cela, et pour l'énième fois depuis ce matin, les larmes menacent d'inonder mes yeux. Ne voulant pas prendre le risque d'être vue par un élève ou par un enseignant, je m'empresse de m'enfermer dans ma salle. Une fois seule, je ne cherche plus à les retenir. Mes yeux débordent rapidement, créant une danse le long de mes joues. Je ne sanglote pas, mes yeux évacuent seuls la pression et les frustrations accumulées, sans que je puisse stopper cette rivière salée. Je n'ai qu'une hantise, réduire mon maquillage en un vestige peu ragoûtant, noircissant mes joues. Je ferme les yeux et passe une main sous ces derniers, me concentrant sur ma respiration pour me calmer rapidement.

La sonnerie me strie les oreilles. Putain de merde. Il faut vraiment que j'arrête de craquer en public, cela va finir par me jouer des tours. Je soupire, le souffle saccadé et me dirige vers la porte afin de faire rentrer mes élèves. J'espère simplement que mes yeux rougis ne susciteront pas de questions, mon coquard me causant déjà suffisamment de tort. Je me hais d'être si faible, si fragile. J'ai l'impression d'être une poupée de cire, fracassée par la vie et recollée comme il a été possible, laissant les fissures à vif. C'est l'image que je renvoie, pourtant je ne suis pas comme cela. Je n'ai pas eu une vie difficile, loin de là même. Des hauts et des bas, comme pour tout le monde, mais rien qui justifie un tel comportement de ma part. Merde Anne, une gifle et quelques éclats de voix n'ont jamais tué personne, alors pourquoi prends-je tout cela tant à cœur ? Pourquoi n'arrivé-je pas à passer outre ce simple poing perdu ? Il faut que j'arrête d'être si égocentrique, je ne suis pas comme cela d'habitude et jamais je ne veux le devenir. Je ne suis pas contre évoluer, la vie est une évolution permanente, mais ce toujours de façon positive. Je ne veux absolument pas devenir le genre de femme que j'ai toujours refusé d'être. Alors maintenant c'est décidé, je vais me mettre un bon coup de pied dans le derrière et arrêter de me faire un sang d'encre pour des choses aussi futiles. Si claque il y a, c'est qu'elle est méritée, il n'y a aucune autre issue possible.

Après une longue journée où je n'ai pas eu le temps de m'ennuyer, je suis bien contente d'entendre enfin la sonnerie annoncer la fin de la journée. Me sentant bien mieux après ma petite mise au point avec moi-même, je suis tout à fait sereine à l'idée de rentrer chez moi. La vie n'est pas toujours évidente, mais l'essentiel est de se relever après chaque petite baisse. Bien évidemment quelques élèves m'ont demandé si tout allait bien, je leur ai simplement répondu que j'étais très maladroite. Avec beaucoup d'humour, un gros mensonge passe sans problème. Je ne sais pas si je les ai convaincus, mais j'ai au moins eu le mérite de les faire rire quelques minutes. J'ai un petit peu pu discuter avec Faustine ce midi et cette dernière semble même me croire, du moins bien plus que ce matin. Je ne me pensais pas être une menteuse aussi persuasive, nous nous découvrons chaque jour un peu plus, faut-il croire.

J'arrive chez moi aux alentours de dix-sept heures trente. Je suis épuisée rien qu'en pensant à tout ce qu'il me reste à faire. J'ai une montagne de copies qui traînent à corriger avant la fin de la semaine si je ne veux pas me retrouver surchargée avec les nouveaux devoirs qui vont arriver. J'espère pouvoir compter sur Laurent pour préparer le repas, sinon je ne vais pas m'en sortir. Je déverrouille la porte et retire mes chaussures avec grand bonheur. Elles ont beau être magnifiques et relativement bien cambrées, après une longue journée, elles finissent forcément par devenir douloureuses. Ayant perdu une douzaine de centimètres, je redeviens une petite fille. C'est assez paradoxal qu'une paire de chaussures me fasse perdre ou gagner tant d'années, mais c'est comme cela que je le ressens. Perchée sur mes talons, je me sens grande et invincible, alors qu'à plat, je me sens si fragile et vulnérable. Si je pouvais les supporter, je crois que je les garderais aux pieds nuit et jour. Après avoir passé le petit couloir, je retrouve Laurent, avachi sur le canapé, exécutant son activité favorite ; regarder des débilités à la télévision. Je me demande bien quand est-ce qu'il va reprendre le travail. La seule chose qui me rassure, c'est qu'il n'y a pas de match, il pourra donc me donner un coup de main sans trop de soucis. Je pose mon sac sur la table à manger et vais l'embrasser.

— Ça va chéri ? Tu as passé une bonne journée ?

— Ça peut aller, et toi ?

— Ça va. Alors, le médecin a dit quoi pour ton genou ?

— Que c'était sur la bonne voie. Je peux retirer l'attelle à la maison, mais pas pour marcher dehors. Il me conseille de la kinésithérapie, mais je n'en ai pas vraiment envie.

— Bon et bien c'est déjà ça. Tu devrais au moins essayer une fois la kinésithérapie, je suis sûre que cela te fera du bien. souris-je.

— Puisque je te dis que je n'en ai pas envie ! Bon tu peux me laisser finir mon émission s'il te plaît ? s'impatiente-t-il.

— Oh excuse-moi de me soucier de toi.

Vexée, je vais à la cuisine chercher une bière. Je pourrais lui en ramener une, mais son mépris ne m'en donne pas envie. Je la décapsule discrètement et porte ma bouche au goulot, quand soudain, Laurent apparaît.

— Ça va, je ne te gêne pas ?

— Je n'ai pas le droit de boire une bière ?

— Si, mais cela te ferait chier de m'en ramener une ? C'est si lourd à porter ?

— Oh tu commences sérieusement à m'emmerder. Tu peux être à cran, mais tu n'es pas obligé de passer tes nerfs sur moi. dis-je, tout en lui tendant une bière.

Nous nous faisons face, moi adossée au plan de travail et mon conjoint contre le mur. Laurent se contente de me toiser de haut en bas, faisant au passage couler le houblon dans son gosier, avec vraiment peu de charme. En même temps, qu'y a-t-il d'élégant à boire une bière à même la bouteille

— Tu pourras préparer le repas s'il te plaît, j'ai un tas de copies à corriger et je ne vais pas m'en sortir ?
— Pardon ? Tu ne vois pas que tu m'as dérangé durant mon émission ? Désolé, mais non, tu te débrouilles, je n'en ai ni le temps ni l'envie. Et puis mon genou me fait atrocement souffrir, je dois me reposer.

Laurent fait demi-tour, énervée face à sa réaction, je le rattrape et le saisis par le bras, lui faisant faire volte-face. Laurent me regarde, abasourdi et se contentant de faire un mouvement d'incompréhension avec ses bras, il se détache de mon emprise et attrape fermement mes poignets, tellement fermement que je commence à en ressentir une affreuse douleur. Je gesticule et tente de me défaire de son emprise, lui ordonnant de me lâcher, mais il n'en fait rien.

— C'est ta faute tout cela Anne ! Tout est ta faute !

— Pardon ? rétorqué-je, sans faiblir.

— C'est toi qui m'as harcelé de coups de fil le soir de l'accident, et pour ne pas t'inquiéter et répondre à tes petites impatiences, je t'ai écrit au volant. Tu m'as perturbé et j'ai perdu le contrôle du véhicule, mais ça, visiblement, tu n'en as pas conscience. Non je n'avais pas bu comme tu peux le penser, je t'ai simplement répondu, enfreignant le code de la route. Tout est ta faute Anne, si tu ne m'avais pas appelé, nous n'en serions pas là aujourd'hui. Tu es la seule responsable de cet accident, alors maintenant tu vas assumer les conséquences de tes actes !

Je reste ébahie, complètement sous le choc de ses révélations. Je me sens immédiatement atrocement stupide et égoïste. Encore une fois, je n'ai pensé qu'à ma petite personne, et voilà le résultat. J'aurais pu le tuer. Par ma faute, il aurait pu mourir. Mais comment puis-je être aussi mauvaise ? Comment puis-je lui demander tant de choses alors que c'est par ma faute qu'il se retrouve dans une telle situation ? Je me déteste, je ne suis qu'une pauvre merde qui ne sème que le mal autour d'elle. Ne pouvant cacher mon trouble face à ses dires, je plaque ma main droite, qu'il a fini par lâcher, sur ma bouche. Mes yeux s'embuent une nouvelle fois, je tente de me contrôler, mais je ne peux y parvenir. Toutes sortes d'émotions s'écoulent le long de mes joues.

— Laurent je suis désolée, je suis désolée, je suis désolée. Pardonne-moi d'être comme je suis. Je ne pensais pas que c'était après avoir fait ton message que…que tu avais perdu le contrôle de ta voiture. Je m'en veux tellement, si tu savais à quel point je m'en veux. Je suis tellement désolée, je te promets que les choses vont changer.

— Ah ça c'est certain Anne, les choses vont changer ! Tu vas comprendre ce que cela fait de souffrir comme je souffre. Les rôles vont s'inverser et tu vas comprendre, je t'assure que tu vas comprendre. Le coup de poing de l'autre jour n'était qu'un amuse-bouche. Prépare-toi à payer les conséquences de ton égoïsme. Les choses vont changer, je vais te faire devenir une bonne petite épouse, parfaite et bien docile, et s'il le faut, j'emploierai la manière forte. Je crois que j'ai été suffisamment patient et conciliant avec toi, mais cela va changer.

Laurent termine calmement son monologue, le regard noir et froid. Je tremble intérieurement, tout mon être se crispe de crainte. Mon conjoint, juste avant de me laisser seule, me pousse violemment en arrière, je perds l'équilibre et me rattrape sur mon avant-bras droit, contre le coin pointu de la table. Je ne peux réprimer un cri de douleur. Je sens que je vais m'écrouler dans peu de temps. Quelques larmes roulent le long de mes joues, mais les sanglots sont proches ; ne voulant pas que Laurent m'entende, je quitte la cuisine, fixant le sol et récupérant mon sac au passage avant de monter les escaliers, allant m'enfermer dans ma chambre.

— Anne ! Tu ne vas pas dans notre chambre ! Elle deviendra mienne, tu récupères tes affaires et tu vas dans la chambre d'amis. Tu n'auras le droit de revenir à mes côtés que lorsque je l'aurai décidé et lorsque j'estimerai que tu seras digne d'y revenir. m'ordonne-t-il du bas des escaliers.

N'ayant pas la force de lutter, je marche jusqu'au bout du couloir, m'enfermant dans la chambre d'amis, qui devient maintenant mienne. Je me rends compte que mon avant-bras commence à saigner, mais je m'en moque. Je me laisse tomber sur le lit et me roule en boule. J'éclate en sanglots, chaque parcelle de mon petit être est parcourue de soubresauts. Je me sens tellement, mais tellement coupable. Comment ai-je pu douter ne serait-ce qu'une seule seconde de la sincérité de Laurent. Il sentait l'alcool, mais n'était-ce pas plutôt une impression jouée par mon nez pour me dédouaner de son accident. Je suis affreusement mauvaise, il n'y a pas d'autre mot. Je me déteste à un point qui n'est même pas envisageable. Je voudrais simplement disparaître à tout jamais, ou alors tout recommencer.

Mon torrent de larmes tache la couette blanche des vestiges de mon maquillage. J'évacue un mélange de culpabilité, de rage envers moi-même, de douleur, mais également de crainte. Je mérite une bonne correction, Laurent a raison, je dois souffrir autant que je l'ai fait souffrir. La roue tourne et doit tourner, mais cela n'empêche que je suis pétrifiée à l'idée de ce qu'il peut me faire. Je sais qu'il peut se montrer extrêmement violent, qu'il est capable de tout, même de ce que je n'imaginerai jamais. Ayant besoin d'évacuer ce trop-plein, je renoue avec mes vieux démons, tâtonnant dans mon sac pour y trouver un couteau. J'ai toujours un couteau dans mon sac, jamais trop prudente. À travers mes larmes, je remonte ma manche, dévoilant un joli hématome sur mon membre droit. Je prends mon objet de torture de la main gauche et prolonge la blessure déjà existante de quelques centimètres. Étant droitière, la faille est imprécise, mais j'atteins mon objectif. Ce liquide carmin danse le long de ma peau, dessinant de jolis sillons qui finissent leur course sur la couette. Ne pouvant me permettre de la tacher davantage, je pose un mouchoir sur ma blessure et m'allonge à nouveau. Jamais je n'aurais cru recommencer un jour. Les blessures ne sont jamais effacées et les mauvaises habitudes jamais évaporées. Épuisée et complètement déconnectée, je finis par m'endormir dans ce convoi de larmes, sans copies corrigées, sans repas préparé et sans affaires débarrassées de l'armoire. Je m'évapore, je ne suis plus moi-même.

Chapitre V

Midi, la sonnerie du lycée retentit, annonçant la fin du cours. Je libère ma classe de première afin de les laisser aller déjeuner. Pour moi, ce n'est pas encore pour tout de suite puisqu'il me reste encore une heure de cours, et pas des moindres ; les secondes dont je suis professeure principale. Dans le fond, cela ne me dérange pas plus que cela. Je n'ai pas faim, je n'ai pratiquement rien mangé depuis lundi soir, soir de notre grosse dispute avec Laurent. Depuis ce soir-là, je n'arrive plus à avaler quoi que ce soit, rien ne passe, ma gorge est nouée, et si par malheur j'ingurgite quelque chose, mon estomac le renvoie immédiatement. Tout cela n'arrange pas ma condition physique. Je suis assez chétive, dit-on, alors ne pas manger n'améliore en rien cela. Depuis ce matin, je commence à avoir des vertiges dès que je me lève ou après un simple effort, comme monter les escaliers. Chaque tâche me demande un effort important, m'épuisant davantage. J'ai comme l'impression d'une spirale infernale qui ne se stoppera jamais.

— Bonjour, installez-vous, sortez une feuille et faites le silence. Vous n'avez qu'une heure pour faire le contrôle, donc si vous voulez pouvoir le terminer, il ne faut pas perdre de temps.

— Oh non, vous ne pouvez pas le déplacer, je n'ai pas révisé. hurle un garçon, bientôt suivi du reste de la classe.

— Allez Madame, déplacez-le !

Un brouhaha général s'installe dans la classe. Les élèves se lèvent, chahutent, crient ou bien encore discutent entre eux. Cette agitation me scie le crâne, je crains de perdre mon sang-froid, mais je dois faire face et rapidement les calmer. J'ai eu le sentiment de pouvoir faire confiance à ma classe de seconde. Je les ai sentis responsables, intéressés, alors j'ai baissé ma garde, leur offrant la façade amicale et conciliante d'Anne. Que je le regrette aujourd'hui... Je n'ai pas pris en compte le côté bavard et impulsif de la plupart des élèves de cette classe. Ces adolescents, bien moins ingénus que ce que j'avais pu imaginer, ont su cerner mon personnage, sachant pertinemment comment me faire perdre toute autorité. Ayant baissé ma garde, je n'ai jamais pu la redresser, et je sais pertinemment que je ne le pourrai plus jamais. Ils savent maintenant quelles sont mes faiblesses, où appuyer pour me faire perdre mes moyens. En l'espace d'à peine un mois, j'ai réussi à perdre toute autorité. Bravo Anne, quelle naïveté ! L'année risque d'être longue...

— Cela suffit ! Vous vous asseyez et vous la fermez ! Le contrôle est aujourd'hui et cela ne changera pas, j'estime que vous avez été prévenus suffisamment en avance ! hurlé-je, frappant mon poing sur mon bureau.

Étonnés de ma violente réaction, les élèves se taisent quelques secondes avant de se regarder et d'éclater de rire. Je fulmine quant à leur manque de correction, craignant de perdre patience trop rapidement, je saisis mon paquet de copies et les distribue sur les tables, ne prêtant plus attention à leur comportement déplacé.

— Je ramasse à la fin de l'heure, si j'observe des copies identiques, je mets zéro aux deux, ne cherchant pas à comprendre qui a triché. Je me fous de ce que vous faites pendant cette heure, les notes compteront. Personnellement, je n'ai plus aucun examen à passer. Que vous réussissiez ou non, je serai payée à la fin du mois, vous avez la chance d'avoir une professeure jeune et indulgente, ma foi si vous ne la saisissez pas, c'est que vous êtes vraiment plus bêtes que ce que je peux penser.

Je me laisse tomber sur ma chaise et me rends compte que je suis peut-être allée un petit peu loin en leur parlant de la sorte. Je suis prise de remords, mais ma fierté m'empêche de m'excuser. Et puis franchement, de quoi aurais-je l'air ? Une professeure qui s'excuse devant ses élèves qui lui compliquent déjà bien la vie... Cela n'arrangera rien, alors je préfère me taire. Par chance pour mes nerfs, mon petit coup de gueule a été efficace, personne ne rétorque quoi que ce soit, et les élèves se concentrent sur leur devoir. Je devrais en profiter pour m'avancer dans la correction de mes copies, mais je n'en ai pas la force. Épuisée et une nouvelle fois prise de vertiges, je ferme les yeux et prends ma tête dans mes mains, tentant de contrôler ma respiration et de m'apaiser. Pensant pouvoir travailler après cette petite pause, je déchante. Les démons dansent dans ma tête avec leur lumière. Des bribes de souvenirs me reviennent. Je replonge une énième fois dans les travers de ma vie de couple de ces derniers jours. Jamais je n'aurais cru être si tourmentée par cela...

Les derniers jours ont été compliqués, bien que Laurent n'ait pas levé la main sur moi une seconde fois, je crois que ce n'est pas l'envie qui lui ait manqué. Naïvement, j'ai cru que ce n'était qu'un accès de colère comme il a pu en avoir par le passé. Naïvement, j'ai cru qu'une bonne nuit de sommeil le calmerait. Naïvement, j'ai cru qu'il ne mettrait pas ses menaces à exécution. Que j'ai été bête de croire cela. Comme je n'avais ni enlevé mes affaires de l'armoire, ni préparé son repas, j'ai eu le droit à mon lot de représailles le lendemain matin. Étrangement, il était debout avant moi, et comme réveil, j'ai eu droit à une drôle de surprise. Toujours recroquevillée, ensanglantée et habillée, il est entré en trombe dans ma chambre, claquant violemment la porte contre le mur et me jetant dessus une pile de vêtements. Quelle frayeur, un réveil si brutal et dans les cris annonce rarement une bonne journée. Je ne me rappelle plus vraiment ce qu'il a hurlé, des insultes probablement. Je pense sincèrement que je veux éviter de m'en rappeler. J'ai compris que sa fureur était réelle et que j'allais probablement en pâtir pendant un bon bout de temps, mais bon, c'est que je le mérite. Rien n'est gratuit ou dû au hasard dans la vie, si je dois souffrir, je l'accepterai. Disons que j'ai eu de la chance dans ce malheur de n'être réveillée que le lendemain matin, cela m'a permis de m'offrir de bonnes heures de repos.

Les deux jours suivant notre grande dispute ont été très tendus. Je devais me plier aux moindres exigences de Laurent, répondant constamment à ses demandes, sans pouvoir rétorquer. Je n'ai pas osé lui répondre ne serait-ce qu'une seule fois, étant consciente de la puissance de ses coups. Ce n'est pas un plaisir de sentir sa force retomber sur mon petit corps, qui plus est qui marque assez facilement. Pour éviter de trop souffrir ou de trop attirer l'attention sur moi avec mes blessures, je me suis tenue à carreaux, et cela a fonctionné. J'ai de nombreuses fois voulu lui dire stop, qu'il m'en demandait trop et qu'il fallait que je travaille, mais ses yeux noirs de colère me figent sur place et m'empêchent d'émettre le moindre son avec ma bouche. Je n'ai pas pu corriger de copies ou encore préparer mes cours. Entre épuisement et rôle de petite servante, je suis incapable de faire quoi que ce soit de qualité. Je sais pertinemment que cela ne pourra pas aller longtemps ainsi, il va bien falloir que je m'y mette à un moment donné, si je veux éviter d'avoir le proviseur derrière mes fesses, et tout le monde sait que plus il est loin de nous, mieux cela est. C'est un homme absolument mesquin et dénigrant, je n'ai sincèrement pas besoin de cela en ce moment. Je pourrais profiter de cette heure pour m'avancer, mais j'en suis absolument incapable.

Quant à Faustine, elle a bien remarqué que quelque chose ne tournait pas rond. Entre mon coquard, mes cernes et mon mutisme, il y a de quoi être troublée. Je suis une femme assez taiseuse de nature, mais cela n'empêche qu'en compagnie de quelqu'un, je suis plutôt joviale. Mon comportement s'étant dégradé et assombri, mon amie qui me côtoie tous les jours s'est posé des questions. Par chance, elle n'a pas remarqué mes autres blessures, et fort heureusement. Faustine connaît plus ou moins l'addiction que je pouvais avoir étant plus jeune, elle m'a fait comprendre que je devais éviter à tout prix de replonger. Dès lors que nous recommençons, c'est terminé, nous replongeons dans la spirale infernale de l'addiction. Elle avait observé quelques griffures sur mes poignets après mon petit burn-out, causé par la pression de mes collègues, et elle m'a aidée à arrêter, lui promettant que je ne recommencerai pas. Faustine ne m'a jamais jugée, bien au contraire même. Elle a su m'écouter, me conseiller, mais également me consoler. Je ne voulais pas lui en parler, ayant bien trop honte d'évacuer mes soucis de la sorte, mais un haut à manches courtes, étourderie de ma part, a dévoilé mon secret au grand jour. Je sais que si elle découvrait que j'avais recommencé, elle se poserait de nombreuses questions, ne comprenant pas ce qui aurait pu déclencher cette rechute. Elle ne comprendrait pas, mais je sais qu'elle ne me jugera pas, peu importe ce que je lui confierais.

J'ai l'impression d'avoir à mes côtés toutes les clés pour améliorer cette situation, mais que je ne les saisis pas. Tout le monde n'a pas la chance d'avoir une amie aussi bienveillante à ses côtés, mais moi, je n'en profite pas. Je me sens fautive de souffrir en silence et de replonger auprès de mes vieux démons alors que je pourrais me simplifier drastiquement la vie en me confiant à mon amie. J'aimerais avoir le courage de lui en parler, mais la vérité est que je suis faible, incapable de prendre les devants sur mes soucis. Je me laisse ronger par crainte des réactions. Je crois que j'ai peur en fait. Peur de ce que l'on pourrait penser de moi. Peur de l'image que je vais renvoyer. Peur d'accepter ma rechute. Peur de perdre mes moyens. Peur des représailles de Laurent s'il apprend que je n'ai pas su tenir ma langue. En un mot, peur de souffrir plus que je ne souffre déjà. Je pourrais prendre ma vie en main, mais je préfère accepter mon propre châtiment en silence.

Par crainte que Faustine finisse par se douter de quelque chose, j'appréhende notre repas en tête-à-tête de midi. J'ai pu éviter de manger avec mon amie mardi puisqu'elle avait une réunion, et le mercredi, nous mangeons toujours chez nous. Ce déjeuner est inévitable. Nous finissons toutes les deux à treize heures et nous n'avons pas le temps de rentrer chez nous, alors nous mangeons ensemble dans le réfectoire commun. En général, nous sommes plutôt tranquilles le jeudi à treize heures. La plupart des élèves ont déjà pris leur repas, tout comme bon nombre du corps enseignant. Cela me rassure un petit peu, n'ayant absolument aucune envie d'engager une discussion avec une autre personne que mon amie. Je n'apprécie pas grand monde, mais malheureusement, nous n'avons guère d'autre choix que de jouer la comédie. Bien souvent, je parviens à échanger quelques mots, mais aujourd'hui, je n'en ai aucune envie. Cela peut sembler un petit peu sauvage de ma part, je l'admets, mais n'ayant déjà pas la force d'avaler quoi que ce soit, je n'ai pas envie d'entendre quiconque faire la moindre réflexion. Je sais déjà pertinemment que mon amie va me demander pourquoi je ne mange rien, je n'ai pas besoin que d'autres s'ajoutent à la discussion, non pas pour mon bien, mais pour se divertir. Ce lycée est un pire qu'un hall d'immeuble tant les commérages dominent les discussions. Nous sommes vraiment d'un autre monde avec Faustine. Contrairement aux autres, nous vivons pour nous. Comme quoi l'âge n'est pas forcément synonyme de maturité.

Après une heure passée à songer encore et toujours à ce que j'aurais dû ou ce que je devrais faire, la sonnerie me sort de ma rêverie. Après une heure de songes assez ardus, je me rends compte que je n'ai en aucun cas avancé dans ma réflexion. Une simple perte de temps en bonne et due forme. Avec des « si », nous referions le monde, et cette heure en est encore la preuve. Seuls les actes paient. J'ai quand même passé une heure les coudes posés sur mon bureau, la tête dans mes mains. Les élèves ont sincèrement dû me prendre pour une folle, ne sachant pas si je suis en train de dormir ou de pleurer. Ni l'un ni l'autre. J'étais simplement ailleurs, dans un monde tantôt sombre, tantôt empli de bonnes résolutions. Je relève la tête de mes mains, plissant les yeux tant la lumière m'agresse. Je suis certaine que j'ai le visage marqué par cette position peu délicate et peu variée. Je suis plus que pathétique.

Mes élèves ont probablement dû tricher sans gêne, comprenant que j'étais trop évaporée pour me rendre compte de quoi que ce soit. Mon cerveau s'est comme débranché. Déconnectée de la réalité, faisant abstraction des bruits, pour le moins peu discrets, et naviguant dans le torrent sinueux de mes pensées. Certains diront que mes rêveries prolongées ne sont pas étonnantes pour une professeure de français. Je ne saurais dire s'ils ont raison ou tort. C'est un vrai stéréotype de considérer un professeur de français comme un rêveur qui ne touche jamais terre. Je déteste ce préjugé, mais je ne peux nier que celui-ci me correspond plutôt bien, même très bien. Mon cerveau déconnecte souvent, m'offrant de nombreux voyages, plus ou moins éprouvants, dans les méandres de ce dernier. Je suis de nature rêveuse, et ce depuis toute petite, mais il est vrai que ces derniers temps, les événements n'ont pas joué en ma faveur de ce côté-ci. Pour me couper de la réalité, parfois trop brutale, je me réfugie dans ce monde imaginaire, tentant de me rassurer.

Je ramasse les copies, probablement peu fructueuses, de mes élèves, et les laisse quitter la salle. N'étant pas encore complètement redescendue sur terre, il me semble les entendre rigoler. Probablement. Écho lointain et plutôt flou. Je ne parviens pas à saisir s'ils rigolent à la bêtise de l'un d'entre eux ou s'ils se moquent de moi. Ma paranoïa et mon manque de confiance me laissent immédiatement privilégier la seconde option. Ils ne peuvent que rigoler de moi, c'est inenvisageable autrement. Mon comportement durant leur contrôle était tellement ridicule et peu professionnel qu'ils peuvent bien rire d'avoir triché sans soucis. Étant naïve, mais pas complètement aveugle et écervelée, je vais immédiatement reconnaître les copies identiques. Ayant été élève avant eux, je sais pertinemment de quelles façons il faut copier pour rester discret, et je me trompe rarement. Pas forcément besoin de jouer au flic pendant une heure pour démasquer les tricheurs, une simple lecture des copies suffit.

Une fois les élèves m'ayant laissée seule, je range mes affaires dans mon sac et quitte ma salle afin de retrouver ma collègue. Je suis une nouvelle fois prise de vertiges lorsque je me redresse après avoir rangé mes copies dans mon sac. Je suis obligée de m'asseoir quelques secondes pour ne pas faire un malaise. Ma tête tourne, ma vision se brouille, m'offrant comme simple vision des éclats de lumière. J'ai juste le temps de retomber sur ma chaise afin de reprendre mes esprits. Le malaise a été évité de peu. Je porte ma main à mes yeux et les presse afin de retrouver une vision normale. J'étouffe un bâillement avant de me relever, une fois ma légère perte de connaissance passée. Je comprends que je ne vais pas tenir longtemps sans manger, en continuant comme cela, je risque de faire une mauvaise chute. Me sentant mieux et étant prête à marcher, je quitte ma salle, éteignant la lumière et verrouillant la porte à double tour.

Au bout du couloir, j'aperçois Faustine qui, elle aussi, ferme sa salle à clé. Cette dernière me fait un signe de la main, je m'adosse au mur et l'attends, fixant l'irrégularité des petits carreaux de carrelage qui recouvrent le sol. Faustine presse le pas, faisant claquer ses talons hauts. Même en marchant rapidement, elle parvient à garder une démarche assurée. Son corps élancé lui permet de pouvoir tout porter avec élégance. Souvent, j'envie son corps parfaitement proportionné. Je me sens quelque peu vulgaire à ses côtés, ayant l'impression de porter des vêtements qui ne me vont pas, alors que sur le papier, je suis encore un petit peu plus mince qu'elle. Difficile d'être objectifs quand nous observons notre reflet.

— Excuse-moi pour le retard, mais une élève avait quelques questions. m'annonce-t-elle, essoufflée.

— Aucun souci, je laissais les élèves terminer leur contrôle.

— Ça va ? Tu m'as l'air quelque peu remuée, je me trompe ? me questionne-t-elle, posant une main sur mon épaule.

— Tout va bien, ne t'inquiète pas. Encore les secondes cinq qui étaient un peu agités, mais rien de bien exceptionnel. réponds-je, levant les yeux au ciel.

— Une sacrée classe, tu n'as pas hérité de la plus simple pour ta première année en tant que professeure principale. Bon, on va manger ? Je ne sais pas toi, mais je meurs de faim !

Sachant que je ne peux y échapper, je me contente de lui répondre par un simple hochement de tête. Je laisse mon amie passer devant et lui emboîte le pas, slalomant entre les groupes d'élèves. Nous commençons à descendre les escaliers, mais je me rends compte très rapidement que quelque chose ne va pas. Mes vertiges refont surface, les bavardages alentours se transforment en échos lointains, mais ne voulant pas inquiéter mon amie, je tente de faire bonne figure. Je cramponne fermement ma main droite sur la rambarde et descends le plus naturellement possible. Ma vision se trouble. Le sol tangue. J'ai réussi à descendre les deux étages, ce ne sont pas ces trois dernières marches qui vont me résister. Je passe outre et abaisse mon pied gauche, à l'aveugle. Manque de chance, je l'ai posé trop loin. Le sol se dérobe sous mes pieds, mon talon se tord drastiquement sur le côté. Je n'ai pas le temps de me rattraper à la rambarde, m'écroulant lourdement sur le carrelage froid. Mon corps se cogne contre les dernières marches et je finis ma course étalée de tout mon long, devant les élèves, sans vraiment comprendre ce qu'il vient de se passer. Faustine se précipite à mes côtés, s'accroupissant près de ma tête et posant une main sur mon épaule.

— Anne, ça va ? Tu ne t'es pas fait mal ? me questionne-t-elle, affolée.

— Qu'est-ce qu'il s'est passé ? dis-je, tentant de me relever, mais étant très rapidement freinée par mon amie.

— Doucement Anne. Je crois que tu as fait un petit malaise. Tu ne t'es pas blessée ?

— Non non, ne t'inquiète pas. On va déjeuner, déjà que nous avons peu de temps.

— Tu te sens capable de te relever et de marcher ?

— Je crois oui.

— On va essayer, tu vas t'appuyer sur moi et si tu sens que ça ne va pas, tu me le dis et je t'aide à t'asseoir, d'accord ?

— Faustine ça va, je t'assure, j'ai juste raté une marche, rien de plus.

— Anne, tu es livide et tu ne te rappelles pas ta chute, alors c'est non négociable.

Faustine m'aide à me relever, passant un bras derrière mes épaules et m'aidant à m'asseoir, puis à me mettre debout. Ma tête tourne de nouveau, alors je me cramponne à son bras pour ne pas me donner une seconde fois en spectacle. Je suis tellement affaiblie que mes jambes ne parviennent plus à me maintenir debout. Mon amie remarquant qu'il en faudrait peu pour que je m'écroule une seconde fois me soutient jusqu'à la salle réservée aux professeurs dans le réfectoire plein à moitié. Je commence à grogner que je veux moi-même choisir mon repas, mais Faustine ne me laisse pas le choix. Elle m'aide à m'installer sur une chaise autour d'une longue table vide et ressors chercher de quoi garnir nos plateaux. Son regard me laisse entrevoir son inquiétude. Après ma chute, son visage est devenu quelque peu blafard, me laissant observer un regard triste et angoissé. Je l'ai inquiétée, encore une fois. Je sais pertinemment que je vais avoir droit à une avalanche de questions dans quelques minutes.

L'odeur qui embaume le réfectoire me donne la nausée. Quelques remontées acides me brûlent la gorge et je plaque une main devant ma bouche pour éviter de renvoyer le contenu plus que liquide de mon estomac. Je me sens affreusement mal. J'ai chaud. Je transpire. J'angoisse. Je prends ma tête dans mes mains pour me calmer, relevant quelques mèches collées par la transpiration. Ma respiration se fait de plus en plus lourde. Je crains de chuter à nouveau, terrifiée de réellement finir dans les vapes cette fois-ci. Je ne sais absolument pas comment je vais faire pour avaler quoi que ce soit, mais il va pourtant falloir que je mange un petit peu pour ne pas m'affaiblir davantage, et également pour éviter de finir alitée. Faustine va se douter immédiatement que mes malaises sont dus à mon alimentation insuffisante, voire inexistante depuis quelques jours.

La porte s'ouvre. Je sursaute, craignant qu'un de mes collègues ne rentre. Je me redresse et essuie de ma main mon visage humide, tentant de calmer les battements de mon cœur. Par chance ce n'est que Faustine, qui revient les bras chargés de deux plateaux bien garnis. Posant cet amas de nourriture devant moi, je palis encore un petit peu plus, essayant de contenir mes spasmes.

— Je t'ai pris la même chose que moi. Petite salade, riz, brochette de poissons, fromage et compote de pommes. J'espère que cela te convient.
— O...oui, merci.
— Qu'est-ce qui ne va pas ma belle, tu m'as l'air vraiment mal.
— Rien, juste un petit coup de fatigue, ne t'en fais pas.

Faustine reste sceptique quant à ma réponse, mais n'insiste pas. Nous avons la chance d'être seules, pas besoin de faire semblant d'avoir quelque chose à raconter aux autres curieux de l'établissement. Je déteste faire semblant, tout comme mon amie, mais dans ce lycée, il n'y a guère d'autre alternative. Faustine, visiblement affamée, dévore le contenu de son plateau assez rapidement, tandis que moi, je picore à droite et à gauche, avalant quelques microscopiques bouchées. Faustine me demande de lui passer la carafe d'eau. Je soulève légèrement mon bassin de la chaise pour la saisir afin de servir mon amie. En tendant mon bras droit, ma manche remonte jusqu'à mon coude. N'y prêtant pas attention, je tends mon bras vers elle lorsque j'observe l'expression de son visage changer du tout au tout. Merde. Oh merde. Pourquoi n'ai-je pas mis un pull aux manches serrées ? Je me rassieds et tire rapidement sur ma manche, baissant le regard sur mes jambes.

— C'est quoi ça Anne ? dit-elle, se levant et saisissant brutalement mon bras droit.

Mes yeux s'embuent de honte et de douleur. Faustine me fait mal à me tenir comme cela, mais je n'ose pas lui répondre. Je suis incapable d'émettre le moindre son. Les larmes affluent au bord de mes yeux, menaçant de déborder. Je tente de me contenir, mordant l'intérieur de mes lèvres et levant les yeux au ciel pour les chasser. Je ne veux pas craquer, je ne peux pas.

— Anne, regarde-moi et réponds-moi ! s'agace-t-elle.

Je relève timidement la tête et tente de soutenir son regard, mais je ne tiens pas longtemps. Je tente de me dégager de son emprise, quelque peu effrayée. Sa façon de me tenir me rappelle trop la violence dont Laurent a fait preuve lundi soir, causant notamment ce fameux hématome. Ne tenant plus, je laisse une perle rouler le long de ma joue, finissant sa course sur le bras de mon amie. Je parviens simplement à bredouiller quelques mots, presque inaudibles.

— Lâche-moi s'il te plaît, tu me fais mal.

— Excuse-moi Anne.

Elle desserre sa poigne et se laisse tomber sur sa chaise, croisant bras et jambes et me fixant. Telle une petite fille qui vient de faire une bêtise, je reste penaude, le regard baissé et les joues mouillées d'un mélange salé. Je sens Faustine quelque peu tendue, mais cela se justifie amplement. Entre ce qu'elle vient de voir et comprendre qu'elle m'a fait mal, cela doit la mettre plus que mal à l'aise. Comme je l'attendais, et le redoutais, mon amie brise ce silence si pesant.

— Anne, premièrement, je suis sincèrement désolée si je t'ai fait mal, je n'ai pas contrôlé ma poigne. Je sais que tu ne veux pas en parler, mais c'est justement pour cela qu'on doit en parler. Je vois que ça ne va pas, et cela me gêne. Tu sais que tu peux me faire confiance, il n'y a que comme cela que je pourrai t'aider. dit-elle, très doucement.

— C'est déjà oublié, ne t'inquiète pas. Je...je ne veux pas te mentir, mais tu sais que je suis assez taiseuse de nature. J'ai simplement un peu de mal à tout gérer. Les cours, les copies, mon rôle de professeure principale, la maison et la pression, cela commence à me peser. Je suis juste un petit peu à bout et mes nuits ne me reposent pas, je suis débordée. Je n'ai plus le temps de manger et je n'y arrive plus, tout me dégoûte. Je suis légèrement affaiblie et je me suis blessée en tombant, c'est tout. mens-je, avec aplomb.

— Tu m'assures qu'il n'y a rien de plus ? Tu n'as pas recommencé à te faire du mal ? Je sais que je suis un petit peu brutale avec toi, mais c'est pour que tu comprennes que tu peux me parler. J'ai toujours été là pour toi ma belle et cela ne changera jamais, fais-moi confiance. dit-elle, saisissant délicatement mes poignets.

— Je te promets que non, je ne veux pas replonger. C'était une période trop sombre, et c'est d'ailleurs grâce à ce mal que j'ai paradoxalement pu trouver le bien : toi. Je suis simplement surchargée, je ne devrais pas me mettre dans des états pareils pour cela, pardon.

Nerveuse, je sèche mes larmes, étalant par ailleurs mon maquillage le long de mes joues. Je dois encore être dans un drôle d'état, mais que suis-je en train de devenir ? Faustine n'insiste pas plus, je la sens plutôt rassurée, tout est relatif, suite à mes dires plutôt convaincants. Bien qu'étant toujours chamboulée, elle termine son repas. Faustine, d'habitude très bavarde, parle peu. Elle se contente de relever la tête régulièrement pour m'observer, mais détourne le regard dès que j'ose relever le mien. Son comportement est semblable à celui d'une mère envers sa fille. Je me sens ici comme une enfant frêle qui ne sait pas se débrouiller seule, ayant constamment besoin de la supervision de sa mère. Je ne sais pas si c'est parce qu'elle est de deux ans mon aînée, mais Faustine porte sur moi le regard bienveillant et protecteur d'une mère. D'un côté cela me rassure, mais d'un autre, j'ai l'impression que cela m'empêche de me confronter à mes soucis. Je sais qu'elle fait cela dans le seul but de bien faire et de me protéger, mais cela me perturbe parfois. Elle ne pense pas à mal, mais j'ai parfois l'impression d'étouffer. Peut-être est-ce pour cela que je préfère tout garder pour moi, pour grandir ?

Pour ne pas m'affaiblir davantage, je me force à avaler quelques bouchées de riz et de poisson, mais très vite, la nausée refait surface et je manque de régurgiter. Comprenant qu'il vaut mieux que j'arrête ici si je veux garder le maigre contenu de mon estomac, je pose mes couverts et joue avec un fil qui dépasse de la couture de mon jean. Faustine observe que je me stoppe au moment où elle ouvre sa compote, elle pose immédiatement sa cuillère et me regarde fixement.

— Tu ne manges plus ?
— Non, je...je n'y arrive plus.
— Je ne veux pas te forcer, mais fais attention à ne pas t'affaiblir davantage, je ne veux pas que tu te blesses. Je termine ma compote et nous y allons.

J'opine du chef et tente de contrôler ma nausée tout en me concentrant sur ma respiration haletante. Je ne sais plus si j'ai chaud ou si j'ai froid, je me sens mal comme rarement je l'ai été. Sa compote me semble interminable. J'étouffe dans cette si petite pièce aux murs étriqués et trop blancs pour moi. Je n'ai qu'une hâte, sortir prendre l'air.

Lorsque mon amie a enfin terminé son repas, nous nous levons et nous apprêtons à débarrasser nos plateaux. Je saisis le mien, encore bien garni, et commence à avancer lorsque je me prends les pieds dans ma chaise. N'ayant pas la force de me retenir, qui plus est perchée sur mes hauts talons, mon plateau m'échappe, se renversant sur le sol. Cet ultime acte est la goutte d'eau qui fait déborder le vase. Je m'écroule sur ma chaise et prends ma tête dans mes mains, sanglotant une énième fois. Je n'en peux plus, je suis à bout. Faustine pose son plateau et accourt vers moi, s'accroupissant et prenant mes mains dans les siennes. Elle caresse doucement le revers de mes mains avec ses pouces et tente de me calmer en chuchotant des « calme-toi » presque inaudibles. Voyant que cela ne fonctionne pas, elle m'attire dans ses bras et passe délicatement ses mains dans mon dos, faisant de petits mouvements circulaires.

— Chut, ce n'est rien Anne, ce n'est pas grave. Calme-toi. Respire. murmure-t-elle.

Son instinct et ses gestes maternels finissent par m'apaiser, après de nombreuses minutes passées à pleurer sur son épaule. Ce comportement ne me ressemble pas, mais alors pas du tout. Je n'ai pas l'habitude de craquer, du moins devant quelqu'un, mais je ne parviens plus à me retenir. Je suis tellement usée que les larmes coulent toutes seules, exprimant l'indicible.

— Écoute Anne, tu ne peux pas rester comme cela, il faut que tu te reposes. Rentre chez toi, je réglerai les modalités administratives avec la direction, tu n'es clairement pas en état d'assurer tes cours. Je vais ramasser tout cela, rentre.

— Je...je ne peux pas te laisser ramasser mes maladresses, et puis le proviseur va encore trouver à redire.

— Mais si, je vais les faire, ne t'en fais pas. Oh et puis de toute façon, il n'a pas le choix. Entre avoir une prof absente quelques jours et qui va revenir en forme ou bien une prof capable de faire un malaise à tout moment, il n'y a guère à hésiter.

— Merci, merci infiniment Faustine.

— C'est normal. Tu te sens de prendre le bus ou tu veux que je te ramène ?

— Ça va aller, ne t'en fais pas.

Je me relève et enlace mon amie. Mais que ferais-je sans elle ? Sincèrement, je ne sais pas. Je la remercie une énième fois et me dirige vers l'arrêt de bus, priant pour ne pas croiser le proviseur. Par chance, je parviens à l'atteindre sans avoir besoin de me justifier auprès de qui que ce soit. Mon repas, plus que succinct, me permet quand même de me sentir un petit peu plus forte sur mes jambes. Je ne sais pas si rentrer est la bonne solution, Laurent ne travaillant toujours pas, j'espère qu'il n'aura pas envie de passer ses nerfs sur moi. J'ai besoin de me reposer et de travailler. J'espère avoir la paix pour pouvoir revenir dès demain matin, en pleine forme. Je suis quelque peu fébrile quant à le retrouver, ne sachant pas de quoi cet après-midi sera fait. J'aurais pu négocier auprès de mon amie, mais je n'en ai pas eu la force, sachant au fond de moi que rester n'était pas possible non plus.

Arrivée chez moi sans problème, je passe le portail avant de rejoindre la porte d'entrée. Une boule d'anxiété se forme dans ma gorge, descendant peu à peu dans mon estomac. J'ai la peur au ventre de rentrer chez moi, chose pourtant inconcevable. Le foyer est censé être assimilé à un havre de paix, le cocon qui nous protège du monde extérieur. Bizarrement, ce n'est pas du monde extérieur que j'ai peur, mais de mon cocon, enfin si je peux le nommer comme cela. Je ne sais sur quel pied danser. Dois-je me méfier ? Dois-je être sereine ? Comment Laurent sera-t-il ? Toutes ces questions me déchirent et me torturent. Le seul lieu qui doit me permettre d'être apaisée est celui qui crée tout mon stress. Je comprends bien que quelque chose n'est pas normal, mais que puis-je sincèrement y faire ? Je ne peux maîtriser les foudres de Laurent, et encore moins le raisonner. Le dialogue est rompu et c'est ainsi. À quoi bon se fatiguer à se battre dans le vent ? Je n'ai d'autre choix que de m'y résoudre.

Lorsque je rentre, une drôle de surprise m'attend. De ce que je vois depuis l'entrée, le salon et la cuisine ressemblent à une vraie porcherie. Ahurie d'entrer dans une maison qui me semble aussi sale et dont l'odeur de renfermé me donne une nouvelle fois la nausée, je me précipite au salon. Laurent est avachi sur le canapé, regardant a priori un match de rugby et se goinfrant de chips et de bières. Non mais j'hallucine, il mange toujours à quatorze heures moins le quart ! Me situant derrière lui et le sentant obnubilé par la télévision, je peux l'observer sans qu'il remarque ma présence. Les vestiges d'un repas jonchent le canapé, accompagnant les miettes de chips et deux bouteilles de bière vides. Sur la table basse traîne une assiette et des couverts sales. Je crois qu'il se moque vraiment de moi. Furieuse, je contourne le canapé et me place entre la télévision et la table basse, mains sur les hanches, en ayant une étrange sensation de déjà vécu.

— Tiens, tu tombes bien. Débarrasse donc mon assiette, je n'ai plus de place pour poser mes pieds sur la table. Tu en profiteras pour m'apporter un nouveau paquet de chips, celui-là est presque vide. Oh et puis pousse-toi de la télé, tu n'es pas transparente !

Un rire sarcastique m'échappe.

— Pardon. Tu es sérieux Laurent ? Tu me prends pour quoi, ta bonniche ? Ta femme à tout faire ? Excuse-moi, mais cela ne marche pas ainsi ! Alors tu vas me faire le plaisir d'aller mettre tes merdes dans le lave-vaisselle et à la poubelle !
— Tu as déjà oublié ce que je t'ai dit lundi ? Tu m'écoutes ou tu t'en prends une. A priori, tu as choisi pour cet après-midi. Je ne veux pas t'entendre te plaindre, c'est ton choix alors tu l'assumes.

Je n'ai pas le temps de comprendre ce qu'il se passe que Laurent attrape son assiette sale et me la lance dessus. Il est plutôt bon viseur, la vaisselle se choque violemment contre mon torse avant que j'aie le temps de me décaler. L'assiette retombe sur le carrelage et se fracasse en plusieurs morceaux, salissant le sol des restes de son repas. Ma poitrine se serre lorsque je réalise ce qu'il vient de faire. Une douleur lancinante parcourt mon corps tant l'impact a été fort. Laurent esquisse un sourire narquois et se lève, marchant jusqu'à la buanderie. Ne comprenant pas ce qu'il va y faire, je me surprends à le voir revenir avec une serpillière et un seau d'eau à la main. L'espace d'une seconde, j'imagine qu'il va nettoyer les vestiges de sa violence, mais la réalité me frappe à nouveau.

— Maintenant tu vas ramasser. Ne te plains pas, tu n'as que ce que tu mérites. Si tu as si peu de temps que cela pour travailler, il fallait y réfléchir avant et débarrasser comme je te l'ai demandé. Tu as toujours le choix Anne, obéir ou payer les conséquences de ta rébellion. dit-il calmement, me tendant le nécessaire pour nettoyer.

Comprenant que j'ai tout intérêt à m'exécuter, je saisis la serpillière et astique le sol, supervisée par Laurent. Il se dresse bien droit derrière le canapé, les jambes écartées et les bras croisés. Je me plie à ses exigences et frotte vigoureusement ce qui semble être un reste de sauce bolognaise, ayant au préalable jeté les débris de verre à la poubelle, prêtant garde à ne pas me couper. Laurent frappe son pied sur le sol, s'impatientant quant à ma lenteur. J'essaie d'aller assez vite pour ne pas l'énerver davantage, mais pas trop pour ne pas risquer un nouveau malaise.

Une fois le sol propre, je me rends à la cuisine, le seau d'eau sale dans les mains, afin de le vider. Ayant du mal à le soulever, je me surprends à faire une réflexion qui ne va pas, mais absolument pas, plaire à Laurent. Au plus profond de moi, je me demande quand il va enfin reprendre le chemin du travail, son genou ne pouvant plus l'en empêcher. Mes pensées se traduisent en un grognement, pour moi inaudible, mais très clair pour Laurent. Sa furie refait surface.

— Tu peux répéter, je ne pense pas avoir entendu.

Je me tais.

— Je te demande de répéter !
— Je...je me questionnais simplement quant à ton retour au travail, sans aucune arrière-pensée.
— Et tu te permets de te mêler de ce qui ne te regarde pas ? Je vais t'apprendre à t'occuper de tes affaires.

Laurent me bouscule violemment, faisant voler le seau d'eau sale. Son contenu virevolte avant de retomber sur le sol, inondant l'entrée. Mon conjoint en profite pour me pousser à l'aide de sa béquille, peu stable, je perds l'équilibre et m'étale de tout mon long dans cette eau opaque. Je suis trempée et complètement sous le choc. Je sais pertinemment que je vais devoir nettoyer, encore une fois, mais cela ne sera pas aussi simple que quelques morceaux de verre.

— Et pour ton information personnelle, j'ai été licencié il y a plus de trois mois, l'usine était en train de couler. Tu vas donc m'avoir sur le dos constamment, l'avantage est que cela te redressera plus vite. Ma pauvre, tu es tellement naïve que tu crois n'importe quoi. Je n'ai pas besoin de préciser que tout doit être impeccable quand je reviens.

Laurent s'en va à l'étage, me laissant seule dans cette merde. Ses révélations ont sur moi l'effet d'un coup de poignard. Comment a-t-il pu me mener en bateau comme cela ? Alors, s'il n'était pas au travail le soir de son accident, où était-il ? Au bar si j'en crois son haleine. Jamais je n'en aurai la preuve et même si cela me démange, je ne lui demanderai pas, comprenant qu'il vaut mieux éviter que je m'impose trop pour m'épargner une énième marque de violence. Je me relève, ruisselante d'eau sale et tente de ne pas glisser, partant à la buanderie chercher des serpillières sèches pour éponger cette marée. Apprendre que Laurent sera constamment à la maison me glace le sang. Cela veut donc dire que je n'aurai jamais de répit, jamais un moment pour me reposer. Mon lieu de travail deviendra mon milieu de sûreté et mon domicile mon milieu de crainte. Mon Dieu, mais dans quoi me suis-je embarquée ? Pourquoi l'ai-je appelé ? Jamais je ne saurai si c'est l'alcool ou mon coup de fil qui lui a causé cet accident, début de toutes les emmerdes. Un mélange des deux peut-être ? Je ne sais pas, mais je ne peux m'empêcher de me sentir coupable. Je suis très affectée d'observer la personne que j'aime le plus au monde me traiter de la sorte, mais n'est-ce pas pour me prouver qu'il tient à moi et qu'il craint que je lui échappe ? Certes, il ne s'y prend pas de la meilleure façon, mais je ne peux pas lui en tenir rigueur. Laurent n'a jamais eu de grande preuve d'amour dans sa famille et a été très rapidement livré à lui-même, devant apprendre à tout gérer seul. Même si cela me blesse, je ne peux lui en vouloir, on ne lui a jamais appris ce qu'était l'amour, alors c'est à moi de le faire. Malgré tout, je l'aime. Même s'il me fait peur. Même s'il me fait mal. Même s'il me traite comme une moins que rien, je l'aime et ne cesserai de l'aimer.

Chapitre VI

Je relève la tête, la secouant brièvement remettre mes idées en place. J'effectue un bref mouvement à l'aide de ma nuque, de droite à gauche, afin d'en observer les moindres détails dans le miroir. Mes cheveux relevés en une queue de cheval bien plaquée affinent mon visage déjà bien creusé. Mon coquard s'est dissipé, ayant presque disparu ; il reste quelques marques jaunâtres, mais elles devraient s'estomper en quelques jours. Pour la première fois depuis un bon moment, je me trouve plutôt jolie. Mes yeux sont bien maquillés, mes cheveux bien coiffés et mes cernes bien camouflés. Je semble plutôt pimpante alors que c'est loin d'en être le cas. Je ne dors plus correctement depuis plus d'une semaine et mange le strict minimum pour tenir debout, autant dire que j'arrive plutôt bien à camoufler tout cela au fond de moi. À force, le corps finit par s'habituer aux maltraitances qu'il subit, toute chose répétée finit par devenir une habitude, tôt ou tard.

Trouvant qu'il manque quelque chose à mon visage pour rayonner davantage, je saisis mon encre à lèvres carmin, celle que Laurent déteste par-dessus tout. Une façon de le provoquer ? Probablement. J'en ai des tonnes et des tonnes des rouges à lèvres, mais inconsciemment, mes mains se sont dirigées sur celui-là en particulier. J'hésite quelques secondes à le reposer dans ma petite corbeille à maquillage, voulant éviter de lui donner une raison de s'en prendre à moi. Je m'apprête à en prendre un plus sobre, mais je me résigne. J'ai encore le droit de me maquiller comme je le souhaite. Cette encre a été rangée trop longtemps pour lui plaire, alors par goût de la provocation, je le dévisse et en sort le petit embout en mousse couvert de ce liquide rouge sang. Je le porte à mes lèvres et le laisse glisser dessus, colorant ma bouche en un instant. Corrigeant la commissure de mes lèvres avec mon annulaire, j'observe une nouvelle fois mon reflet avec attention et souris, enfin satisfaite du résultat.

J'ajuste ma robe, nouant les deux bandes de tissu qui composent le col afin de la fermer. Pour être élégante sans paraître vulgaire, j'ai choisi une simple robe noire au dos nu jusqu'à la chute de mes reins. Une fois prête, je regarde ma montre, midi et quart, merde. Laurent m'a demandé d'être à midi dix grand maximum en bas, prête à partir au restaurant. Nous fêtons nos cinq ans de mariage aujourd'hui et à ma plus grande surprise, Laurent a souhaité m'inviter à déjeuner. Certains de ses actes se contredisent complètement, mais je ne dis rien, ne voulant pas envenimer davantage la situation. Entendant Laurent monter les escaliers, je comprends qu'il faut que je me dépêche. Je range en quatrième vitesse tous mes ustensiles de maquillage, mais au moment où j'attrape l'éponge pour donner un petit coup sur le lavabo, un grand fracas me fait sursauter. Je me retourne d'un bond et me retrouve nez à nez avec mon conjoint. L'espace d'une seconde, je cherche à comprendre comment il a pu entrer, sachant que la porte était verrouillée, mais je comprends rapidement que ce n'est pas cet obstacle qui l'a freiné. S'il ne peut pas entrer de façon classique, il emploie une manière disons... plus radicale. J'observe avec effroi les débris de la porte joncher le sol.

— Au moins, cela t'évitera de passer des heures dans la salle de bain maintenant, et je pourrai constamment avoir un œil sur toi. N'est-ce pas parfait ?

Je n'ose répondre, encore trop sous le choc de ce qu'il vient de se passer. De sa force, seulement avec sa force, sans rien d'autre que son épaule, il est parvenu à défoncer la porte. Je reste interdite, battant seulement des cils. Il m'a déjà prouvé qu'il était doté d'une grande force, mais jamais je n'aurais imaginé à ce point. L'espace d'un instant, je m'imagine à la place de cette pauvre porte, du moins ce qu'il en reste. S'il est capable de la détruire à la seule force de ses bras, qu'est-il capable de me faire ? La voyant démolie, brisée et étendue sur le sol, j'observe à sa place le reflet de mon corps. Décharné, éparpillé, mon sang gisant comme gisent les éclats de bois. Je suis terrifiée, ne pouvant me résoudre à finir ainsi. Je comprends rapidement que je n'ai pas trente-six mille solutions pour m'épargner les pires souffrances : accepter de me mettre sous ses ordres, sans broncher. Seule une grande docilité de ma part me permettra de m'en sortir. Je ne comprends pas précisément ce que Laurent attend de moi, mais je décide de lui obéir. Répondre à ses demandes dans l'instant même où il l'exige.

— Excuse-moi, je n'ai pas vu le temps passer. Je ne recommencerai pas. dis-je, tête baissée.

— Ça c'est certain. Enfin pour faire ce que tu as fait, ce n'était pas la peine d'y passer autant de temps. Regarde à quoi tu ressembles, franchement.

— Qu...quel est le problème ? osé-je demander.

— Quel est le problème ? Mais le problème c'est que tu ressembles à une prostituée ! Tu n'as vraiment aucune classe, aucune dignité. Je te demanderais bien de te changer tant tu me fais honte, mais en t'éternisant, nous n'en avons pas le temps si nous voulons être à l'heure au restaurant. J'ai honte de sortir avec une femme qui ressemble à cela. Il ne faudra pas te plaindre si tu te fais agresser, tu es une invitation. crache-t-il, me toisant de haut en bas.

Ses paroles me transpercent le cœur, comment peut-il être aussi sexiste ? Cela me répugne au plus haut point, mais je ne réponds pas, faisant la sourde oreille. Il quitte la salle de bain, enjambant les débris. Je lui emboîte le pas, fermant la lumière au passage. Lorsque j'observe les déchets créés par la porte, je ne peux réprimer un bâillement lorsque je comprends qu'il va falloir que je répare ses dégâts en rentrant. Étant très limitée en bricolage, je sais que je ne saurai la changer convenablement, et ce n'est pas Laurent qui va le faire. Cela ne peut pas le déranger, s'il passe dix minutes par jour dans la salle de bain, c'est le bout du monde. Laurent n'est absolument pas pudique ni frileux, alors cela ne peut pas le gêner de se doucher porte ouverte. En revanche, je ne peux pas en dire autant pour moi. J'aime me prélasser après une dure journée, cela me permet de faire redescendre toute la pression accumulée, mais même ce plaisir simple, Laurent me le retire.

— À cause de toi, je me suis fait mal à l'épaule, il va encore falloir que tu m'aides.

Prenant garde qu'il ne m'observe pas, je lève les yeux au ciel. *Tu n'avais qu'à pas défoncer la porte…* Je le pense fort, très fort, m'arrêtant avant que mes pensées ne se transforment en paroles que je pourrais regretter.

Machinalement, je saisis la dernière paire de chaussures que j'ai achetée et commence à les enfiler lorsque Laurent me demande avec dédain si je compte réellement les mettre. Pour toute réponse, j'attache la sangle et me relève.

— Je t'ai posé une question !

— Si jamais cela n'est pas assez évident, oui, je compte les mettre.

— Et tu n'as pas honte de sortir comme cela ?

— Non, quel est le problème ? Qu'est-ce qu'il y a encore qui ne va pas ? dis-je, blasée.

— Oh, tu me parles sur un autre ton Anne ! Je n'ai pas encore employé la manière forte ce matin, mais s'il faut que j'y aie recours pour que tu te calmes, je n'hésiterai pas à le faire.

Je ne réponds rien, comprenant que je me suis peut-être un peu trop emportée.

— Entre la robe, le rouge à lèvres et les chaussures, je crois que tu as choisi le parfait combo pour incarner la prostituée. Tu es vulgaire Anne, tout chez toi est vulgaire. Ton attitude n'est faite que pour aguicher et tes yeux crient au sexe à chaque instant. Tu n'as pas le temps de te changer, et cela me déplaît beaucoup. Je te promets que si ne serait-ce qu'un seul homme se retourne sur ton passage, tu vas regretter d'avoir voulu lui plaire. C'est à moi et à moi seul que tu dois plaire, et en l'occurrence, ce n'est pas le cas, loin de là.

Je me sentais jolie, féminine, élégante et Laurent vient de tout briser en quelques secondes. L'apparence est pour moi essentielle, je suis très orientée sur le paraître et je ne supporte pas que quelqu'un me dise que je ne suis pas assez élégante. S'il y a bien une chose que je ne veux pas, c'est sembler vulgaire et que mon corps soit une invitation au sexe. Ce n'est pas moi. Cette personnalité ne me correspond pas. Je n'ai qu'une envie, retirer cet accoutrement ridicule. Je me regarde une dernière fois dans le miroir avant de partir, et je ne peux nier que Laurent ait raison. Mon Dieu mais qu'ai-je cru ? Que j'avais dix-huit ans ? Que j'allais chercher le client ? Je ne sais pas ce qu'il m'est passé par la tête au moment de composer ma tenue, mais une association aussi vulgaire ne me ressemble pas. Je crois que j'ai voulu me faire jolie pour plaire à Laurent, et non seulement j'ai obtenu l'effet inverse que celui escompté, mais j'ai également pris le risque de décupler sa colère. Si personne ne se retourne sur mon passage, c'est que j'ai une chance inouïe. Je suis extrêmement mal à l'aise, tout mon apaisement s'est envolé et mes angoisses resurgissent. Une énième fois, je m'attaque à ma manucure.

Laurent n'ayant plus de voiture depuis l'accident, nous prenons la mienne. Mon conjoint déteste se laisser conduire, mais par chance pour moi, son genou lui rend l'utilisation de la voiture douloureuse. Je sais pertinemment que ce n'est pas cela qui l'empêcherait de prendre le volant s'il le désirait vraiment, mais il ne bronche pas lorsque je m'installe côté conducteur. Intérieurement, je suis soulagée, si jamais il nous arrive un accrochage sur la route, cela sera entièrement ma faute. Financièrement parlant, nous ne pouvons pas nous permettre d'acheter deux voitures coup sur coup. Nous ne sommes pas à plaindre, nous vivons assez aisément, nous faisant plaisir de temps en temps, mais un salaire de professeure et un autre d'employé d'usine ne nous permettent pas de rouler sur l'or. Laurent ayant besoin de son indépendance, il ne va pas tarder à remplacer la sienne, alors je ne peux me permettre de rendre la mienne hors d'usage. Malgré notre vie de couple, j'essaie d'être indépendante au maximum, comme mes parents me l'ont appris. Ne jamais dépendre financièrement de quelqu'un permet de partir sans soucis.

Après un court trajet, je me gare sur le parking le plus proche de la promenade, payant bien évidemment, mais Laurent refuse de trop marcher. Afin d'éviter quelconque remarque, j'obéis, même si cela me gêne un petit peu de payer le parking alors qu'il y avait des places gratuites à cinq cents mètres. Étonnamment, le trajet s'est déroulé sans encombre. J'appréhendais que Laurent ne fasse que critiquer ma conduite. Blabla trop vite... Blabla tu colles trop... Blabla tu as failli nous causer un accident... Je suis bien contente d'avoir passé un trajet en silence. Cela m'étonne qu'il n'ait rien dit puisqu'à chaque fois que je prends le volant, il trouve toujours quelque chose à redire sur ma façon de conduire. Je veux bien admettre que je ne sois pas toujours très attentive à ce qui se passe autour de moi, mais en attendant, je n'ai encore jamais eu de problème. Peut-être ne s'est-il pas permis une remarque quant à son accident ? Les actes, eux, ne trompent jamais.

Je m'extirpe de la voiture et saisis mon sac. Mal à l'aise quant à ma tenue, jugée trop sexy par Laurent, je tire sur ma robe, comme pour la rallonger de quelques centimètres. Ne voulant pas avoir une énième remarque de Laurent, je le laisse passer devant et marche quelques mètres derrière lui. Appréhendant le repas puisque je n'ai toujours pas retrouvé l'appétit, je mordille machinalement la peau autour de mes ongles pour me calmer. Si je pouvais faire demi-tour et rentrer m'enfouir sous ma couette, je le ferais volontiers. Je n'ai aucune envie de fêter nos cinq ans de vie commune, qui plus est dans un lieu public. Je sais que Laurent va se tenir à carreau, se présentant comme un conjoint parfait, et je vais devoir jouer la comédie. Faire la bonne petite compagne gentille et souriante, mais je n'ai pas envie de sourire. J'ai envie de crier, de hurler ma douleur et sa violence. J'ai envie de montrer mes bras couverts de bleus et de coupures faites pour m'apaiser. Entendre les louanges des serveurs et des clients — Oh mais quel joli couple ! Vous semblez si heureux ! Oui, nous semblons heureux, et c'est là tout le problème. Nous semblons, mais nous ne le sommes pas.

J'entends déjà Laurent m'appeler par tout un tas de petits noms affectueux, alors qu'à la maison, il me traite comme une moins que rien. Je sais que ses paroles pleines de mépris sont méritées, mais dans ce cas-là, pourquoi change-t-il de comportement à l'extérieur ? Pourquoi cherche-t-il à cacher la réalité ? Si j'ai besoin d'être rééduquée comme il le dit si bien, pourquoi ne continue-t-il pas cela en public ? Je ne suis sortie que pour une petite promenade et j'ai vu son comportement changer du tout au tout dès que nous croisions quelqu'un. Il passait son bras autour de mes épaules, souriant, m'appelant « mon amour » et m'embrassant même parfois. Ces élans de gentillesse me bloquent plus qu'ils ne me font plaisir. L'incompréhension s'installe et je reste de marbre, ce qu'il me reproche après coup. Pourquoi tu ne m'embrasses pas ? Tu dois me montrer ton amour. Tant de phrases qu'il me répète en présence de quelqu'un, alors pourquoi cela serait-il différent aujourd'hui ?

— Qu'est-ce que tu fais Anne ? Marche donc à mes côtés. On dirait une petite fille perdue, mais tu n'es pas perdue n'est-ce pas ?

— Non. dis-je, tête baissée.

— Alors viens à côté de moi que je puisse constamment voir comme tu es belle.

Il parle fort, trop fort, afin que les passants l'entendent, et cela fonctionne. De nombreuses personnes me dévisagent et rigolent. Je suis gênée et continue à fixer le sol. Oui, je ressemble à une petite fille. Une petite fille dans des vêtements d'adulte, voilà ce que je suis. Une gamine écorchée qui ne sait quoi faire et qui craint constamment mal faire et d'être punie.

— Regarde, tu fais rire les passants avec ton comportement. Il ne faut pas attirer l'attention sur toi comme cela, on te remarque suffisamment.

À sa remarque, un homme me fixe avec un sourire en coin. Laurent lui jette un regard noir, je comprends que je vais en prendre pour mon grade, peut-être pas maintenant, mais ce soir, c'est certain. Plus jamais je n'enfile une robe aussi courte et ces talons, plus jamais.

— Viens ici chérie.

Laurent m'attire de son bras droit contre lui. Nous marchons côte à côte, son bras autour de mes épaules. Je suis rigide, extrêmement tendue et mal à l'aise. Cela fait bien longtemps qu'il ne m'a pas tenue aussi amoureusement, et cela me perturbe. J'ai perdu l'habitude de sa douceur, je ne savais plus qu'il en était capable. Ses bras sont synonymes, pour moi, de violence, plus de tendresse. Déjà bien perturbée, les mots qu'il me susurre à l'oreille ne vont que m'effrayer davantage.

— Je t'avais dit de ne pas t'habiller comme une pute et tu ne m'as pas écouté. Te rappelles-tu ce que je t'avais promis si un homme se retournait sur ton passage ?

Je n'ose répondre, même si je m'en rappelle bien, trop bien.

— Je t'ai posé une question. murmure-t-il violemment.
— Euh...je...une...une bonne correction. dis-je, la voix tremblante.
— Tu vois quand tu veux, tu n'es pas si bête que tu en as l'air, cela me rassure. Tu sais ce qui t'attend ce soir, maintenant tu vas sourire et m'embrasser puisque nous arrivons devant le restaurant. Je ne suis pas violent par plaisir Anne, juste pour que tu comprennes puisqu'il n'y a que cela qui fonctionne a priori.

Un soubresaut me parcourt l'échine. Je m'en doutais tellement, comme si j'avais pu lire le script de cette journée. Je savais, en enfilant cette tenue, qu'elle me causerait du tort. Je le savais, mais je n'ai rien fait pour contrer cela. J'ai pris ce risque et je ne peux qu'en payer les conséquences. Tout est de ma faute. Laurent m'avait prévenue, mais je ne l'ai pas écouté. Je n'en ai fait qu'à ma tête. Cela m'apprendra. Les larmes me montent aux yeux, mais je dois éviter de craquer. Pas là, pas maintenant. Je pousse un long soupir et lève mes pupilles vers le ciel pour chasser mes larmes.

— Ce n'est pas la peine de pleurer Anne, cela ne sert vraiment à rien, mis à part te donner en spectacle.

L'incompréhension refait surface. Comment a-t-il pu voir mes yeux humides alors qu'il ne me regarde même pas ? C'en est trop pour moi, mes yeux s'embuent à nouveau et dès l'instant où je les referme, une fine larme roule le long de ma joue. Je la chasse rapidement à l'aide de ma main libre, du moins qui n'entoure pas la taille de Laurent, avant qu'elle ne s'échoue sur son avant-bras. Les yeux encore rougis et humides, nous entrons dans le restaurant.

— Bonjour, bienvenue. Vous aviez réservé ?
— Oui, une table pour deux au nom de Louvier.
— Oh pour un anniversaire de mariage, bien sûr. Suivez-moi.

Ne pouvant refouler toutes les larmes qui montent, je baisse la tête, fixant le carrelage impeccable. Je déteste montrer ma fragilité, mais je ne parviens plus à me contrôler. Fermant la marche, je suis Laurent. Les yeux trop humides, ma vision est trouble et sans me méfier, je bouscule la table de deux amies en train de déjeuner. Je me confonds d'excuses, penaude. Par chance, les deux jeunes femmes me rassurent, affirmant qu'il n'y a pas de mal, mais quand je relève ma tête pour regarder où je vais, les deux femmes me retiennent.

— Madame attendez. Vous allez bien ? me questionnent-elles, inquiètes.
— Oui oui, encore désolée.

— Mais vous pleurez ?

— Je...euh... c'est simplement parce que j'ai un petit peu de sable dans l'œil.

Troublée, j'essuie mes yeux et presse le pas pour rejoindre le serveur et mon conjoint. Je m'en veux tellement de me faire remarquer à ce point. Depuis ce matin, j'enchaîne les maladresses et je sais que Laurent m'en tiendra rigueur. Je lui fais honte et sincèrement, je le comprends.

— Préférez-vous une table vue mer ou excentrée des autres clients ? me demande-t-il.

Je déteste avoir ce choix à faire. Une bouffée de chaleur m'envahit, je ne sais quoi répondre. Je suis pétrifiée à l'idée de faire le mauvais choix, celui qui ne conviendra pas à Laurent.

— Bon, et bien s'il est si difficile pour toi de répondre à cette simple question, c'est moi qui vais choisir. La vue mer s'il vous plaît.

Le serveur nous installe à une table bien dressée, simplement séparée par une table inoccupée des deux jeunes femmes, et collée aux vitres qui offrent une vue imprenable sur la plage. Je ne sais pas si j'aurais fait ce choix, et je suis très étonnée que Laurent ait choisi cela. Certes, la vue mer est très agréable et romantique, mais cela nous oblige à nous fondre dans la masse. Rien de bien gênant en somme, mais cela empêche totalement Laurent de me faire des remontrances. Les deux amies me regardent et me font un léger sourire, que je leur rends.

— Tu souris à ces inconnues, mais pas à moi alors que je t'emmène déjeuner dans un si bel établissement.
— Pardon. dis-je, penaude.

Ne sachant trop quoi faire ou quoi dire, je saisis ma serviette et la triture, la pliant, la dépliant, la repliant, et ainsi de suite. À force de jouer avec, elle finit par se déchirer, faisant plein de petits morceaux sur la table. Laurent, trop occupé à lire le menu, ne remarque mes enfantillages qu'après une dizaine de minutes. Agacé par mon attitude enfantine, il m'arrache violemment la serviette des mains et la met près de lui, de sorte que je ne puisse plus l'atteindre.

— Tu ferais mieux de lire le menu au lieu de jouer, le serveur arrive et tu vas encore le faire attendre ! Tu n'as plus trois ans chérie.

— Souhaitez-vous un apéritif ?

— Volontiers. Une coupe de champagne pour cette occasion spéciale s'il vous plaît.

— Et la même chose pour Madame ?

— Ah non, certainement pas. Elle se comporte comme une enfant, et les enfants ne boivent pas d'alcool. Mettez-lui un jus de pomme, ce sera très bien, et avec une paille, comme pour les petites filles.

— Laurent je...

— Les petites filles boivent du jus de fruit, pas du champagne. Vous avez entendu Monsieur.

— Bien, je vous apporte cela tout de suite.

Mes joues virent au rouge cramoisi tant j'ai honte. J'ai envie de disparaître tant je me sens mal. Je ne sais plus où me mettre. Je fixe la carte sans la lire. Je n'ai pas faim et je déteste les menus gastronomiques. J'aime manger des choses simples et tous ces artifices ne m'intéressent pas. L'odeur des cuisines me donne la nausée, je ne sais pas comment je vais faire pour avaler quoi que ce soit. Le serveur revient avec nos boissons.

— Voilà le jus de pomme pour Madame et la coupe de champagne pour vous monsieur.

Je bredouille un merci presque inaudible, il répond par un simple hochement de tête, articulant un « désolé » inaudible pour que Laurent ne puisse l'entendre.

— Avez-vous fait votre choix ?

— Je vais vous prendre une sole meunière accompagnée de ses petites pommes de terre s'il vous plaît. Mettez-lui le menu enfant, pâtes et steak haché, c'est bien pour une petite fille ? Non Anne ?

— Ou...oui.

— Monsieur, si je puis me permettre, vous devriez peut-être lui laisser choisir son plat, surtout si c'est votre anniversaire de rencontre.

— Vous n'avez pas à vous mêler de cela jeune homme. Je pensais effectivement venir avec ma compagne, mais puisqu'elle se comporte comme une petite fille, elle aura un repas adéquat.

— Ce n'est rien Monsieur, je... je n'ai pas très faim de toute façon.

— Bien. Du vin peut-être ?

— Un verre de Chardonnay s'il vous plaît.

Le serveur s'en va en cuisine, très mal à l'aise. Je sens que ce déjeuner va être une catastrophe. Les regards de tous les clients sont tournés vers notre table. Je me tasse encore un petit peu plus, ne voulant voir leur jugement. Le seul avantage est que j'ai pu avoir le menu que je voulais. Quelque chose de simple en quantité moindre.

— Je suis déçu de toi Anne. Moi qui me faisais une joie de venir au restaurant avec toi, tu pourrais au moins faire un effort pour te tenir correctement. dit-il sur un ton grave.

— Pardon Laurent, pardon. l'imploré-je

— Nous réglerons cela ce soir. En attendant, mange ton repas, cela va être froid.

Nos deux plats posés devant nous, il est temps de manger. Je ne peux plus reculer. Laurent semble se régaler, n'arrêtant de dire que c'est succulent. Je prends une grande inspiration et porte le premier morceau de steak à ma bouche. Je mâche longuement, très longuement avant d'avaler. Je ne peux pas nier que cela soit très bon, mais je n'ai vraiment pas faim. La portion est très petite, mais je sais pertinemment que je n'arriverai pas à tout manger. Si la moitié disparaît, c'est le bout du monde. Je voudrais éviter de me donner en spectacle davantage en régurgitant en plein milieu de la salle, alors j'y vais doucement. Je prends garde que la bouchée prise soit avalée complètement avant de commencer à détruire la suivante. Finalement, j'arrive à plutôt bien manger malgré mon estomac noué.

Ayant besoin de faire une petite pause pour prendre le temps de digérer, je me sers un verre d'eau. Je saisis mon verre de la main droite et le sirote tout en regardant le paysage ensoleillé qui nous est offert. Trop happée par ce beau spectacle de la nature, je repose mon verre sans regarder ce que je fais. Pensant être sur la table et avoir de la marge, je le lâche, mais pas au bon endroit. Un grand fracas résonne dans le restaurant, je ne réalise pas tout de suite la bêtise que je viens de commettre, mais quand je sens l'eau éclabousser sur mes mollets, je comprends ce qui vient de se passer. Je plaque mes mains sur ma bouche, étouffant une injure.

— Oh putain ! Non mais ce n'est plus possible là Anne ! Tu comptes en faire encore beaucoup de ce genre aujourd'hui ! Tu me fous la honte !
— Je...je n'ai pas fait exprès.

— Ça c'est ce que tu dis ! Tu veux que les gens te regardent, tu as constamment besoin que le monde tourne autour de ton petit nombril ! Ce n'est pas comme cela que les gens vont avoir envie de s'intéresser à toi, tu fais simplement pitié ! Qu'est-ce qu'il faut que je fasse pour que tu comprennes qu'il faut se tenir ? Que je t'en mette une ?

Laurent n'attend pas ma réponse et m'assène une violente gifle sur le visage, sous les yeux ahuris de tous. Je porte une main à ma joue endolorie, n'osant plus soutenir son regard. Le serveur revient avec quelques torchons et un sac plastique pour mettre les morceaux de verre.

— Allons, allons, ce n'est rien. Ce sont des choses qui arrivent, cela ne sert à rien de vous mettre dans des états pareils.
— Ce n'est pas à vous de ramasser. Donnez-lui tout cela qu'elle répare ses bêtises.
— Cela fait partie de mon métier monsieur, ce n'est vraiment rien.
— J'ai dit que c'était à elle de ramasser alors elle va le faire !

Sans que j'aie le temps de comprendre quoique ce soit, Laurent se lève et m'attrape par ma queue de cheval. Il tire violemment dessus, me faisant brutalement tomber de ma chaise. Je m'écroule dans l'eau, sur les débris de verre. Laurent arrache les serviettes des mains du serveur et me les lance dessus. La salle est décontenancée, plus personne n'ose émettre le moindre son devant l'ouragan Laurent, moi la première. Mes mains ruissellent d'hémoglobine, écorchées par le verre.

— Ramasse maintenant ! Et plus vite que cela !

— Monsieur vous n'avez pas à parler comme cela à votre compagne ! C'est inadmissible. rétorque l'une des deux jeunes femmes.

— La blondasse là-bas, je ne t'ai rien demandé ! Laisse-moi gérer ma femme comme je l'entends.

— Laurent arrête. l'imploré-je, le visage baigné de larmes.

— Vous croyez que c'est normal que votre femme soit en pleurs ? insiste la même femme.

— Votre normalité n'est pas la mienne, alors fermez-là avant que je vous en colle une.

— Essayez donc. le défie-t-elle.

— Calmez-vous. Ce n'est rien, je vais ramasser et tout sera oublié. me ressaisis-je.

En prenant garde de ne pas me blesser davantage, je ramasse les morceaux de verre afin de les mettre dans le petit sac plastique à ma disposition. Je me munis ensuite d'une serpillière et éponge l'eau renversée. Avec le sang qui ne cesse de jaillir de mes mains, je salis plus que je ne nettoie. Je commence à angoisser lorsque je vois l'impatience de Laurent se lire sur son visage. Physiquement, je souffre énormément, mais ce n'est rien comparé à la douleur psychologique que je ressens. Je me sens souillée, humiliée, comme une moins que rien. J'ai envie de pleurer, mais plus aucune larme ne parvient à sortir. Je suis comme vidée de tout. Mon corps est là, mais mon esprit s'est évadé. Je gesticule machinalement, sans réfléchir.

Les clients du restaurant n'osent plus parler, je perçois simplement quelques chuchotements, sans comprendre ce qu'ils se disent. N'étant pas dupe, je comprends très vite qu'ils parlent de nous lorsque j'observe leurs regards en coin. Mon Dieu, mais quel cauchemar. Laurent s'impatientant vraiment, il se lève, à ma plus grande surprise. Le bruit de sa chaise me fait sursauter, je retombe en arrière, reculant par crainte qu'il ne me frappe une seconde fois. Étonnamment, il m'arrache la serpillière des mains, faisant en sorte de bien me faire mal, et me pousse d'un coup de pied.

— Allez, dégage bonne à rien ! Tu ne vois pas que tu déranges tout le monde avec le temps que tu mets ? On est obligé de tout faire soi-même ici, c'est hallucinant !

Je reste bouche bée, ne comprenant pas pourquoi il ramasse mes bêtises. La seule chose que je saisis, c'est que je

175

vais en prendre pour mon grade ce soir, qui plus est quand il se permet de me le rappeler une énième fois, histoire que je ne l'oublie pas.

— Tu vas me le payer ça, je t'assure que tu vas comprendre comment il faut agir maintenant. Fous le camp, je ne veux plus te voir. chuchote-t-il à mon oreille.

À la suite de sa demande, je m'éclipse aux toilettes afin de reprendre mes esprits et pour essayer de soigner, comme je le peux, ma main. Je me place face au miroir, les deux mains sur le lavabo en marbre. J'observe mon reflet avec dégoût. Pourquoi suis-je si maladroite ? Pourquoi suis-je si fragile ? Pourquoi ne suis-je pas parfaite ? La femme que je scrute dans le miroir n'est pas la Anne que je connais. La Anne que je connais est forte, intelligente. Elle a de la répartie et ne se laisse pas marcher dessus, bien au contraire. Mais que m'arrive-t-il ? Que vais-je devenir ? Je ne sais comment tout cela va évoluer. Je suis effrayée à l'idée de rentrer chez moi ce soir. Je crois que je n'imagine même pas l'ampleur de sa colère. Je sais pertinemment que je vais souffrir encore plus que ce que je souffre déjà. Je ne sais comment vont se passer les prochains jours. Que faut-il que je fasse pour avoir la paix ? Aller contre ma nature ? Filtrer tout ce que je peux dire ou faire ? Je dois renoncer à ce que je suis, mais cela me coûte beaucoup, surtout que j'ai déjà l'impression de faire beaucoup de concessions pour Laurent. Je ne me reconnais plus. Mon reflet est insoutenable. Je baisse les yeux sur mes mains.

La porte des toilettes s'ouvre, je sursaute et me retourne d'un bond. Étant persuadée qu'il s'agit de Laurent, je laisse échapper un cri, l'implorant d'attendre ce soir. Je réalise ma énième gaffe lorsque j'observe en fait la femme qui m'a défendue face à Laurent.

— Oh veuillez m'excuser. Je...j'ai cru que c'était. Enfin bref cela n'a pas d'importance. Je vous laisse la place, pardon.

Je m'apprête à quitter les toilettes pour ne pas me confronter à son regard, quand celle-ci attrape délicatement mon avant-bras pour me retenir.

— Attendez, c'est pour vous que je suis venue.
— Po...pour moi ?
— Est-ce que vous avez besoin d'aide ?
— Non, pourquoi ?
— Votre mari est souvent violent comme cela ?
— Non, mais tout est ma faute, je l'ai énervé.

— Aucun homme n'a le droit de lever la main sur vous, peu importe la raison. Il ne faut pas attendre la deuxième gifle, sinon c'est déjà trop tard.

— Je...je le sais, mais je vous assure que tout va bien. Ne vous en faites pas pour moi.

— Écoutez, je ne vais pas insister, je ne veux pas vous brusquer, mais prenez quand même mon numéro de téléphone, au cas où.

— Merci, mais je vous assure que tout va bien. dis-je, saisissant le papier qu'elle me tend.

— Mais attendez, vous saignez ?

— Ce n'est rien, je me suis simplement coupée avec
les morceaux de verre. clamé-je, tirant brusquement
sur la manche de ma robe.

— Laissez-moi regarder, je suis médecin.

Cette femme, prénommée Magali, prend délicatement ma main droite dans les siennes, observant ma vilaine coupure, qui a quand même fini par arrêter de saigner. Je la regarde, et la perplexité que je lis sur son visage ne me rassure pas vraiment. Au bout d'un moment, j'ose lui demander ce qu'il en est.

— Votre coupure est assez profonde, par chance, il ne semble pas y avoir de verre incrusté, mais elle nécessiterait quelques points de suture pour bien cicatriser et éviter une infection.

— Je...je ne peux pas aller à l'hôpital, mon conjoint ne voudra jamais.

— Même pour votre santé ?

— Oui, il est bien trop énervé.

— J'ai toujours une trousse assez conséquente de premiers soins dans ma voiture. Je peux vous recoudre ici si vous le souhaitez, mais cela sera forcément plus rudimentaire qu'à l'hôpital.

— La suture est obligatoire ?

— Non, votre blessure pourrait cicatriser sans, mais cela éviterait les infections.

— Je vous fais confiance alors.

— Suivez-moi, je vais vous installer dans un endroit isolé du restaurant, mais avant je vais aller en informer votre mari.

— Bien, mais ne faites aucune réflexion sur son comportement, je vous en supplie.

Mon inquiétude semble la toucher et elle accepte de refouler sa colère, dans mon intérêt. Après être allée récupérer le nécessaire dans sa voiture et prévenir Laurent, elle revient vers moi. Elle m'informe que mon conjoint n'a pas voulu m'attendre et qu'elle me déposera chez moi. Je crois que je ne pourrai jamais la remercier suffisamment. Magali m'invite à m'asseoir sur une chaise, le bras posé sur la nappe anciennement blanche et commence à soigner ma main. Elle désinfecte bien la plaie, s'assurant qu'il ne reste pas de verre à l'intérieur, avant de recoudre l'entaille. Quatre points sont nécessaires. La douleur est intense. Pour éviter de hurler, je détourne le regard et plaque ma main libre sur ma bouche. Je ferme les yeux et tente de m'évader pour ne pas bouger ou me plaindre de la douleur. Quelle journée...

— Je vais vous poser un pansement à changer deux fois par jour et tout sera bon. Vous pourrez venir faire retirer vos points dans une quinzaine de jours. Si jamais vous voyez que la blessure s'infecte, vous venez à l'hôpital où vous me téléphonez.
— Merci...merci de votre gentillesse.
— C'est la moindre des choses.

Elle me pose une compresse qu'elle entoure d'une bande avant de m'indiquer qu'elle en a vraiment terminé. La douleur insoutenable m'a complètement épuisée, mais je sais pertinemment que je ne vais pas pouvoir me reposer immédiatement chez moi. Les foudres de Laurent vont s'abattre sur moi sans que je puisse broncher. Magali me demande si je suis prête à retourner chez moi. La mort dans l'âme, j'acquiesce. Nous sortons du restaurant et je m'installe à l'arrière de sa voiture, laissant son amie monter côté passager. Je lui indique l'adresse et elle démarre.

Angoissée quant aux représailles que je vais devoir supporter, je laisse ma tête tomber sur le côté et observe le paysage défiler. Même si la douleur est lancinante, je joue avec mon bandage pour me calmer. Le trajet se termine, déjà. Je remercie une énième fois Magali et descends, la mort dans l'âme. Je traverse notre cour et pousse la porte, que Laurent n'a visiblement pas verrouillée. Je ne peux plus reculer. Je sais que tôt ou tard, j'y aurai droit, alors pourquoi attendre ? À quoi cela servira-t-il ? Qu'il oublie ? C'est impossible. Quand Laurent a promis quelque chose, il s'y tient, dans un sens comme dans l'autre.

Les volets sont fermés, seule la lumière de l'halogène du salon éclaire la pièce. C'est plutôt mauvais signe. Notre maison a pas mal de vis-à-vis et lorsque Laurent ferme les volets en pleine journée, c'est qu'il ne veut pas que les voisins puissent voir ce qui se passe chez nous. Je comprends rapidement que je n'ai pas su mesurer l'ampleur de ce qui m'attend. Je suis absolument terrifiée. Je serre mon sac dans mes bras, telle une petite fille qui tiendrait contre elle son doudou qui seul peut la protéger. J'avance à tâtons, sans prendre la peine de me déchausser. Je finis par parvenir au salon, je ferme les yeux quelques secondes, comme pour retarder les choses. Je finis par les ouvrir, mais étrangement, il n'y a personne.

— Alors, déjà rentrée ?

Je me retourne d'un bond, faisant face à Laurent. Je recule pour l'éviter. Ma respiration s'accélère. Sans qu'il ait besoin de me toucher, je m'écroule, me prenant les pieds dans le tapis. Mon conjoint s'avance vers moi et commence à m'assener de violents coups de pieds. Je me recroqueville en boule, protégeant mon visage de mes mains et mon ventre de mes jambes. Je le laisse se défouler sur mon dos et mes jambes, sans bouger ni mot dire. J'accepte puisque je sais que je n'ai pas d'échappatoires. Laurent m'a promis une correction, il s'y tient. J'espère qu'en restant un maximum silencieuse, cela ne décuplera pas sa colère.

— Ça, c'est pour la honte que j'ai eue tout au long de cette journée !

Il continue à entrechoquer ses chaussures contre chaque parcelle de mon corps. Je souffre terriblement, mais je pince fortement mes lèvres pour éviter qu'un quelconque son ne sorte. Les larmes menacent de couler, mais je les refoule, ne voulant pas lui donner ce plaisir.

— Allez, lève-toi !

Je ne bouge pas, feignant ne rien avoir entendu.

— Tu vas te lever oui !

Je n'ai pas le temps de me redresser que Laurent agrippe mes cheveux, les tirant violemment pour me forcer à me mettre debout. Je ne peux réprimer un cri de douleur. Il tire tellement fort que je finis par croire qu'il va m'en arracher une bonne poignée. Craignant davantage de perdre mes cheveux que de recevoir un énième coup, je le griffe pour qu'il me lâche. Avec mes ongles assez longs, j'arrive à le blesser suffisamment fort pour qu'il saigne et me lâche.

Une multitude d'images me reviennent. Le contrôleur du bus et son papier pour les femmes battues. La femme du restaurant. Mon amie Faustine à qui je n'ai rien dit. Je ne réfléchis pas et me mets à courir vers la porte d'entrée pour m'enfuir. À ce moment-là, je ne pense plus qu'à une chose : me sauver la vie. Si je reste, je sais qu'il se défoulera jusqu'à ce que je m'écroule, et rien ne me garantit qu'il ne continuera pas après. Avec le peu de force qu'il me reste, je cours jusqu'à la clé de ma liberté, gémissant pour que quelqu'un m'entende. Je demande de l'aide, hurlant pour ma vie. Je suis encore dans la maison, mais j'espère que quelqu'un finira par m'entendre. Je m'apprête à pousser la porte d'entrée, que je n'avais pas verrouillée. Fermée. Impossible de l'ouvrir.

Apeurée, je continue de hurler et de m'acharner sur la porte, mais rien n'y fait. Laurent se rue sur moi avant que je n'aie le temps de m'emparer de mon trousseau de clés dans mon sac. Je me lamente, pleurant que ce n'est pas possible. Laurent me retourne, plaquant mon dos contre la porte et prenant ma tête dans ses mains, m'obligeant à le regarder. Je ne peux soutenir son regard d'une noirceur encore méconnue. J'incline ma tête, comprenant que ma chance de m'échapper vient de s'envoler. Mes yeux débordent d'une eau salée que je ne peux contenir.

— Alors comme cela tu veux t'enfuir ? Tu es donc si mal que cela avec moi ?

Laurent me lance par terre et saisit une nouvelle fois mes cheveux. Il me traîne sur le sol tel un vulgaire sac. Je continue de hurler, pleurant et me débattant, mais rien n'y fait. J'ai beau le supplier de se calmer, il ne m'entend pas. Je ne sais pas si Laurent a conscience de la douleur qu'il est en train de m'infliger ou s'il aime m'entendre me tordre de douleur, mais il continue sans sourciller.

Croyant en avoir terminé, je tombe de haut lorsque je comprends qu'il me fait monter les escaliers, toujours en me tirant par les cheveux. Je n'ose plus bouger, ni crier par crainte qu'il me relâche. La douleur est indescriptible, tellement forte que je me demande comment je fais pour encore être consciente. Mon corps est plutôt résistant. Par chance, enfin si nous pouvons appeler cela de la chance, Laurent ne m'a pas lâchée. Il ouvre la porte de ma chambre et m'y fait rentrer d'un très douloureux coup de pied dans le dos.

— Puisque tu veux t'enfuir, je vais devoir te surveiller, tu ne m'en laisses pas le choix. Plus jamais tu ne seras sans ma surveillance Anne. Plus jamais. À la maison, tu seras constamment enfermée ici. Tu auras à manger quand je le déciderai et pour aller aux toilettes ou dans la salle de bain, tu me demanderas la permission et je t'ouvrirai la porte. Je te laisse pour l'instant aller au travail comme tu le souhaites, mais si tu n'es pas rentrée quinze minutes après l'heure où tu finis ou si je soupçonne que tu n'as pas su garder cela secret, je me verrai dans l'obligation de t'interdire d'y aller. Encore une fois, tu es maîtresse de ton destin.

Laurent me laisse allongée aux pieds du lit, verrouillant la porte juste après. Je ne le vois pas partir tant mes yeux sont brouillés, j'entends simplement le bruit de la clé dans la serrure. Je n'ai même pas la force de me mettre sur mon lit, j'ai tellement mal que je ne peux plus bouger. Je me recroqueville sur le parquet et laisse toutes mes angoisses se déverser le long de mes joues. Je me retiens de hurler pour ne pas que Laurent vienne m'ordonner de me taire, je ne veux plus me faire remarquer. Je pensais qu'atteindre une douleur supérieure à celle que j'ai ressentie lorsque Magali m'a recousue était tout bonnement impossible, et je me suis bien trompée. Chaque parcelle de mon corps me fait atrocement souffrir, à tel point que je me demande si je n'ai pas une côte cassée tant ma poitrine me lance à chaque inspiration. Je dois probablement être couverte de bleus. Adieu robes et collants transparents, il va maintenant falloir que je dissimule mon corps, et convenablement, pour n'inquiéter personne. Je suis détruite. Laurent m'a détruite.

J'aurais dû m'enfuir avant, profiter des perches qu'ont pu me tendre Faustine, le contrôleur ou Magali. J'aurais dû, mais je n'ai pas compris. Pas compris que Laurent pouvait être si violent. Pas compris à quel point il pouvait me faire mal. Pas compris à quel point ma vie ne tient qu'aux cartes qu'il a dans ses mains. J'aurais dû partir, mais c'est maintenant impossible. Tout ne sera que plus violent après. Je ne veux pas prendre le risque qu'il m'enlève ce que j'ai de plus précieux, ma vie. Il faut que je fasse attention à mes moindres faits et gestes. Personne ne doit comprendre. Personne ne doit voir. Ce qui se passe entre les quatre murs de notre maison doit rester entre ces quatre murs.

Les violences à huis clos sont ma punition et personne ne doit le savoir, dans mon intérêt. J'ai tellement peur, maintenant que je sais réellement de quoi Laurent est capable, que je ne pourrai plus prendre d'autres risques. Toutes ces réflexions m'épuisent. Mes pleurs finissent par avoir raison de moi ; je m'endors, malgré la douleur, sur le parquet froid, collée aux pieds du lit, et plus détruite que jamais.

Chapitre VII

Le réveil a été difficile ce matin, au même titre que les précédents. Plus les jours avancent et plus mes forces se dissipent. J'ai passé une fin de week-end catastrophique, et je pèse mes mots. Après avoir été rouée de coups par Laurent, j'ai fini par m'endormir sur le sol de ma chambre, me réveillant avec un affreux mal de crâne vers minuit. Autant dire qu'après avoir dormi tant de temps, je n'ai jamais pu retrouver le sommeil, du moins à une heure convenable. J'ai fini par réussir à me glisser sous ma couette, sans pour autant avoir la force de me mettre en pyjama. Chaque parcelle de mon corps est synonyme de souffrance, sans exception. Dimanche n'a pas été mieux. Laurent n'est venu que pour m'apporter à manger ou pour me permettre d'aller aux toilettes. Nous avons à peine échangé, et je ne vais pas m'en plaindre. Je me suis beaucoup ennuyée, frustrée de ne pas pouvoir aller prendre l'air sous ce beau soleil, mais au moins, j'ai eu le temps de corriger mes copies. J'ai été tranquille, offrant à mon corps le repos dont il avait tant besoin. Si j'avais pu ne faire que dormir ou lire, je l'aurais fait, mais les copies jonchant mon bureau n'allaient pas disparaître.

J'ai eu la chance d'échapper aux déferlantes de violence ce week-end, sûrement que cela a dû le fatiguer aussi. Il s'est juste permis une petite réflexion lorsqu'il a vu que je n'avais pratiquement pas touché à mon repas. *Au moins tu ne prendras pas de poids, ce n'est pas plus mal vu ce que tu ressembles. C'était tellement dégueulasse ce que tu as fait que je te comprends. J'ai dû aller me prendre un burger au fast-food.* Car oui, j'ai oublié de le préciser, mais Laurent me laisse également sortir pour lui faire à manger ou nettoyer ses déchets. J'ai naïvement cru qu'en m'enfermant, il allait se mettre à travailler dans la maison. Je commence vraiment à me désespérer. J'ai cuisiné un hachis Parmentier, pas mauvais de ce que j'ai réussi à goûter, mais ayant d'autres préoccupations, je ne suis jamais parvenue à ingurgiter plus de trois fourchettes. Les coups m'ont vidée de toute énergie, me coupant également toute sensation de faim. J'avais réussi à remanger plus ou moins convenablement, mais je sens que je suis en train de rechuter. Mes jambes, déjà bien affaiblies, ont de plus en plus de mal à soutenir le reste de mon corps.

J'ai une fois de plus dû changer la façon de faire mon cours, n'ayant pas la force de rester debout et d'écrire au tableau. Je pourrais faire comme si de rien n'était, fermant mon cerveau à toutes les pensées qui me hantent. Je suis assez douée pour refouler, mais vient un moment où le mental ne suffit plus. Si le corps est trop faible, le mental a beau être en béton, il finira par nous lâcher. J'aurais pu faire mon cours comme habituellement, mais je ne donnais pas cher de ma peau, je me serais écroulée tôt ou tard. J'ai donc placé mes secondes en activité de groupe pour qu'ils puissent travailler le plan d'une dissertation sur la poésie. Je doute fort qu'ils travaillent et qu'ils discutent de cela, mais je m'en moque. J'ai tellement d'autres soucis à gérer qu'ils sont descendus bas, même trop bas, dans mon échelle de priorité. Ce n'est pas très professionnel de ma part, je le conçois tout à fait, mais je ne peux pas faire autrement. Certains me diront de me mettre en arrêt maladie pour permettre à mes élèves d'avoir de vrais cours, et ils auraient raison, mais je ne peux pas. Dans la tête des autres, un arrêt est une aubaine. Se reposer et retrouver sa famille à plein temps. Super...lorsque tout se passe bien à la maison...

Je sais pertinemment que si je me retrouve vingt-quatre heures sur vingt-quatre enfermée entre les quatre murs de ma chambre, je ne vais pas tenir. Laurent ne travaille plus et ne sort pratiquement jamais, cela veut dire que je l'aurais constamment sur mon dos. L'accalmie et la sérénité que je trouve au lycée s'envoleraient. J'ai au moins la possibilité d'être en sécurité huit heures par jour, et je ne peux renoncer à ce luxe. J'estime souffrir suffisamment comme cela, ce n'est pas la peine que je lui ouvre la porte davantage. Non, je ne peux pas me mettre en arrêt pour la simple et bonne raison que c'est donner à Laurent toute la possibilité de passer ses nerfs sur moi. Au lieu d'y avoir droit de temps à autre, les coups s'abattront sur moi du matin jusqu'au soir, sans sursis. Un arrêt est bien quand notre situation familiale nous permet de nous reposer, et ce n'est absolument pas mon cas. Mon discours est peut-être un petit peu égoïste puisque je fais passer mon bien-être, enfin si nous pouvons appeler cela ainsi, avant l'avenir de mes élèves. Je n'en suis pas fière, loin de là même, mais je n'arrive plus à faire autrement. J'ai besoin de me couper de la peur de chez moi. Même si je ne laisse pas mes angoisses sur le pas de la porte et qu'elles hantent constamment mes pensées, voir du monde m'aide à oublier l'espace d'un instant. Je n'ai pas pour habitude de faire passer ma personne avant les autres, mais je ne peux pas faire autrement. Si je veux rester vivante, je dois faire des concessions. Il faut que quelqu'un trinque, eux ou moi, et j'estime que j'encaisse déjà suffisamment comme cela.

De toute façon, je crois sincèrement que mes élèves n'ont que faire de leur avenir. Vient un moment où il faut comprendre que si nous allons au lycée, c'est pour travailler et pour s'offrir un futur convenable. J'estime qu'en arrivant au lycée, il faut l'avoir compris, mais visiblement, ce n'est pas la mentalité de mes élèves. Oui, tout le monde sera d'accord là-dessus, il est plus agréable de discuter avec ses amis que de travailler, mais nous ne pouvons pas faire uniquement ce qui nous plaît dans la vie. Certaines concessions sont essentielles, difficiles certes, mais essentielles. Lorsque je les observe chahuter et ricaner, cela ne me donne pas envie de souffrir pour leur offrir un remplaçant. Ils n'ont aucun respect, pour rien ni personne. Ils ne veulent pas travailler et sans volonté de leur part, nous avons beau tout faire, cela ne changera rien. Oui c'est égoïste et peu éthique, mais je préfère privilégier ma vie à l'avenir, ou plutôt au non-avenir d'adolescents blasés de tout.

— Madame, est-ce que vous pouvez venir s'il vous plaît ?

Et merde, il ne manquait plus que cela. C'était le risque à prendre avec les travaux de groupes, les élèves sont incapables de se débrouiller seuls pendant une heure, du moins ceux qui travaillent. Je pourrais les envoyer balader, refusant de leur apporter mon aide, mais je ne peux pas agir de la sorte avec l'élève qui m'a interpellée. Valentine est la meilleure élève de la seconde cinq, en même temps ce n'est pas compliqué, c'est la seule qui travaille vraiment. Elle est toujours prête à participer et rend constamment des devoirs de qualité ; sans elle, le cours n'avancerait pas. Je me demande sincèrement pourquoi elle a été mise dans une telle classe. Pour calmer les autres ? Probablement, mais ce n'est pas son rôle.

Je me lève et marche difficilement jusqu'à elle, par chance, elle s'est installée à proximité de mon bureau. Je me place devant elle, les deux mains agrippées sur sa table pour me maintenir en équilibre. Elle me pose sa question, à laquelle je réponds brièvement avant de retourner m'asseoir. Une soudaine bouffée de chaleur m'envahit et une violente douleur me prend au ventre. Je me rattrape à ma table et penche mon buste en avant, une main plaquée sur mon ventre comme pour atténuer la douleur. Je tente de me calmer, mais ma respiration saccadée m'angoisse encore un petit peu plus. Ma tête commence à tourner, je comprends alors que je risque de faire un malaise. J'ai tout juste le temps de m'asseoir sur ma chaise pour ne pas m'effondrer devant une trentaine d'élèves qui ne feraient que ricaner. Je ferme les yeux et prends ma tête dans mes mains, simplement pour me calmer et faire passer cette petite baisse de tension. Je devrais m'en inquiéter, mais sachant pertinemment que ce n'est que l'expression des souffrances que mon corps a endurées, je ne m'y attarde pas. Les coups, le manque de nourriture et le stress que j'encaisse jour après jour affaiblissent drastiquement mon corps. Je ne sais pas combien de temps je vais pouvoir tenir comme cela, mais sûrement pas longtemps. Ce n'est pas une vie. Je ne peux pas être freinée et affaiblie comme cela. J'ai vingt-sept ans et je dois me reposer comme une femme de soixante-dix ans.

Le cours se termine, il doit donc être pratiquement quinze heures. Plus qu'une heure avec mes premières et je vais enfin pouvoir rentrer chez moi. Par chance, ils seront en contrôle type bac, j'aurai donc tout le loisir de me reposer et de reprendre des forces. C'est une classe plutôt facile et peu bavarde, autant dire que cela me fait du bien après avoir eu mes secondes. Je m'apprête à descendre passer la récréation en salle des professeurs quand Valentine vient me voir, une fois tous ses camarades partis. J'imagine qu'elle doit avoir une question sur le travail que je leur ai donné à faire pour la semaine prochaine.

— Est-ce que je peux vous voir cinq minutes ?

— Bien sûr. réponds-je, toujours assise sur ma chaise.

— Bon...je...je ne sais pas trop comment vous demander cela, mais est-ce que vous allez bien ? Je sais que cela ne me regarde pas, mais vous sembliez vraiment mal tout à l'heure.

— Ce n'est rien, ne t'en fais pas, juste une petite baisse de tension puisque je n'ai pratiquement rien mangé à midi. Le repas du self était tellement immonde que je n'ai rien pu avaler !

— C'est vrai que ce n'était pas très bon. Je ne vous dérange pas plus longtemps, bonne fin de journée.

— Merci toi aussi.

Elle me sourit timidement, je la regarde partir, toujours assise sur ma chaise.

— Valentine attends !

— Oui ?

— Merci de t'être inquiétée, c'est gentil de ta part.

— C'est plus que normal.

Cette fois-ci, je la laisse vraiment partir. Je trouve cette jeune fille extrêmement touchante et bienveillante. Si je ne pouvais avoir que des élèves comme elle, la vie serait presque trop simple. Je suis touchée par sa démarche, rares sont les élèves qui se préoccupent du bien-être de leurs professeurs. Je suis touchée, mais décontenancée par la même occasion. Si elle est venue me voir, c'est qu'elle a remarqué mon malaise. Dans le fond, si elle n'a vu que cela, il ne devrait pas y avoir de souci. Elle ne semble pas avoir perçu mes bleus ni mes égratignures. Ayant réussi à protéger mon visage des griffes de Laurent, je peux dissimuler tout le reste sous des vêtements couvrants. Je fais maintenant attention à ce que je porte, mais par chance, l'hiver approche. Je crains déjà l'été, comment vais-je pouvoir tout cacher sous trente-cinq degrés ? Avec des pulls ? Des gilets ? Des pantalons ? Des bottines ? C'est la seule solution, mais cela va sembler tellement suspect. Enfin, rien ne me garantit d'être toujours de ce monde...

Lorsque j'étais adolescente, que ça n'allait pas et que je me faisais du mal, je couvrais constamment mes bras. L'été était une saison affreuse pour cela. Devoir étouffer, transpirer pour masquer mes souffrances. Il faut que j'arrête de penser à cela, de l'eau aura coulé sous les ponts, personne ne sait de quoi demain sera fait. Enfin, s'il y a bien un avantage que je peux trouver à cette situation, c'est que mes marques de scarifications ne se voient pas. C'est horrible ce que je suis en train de dire, mais je suis tellement couverte de blessures en tout genre qu'une coupure de plus ou de moins ne se remarque pas. J'ai replongé dans mes vieux démons, mais voir mon sang couler lorsque je le décide me fait du bien. Je sais que c'est une sensation éphémère qui ne dure qu'un temps, mais j'en ai besoin pour tenir. Je ne veux pas mourir, simplement soulager ma peine. L'hémoglobine sillonne, pleurant toute cette douleur. Bonheur touché du doigt, mais qui s'écroule trop brutalement, m'obligeant à refaire danser cette lame luisante sur ma chair déjà bien amochée. Je ne veux pas spécialement que cela se termine mal. Oui, je connais les risques. Infections, hémorragies, et j'en passe. Mais la sensation est trop agréable. Je suis accro à ce sang qui coule. Non je ne veux pas que cela finisse mal, mais si tel est mon destin, je ne peux lutter contre. Je serai au moins en paix. Pour toujours.

Un bruit me fait sursauter, me tirant de mes pensées dont je suis peu fière. Faustine, toujours rayonnante et souriante, se dresse dans l'encadrement de la porte. Une main de chaque côté, elle me regarde en souriant. C'est mon rayon de soleil. La seule lumière qui éclaire mon ciel gris.

— Alors Anne, tu ne descends pas ? Tu devrais pourtant venir, un collègue d'histoire doit fêter son anniversaire puisqu'il a emmené un gâteau absolument délicieux !

— J'allais venir, mais une élève voulait me voir.

— Cela fait bien longtemps qu'il n'y a plus personne dans les couloirs. Enfin ils ne vont pas tarder, la fin de la récréation sonne dans moins d'une minute.

— Ce n'est pas vrai ! Oh je suis désolée, j'étais dans mes pensées et je n'ai même pas vu le temps passer.

— Ce n'est rien. Tu veux que je t'apporte une part de gâteau ?

— Merci c'est gentil, mais je n'ai vraiment pas faim. Je ne doute pas qu'il soit succulent, mais je n'en ai pas envie.

— Comme tu veux. Ton cours s'est bien passé ? me questionne-t-elle, entrant dans la salle et s'asseyant sur une table en face de moi.

— Pas trop mal, je les ai mis en activité de groupe.

— Pratique pour corriger ses copies, je viens de faire pareil, j'avais trop de retard à rattraper. rigole-t-elle.

La sonnerie retentit, je me lève pour aller indiquer à mes élèves qu'ils peuvent entrer dans la salle et raccompagner ma collègue. Je me lève d'une traite, oubliant la façon dont a été meurtri mon corps. Je suis une nouvelle fois prise de vertiges, plus fort cette fois-ci. Je pose une main sur mon front et ferme les yeux afin de reprendre mes esprits. Sentant le sol se dérober sous mes pieds, je tâtonne avec ma main gauche pour trouver de quoi me soutenir. Je tâtonne, mais rien ne se glisse entre les doigts. J'essaie de faire un pas, puis plus rien.

— Anne ?

Écho lointain

— Anne, c'est Faustine, tu m'entends ?

J'essaie de lui répondre, mais aucun son ne sort de ma bouche. Je suis comme paralysée.

— Oui voilà, ouvre les yeux, c'est super ce que tu fais.

Ce que je fais ? Mais je ne fais rien. Qu'y a-t-il de si exceptionnel à ouvrir les yeux ? Je ne comprends plus rien. J'essaie de me mouvoir, mais j'ai du mal. Je laisse ma main parcourir l'environnement. Tout est glacial et régulier, comme du carrelage. Je suis donc par terre. Mais sur quoi donc je repose ? Je n'ai pas froid et je sens, avec mes mains, une différence entre ce qui m'entoure et ce sur quoi je suis.

Je cligne des yeux, plusieurs fois afin de retrouver une vision nette et correcte. Je reconnais le plafond du lycée. Je suis donc allongée sur le carrelage de l'établissement où je travaille, de mieux en mieux. Mais que fais-je par terre ? Je bouge la tête de droite à gauche et distingue quelques personnes. Faustine que j'ai entendue, et deux pompiers. Attendez, quoi ? Qu'est-ce que les pompiers font ici ? Je tente de me mouvoir un petit peu, mais les douleurs que je ressens me stoppent rapidement. Je laisse tomber ma tête sur le côté droit et observe avec effroi qu'une perfusion m'est posée. Si j'ai une perfusion, c'est qu'on a remonté la manche de mon pull, et si elle est remontée, cela veut dire que mes blessures sont visibles. Je me redresse d'un bond, faisant bouger la civière placée sous moi et repoussant la couverture que l'on m'a posée.

— Doucement madame, vous venez de faire un malaise.

— Comment cela ?

— Vous ne vous en rappelez pas ?

— Si, vaguement.

— Vous étiez en hypoglycémie et nous avons dû vous poser une perfusion. Vous pouvez vous asseoir si vous préférez, mais restez sur le sol et adossée au mur.

— Quelle heure est-il ?

— Seize heures cinq.

— Pardon ? Mais j'avais cours !

— J'ai prévenu tes élèves Anne, ne t'en fais pas.

Merci.

Seize heures cinq. Seize heures cinq ? Seize heures cinq ! Merde. Oh merde. Si je dois attendre la fin de me perfusion, cela veut donc dire que je vais être en retard chez moi. Non, je ne peux pas être en retard, Laurent va sinon avoir une bonne raison de contrôler tous mes déplacements. Non ce n'est pas possible.

— Je dois y aller. Je ne peux pas me permettre d'être en retard.
— Non madame, il faut que je m'assure que vous alliez bien et que vous n'avez pas besoin d'être transférée à l'hôpital.
— Non...non ce n'est pas possible. Je dois y aller.

À ces quelques mots, j'éclate en sanglots, comprenant que je vais encore avoir droit à un déferlement de violence. Moi qui voulais tant l'éviter. Me plier à ses exigences pour avoir la paix. Tout cela vient de s'envoler en une fraction de seconde. Je comprends que je vais encore devoir courber l'échine ce soir et inscrire sur mon corps la marque d'une énième désobéissance. Je pleure à chaudes larmes, sans pouvoir stopper ce flot incessant.

— Pouvez-vous nous laisser un instant Madame.
— Bien sûr. Je reviens Anne.

Je n'entends plus personne. Je prends mes jambes dans mes bras et bascule d'avant en arrière, tout en déversant mes angoisses en flot continu. Je ne sanglote pas, de simples larmes inondent mes joues, troublant ma vision. Je suis totalement paniquée, ne pouvant ôter de ma tête les menaces de Laurent. Il n'hésitera pas une seule seconde avant de les mettre à exécution. Je sais que je vais encore avoir droit à mon lot de représailles et de violences, de quelque forme qu'elles soient, dès que je vais passer le pas de la porte. Je ne veux pas rentrer puisque je sais que je suis déjà en retard, j'ai envie qu'ils me retiennent ici indéfiniment. Mais d'un autre côté, j'espère qu'en limitant mon absence, Laurent saura se montrer indulgent. Je crois en sa bonne foi. En son semblant d'humanité, s'il lui en reste encore un petit peu. Son attitude est inhumaine, tout bonnement inhumaine, mais je ne peux m'empêcher de me remémorer les bons moments. Sa tendresse. Ses cadeaux. Son amour. Vrai amour ou manipulation ? Je n'en ai pas la réponse. L'aurai-je un jour ? Je ne sais pas. Je doute de tout, tout le temps, c'est plus fort que moi.

— Madame ? Madame Louvier, vous êtes avec moi ?

— Je dois rentrer chez moi.

— Pouvez-vous m'expliquer pourquoi il est si important pour vous de rentrer ?

Le pompier s'est agenouillé devant moi, prenant mes mains dans les siennes, signe qu'il est là uniquement pour mon bien. À ce moment précis, j'ai envie de tout lâcher. Vomir les insultes, les coups, les menaces, la peur. Vider mon sac et tout faire éclater. J'aimerais, mais les mots de Laurent résonnent dans ma tête, cousant mes lèvres de façon irréversible. *Si je fais cela, c'est pour ton bien.* Son objectif est de me forger, usant des seuls stratagèmes qui peuvent m'obliger à courber le dos et à opiner du chef. Si je parle, il m'enfermera définitivement. Plus de travail. Plus de contact extérieur. Plus d'amis. Plus de vie. Ces éléments parviennent à me faire tenir, les seules choses qui me donnent de la force et qui m'aident à endurer. Je ne peux pas m'en priver. La vie est faite de concessions. Soit je me prive de ma liberté, faisant éclater la réalité. Soit je me tais et je garde un lien avec l'extérieur. C'est un choix sans vraiment en avoir l'air. Si la vérité éclate, qui pourra m'aider si je suis enfermée ? Personne. Strictement personne. La seule chose que je créerai, c'est de l'angoisse dans les yeux de ceux que j'aime. Je ne peux pas leur infliger cela. Non je ne peux pas.

— J'ai un rendez-vous important. Je n'aime pas être en retard. L'imprévu me stresse.

— Je comprends madame, mais votre santé passe avant tout. Estimez-vous heureuse que je ne vous emmène pas à l'hôpital. Si vous voulez éviter un séjour là-bas, il va falloir manger et prendre des forces. Vous avez eu de la chance de ne pas vous blesser en tombant.

— Je...je suis désolée. bredouillé-je.

— Une dernière question. C'est assez délicat, mais d'où proviennent toutes ces blessures ? Il m'est difficile de croire à de la simple maladresse. Que vous est-il arrivé ?

Question que je redoutais, mais je me demandais pourquoi il ne me l'avait pas encore posée. Ne pouvant lui dire la vérité, il faut que j'invente un mensonge assez crédible. La première idée qui me vient est un accident de voiture. Simple. Efficace. Crédible. J'espère simplement que Faustine, qui comme lui a dû voir la blessure, ne lui posera pas la question. Autant la théorie de l'accident de voiture peut passer avec le pompier, autant mon amie comprendra que je lui mens. C'est le seul coup de poker que je puisse jouer, aucune autre idée convenable ne me traversant l'esprit.

— J'ai eu un accident de voiture avant-hier. Quelqu'un ne m'a pas cédé une priorité et je me suis encastrée dans un arbre. Par chance, j'ai pu sortir du véhicule sans souci, mais par contre, ma voiture est complètement morte. Voilà tout. dis-je avec aplomb.

— Oh je vois, ce sont des choses qui arrivent. Vous êtes quand même allée faire des examens à l'hôpital pour voir s'il n'y avait rien de grave ?

— Oui bien sûr, tout va bien. Mon malaise est sûrement dû à l'accident puisque cela m'a vraiment coupé l'appétit. Je n'ai pratiquement rien mangé depuis samedi et mon corps s'est affaibli.

— Je vais vous retirer votre perfusion, vous allez vous relever doucement et si pas de vertiges, vous pourrez rentrer chez vous. J'allais vous dire d'éviter de conduire, mais je crois que c'est inutile.

Un petit rire m'échappe quant à son trait d'humour peu délicat. Je prie tout ce que je peux prier pour pouvoir me relever sans problème. Il faut que je rentre même s'il est déjà trop tard. Je passe doucement à genoux, puis une jambe après l'autre, je me mets debout. Je suis stable, pas de vertiges. J'effectue quelques pas pour m'assurer que tout aille vraiment bien. A priori aucun souci, j'ai l'air de tenir debout. Le pompier m'affirme que je peux partir. J'espère, tout en sachant que c'est impossible la connaissant, que Faustine soit partie et que je puisse retrouver mon domicile au plus vite. Je sais qu'elle m'attend derrière la porte et que je me fais de faux espoirs, mais cela m'arrangerait tellement. Je ne pourrai échapper à ses questions, elle doit être très inquiète et je suis en devoir de la rassurer. C'est adorable de sa part d'être tant à mon écoute et d'être si soucieuse de mon bien être, mais cela me complique parfois la tâche. Elle est si intelligente qu'elle pourrait vite comprendre que j'affabule.

Je pousse la porte, et retrouve sans surprise mon amie dans le couloir. Elle fait les cent pas, mordillant ses ongles. Dès qu'elle entend le grincement de la porte, elle se stoppe net et se dirige vers moi, me prenant délicatement dans ses bras. Je reste longtemps les bras ballants, mais ne voulant pas paraître trop distante, je l'enlace à mon tour. Nous nous détachons après quelques minutes. Faustine semble très troublée, son regard fuyant et humide me laisse entrevoir l'état émotionnel dans lequel elle se trouve.

— Tu m'as fait tellement peur ma belle...
— Je suis désolée Faustine, mais je vais bien. C'est le principal.
— Bien sûr, mais faire un malaise n'a rien de normal. Il faut que tu fasses attention Anne, tu pourrais faire une mauvaise chute. Je ne veux pas qu'il t'arrive quoi que ce soit, tu es trop importante à mes yeux pour cela.

Très touchée par ses déclarations, ma gorge se serre et je ne parviens à lui répondre que par un simple sourire du bout des lèvres. Je mesure la chance que j'ai d'avoir une amie comme elle. Toujours à se soucier du bien être des autres, s'oubliant parfois en retour. J'ai l'impression de la trahir en me taisant. De remettre en cause sa confiance. Pendant qu'elle me serre dans ses bras, j'ai comme l'impression de tenir un couteau et de lui enfoncer petit à petit, un peu plus loin après chaque mensonge, créant une plaie indélébile. Je sais que le jour où je retirerai cette arme, j'aurai beau tout faire pour la soigner, il n'y aura point de vraie suture. Je joue avec le feu, et je sens que je vais bientôt me brûler. Fort. Très fort. Un brasier où la lumière des flammes révéleront la vérité. Sans mensonges.

— Je sais que tu ne voudras pas en parler, mais c'est justement pour cela que tu dois dépasser cette peur de te dévoiler. Je suis là pour toi, uniquement pour ton bien. J'aimerais tant que tu me croies.

— Je te crois Faustine.

— Alors d'où viennent toutes tes blessures ? Tu as recommencé à te faire du mal ?

— Non, évidemment que non ! C'est derrière moi tout cela. J'ai juste raté une marche dans les escaliers et impossible de me rattraper. J'ai fini par m'écrouler quinze marches plus bas. Ce n'est rien de plus, je te le promets.

— Il faut que tu manges Anne, tu vas vraiment finir par te blesser grièvement.

— Promis.

J'ai l'impression qu'est écrit sur mon front, au marqueur indélébile, le mot MENTEUSE. En gros, en gras et en rouge. Je vais finir par perdre pied à force de m'enliser dans de faux récits. Je vais me trahir, tôt ou tard. Affirmer quelque chose qui ne collera pas et qui me trahira définitivement. J'ai plutôt une bonne imagination alors les mensonges ne sont pas si compliqués que cela à inventer. Plutôt logique pour une professeure de français me diriez-vous. Cela n'empêche que je suis fatiguée de mentir constamment, à tout le monde, mais j'ai l'impression de ne pas en avoir le choix. Qu'un couperet vacille au-dessus de ma tête et qu'il attend juste que je dévoile une bribe du calvaire que je subis pour s'abattre. Laurent tient ce couperet, comme s'il avait droit de vie ou de mort sur moi. En fait, ce n'est pas vraiment une hypothèse. Laurent a ma vie entre ses mains. Il fait ce qu'il veut de moi, s'il veut en finir ce soir, il y arrivera sans problème.

— Il faut que j'y aille Faustine. Ne t'en fais pas plus que cela, tout va bien.
— Tu en es certaine ? Tu as besoin que je te ramène ?
— Ma voiture ne va pas rentrer toute seule... Ne t'en fais pas, ça va aller. Je suis en forme maintenant. rigolé-je, gonflant mon biceps pour appuyer mes dires.
— Que tu es bête quand tu veux ! Bon à demain alors ma belle. Tu m'appelles si tu as besoin de quoi que ce soit.
— J'y songerai.

Arrivant dans ma rue, je regarde l'heure indiquée sur le tableau de bord de ma voiture : dix-sept heures moins dix. Oh putain. Quasiment une heure de retard. Pas bon pour moi. Pas bon du tout. Une drôle de surprise m'attend lorsque j'arrive. Je me gare dans la cour, ne prenant pas la peine de la rentrer dans le garage. Laurent m'attend de pied ferme devant la porte. Il porte un jogging et un simple t-shirt noir. Comment fait-il pour ne pas avoir froid dans cette tenue ? Dans sa main gauche, il tient une bouteille de bière à moitié bue et de sa main droite, il porte une cigarette à sa bouche. Il me nargue avec cette tige destructrice de poumons, la portant sensuellement à ses lèvres. Laurent ne fume pas souvent puisqu'il sait que je déteste cette odeur. Il le fait seulement quand je ne suis pas là, ou alors pour me déranger intentionnellement. Son petit air narquois me laisse perplexe et m'angoisse davantage. L'idée de repartir me traverse l'esprit, mais je ne peux pas. Partir c'est bien, mais pour aller où ? La mort dans l'âme, je sors de ma voiture.

— C'est à cette heure-là que tu rentres ?

— J'ai fait un malaise.

— Mais bien sûr. De toute façon, tu as toujours une bonne excuse toi.

— Je te jure que si, regarde, ça c'est le trou laissé par ma perfusion.

Je remonte ma manche et Laurent tire violemment sur mon bras.

— Je ne vois rien. Tu n'es qu'une menteuse !
— Mais je te jure que...
— Menteuse !
— Laurent je...
— Menteuse !
— Que veux-tu que...
— Menteuse ! Les menteuses n'ont pas leur place à mes côtés. Je ne supporte pas le mensonge.

Je ne sais quoi répondre à ses accusations infondées. Je commence à comprendre ce que pourrait ressentir mon amie si elle apprenait que je lui avais dissimulé la réalité derrière des affabulations plus farfelues les unes que les autres. Un manque de crédibilité, de confiance en soi et en l'autre. À force de mentir, on finit par s'en persuader, mais lorsque personne ne nous croit quand l'on dit la vérité, cela complique les choses. Faustine perdrait toute confiance en moi, elle ne pourrait comprendre pourquoi je lui ai caché la réalité. Elle ne pourrait pas comprendre et il est déjà trop tard pour faire éclater la vérité. Je suis déjà trop ancrée dans mes mensonges. Il est trop tard pour reculer. J'ai pris une décision et je ne peux pas revenir dessus.

C'est bien fait pour moi. Je n'avais qu'à parler depuis le début, ne rien laisser passer. Accepter une fois, c'est accepter pour toujours. Ni plus, ni moins.

— On va rentrer fixer les nouvelles règles, comme on fait avec les enfants. Tu es une petite fille qui a besoin qu'on lui dise et qu'on lui encadre tout. Tu n'as jamais grandi Anne. Tu fais vraiment pitié. Non mais regarde toi franchement ! Tu es pathétique avec tes yeux dans le vide. Tu es tellement fragile que tu n'es pas capable de soutenir un regard. Tu ne vas donc jamais évoluer ? Putain mais j'ai l'impression de coucher avec ma fille depuis cinq ans ! Tu crois que c'est normal ?

— Je ne suis pas une petite fille.

— Tu te fous vraiment de ma gueule ! Tu as encore besoin d'un électrochoc, c'est ça ? Mais voyons, il fallait le dire plus tôt !

— Non, non Laurent. Je t'assure que je n'en ai pas besoin. Tu...tu as raison, je suis une petite fille.

— Ce n'est pas après coup qu'il faut s'excuser. Encore une fois, tu agis de façon plus que puérile. Voilà qui devrait te réveiller.

À ses mots, Laurent me tire par le bras, si fort que j'ai l'impression qu'il va me le déboîter. Je n'ai pas le temps de comprendre ce qui est en train de se passer qu'il agrippe sa main à l'encolure de mon pull, agrandissant le décolleté. Je suis totalement déboussolée. Il me pousse dans la maison, fermant la porte de son pied. Je regarde furtivement de droite à gauche pour essayer de comprendre ce qu'il va me faire. Je n'ai pas le temps de comprendre qu'il dépose sa cigarette encore brûlante entre mes seins. Je hurle de douleur, l'implorant d'arrêter cette torture. Une fois sa cigarette complètement éteinte contre ma peau, il la décolle et me la lance sur le visage, l'accompagnant d'un crachat qui retombe sur ma nouvelle blessure, me brûlant davantage. Je me tords de douleur, me maintenant au mur pour rester debout. C'est insupportable, je ne peux empêcher les larmes de douleur de rouler le long de mes joues.

— Regarde-toi, même pour te plaindre, tu le fais comme une petite fille, bruyamment. Heureusement que j'ai fermé la porte, les voisins auraient fini par croire que j'égorgeais un cochon.
— Tu viens de me poser une cigarette à même la peau, tu veux que je fasse la même chose pour voir si tu ne vas pas hurler ? me permets-je
— Tu vas tout de suite changer de ton si tu ne veux pas que je t'en mette une !
— Pardon, excuse-moi Laurent.
— Je vais passer l'éponge pour cette fois. Allez, fais-moi un bisou.

J'hésite un instant, mais je me rappelle qu'il faut que je lui obéisse au doigt et à l'œil pour m'épargner un énième supplice dont je n'ai franchement pas besoin. Je marche donc jusqu'à lui et me blottis dans ses bras, prenant ses lèvres dans les miennes. Nous nous embrassons un long moment, Laurent ne cesse de me répéter qu'il m'aime et que je suis la femme de sa vie. Pour ma tranquillité, je rentre dans son jeu et lui déclare mon amour à mon tour.

— Je sais que je suis dur avec toi, mais c'est ta faute. Tu ne m'écoutes pas et tu me fais honte. Si tu te comportais en petite femme parfaite et docile tout irait pour le mieux. Je te le jure et tu dois me croire.

— Je...je te crois. Je te promets que je vais faire des efforts.

— C'est dans ton intérêt en tout cas. Tu sais, contrairement à ce que tu peux croire, je ne prends pas de plaisir à agir ainsi.

— Si tu le dis.

— Tu vas ranger tes décolletés à présent. Cela évitera que tous les hommes regardent ce qui te sert de poitrine et que l'on remarque ta blessure. Même ton corps est celui d'une enfant, franchement, tu connais beaucoup de femmes qui ont une poitrine aussi petite à ton âge ? Je suis quand même bien fait pour t'accepter comme cela, alors tu pourrais au moins fournir des efforts.

— Je vais en faire, promis.

— Et n'oublie pas que maintenant, c'est moi qui te déposerai au lycée puisque tu n'es pas capable de respecter l'horaire que je te fixe. Estime-toi déjà heureuse que je te laisse aller travailler. Je le fais seulement pour avoir de quoi payer la maison et nos repas, crois-moi bien. Si tu continues à agir de la sorte, tu n'iras plus travailler et on tapera dans tes économies. C'est ce que tu veux ?

— Non.

— Bien, alors tu sais ce qui te reste à faire. Monte dans ta chambre maintenant. Tu descendras plus tard pour faire le repas.

Je m'exécute sans broncher. Les mots de Laurent résonnent dans ma tête. Il a raison, je ne vaux rien. Je ne suis qu'une petite gamine incapable de faire quoi que ce soit convenablement. Je suis faible. Très faible. Trop faible. Je me place devant le miroir de ma chambre et observe mon reflet. Les cheveux en bataille, les yeux rougis et le corps cabossé. Je fais vraiment pitié. Une petite fille qui ne sait pas se tenir et qui n'a pour seule façon de s'exprimer que ses yeux. Tantôt rieurs. Tantôt remplis de larmes. Je retire mon pull et observe mon corps meurtri. Bleus, coupures, sang et maintenant brûlure recouvrent ma peau. Je fais peur à voir. Le cercle entre mes deux seins me fait atrocement souffrir. Encore un côté insoupçonné de Laurent que je viens de découvrir. Cela doit lui plaire de me voir souffrir et de m'entendre gémir comme une bête que l'on dépèce vivante, contrairement à ce qu'il affirme. Épuisée, je me laisse tomber en arrière sur mon lit et ferme les yeux, tentant de faire le vide.

Chapitre VIII

J'ouvre les yeux, émergeant doucement. Me voilà encore plus fatiguée que lorsque je me suis couchée. Les longues nuits reposantes ne sont pour moi qu'un lointain souvenir. Je penche la tête sur le côté, regardant l'heure indiquée sur mon réveil : neuf heures moins le quart. J'ai dû m'endormir vers quatre heures, alors autant dire que je suis tout sauf reposée. Étrangement, Laurent n'est pas encore venu me réveiller. Je suis condamnée à rester enfermée jusqu'à ce que monsieur décide qu'il est temps que je lui prépare son petit déjeuner. Je m'extirpe de mon lit, m'étirant difficilement à cause de mes nombreuses contusions. Je passe ma main sur ma suture. Pour bien faire, il faudrait que je la fasse retirer aujourd'hui. Il faudrait, mais je doute que Laurent accepte de m'emmener à l'hôpital. Que je sorte de ma chambre, qui est plutôt devenue ma prison, est exceptionnel. Ma vie se résume au tryptique : préparation des repas, travail et sorties, toujours bloquée par son bras, pour que je ne m'enfuie pas. Ma vie est calquée sur la sienne. Je vis au gré de ses exigences, de ses désirs, sans broncher. L'envie de me plaindre se dissipe jour après jour. C'est assez triste à dire, mais je crois que je commence à prendre l'habitude de vivre ainsi. Cela ne veut pas dire que je l'accepte, bien au contraire même, mais j'ai fini par me rendre à l'évidence. Si je vais dans son sens, j'aurai la paix.

En attendant que Laurent daigne me libérer, j'en profite pour m'habiller. J'enfile un simple pull en dentelle noire doublée ainsi qu'un pantalon de la même couleur. Adieu tenues élégantes et dénudées. Cela me fait un petit pincement au cœur de devoir renier ce que je suis pour masquer les accès de violence de Laurent. C'est absurde lorsque l'on y réfléchit un instant, mais je dois camoufler au maximum l'aquarelle que je suis devenue. Moi qui aimais tant vérifier mon apparence dans les miroirs sur mon chemin, je les fuis maintenant autant que je le peux. J'ai énormément de mal à observer mon reflet, cela me renvoie trop à ma vulnérabilité. Ce n'est pas Anne que le miroir reflète, mais l'image d'une petite fille coincée dans un corps d'adulte cabossé. Un oisillon blessé qui peine à s'envoler et qui grandit sans évoluer. Je déteste me sentir faible et vulnérable, mais je ne peux nier la vérité. Laurent m'a changée. Il a détruit en moi tout ce que j'ai mis tant de temps à construire. Être sûr de soi est une chose difficile, qui met du temps, et je crois que j'avais plus ou moins réussi, mais les mots dénigrants de mon conjoint ont réduit tous ces efforts à néant.

M'ennuyant un petit peu et voulant éviter de penser au maximum, je m'assieds à mon bureau et commence à corriger quelques copies. Il faut que je rattrape mon retard ; les conseils de classe approchent à grand pas, et je dois absolument rentrer les dernières notes pour faire mes bulletins. La correction des copies est le côté le plus pénible de mon travail, du moins à mes yeux, mais je ne peux y échapper. Plongée dans mes copies, je ne vois même plus le temps passer, à tel point que je finis de noter ma dernière copie des contrôles des secondes cinq lorsque Laurent ouvre la porte, sans frapper, bien évidemment. Je n'ai plus d'intimité. Je me retourne brusquement et me lève, l'embrassant, comme chaque matin. Je déteste être aussi fausse, mais je suis obligée de céder à ses désirs pour qu'il soit calme.

— Je venais te réveiller, mais je vois que tu es déjà debout. Il est pratiquement onze heures, je n'ai pas envie de manger ce matin. Si toi tu souhaites prendre quelque chose, tu as cinq minutes pour descendre et manger. Je reviens t'enfermer après, tu sortiras pour préparer le repas.

Fébrile, je prends quand même mon courage à deux mains et ose lui demander s'il accepterait de m'emmener à l'hôpital pour faire retirer mes points de suture.

— Je n'ai pas faim non plus. Euh...dis-moi Laurent, est-ce que tu voudrais bien que j'aille à l'hôpital pour faire retirer mes points de suture ? Cela fait déjà deux semaines et il ne faut pas que j'attende plus longtemps. Je...je suis désolée de te solliciter pour cela, mais j'en ai vraiment besoin.
— C'est d'accord.

— Qu...quoi ? dis-je, hébétée.

— J'ai dit que c'était d'accord. Laisse-moi prendre ma douche et nous partons dans vingt minutes.

— Me...merci. réponds-je, encore sous le choc.

— Tu vois Anne, je sais également être gentil, mais pour cela, tu dois l'être avec moi.

Sur ces mots, Laurent tourne les talons, m'enfermant au passage, ne voulant prendre aucun risque. Je suis complètement sous le choc. Je reste debout, les bras ballants, pendant de longues minutes. Je ne parviens pas à comprendre pourquoi. Pourquoi a-t-il accepté aussi facilement ? Je n'ai même pas eu à négocier ne serait-ce qu'une seconde. Pourquoi est-il si gentil ce matin ? Il y a vraiment des moments où je ne parviens pas à le cerner. Je découvre des traits de sa personnalité que je soupçonnais sans connaître. Je savais qu'il pouvait être parfois un petit peu lunatique, mais je ne pensais pas que cela pouvait atteindre de tels degrés. C'est vraiment un caractère qui m'agace. Personne n'a à supporter les humeurs changeantes de ses proches. Ce n'est pas à nous d'agir selon ses humeurs, mais à lui de fournir des efforts pour être constamment le plus agréable possible. Oui, nous ne pouvons pas toujours être positifs, mais il y a quand même des limites à tout. Comment peut-il me rouer de coups un soir et céder à mes désirs le lendemain matin ? Pour se faire pardonner ? C'est possible.

Je remarque quand même, que, bien qu'il ait accepté ma demande, il n'a pu s'empêcher de faire une réflexion. *Je suis gentil quand tu l'es*. Je déteste cette phrase par-dessus tout. Je ne supporte pas les personnes qui tentent de se rassurer ou de racheter leur image en affirmant être gentilles puisqu'elles vont dans notre sens. Certes, cela est gentil, il faut le reconnaître, mais pas besoin de s'en vanter. Je ne sais pas ce qu'il attendait en retour. Que je lui saute au cou ? Que je me mette à ses pieds ? Que je le remercie sans cesse ? Et puis, qu'est-ce que cela veut dire ? Que je ne suis pas gentille ? Que c'est moi la mauvaise et lui la pauvre victime ? Laurent est le spécialiste de cette phrase. J'aimerais lui rétorquer que non, il n'est pas gentil. Que la gentillesse est quelque chose de constant. Des attentions de temps à autre. Des preuves d'amour. Des mots doux. De la tendresse. Qu'elle n'est pas seulement matérielle. Laurent a beau accepter une de mes demandes ou m'offrir un cadeau, cela n'effacera pas les coups et les humiliations qu'il a pu m'infliger. Brûler et tabasser sa compagne, c'est être gentil ? Je ne crois pas non, ou alors, nous n'avons pas la même définition de la gentillesse. J'aimerais lui répondre que non, il est tout sauf gentil. Franchement, qu'y a-t-il d'exceptionnel à emmener son épouse à l'hôpital pour qu'elle se soigne ? Rien. C'est normal. Le simple cours de la vie. J'aimerais lui cracher haut et fort qu'il est minable et odieux, mais encore une fois, je me mure dans le silence.

La porte de ma chambre se déverrouille, s'ouvrant sur un Laurent vêtu d'un jean noir et d'un pull assorti. Il s'est habillé presque comme moi ; peut-être est-ce pour donner l'image d'une union forte à l'hôpital ? Dès que Laurent est à mes côtés, à l'extérieur, il fait bonne figure. Du moins il essaie. Son seul objectif est de renvoyer l'image d'un petit couple modèle, enjolivant la réalité. Il m'indique d'un geste de la tête que je peux sortir. Je m'exécute, fébrile, craignant qu'il ne revienne sur ses dires. Il me laisse descendre calmement, sans me bousculer. Je me chausse et saisis mon sac à main. Je n'ose pas parler, et Laurent n'est pas plus loquace que moi. De longs silences pesants se glissent entre nous. Je n'ai rien à lui dire, mais vraiment rien.

L'observant calme et compréhensif ce matin, je suis en proie à de nombreux doutes. Je commence à me demander si je n'ai pas rêvé, si toute cette violence n'est pas le fruit de mon imagination. Peut-être me suis-je monté la tête, dramatisant n'importe lequel de ses actes ? Le souvenir d'un homme violent et incontrôlable me paraît si absurde. Comment peut-il jongler entre tant de facettes différentes ? Je touche, en passant discrètement la main dans mon décolleté, la brûlure qu'il m'a faite avec sa cigarette. Cette blessure, au même titre que les autres, me renvoie à la réalité. Laurent est bien violent, il est juste doté d'une grande capacité à laver mon cerveau. Je finis donc par en déduire que mon calvaire est sincèrement ma faute. J'ai été gentille ce matin, et il l'est avec moi. J'ai agi honteusement le jour de nos cinq ans de rencontre, et il m'a punie pour cela. Tout est justifié, mérité. Rien n'est dû au hasard. Si je réfléchis un instant, je trouve une raison valable à chacun de ses accès de colère. Moi qui avais pourtant l'impression d'agir parfaitement, je parviens à me souvenir de quelques actes, parfois insignifiants, du moins à mes yeux, qui pouvaient tout à faire justifier une montée d'adrénaline chez mon conjoint à fleur de peau.

Sans grand étonnement, Laurent prend le volant, ne me laissant d'autre choix que de monter côté passager. Je ne peux pas dire que je sois très rassurée, mais je me laisse faire, comprenant qu'il est préférable que j'aille dans son sens. Comme il le dit si bien, il fait cela pour moi, alors je n'ai pas à me plaindre. Je tiens beaucoup à ma voiture, j'espère qu'il en prendra soin. Il pourrait la détruire dans un accès de colère, ce ne sont pas quelques morceaux de ferraille qui vont le stopper, mais il n'aurait plus rien pour se déplacer. Il ne fera rien, je le connais trop bien. La route se passe sans encombre et nous arrivons à l'hôpital en moins de vingt minutes.

Comme j'ai prévenu Magali de ma venue, elle m'a assuré me recevoir rapidement afin de m'éviter de patienter des heures et des heures en salle d'attente. Je lui ai dit que cela me gênait de passer devant tout le monde, mais elle a insisté. Dans le fond, cela m'arrange énormément puisque je sais pertinemment que Laurent n'aurait pas eu la patience de m'attendre pendant des heures, et cela aurait fini par me retomber dessus. Il m'accompagne et nous nous installons en salle d'attente, après m'être enregistrée à l'accueil. Je ne sais pas si je suis surprise ou non qu'il soit auprès de moi. D'un côté, il est certain que je ne pourrais pas en profiter pour m'enfuir ou parler à qui que ce soit. Mais d'un autre, il n'est pas du genre à patienter pour rien, qui plus est quand cela me concerne.

Je suis assise sur une petite chaise en plastique rouge, fixant le sol gris pâle. Mal à l'aise parmi tous ces gens, je tape nerveusement du pied. Laurent, avachi sur sa chaise, décroise ses bras pour poser sa main droite sur ma cuisse. Instinctivement, j'ai un mouvement de recul, mais mon conjoint me retient. Il caresse délicatement ma jambe, mais je ne me détends pas. Je me sens si pathétique d'avoir craint mon mari de la sorte. Tous les autres patients me regardent du coin de l'œil, une expression étrange lisible dans leurs yeux. Je ferme les miens pour éviter de sentir sur moi leurs regards inquisiteurs. Je pose mes mains sur mes cuisses, de façon bien droite, et tente de calmer ma respiration. Laurent est capable d'une telle violence que même sa douceur m'effraie. Cela en devient vraiment affolant quand on y réfléchit un instant. La violence est devenue mon quotidien, l'amour s'étant définitivement évaporé, du moins de mon côté. Il est pour moi impossible d'aimer et de vivre dans la peur. Les deux ne peuvent rimer. C'est impossible.

— Anne, on y va ?

Je relève la tête et me retrouve nez à nez avec Magali. Je passe ma main libre dans mes cheveux afin de me recoiffer et actionne rapidement mes paupières afin de retrouver une vision convenable. Je mets quelques secondes à comprendre ce qui est en train de se passer, mais je retrouve promptement mes esprits et me lève, emboîtant le pas de la jeune médecin. Laurent se lève en même temps que moi, mais il est vite rappelé à l'ordre, pour mon plus grand bonheur.

— Je suis désolée Monsieur, mais je n'accepte aucun accompagnant en salle d'examen.
— Oh, très bien. Tu me rejoindras à la voiture ?

Je lui réponds par un simple signe de tête. Magali me fait traverser un long couloir habillé de portes toutes identiques. Je me demande sincèrement comment elle peut s'y retrouver. Elle finit par se stopper, m'ouvrant la porte et m'indiquant une chaise face à son bureau. Je m'exécute et fixe mes mains, que je ne peux éviter de triturer.

— Bonjour Anne, comment allez-vous ?

— Ça va. Merci.

— Votre main ne vous a pas trop fait souffrir ? Pas de saignements ?

Comment voulez-vous que je distingue les douleurs causées par la poigne de mon conjoint ou par la suture ? Tout mon corps me fait souffrir. Chaque mouvement est un supplice qui me demande un effort important. J'aimerais lui répondre cela, mais enlisée dans mes mensonges, je me contente de lui affirmer que tout va bien.

— Je vais vous demander d'aller vous allonger sur la table d'examen, vous serez mieux qu'assise ici. Je vous sens toute stressée, détendez-vous, la douleur sera nettement moins intense qu'une suture faite sans anesthésie.

Je lui souris, gênée. Il est vrai que je me sens mal à l'aise, mais je ne sais même pas trop pourquoi. Peut-être ai-je peur que Magali cherche à m'ausculter, la faisant automatiquement découvrir mes nombreuses contusions ainsi que mon dos brûlé ? Car oui. La cigarette sur ma peau l'autre jour n'était pas une exception. C'est devenu le nouveau rituel de Laurent. Chaque jour, j'ai droit à une nouvelle brûlure, encore plus douloureuse que la précédente. Il m'affirme qu'il cherche à écrire son prénom le long de ma colonne vertébrale, pour que chaque jour je me rappelle par cette douleur qu'il est le seul et unique amour de ma vie. Je ne rechigne plus et ôte mon haut dès qu'il me le demande. Moins je me débats, plus cela est rapide et moins je souffre. Chaque soir, je retiens mes cris et mes larmes avant de laisser dégouliner toute cette rage une fois enfermée dans ma prison. Personne ne doit découvrir ces horreurs, contrairement aux bleus et égratignures, elles sont injustifiables. Mais Laurent n'est pas bête ; il a choisi le dos, la partie du corps la moins découverte. Même à la plage, il pourra me forcer à mettre un maillot de bain une pièce qui couvre ce tatouage. Il est plein de ressources quand il veut.

Allongée sur la table d'examen, je serre les dents pour éviter de maugréer quant à la douleur créée par cette position plus qu'inconfortable pour moi. J'espère qu'elle ne va pas être trop longue car je ne vais pas pouvoir tenir longtemps comme cela. Je me demande quand même comment mon corps arrive encore à tenir le coup après tout ce qui lui a été infligé. Je suis plus forte que ce que je pouvais penser. Je sais également qu'il ne tiendra pas indéfiniment comme cela ; on peut s'habituer aux coups, mais les dégâts intérieurs sont irrémédiables. Un jour ou l'autre, il finira par me lâcher. Laurent aura ma peau, quand, je ne sais pas. Dans quelques semaines ? Quelques mois ? Plus je ne pense pas. Je ne suis pas plus endurante qu'une autre. Viendra un moment où je céderai. À voir combien de temps je vais encore survivre. Car oui, cette vie n'en est pas une. Je passe les jours successivement, ayant comme seul objectif de voir le soleil se lever le lendemain matin.

— Et voilà Anne, c'est déjà terminé. Vous avez bien cicatrisé et il n'y a pas d'infection. Continuez à nettoyer votre cicatrice un petit moment et tout cela ne sera qu'un mauvais souvenir.
— Merci. dis-je, le regard dans le vide.
— Comment ça se passe avec votre conjoint depuis ?
— Très bien, il s'est excusé et tout cela est derrière nous.
— D'accord. Faites attention à vous et si vous avez besoin de quoi que ce soit, vous me téléphonez. Peu importe l'heure ou le jour, je trouverai toujours un moment pour vous répondre.
— Merci à vous, mais je ne mérite pas une telle attention de votre part.
— Si j'ai fait médecine, c'est pour aider les autres, alors si je ne viens pas en aide aux personnes qui, à mes yeux, semblent en avoir besoin, cela n'a plus aucun sens. Vous comprenez où je veux en venir ?
— Bien sûr, et dans le fond, c'est vous qui avez raison, mais peu ont ccttc mcntalité-là.

— C'est vrai, mais je ne suis pas tout le monde. rigole-t-elle.

Je lui souris timidement et descends de la table. Elle me raccompagne à l'accueil de l'hôpital et me salue d'une poignée de main. Je suis quelque peu soulagée qu'elle n'ait pas voulu me faire d'examens complémentaires. Certes, cela aurait peut-être permis de faire éclater la vérité et de mettre un plus grand nombre de gens au courant, mais cela n'aurait fait que décupler la violence de Laurent. Il m'a bien prévenue que si je parlais à qui que ce soit, il me le ferait payer. Je ne sais pas ce que j'espérais puisque dans le fond, je sais que je suis déjà trop ensevelie dans cette survie tyrannique. Personne ne peut m'en sortir. Seul mon corps, le jour où il flanchera, me sauvera. L'espace de quelques jours si je m'en remets. Ou pour toujours si un coup finit par être le dernier d'une longue série.

Je retrouve Laurent sur le parking de l'hôpital. Comme je m'en doutais, il n'a pas pris la peine de m'attendre en salle d'attente. Le contact est déjà mis, je lâche un long soupir avant d'ouvrir la portière. Je crains son humeur, sa réaction. Avec lui, et je suis maintenant habituée, tout peut changer en une fraction de seconde. La joie se transforme en colère. Les bisous en coups. L'amour en haine. Jour de chance pour moi, il se contente d'un simple « tu en as mis du temps ». Pas de « comment cela s'est passé ? » non plus, mais il ne me sermonne pas, c'est déjà cela de gagné.

Une fois de retour chez nous, il m'enferme à nouveau dans ma prison, sans passer par la case cuisine. Surprise qu'il ne me demande pas de lui concocter un repas pour midi, je lui pose moi-même la question. Il me répond qu'il s'est commandé à manger pour ne pas à avoir à patienter davantage. Ma gorge se serre à ses mots. Pourquoi dès que nous nous renfermons derrière ces quatre murs, tout redevient si compliqué ? Les masques s'enfilent en passant la porte et retombent au chemin inverse. Quelle triste vie. Il me fait comprendre qu'il n'a pas pris la peine de dépenser un centime pour que je mange autre chose que des pâtes à l'eau. Alors de moi-même, je monte avec le peu de force qu'il me reste les quinze marches, demandant à mon conjoint de refermer derrière moi. Et voilà, de moi-même, j'entre de plain-pied dans son jeu.

Je suis tirée de mon demi-sommeil par une porte ouverte d'un fracas, pile au moment où j'allais enfin pouvoir débrancher mon cerveau pour me reposer, que la vie est mal faite parfois. Laurent, ayant visiblement perdu sa bonne humeur, m'ordonne de me lever, affirmant que nous allons être en retard. En retard d'accord, mais où ? Je regarde mon téléphone, pratiquement dix-neuf heures. N'étant pas plus avancée, je regarde le jour affiché, samedi, cela n'a pas changé depuis ce matin... Soudain, mes pensées se remettent en place. J'avais complètement oublié que nous étions invités à prendre l'apéritif chez Faustine et Sébastien. Je me lève d'un bond et me dirige, toujours escortée par Laurent, à la salle de bain.

Mon conjoint, déjà apprêté, se place devant l'encadrement de la porte, tapant frénétiquement du pied, visiblement agacé. Comme il n'a toujours pas pris la peine de réparer la porte qu'il a explosée, je n'ai plus aucune intimité. J'enfile une robe pull noire, bien évidemment avec un col roulé pour camoufler la brûlure que Laurent m'a faite l'autre soir. Je recoiffe rapidement mes cheveux et me maquille d'un peu de rouge à lèvres et de mascara. J'essaie d'être présentable et de paraître un minimum en bonne santé. Je n'ai pas envie de me faire jolie, mais cela évitera les questions. Si j'arrive avec un teint de cadavre et une coiffure proche de celle du réveil, Laurent me fera une réflexion et mon amie s'interrogera.

Je suis rapidement prête et nous sommes sur le point de remonter la rue. Je suis vraiment surprise que Laurent ait accepté d'aller prendre l'apéritif chez Faustine et Sébastien. Il les apprécie bien, pas autant que moi c'est certain, mais le contact est plutôt fluide. Mais aller chez les autres, surtout chez ma collègue, c'est pour lui se mettre en danger. Il sait au fond de lui qu'il va être obligé de se tenir et de contrôler ses pulsions. S'énerver et passer ses nerfs d'accord, mais jamais devant témoins. Il en a déjà fait l'expérience au restaurant. En ne réussissant pas à contrôler ses pulsions de colère, il a éveillé les soupçons, et si j'avais parlé, cela lui aurait porté préjudice. Laurent peut peut-être partir du principe que des inconnus réagiront moins intensément que des amis. C'est donc pour lui une vraie prise de risque. Si Faustine ou Sébastien remarque quelque chose, il tombera.

Nous quittons la maison bras dessus bras dessous. Je ne suis pas à l'aise et ne peux m'empêcher de me crisper. Je sais que ce n'est pas normal de se sentir aussi mal dans les bras de celui qu'on est censé aimer, mais je n'ai pas le courage d'en parler à qui que ce soit. J'ai trop honte de ce que je suis devenue, mais également trop peur des représailles. Je me répugne d'avoir cette pensée, mais je suis sous le choc que Laurent ne m'ait pas encore fait quelques recommandations, décorées de menaces. À croire que nos cerveaux pensent parfois aux mêmes choses, dès le portail franchi, Laurent m'agrippe fermement par les épaules et plonge son regard noir dans mes yeux timides.

— Anne je te préviens, tu as tout intérêt à te tenir à carreau ce soir, sinon, prépare-toi bien à en payer les conséquences. Tu es prévenue. C'est bien clair ?

— Oui. réponds-je timidement.

— Parfait, allons-y mon amour.

Laurent repose son bras sur mes épaules et nous nous dirigeons jusqu'au portail de Faustine et Sébastien. J'ai envie de partir en courant tant je suis mal à l'aise de jouer à l'épouse parfaite. Montrer. Paraître. Émerveiller les autres par notre amour débordant. Mais où est la réalité dans tout cela ? La douleur des coups ne s'efface pas avec un câlin et trois bisous. Sourire ne rendra pas mon angoisse moins intense. À trop vouloir paraître, je ne sais même plus ce que c'est d'être moi-même. Suis-je aussi faible que cela ? Ma vraie nature est-elle vraiment ce que je renvoie aux autres ? Je ne sais plus. La seule chose dont j'ai conscience, c'est que je me dois de suivre les désirs de Laurent. Devenir sa marionnette qu'il fait danser à sa guise. Parler s'il me l'autorise. Bouger s'il n'y voit pas d'inconvénients. Je ne vis plus, je survis. Je ne suis plus maître de rien. Une simple poupée de chiffon.

— Oh bonsoir ! Je suis ravi de vous revoir. clame Sébastien.

— Nous de même. répond mon conjoint.

Je me contente d'un simple bonsoir timide, accompagné d'un sourire en coin.

— Anne ! Ça me fait plaisir de te voir, j'ai toujours l'impression que les week-ends sont interminables !

— C'est gentil Faustine, tu sais que c'est pareil pour moi !

Après ces quelques commodités échangées, Faustine et Sébastien nous invitent à les suivre au salon. Comme toujours, je suis émerveillée par leur si bel intérieur qui transpire le bonheur et la joie de vivre. Leur maison est sensiblement construite comme la nôtre. Petite entrée, grand salon moderne avec cuisine semi-ouverte et un escalier abrupt, terrifiant à mes yeux. Au-delà de leurs très bons goûts en terme de décoration, leur intérieur est très chaleureux, bien plus que le nôtre. Les murs sont jonchés de photos de famille, de cadres rapportés de voyages çà et là et de bibelots en tout genre. Cette maison sent l'amour, la joie, en un mot, la vie. Contrairement à notre chez nous plus que sobre, et surtout sans clichés, nous nous retrouvons dans un lieu de vie, et non de cohabitation. La nuance est faible, mais fait toute la différence.

Mon amie nous propose de nous installer autour de la table basse du salon. Laurent et moi-même écopons du grand canapé en tissu, tandis que les deux amoureux s'assoient en face de nous, chacun sur un fauteuil assorti à notre assise. Laurent n'a toujours pas ôté son bras gauche de mes épaules, et je commence sincèrement à ne plus pouvoir le supporter. J'ai comme l'impression d'être écrasée, ensevelie, obligée de garder sur mon port de tête tous les malheurs du monde. Dites comme cela, les choses peuvent sembler un petit peu exagérées, mais c'est vraiment ainsi que je le ressens. Laurent assied sa puissance sur moi, aussi bien physique que psychologique, faisant de moi une bonne petite chose docile. Bien sûr que je m'en rends compte, son comportement n'a rien d'anodin, du moins à mes yeux, mais que puis-je sincèrement faire contre cela ? Si je me détache de son emprise, prenant délibérément des libertés qu'il ne m'a pas accordées, je sais que je devrai en payer les conséquences. Alors pour avoir la paix et m'éviter de souffrir inutilement, j'acquiesce à ses désirs. À choisir, puisque ma vie n'est plus basée que sur cela, je préfère souffrir intérieurement qu'encaisser des coups que je ne suis plus certaine de pouvoir supporter. J'estime avoir déjà assez affaire avec les brûlures de cigarette.

Faustine revient de la cuisine avec un plateau chargé d'amuse-gueules, suivie de près par son mari et quatre flûtes à champagne. Je devrais en avoir l'eau à la bouche, mais je suis plutôt prise d'un haut-le-cœur, que je contiens avec justesse. Je n'ai plus envie de manger quoi que ce soit, tout me répugne au plus haut point. Je sais qu'il faudra que je fasse un effort pour faire honneur aux petites choses que mon amie s'est amusée à confectionner, mais également pour éviter un nouveau malaise et qui plus est, un petit séjour à l'hôpital. Mon raisonnement est peut-être paradoxal puisqu'aux urgences, j'ai au moins le luxe d'être au calme et d'échapper à la déferlante de haine de mon compagnon. J'aurais la paix, mais ce n'est pas pour autant que je me sentirai mieux puisqu'actuellement, la seule chose qui me donne encore un petit peu de force pour me battre, c'est mon métier. Je l'aime plus que tout, il fait partie intégrante de ma vie et je ne me vois absolument pas me priver de ce souffle d'énergie. Même si les élèves sont parfois pénibles, même si je suis constamment débordée, je ne me vois pas faire autre chose de ma vie. Il y a au moins là-bas où je suis réellement tranquille et en sécurité, puisque, quand bien même je devrais être hospitalisée, Laurent ne me laisserait pas un instant de répit pour autant. Ce serait pour lui une marque de fainéantise, qu'il ne manquerait pas de me faire remarquer.

Au fur et à mesure que la soirée avance, je commence à me détendre de plus en plus, parvenant enfin à profiter de l'instant présent, sans constamment penser à l'après. Je parviens à débrancher mon cerveau, et je ne peux pas nier que cela soit agréable. Je participe activement aux discussions, osant exposer mon point de vue. On se fiche ardemment de ma pensée, du moins c'est ce que j'estime, mais ce n'est pas grave, je veux simplement profiter, rigoler, tout bonnement vivre. Je sais que cela ne plaît pas à Laurent, je sens bien ses ongles pénétrer discrètement dans la peau de mon cou, me créant de petites décharges désagréables. Je comprends que je paierai le prix fort mon besoin d'expression, mais tant pis. J'ai besoin de me sentir vivante, de quitter ce corps contrôlé, condamné à agir comme un robot-zombie. J'ai besoin de quitter cette putain de vie le temps d'une soirée, de m'amuser, de faire le vide. Juste oublier mon calvaire, l'enfer auquel je suis damnée. Le châtiment tombera ce soir, mais que peut-il sincèrement m'arriver de pire ? Je suis déjà à moitié morte, alors ma foi, si Laurent finit le travail ce soir, je quitterai au moins ce monde dans un semblant d'euphorie.

L'alcool coule à flots, noyant mon chagrin dans une chaleur euphorique. Je crois avoir l'alcool joyeux ; après quelques verres, je commence à rigoler sans retenue, sortant quelques idioties dépourvues de sens. Les shots en tout genre descendent dans nos gosiers lorsque nous ne réussissons pas le défi proposé. Je fais de mon mieux pour éviter de devoir consommer un énième verre, contrairement à Laurent qui semble prendre un malin plaisir à vider la bouteille de vodka presque à lui seul. Le fait-il exprès pour avoir un prétexte pour boire ? Je ne sais pas. Probablement. Il est l'inverse de moi ; quand il a bu, il est exécrable. Oh, il n'a pas vraiment besoin d'être saoul pour me gâcher la vie, mais lorsque ce liquide destructeur s'empare de son corps, tout est décuplé. Ma joie se dissipe peu à peu au fur et à mesure que la fin de la soirée approche. Il me reste encore un brin de lucidité qui me dévoile la réalité de ce qui m'attend. J'ai agi exactement à l'inverse de ce que Laurent m'a demandé de faire, et l'alcool n'arrangeant rien, je sais que j'aurai droit à mon lot de représailles. Je ne sais pas de quoi il sera capable, du pire comme toujours, mais je préfère ne pas trop y penser.

Il doit être une heure du matin quand mon compagnon daigne partir. Que j'aurais aimé rester là indéfiniment, faire durer cette bulle de bonheur encore longtemps... Pourquoi la vie est-elle si cruelle ? Je suis épuisée, je voudrais juste aller dormir pour récupérer toutes mes nuits de retard, mais Laurent me fait bien comprendre, par sa main serrée bien trop fort dans la mienne, qu'il a prévu un autre programme, peu importe l'heure tardive. Je salue Faustine et Sébastien, serrant mon amie longuement dans mes bras. Je sens les larmes monter, mais je me retiens. À contrecœur, je me détache de ses bras rassurants. J'aimerais rester près d'elle, tout lui avouer, mais je n'y arrive pas. L'alcool pourrait m'aider à me confier, je pourrais faire passer mes confidences sur le fait que je ne contrôle plus forcément mes mots. Je ne suis pas saoule à ce point, mais rien ne m'empêcherait de le faire croire. Je manque de laisser mes larmes couler pour interpeller mon amie, mais Laurent m'attire contre lui avant que je n'aie le temps d'ouvrir mes failles à vif. Trop tard. Il m'a eue. Encore une fois.

— Bonne soirée et reposez-vous bien.

— Merci Sébastien, à plus tard. répond Laurent.

La porte du bonheur se claque derrière nous. La mort dans l'âme, je marche, ou plutôt traîne les pieds jusqu'à notre maison, escortée par Laurent. Ce dernier ne desserre pas la mâchoire, aucun son ne sort de sa bouche, mais au contact de son corps complètement crispé, je comprends que sa colère monte peu à peu. J'ai envie qu'une voiture passe, qu'elle m'écrase et me tue, que je parte sur un bon souvenir. Je ne me sens pas capable d'encaisser quoi que ce soit. Je crains qu'il ait ma peau. Mon corps tremble déjà, mes jambes flageolent et mes nerfs sont à vif. Dans la nuit noire, seul un réverbère fait briller cette petite perle qui roule le long de ma joue. Je ferme les yeux un instant, contenant les prochaines qui pourraient alerter Laurent.

Une fois chez nous, je m'apprête à monter les escaliers en vitesse pour aller me réfugier dans ma prison. Enfermée, j'aurais au moins la paix. Quelle naïveté, mais quelle naïveté. Laurent, m'observant m'éclipser discrètement, me rattrape bien rapidement. Encore lucide malgré la quantité astronomique d'alcool qu'il a ingurgitée, il me rappelle ce que j'avais déjà compris durant la soirée.

— Tu penses t'en tirer comme cela après la honte que tu m'as mise chez tes amis ? Heureusement qu'ils sont aussi débiles que toi et qu'ils n'ont pas remarqué ton petit jeu. Mais moi je ne suis pas comme vous. Moi j'ai compris ton stratagème de pute. Tu as voulu l'allumer c'est ça ? Mais qu'est-ce qu'il a de plus que moi ce merdeux ? Aguicheuse. Voilà ce que tu es, une aguicheuse qui croit pouvoir séduire n'importe qui. Mais n'oublie pas Anne que personne ne veut de toi. La seule chose que tu sais attirer c'est la pitié, si j'ai accepté de vivre avec toi, c'est simplement parce que tu me faisais pitié !

— Laurent, s'il te plaît ne parle pas comme cela de Faustine et Sébastien. Je croyais que tu les appréciais plutôt bien ? Si tu as besoin de te défouler, prends-moi, mais je t'en supplie, ne parle pas comme cela d'eux.

— Les apprécier ? Mais pourquoi ? Pour quelles qualités ? Ils n'ont rien d'exceptionnel. Si j'ai accepté cette invitation, c'est pour te faire plaisir, uniquement pour te montrer que je suis gentil. Et c'est comme cela que tu me remercies, en te ridiculisant ? Ça oui je vais me venger Anne, tu vas comprendre la façon dont tu dois agir !

À ces mots, Laurent me saisit par son regard noir de colère avant de me propulser contre le canapé. Je m'écroule sur celui-ci, me cognant au passage dans la table basse. Un léger cri de douleur m'échappe. Laurent se rue sur moi, le poing fermement levé. Ce dernier s'abat inévitablement contre mon corps, sans que j'aie le temps de l'esquiver. Une douleur lancinante me parcourt l'épaule droite, remontant jusque dans mon crâne. Tout cela n'étant visiblement qu'une mise en bouche pour Laurent, il agrippe fermement ma chevelure, me jetant contre le carrelage. Ma tête heurte ce sol glacé, m'étourdissant au passage. Il déverse sa colère autant dans ses gestes que dans ses mots. Les insultes pleuvent. « Salope ». « Putain ». « Allumeuse ». J'en passe et des meilleures.

Laurent me traîne sur le sol. Je tente de me débattre comme je le peux, soutenant la base de mon cuir chevelu par crainte qu'il ne me les arrache par sa poigne. Il finit par me lâcher en plein milieu du salon, mais ce n'est pas pour autant qu'il stoppe son déferlement de haine. Son visage est marqué, tendu et ses yeux d'un noir encore plus profond que d'habitude. Les coups de pieds remplacent les coups de poing. Il cogne dans mon dos comme dans un ballon de football. Je me recroqueville, gémissant pour qu'il arrête. Je sens qu'il va me tuer. Il ne saura pas se stopper avant. Mon heure va bientôt sonner. Je ne passerai jamais la nuit.

Soudain, sans que je comprenne pourquoi, Laurent s'arrête. Je ne sais plus vraiment où je suis. Vivante ? Morte ? Entre les deux ? Bonne question. A-t-il eu ma peau ? J'ai bien vite ma réponse. Je croyais en avoir fini, mais je ne suis pas au bout de mes peines. Tout ce que j'ai déjà eu à endurer était terrible, inqualifiable, mais ce que Laurent me prépare n'a même pas de nom. Une telle atrocité ne peut être nommée. Avant que je discerne ses intentions, il se jette une nouvelle fois sur moi, comme une bête sur sa proie. De ses griffes, il m'arrache mon collant, l'envoyant valser à l'autre bout de la pièce. De son index, il remonte délicatement ma robe, dévoilant mes sous-vêtements. Toujours avec ce calme déconcertant dont il fait preuve depuis une fraction de seconde, il retire ma culotte. Je l'observe jouer avec. La caresser. La sentir. Puis l'envoyer vers mon collant. La nausée me gagne. Comment peut-il être aussi pervers ?

Je comprends sans comprendre où Laurent veut en venir. Je suis certaine qu'au plus profond de moi, j'ai compris, mais je ne veux pas l'admettre. Il y a parfois des choses dans la vie qui sont trop lourdes, trop immondes pour que l'on puisse les admettre. On le sait, on le sent dans nos tripes. On n'est pas débile, mais le cerveau a ses limites. Les limites de l'acceptable, de la bienséance et de ce qu'il peut supporter. Je comprends sans comprendre, alors je ne me débats pas, de toute façon, je n'en ai plus la force. Tout devient concret quand je l'observe du coin de l'œil, malgré mon regard embué, couvrir son sexe d'un préservatif. Alors il compte vraiment aller jusque-là ? Coucher avec moi sans mon consentement ? Oui, je peux presque palper sa détermination. Je le connais trop bien, malheureusement. Laurent est capable de tout, du meilleur comme du pire.

Un sourire narquois plaqué sur ses lèvres, il s'approche dangereusement de mon corps. J'essaie de me débattre, bien fébrilement je l'admets, pour éviter le pire, l'humiliation suprême. Être soumise à son conjoint et se faire frapper est déjà humiliant, mais ne pas pouvoir lui dire « non » est encore plus dramatique. Je gémis, pleurant, criant et gigotant sans cesse. Je ne veux pas qu'il me viole. Je refuse d'en arriver là. Plutôt mourir que de le laisser prendre davantage possession de ce que je suis, ou de ce qu'il me reste. Il ne pénétrera ni mon corps, ni mon âme, je m'en fais la promesse.

— Mais tu vas fermer ta gueule ! Tu n'as rien à dire !
— Laurent stop, je ne veux pas.
— Mais tu crois que j'en ai quelque chose à foutre de ce que tu veux ? Pauvre fille. Tu me fais pitié. Ici c'est moi qui décide ! Moi ! Tu l'entends ça ?

Alors, comprenant que je ne pourrai y échapper, et trop épuisée pour me battre, je cesse toute résistance. Il m'a eue, encore une fois. Je le laisse faire ce qu'il avait prévu. Laurent prend un malin plaisir à faire durer les choses. Son sexe me blesse chaque seconde encore un peu plus que la précédente.

Chacun de ses va-et-vient me donne envie de vomir. Il me dégoûte. Je me répugne. Dans le fond, il a raison, je suis une fille facile. Si un homme veut, j'accepte pour éviter le conflit. Quelle honte. Je ne bouge plus. Plus aucun son ne sort de ma bouche. Seules de grosses larmes parviennent à ruisseler le long de mes joues. Je ne suis plus vraiment dans ce monde. J'ai basculé de l'autre côté. Une petite mort. Seul ce torrent est encore la marque de mon semblant de présence. Je ne sais plus où je suis, qui je suis. Il a tout détruit. Il a enfoncé le dernier couteau qu'il pouvait, dans le dernier orifice encore intact. Et quand il le retire, il me laisse me vider doucement. Je crois qu'il aura été capable de tout. Jamais je n'aurais cru qu'il irait jusque-là. Jamais.

Après un moment dont je ne saurais évaluer la durée, il se relève, fier de ce qu'il vient d'accomplir. Je l'observe partir, me laissant tel un vulgaire déchet. Je me sens salie, détruite, dissociée de mon corps. Il a cassé quelque chose en moi, quoi je ne sais pas exactement, mais ce qui est sûr, c'est que je ne suis plus la même. J'étais déjà affaiblie, mais cela n'a rien de comparable à mon état actuel. Laurent finit par revenir, dans un nuage de fumée. Mes yeux trop embués, je me fie simplement à mon nez. Cigarette, c'est vrai que cela manquait...

— J'avais oublié le principal.

Laurent me fait faire volte-face, claquant mon nez contre le carrelage. Un filet de sang s'en échappe. Je ne suis plus à cela près. Mon conjoint éteint sa cigarette contre ma peau. Fais donc si cela te fait plaisir. Fais donc. Je ne ressens plus rien. Je ne suis plus rien ni personne. J'ai perdu toute mon âme. Toute ma dignité. Tout mon être. Je ne suis plus qu'un corps détruit, souillé.

Chapitre IX

Comment ai-je trouvé la force de me lever en ce lundi matin ? Sincèrement, je ne sais pas. J'ai passé mon dimanche clouée au lit, incapable de faire autre chose que pleurer. Sans bruit. Sans sanglots. Seuls mes yeux réagissaient. J'ai vécu comme une morte. Loin de mon corps, loin de la vie. Oscillant entre allongée et presque assise, le regard vide. Je me dégoûte, j'ai l'impression que ce que m'a fait Laurent est marqué sur mon front au fer rouge. Mon corps me fait bien évidemment atrocement souffrir, je suis couverte d'ecchymoses et de contusions à peine cicatrisées. J'ai mal, mais cette douleur n'a rien de comparable à ce que je ressens au fond de moi. Je me sens sale. Laurent m'avait déjà détruite par ses coups et ses insultes, mais qu'il ose aller jusqu'au viol m'est presque impensable. Non, il ne peut quand même être capable de telles atrocités. Je ne sais pas si j'y crois ou non. Un cauchemar réel ou fantastique ? Non, non, tout cela est bien vrai. On croit connaître ceux qui nous entourent. Foutaise. Ils ont tous une part d'ombre que personne ne connaît, mais le jour où le masque tombe, nous tombons avec. Laurent m'a tuée de l'intérieur. Je ne suis plus qu'un corps, une enveloppe tout juste bonne à pleurer et à se lamenter. Je suis pathétique.

Mais dans le fond, n'ai-je pas cherché tout cela ? C'est vrai. Si je m'étais habillée différemment, si j'avais su garder mes distances avec Sébastien, si j'avais été capable d'obéir à ses ordres, tout cela ne serait pas arrivé. C'est ma faute. De toute façon tout est ma faute. Laurent ne cesse de me le rappeler, mais plus les jours avancent, plus je commence à me dire qu'il a raison. Rien n'est dû au hasard. Tout cela me servira de leçon pour la suite, enfin si suite il y a. Rien ne me dit qu'il ne terminera pas son travail ce soir. Mais cette fois j'en suis certaine, s'il recommence, je ne résisterai pas.

J'ai eu l'espoir que ce matin, il m'interdise d'aller travailler. Qu'il m'oblige à rester au lit. Mon travail était jusqu'à présent ma bouée de secours, mais maintenant tout a changé. Il n'a plus la même saveur, n'est plus mon sauveur. J'ai honte de retrouver mes collègues dans cet état-là. Je ne veux pas de questions, je crois que je ne les supporterais pas. J'ai l'impression que chaque regard que je croiserai pourra lire ce qu'il s'est passé rien qu'en me regardant. J'ai trop honte pour faire bonne figure. J'aurais aimé que Laurent m'interdise d'aller au lycée, mais non. Sans un mot, sans un regard, il m'a réveillée et conduite. Il était presque normal, comme si rien ne s'était passé dans la nuit de samedi à dimanche. Il n'est pas venu me voir dimanche, il ne m'a rien demandé. Peut-être avait-il l'espoir que je me sois donné la mort ? J'aurais aimé abréger toutes mes souffrances, mais je n'ai pas eu la force de faire quoi que ce soit.

— Et mon bisou, chérie ?
— Oh, pardon. dis-je, interdite.

Laurent me dépose devant la grille du lycée ; je ne suis pas très en avance, mais cela m'arrange et m'évitera de passer par la salle des professeurs. Je l'embrasse sans conviction et surtout sans croiser son regard qui me fige sur place. Je n'ose même plus lui tenir tête. Mais que suis-je devenue ? Jamais je n'aurais cru être un jour aussi faible. Je ne suis même pas surprise qu'il agisse gentiment, ou plutôt normalement. Il avait besoin d'assouvir sa pulsion masculine et de me punir, il l'a fait, il a suivi ses principes. Rien de plus. Pour lui c'est du passé, la normalité. De toute façon, je crois que maintenant, plus rien ne pourra me surprendre.

— Tu m'appelles quand ton conseil de classe est terminé pour que je vienne te chercher. Bonne journée mon amour.

Je me contente d'un simple « oui » presque inaudible en guise de réponse et entre dans le lycée, la tête baissée. La sonnerie retentit, alors je monte les escaliers jusqu'à ma salle. Chaque pas me demande un effort surhumain, mais je me traine, hors de moi, pour y arriver. La douleur est présente, mais je n'arrive même pas à la discerner de mon mal général. Je n'ai fait aucun effort vestimentaire ce matin. Pas la force, pas l'envie. J'ai failli partir avec un jogging et un grand sweatshirt pour me camoufler un maximum, mais je n'ai pas osé, voulant préserver le minimum de dignité qu'il me reste. C'est absurde dit comme cela, puisque ma dignité s'est envolée quand il a commis son crime, mais par principe, je ne peux pas venir travailler dans cet état-là. J'ai pris sur moi pour enfiler un simple jean noir et un grand pull assorti, sans oublier une paire de baskets plus que simples. Les déchets sont mis en sac poubelle, je crois que je suis encore trop apprêtée.

Ce matin j'ai cours avec ma classe de seconde cinq, celle dont je suis professeure principale et dont accessoirement, le conseil de classe du premier trimestre se déroule ce soir. La journée risque d'être très longue. Cette classe peut être très agréable comme exécrable et extrêmement agitée, j'espère qu'ils m'offriront un peu de répit aujourd'hui, car je pense que je n'aurais ni la force ni la patience de les supporter. Rien que le simple fait de les entendre rigoler m'exaspère. Pourquoi parviennent-ils à être heureux et pas moi ? Qu'est-ce qui cloche donc dans la putain de personne que je suis ?

Je les fais entrer, j'ai l'impression qu'ils me dévisagent tous. Oui j'ai une sale gueule, des cernes plus longs que le bras, des petites coupures et un teint de cadavre, mais ce n'est pas la peine d'en rajouter en me scrutant de la sorte. J'ai envie de tous les envoyer paître. De me mettre en sous-vêtements et de leur montrer l'ampleur de mes blessures. Là ils auront motifs à me scruter. Ce n'est pas l'envie qui me manque, mais le courage. Pas la peine d'en rajouter, j'ai déjà suffisamment honte comme cela. Je m'assieds derrière mon bureau puisque je sais très bien que je ne pourrai pas rester longtemps debout. Pas trop envie de faire un nouveau tour aux urgences.

Pour aujourd'hui, afin de pourquivre notre séquence sur la poésie, je leur avais demandé de rédiger un poème libre. Sur le sujet de leur choix, avec ou sans rimes, court ou long. Peu importe, je voulais simplement voir leur créativité et leur donner un peu de liberté. Étonnamment, ils ont tous, sans exception, fait leur travail. Passion ? Âme d'artiste ou de poète ? Ou encore conseil de classe ce soir ? Je ne sais pas ce qui les a autant motivés, mais le travail a l'air de leur avoir plu. N'ayant pas particulièrement envie de faire un cours, je leur demande s'il y a quelques volontaires pour passer au tableau lire ce qu'ils ont écrit. De nombreuses mains se lèvent, cela m'arrange. J'en choisis quelques-uns. Tous les genres y passent, toutes les formes également. Il nous reste le temps d'écouter une dernière personne, je demande à Valentine si elle souhaite venir nous lire le sien. Bravant sa timidité, elle accepte. Du fond de la salle, j'ai hâte de l'entendre, je sais que je ne serai pas déçue.

« Nuit noire éclairée par ses yeux foudroyants
Recule, recule, tu n'iras pas loin
Recule, recule, je te tiens
Bloquée, seules ses jambes peuvent encore se rabattre
Ses pas au ralenti
L'immensité sombre s'approche de sa proie
Fragile oiseau qui ne vole déjà plus que d'une aile
Chancelante dans sa course, elle trébuche sans cesse
Fragile oiseau déjà fissuré
Dernier acte pour l'enfoncer
Plus profondément
Plonger la tête sous l'eau
Hurlements
Ne plus pouvoir la ressortir
Visage larmoyant
Coincée sous la glace incassable
Gémissements
La silhouette s'en va, sourire aux lèvres
Sang
Et d'un dernier regard

Il lui fait comprendre qu'elle doit se taire
C'est un secret
Fragile oiseau saigne
Fragile oiseau pleure
Fragile oiseau croyait connaître la silhouette
Oh oui, elle la connaissait
Très bien même
Mais pas avec ce visage
Un nouveau masque
Une nouvelle façade
Inconnue
Fragile oiseau est brisé
Fragile oiseau subira cela encore longtemps
Mais un jour
Il lui arrachera l'autre elle
Et fragile oiseau s'envolera à jamais
Même sans ailes. »

Une boule se forme dans ma gorge ; sentant les larmes monter, je baisse immédiatement la tête, me camouflant derrière mes cheveux. J'ai tenté de soutenir le regard de Valentine durant sa lecture, mais j'ai n'ai pas tenu longtemps. Je ferme les yeux quelques instants et tente de calmer ma respiration saccadée. Les mots si justes et subtils de mon élève résonnent si fort en moi.

Je les comprends encore plus maintenant. C'est terrible comme les choses nous atteignent plus ou moins selon ce que l'on a vécu. Pourquoi la vie est-elle faite ainsi ? Pourquoi ai-je insisté pour l'écouter. Je ne veux pas que mes élèves me voient comme cela. Une professeure n'a pas à craquer devant sa classe. Avant ou après tant qu'elle veut, mais surtout pas pendant, c'est la clé pour ne pas se faire marcher dessus. Si les élèves découvrent nos failles et nos points faibles, ils vont avoir tendance à s'en servir pour nous pousser à bout. Il doit y avoir ce fantasme de l'enseignant qui pleure devant ses élèves, je crois que cela les fascine. C'est assez particulier comme constat, mais je crois qu'il correspond plutôt bien à la réalité des choses.

Ne pas pleurer, ne surtout pas pleurer. Les larmes aux yeux, c'est déjà trop. Chacun de nos gestes est scruté et analysé. Les adolescents sont de bons observateurs, ils comprennent beaucoup de choses, que parfois nous n'aurions jamais soupçonnées. Qu'il est simple de nous tenir ce discours. *« Ne craque pas devant tes élèves »*. Oui, sur le papier c'est bien, mais dans la réalité, ce n'est pas toujours possible. Les émotions sont contrôlables, mais dans la mesure du possible. Quand nous sommes pris de court, touchés en plein cœur, au plus profond de nos tripes, il est difficile de rester de marbre. Et même pire que cela : impossible. J'ai toujours fait en sorte de me dévoiler au minimum, de toujours attendre la fin du cours pour souffler, mais aujourd'hui tout est différent. Les événements font que je ne sais plus résister. L'histoire de ce fragile oiseau, c'est en partie la mienne. À des degrés différents. Quand les mots nous concernent personnellement, ils sont forcément plus difficiles à entendre.

Je finis par reprendre mes esprits, je crois que personne n'a perçu mon petit moment de faiblesse. Peut-être Valentine, mais je sais qu'avec elle, je ne crains pas grand chose. Elle ne dira rien, ce n'est pas son genre. Nous pouvons certes toujours avoir de mauvaises surprises, mais honnêtement, je doute qu'elle se serve de cela contre moi. J'étais émue, mais je n'étais pas la seule. J'ai bien entendu sa voix tressaillir entre les différents vers. Elle nous a offert un beau moment d'émotion, tout le monde devrait se taire et réfléchir à ce qui vient d'être dit. C'est un message important. Ils devraient, mais parmi eux, un a choisi de faire une remarque plus que déplacée.

— De toute façon c'est toujours la même chose. Il faut tomber dans le mélodrame pour plaire à cette prof. C'est fatigant à la fin cette dramatisation du viol. C'est simplement coucher avec quelqu'un, le consentement, dans l'absolu, on s'en fout, cela ne sert à rien.

Ce garçon a prononcé ces mots sans émotion, sans aucune expression, une voix monocorde au possible. Si à cet âge-là il tient déjà un tel discours, cela promet pour la suite... Agacée par sa réflexion, et déjà bien à fleur de peau, je sors de mes gonds. Il m'en fallait peu pour m'irriter davantage, mais là, Jules a vraiment dépassé les limites de ce que je pouvais entendre pour aujourd'hui. Mon quota de patience a atteint son maximum. Je me lève d'un bond, oubliant mes yeux rougis et mes forces presque insignifiantes, et me rue sur lui dans une colère noire.

— Je ne te permets pas de parler de la sorte ! Non mais tu as conscience de ce que tu es en train de dire ?

Devant son regard hagard et son absence de réaction, je perds complètement pied.

— Cela va t'apprendre à tenir de tels propos petit merdeux !

Sans que je ne contrôle vraiment mes gestes, ma main se lève et s'abat violemment sur la joue de mon élève. Un cri unanime de surprise vient troubler le silence presque religieux qui régnait dans la salle. Soudain, je réalise ce que je viens de faire. Mes joues virent au rouge cramoisi. Mon Dieu mais quelle honte. Non ce n'est pas possible, je n'ai pas pu faire cela, je ne suis pas comme cela. À user de la violence pour marquer ma désapprobation, je ne vaux finalement pas mieux que mon conjoint. Oui, c'est facile de le critiquer, de souhaiter qu'il agisse autrement. Vouloir est très facile, n'importe quel couillon peut désirer. Mais avant de vouloir quelque chose de quelqu'un, il faut déjà être sûr de valoir mieux. Je me pensais au-dessus de lui, plus intelligente que cela, mais finalement, la réalité est tout autre. Je suis aussi merdique et mauvaise que lui.

— Vous allez me le payer. Vous êtes complètement cinglée.

À ces mots, Jules quitte la salle d'un bond, me fusillant du regard. Il a raison, je suis complètement folle. Je n'avais pas à lever la main sur lui, sous aucun prétexte. Rien ne justifie la violence. Je sais que je suis dans la merde jusqu'au cou, il va probablement aller se plaindre auprès du chef d'établissement, et il aurait raison. Je comprends bien vite que je vais pouvoir dire adieu à mon job. Finalement, Laurent n'aura même pas eu besoin de me punir, je le fais moi-même. Tous les élèves ont quitté la salle, tous sauf Valentine. Cette dernière se dirige vers moi, toute timide.

— Madame, je...je suis désolée, je n'aurais pas dû lire mon poème. J'aurais dû deviner que ce n'était pas une bonne idée. Je...

— Valentine stop. Ce n'est pas de ta faute, à ce que je sache, ce n'est pas toi qui viens de lui mettre une claque. Ne t'en fais pas pour moi, mais s'il te plaît, laisse-moi seule.

Elle quitte ma salle, à contrecœur. J'ai bien compris que ma réponse plus que sèche ne lui avait pas plu. J'aurais dû trouver les mots pour la rassurer, m'excuser de mon comportement, mais au lieu de cela, je l'ai envoyée paître. Mais pourquoi fais-je toujours tout de travers ? À quoi rime cette putain de vie de merde dans le fond ? Faire que le jour suivant soit toujours pire que le précédent jusqu'à ce que je craque, jusqu'à ce que je décide d'abréger mes souffrances ? Je me dégoûte d'être aussi gauche. À bout de nerfs, je m'écroule au sol, fondant en larmes. Je sais que n'importe qui peut me voir puisque la porte est ouverte, je sais que le proviseur va probablement débarquer d'une minute à l'autre. Je sais que je fais pitié, mais je n'en ai plus rien à faire. De toute façon tout est foutu. Ma vie, ma carrière, mon avenir, mon couple. Je suis juste bonne à placer sur le bûcher, et encore, avec la chance que j'ai, il est bien possible que le feu ne prenne pas.

Après un laps de temps incertain, mes larmes finissent par se tarir ; je me relève difficilement et m'affale sur une chaise. À ma montre, cela fait plus d'une heure que l'incident s'est déroulé, le proviseur ne devrait pas tarder à venir me chercher.

Je pose mes coudes sur la table et essuie mes yeux du revers de la main, soupirant longuement. *Ça tu peux pleurer Anne...* Mais qu'est-ce qui m'a pris d'agir de la sorte. Je ne suis pas violente, et encore moins quand il s'agit d'éducation. Je trouve que cela ne mène à rien de positif. J'ai toujours privilégié le dialogue, alors pourquoi les choses ont-elles été différentes aujourd'hui ? Suis-je trop à cran pour continuer ? Mais en même temps, si je pose un arrêt maladie, il faudra que je reste avec Laurent constamment, et ça je ne peux pas. D'un côté, j'ai envie qu'il ait ma peau, qu'on en finisse. Mais de l'autre, j'ai envie de me raccrocher à une pauvre petite lumière : mon métier, ma seule force, espérant qu'un jour les choses s'arrangeront. Je crois que je ne suis plus maître de cette décision.

« Dans mon bureau, immédiatement. »

Bon... je crois savoir ce qui m'attend suite aux mots succincts du proviseur au téléphone. Il n'est pas un exemple d'amabilité, mais son message donne le ton de ce qui va arriver. La mort dans l'âme, une boule au ventre grossissant à chaque instant et les larmes au bord des yeux, je descends rejoindre son bureau. Il est rarement bon d'être convoqué de la sorte, peu importe l'âge. Je tremble de tout mon être, il va falloir que je prenne sur moi pour ne pas craquer, sinon cela ne fera qu'empirer les choses. Je frappe timidement à sa porte.

— Madame Louvier. Asseyez-vous, il est urgent que l'on parle.

Je m'exécute et baisse immédiatement la tête, fixant un fil de mon jean qui dépasse. Nerveusement, je joue avec, tout en l'écoutant d'une oreille cracher son monologue. Après m'avoir expliqué la situation, il me demande de faire de même, raconter les événements de mon point de vue. Je n'ai pas vraiment écouté ce qui a été dit avant, mais je me doute qu'il n'a dû omettre aucun détail. Cela ne servirait à rien que je mente, mis à part aggraver mon cas.

— Que voulez-vous que je dise de plus. Jules a tenu des propos sur le viol et les femmes suite à la lecture d'un poème d'une élève. Je n'ai pas supporté ce qu'il a dit, je suis sortie de mes gonds et la claque est partie toute seule. Cela ne sert à rien que je vous invente une quelconque version, Jules a probablement déjà dû tout vous raconter très bien.

— Vous dites cela avec un détachement qui est quand même assez inquiétant Madame Louvier. Avez-vous conscience de la portée de votre geste pour votre carrière et l'image de notre établissement ?

— Ah, on y vient ! L'image, l'image et encore l'image, mais qu'est-ce qu'on s'en carre de l'image de ce putain de lycée ? L'image c'est faux, juste une façade bien décorée pour cacher la réalité des choses. On peut donner une bonne image à l'extérieur, mais à l'intérieur on souffre le martyre. La réalité c'est que nous sommes seuls à crever ici. On doit tout gérer, les cours, la discipline, la paperasse et j'en passe. Oui, je n'aurais jamais dû frapper un élève, c'est un acte impardonnable et j'en ai conscience, mais au lieu de vous soucier de l'image que je renvoie en ayant agi de la sorte, souciez-vous plutôt de ce qui a pu déclencher ce geste. Personne ne doit trouver cela normal et laisser passer qu'un élève affirme que le consentement ne sert à rien, c'est une porte ouverte vers la dédramatisation du viol et cela est inacceptable.

Je termine mon petit coup de gueule toute tremblante et la voix chevrotante. En voyant la mine complètement ahurie du proviseur, je comprends que je suis allée trop loin. Je les enchaîne aujourd'hui, ce n'est pas possible. Je commence à virer au rouge cramoisi, je baisse la tête, honteuse. Je m'attends à me faire sermonner davantage, mais étonnamment, il se montre plutôt compréhensif.

— Il faudrait modérer un petit peu vos propos Madame Louvier, mais je comprends où vous voulez en venir. Il est vrai que nous sommes beaucoup axés sur l'image que nous renvoyons, mais c'est un souci de concurrence. Vous n'avez pas complètement tort... Votre élève n'avait pas à parler de la sorte, mais ce n'est ni une raison ni un prétexte pour le sanctionner physiquement. Il sera sanctionné pour ses propos, mais je ne peux pas vous laisser repartir ainsi. Il serait injuste et immoral de laisser passer un tel acte. Je devrais faire un rapport au rectorat, ce qui entraînerait une suspension définitive de vos fonctions. Étant conscient de vos compétences, je vais seulement vous suspendre jusqu'au retour des vacances de Noël pour vous laisser le temps de réfléchir et de vous reposer, car il me semble que vous en ayez grand besoin.

— Me...merci. dis-je au bord des larmes.
— Mais attention, nous sommes bien d'accord qu'au prochain écart, je ne serai pas aussi clément, ayez-en bien conscience. Votre suspension sera actée à partir de demain, vous êtes attendue au conseil de classe ce soir.
— Entendu. Merci beaucoup Monsieur.

Je quitte son bureau dans un état second ; je manque de m'écrouler à chaque pas tant je suis remuée par ce que j'ai pu sortir. Pensant aller trop loin, j'ai probablement sauvé ma peau et ma carrière par la même occasion. Comme quoi, un peu de franchise peut se révéler plus que positif. Une fois sa porte close, je laisse l'émotion m'envahir. Je crois que je ne réalise pas encore ce qui vient de se passer. La prochaine semaine risque d'être très très longue, mais elle le sera toujours moins que le reste de ma vie. N'ayant plus cours de la journée, je décide de rentrer à la maison, prouvant ma bonne foi à Laurent. Si je choisis de rentrer, c'est également parce qu'une idée me trotte dans la tête. Dans la suite de mon excès de franchise, j'ai envie de jouer ma dernière carte pour tenter de sortir des griffes de Laurent et retrouver un semblant de vie normale : lui demander le divorce.

Cette idée ne m'avait encore jamais traversé la tête, mais une fois sortie du bureau du proviseur, je ne jurais que par cela. Tout me semble si évident et si simple. La fin d'un supplice ? Le bout du tunnel ? J'ai envie d'y croire. C'est la dernière chose que je puisse faire, la dernière chance de me sauver la vie. Et puis qui sait, peut-être que Laurent acceptera sans sourciller ? Peut-être qu'il comprendra le bien-fondé de ma décision ? Je pense qu'il est capable de cerner qu'il est trop bête de se prendre la tête et d'en arriver à de tels accès de violence alors que tout peut s'arranger. Je me fais peut-être trop d'illusions, mais j'ai envie d'y croire. Si je n'y crois plus, alors ce n'est même plus la peine de me battre.

Regonflée à bloc et sûre de mon idée, je pousse la porte de notre maison, plus guillerette que jamais. Je m'efforce quand même de camoufler mon petit sourire naissant, il pourrait être malvenu et jouer en ma défaveur. Il ne me reste plus qu'à croiser les doigts. Je distingue la lumière, il me faut encore l'atteindre, mais je m'en sens capable. Peut-être ai-je trop confiance ? Peut-être suis-je trop naïve ? Une chose est sûre, je suis prête à aller de l'avant. Ayant pris le bus pour rentrer, Laurent me regarde d'un drôle d'œil lorsqu'il me voit surgir, troublant sa quiétude.

— Qu'est-ce que tu fais ? Pourquoi tu ne m'as pas appelé ?

— Je n'avais pas cours et j'avais envie de rentrer me reposer un petit peu. Je ne t'ai pas demandé de venir, je ne voulais pas te déranger.

— Tu aurais dû m'appeler. Je ne veux pas que tu me mentes sur ton emploi du temps.

— Je ne t'ai pas menti. Dis-moi Laurent, est-ce que l'on peut discuter un petit peu ?

— À propos de quoi ?

— Nous deux. Tu ne penses pas que cela va un peu trop loin ? Je veux dire, est-ce que tu trouves normal que l'on se prenne la tête comme cela ? Tu crois que c'est bien qu'on en arrive à de telles extrémités de violence ? Merde Laurent, on s'aimait, pourquoi tout a dégénéré comme cela ? Comment a-t-on pu arriver à se faire autant de mal ? Notre relation n'est pas saine et je n'ai pas envie qu'elle s'aggrave davantage. Je veux pouvoir garder en tête les bons moments, uniquement les bons souvenirs. Tu ne crois pas ? Avant qu'il ne soit vraiment trop tard.

— Attends Anne, tu sous-entends quoi en me parlant au passé ? Qu'on ne s'aime plus ? Ou alors que tu ne m'aimes plus ? N'applique pas ta pensée aux autres. Si tu ne m'aimes plus c'est ton problème, mais moi je t'aime Anne, et je pense que je te le prouve suffisamment.

— Pardon ? Tu crois que c'est en me rouant de coups et en me violant que tu me prouves ton amour ? C'est tout sauf de l'amour ça Laurent ! explosé-je

— Ça y est, tout de suite les grands mots. Tu ne t'es pas trop débattue quand nous avons couché ensemble, c'est que dans le fond, tu n'étais pas contre. Et puis il est normal de te donner une correction quand tu en mérites une voyons. Qu'est-ce qui te prend ? Qui donc t'a lavé le cerveau comme cela ?

— Mais personne ne m'a lavé le cerveau Laurent, je me rends simplement compte que les choses ne sont pas normales. C'est pour cela que j'aimerais que l'on divorce, parce que justement, je me rends compte que les choses ne sont pas normales. Laurent, comportons-nous donc en adultes et arrêtons nos conneries. dis-je, de but en blanc.

— Mais ça ne va pas bien Anne, qu'est-ce qui te prend donc aujourd'hui ? Il est hors de question que nous divorcions, sors-toi cela de la tête !

— Tu sais que tu n'es pas l'unique décisionnaire Laurent ? Si j'ai envie d'entamer les procédures, rien ne m'empêche d'aller voir un juge ! Je crois que je vais même y aller maintenant tu vois ! Tu ne me contrôles plus Laurent, j'ai compris ton petit jeu, j'ai tout compris et plus jamais je ne me laisserai faire ! Plus jamais. dis-je avec aplomb.

— Alors ça je ne crois pas. Tu es à moi. À moi, tu l'entends ça ? En tout cas si tu ne l'entends pas, tu vas rapidement le comprendre.

À ces mots, Laurent se rue vers moi et me propulse contre le mur de l'entrée. Un cri de surprise m'échappe, décuplant la satisfaction de mon époux. Coincée entre son imposant corps musclé et le mur, il a le champ libre pour faire ce qu'il désire. Je regrette la façon dont je m'y suis prise, j'ai été trop directe. Comme quoi, la franchise n'est pas toujours la solution à tout finalement. Je m'en veux d'avoir été si confiante, d'avoir cru que j'étais capable de le manipuler et d'avoir la main sur lui. Je savais pourtant de quoi il était capable, il me l'a suffisamment prouvé. J'aurais dû me méfier, prendre plus de pincettes, ou bien même aller directement voir un juge. N'ayant pas réussi à aller au bout de mon plan et à recevoir l'approbation de Laurent, je sais que je vais encore perdre beaucoup de libertés. Maintenant qu'il connaît mes intentions et ma pensée, il va se méfier. Il a encore gagné.

Pour asseoir sa domination, il place ses mains autour de ma gorge et serre de plus en plus fort. Commençant à paniquer et à manquer d'air, je tente de le forcer à détacher sa poigne. Je place ma main sur ses poignets et le griffe avec mes longs ongles. Je me débats, mais rien n'y fait. Il m'a à sa merci, il a décision de vie ou de mort sur moi, n'étant pas en position de me défendre. D'un rire narquois, il me fait bien comprendre le poids qu'il a sur moi.

— Tu vois Anne, tu ne contrôles absolument rien. C'est moi qui te tiens. Si je veux, tu crèves dans les minutes qui viennent. Tu comprends ?

Terrifiée par sa froideur, je hoche vigoureusement la tête.

— Bon allez, je vais être gentil. Comme j'ai encore envie de jouer avec toi, je vais te lâcher, mais retiens bien la leçon pouffiasse.

Laurent me lâche. Je place mes mains autour de ma gorge, comme pour vérifier si elle est toujours là. Je tousse à m'en arracher les poumons pour faire rentrer un maximum d'air. J'ai encore une fois cru que j'allais y rester. Tout cela m'apprendra à me méfier de mes intuitions. Sur le papier, c'était une bonne idée, mais uniquement sur le papier. Laurent décide de m'enfermer avant de me déposer à mon conseil de classe. Je n'aurais pas cru qu'il allait me laisser y aller. Il m'avait pourtant promis qu'au prochain écart, il me cantonnerait à ma petite prison de dix mètres carrés jour et nuit. Pourquoi ne va-t-il pas au bout de son idée ? Dans le fond cela m'arrange bien, les vacances de Noël sont dans quelques semaines, le délai me parait déjà bien long, mais il le sera toujours moins que si Laurent me forçait à rester à ses côtés quotidiennement.

Après m'être reposée un petit moment, Laurent m'indique qu'il est temps de repartir. Effectivement, il est plus que temps : dix-sept heures cinquante à ma montre. Le conseil de classe commence à dix-huit heures, autant dire que je ne serai jamais à l'heure. Je me suis déjà fait suffisamment remarquer aujourd'hui, il n'était vraiment pas judicieux d'en rajouter une couche, mais que puis-je bien faire pour lutter ? Laurent m'a encore une fois prouvé qu'il était maître de mon destin, qu'il a ma vie entre ses mains. Si cela se trouve, il a peut-être délibérément choisi de me déposer en retard pour que le proviseur ait une raison valable de me suspendre. Il s'imagine peut-être que si la décision est prise par une personne extérieure, cela passera mieux. *Si tu savais mon pauvre…* je n'ai pas besoin de toi pour me mettre dans la merde, j'en suis bien capable toute seule.

Avant de partir, je saisis un petit foulard en soie afin de camoufler la marque de strangulation encore bien voyante. Laurent ne m'a pas loupée, il a serré si fort que la marque de ses doigts est encore bien nette. Je ne peux pas me permettre d'arriver dans cet état-là. Il faut que j'esquive les questions au maximum. Faustine va déjà s'inquiéter lorsque je vais lui apprendre que je suis suspendue, alors si je présente en plus de jolies marques de strangulation, elle va réellement s'inquiéter et comprendre que les choses ne sont pas normales. Troublée et fortement honteuse de mes aveux, je descends la tête basse et avance à reculons jusqu'à la voiture. Ma démarche étant trop lente pour Monsieur, il me pousse violemment juste après le seuil de la porte. Sensible aux moindres choses qui peuvent me déstabiliser quant à mon état plus qu'affaibli, je perds l'équilibre et m'écroule de tout mon long sur les graviers. J'entends Laurent, dans un écho lointain, ricaner à son geste.

Manque de chance pour moi, il a plu la nuit dernière et le sol est encore très humide. Une fois debout, je constate avec effroi les dégâts. Mes habits sont complètement tachés et mouillés, et mes mains sont couvertes d'écorchures qui commencent à saigner. Décidément, ce n'est vraiment pas ma journée. Du regard, je tente de soudoyer Laurent pour qu'il me laisse aller enfiler des vêtements propres. En retard pour en retard, autant arriver présentable. Sans grande surprise, mon conjoint refuse. J'ai envie de disparaître sous terre, quelle honte et quelle incorrection d'arriver ainsi. Mais pour quoi vais-je encore passer ?

Le trajet me semble être le plus long de ma vie, j'ai comme l'impression que les aiguilles avancent à reculons. Alors que je suis déjà extrêmement mal à l'aise, Laurent décide d'en rajouter une couche. Sans un mot ni un regard, il pose sa main droite sur ma cuisse gauche. Je tressaille et me rigidifie immédiatement. Je ne supporte plus son contact physique, il me dégoûte profondément. Comme une main immobile ne satisfait pas ses pulsions masculines, il décide de passer à la version "active". Sa main se balade le long de ma cuisse, ses doigts dansent, se rapprochant dangereusement de mes parties intimes. Sans grande surprise, il finit par poser ses doigts sur mon sexe. J'ai envie de vomir, mais je retiens mes spasmes. Il termine sa petite balade par mes seins, les pressant sans la moindre once de douceur. J'ai envie de hurler, mais je me tais ; il vaut mieux.

— Tu me déçois, je pensais au moins t'entendre gémir un minimum. Non franchement, c'est décevant.

J'ai envie de lui cracher que je ne suis pas un animal et que j'ai un minimum d'éducation, mais je me tais. Comment aurais-je pu prendre du plaisir avec sa brutalité ? C'est insensé.

Pas mécontente d'arriver, je saute de la voiture, n'oubliant pas mon sac. Il me dit qu'il viendra vers vingt heures. Intérieurement, je prie pour qu'il ait un accident et qu'il ne revienne jamais me chercher, jamais. C'est mal de penser ainsi, et je n'en suis pas fière, mais je crois avoir atteint un point de non-retour qui m'empêche de vouloir son bien. Ce qui est dommage, c'est que je sais très bien qu'au plus profond de mes tripes, je l'aime encore comme au premier jour. Je ne peux pas balayer comme cela cinq ans de vie commune ; il m'est difficile de lui témoigner mon amour, mais je sens toujours cette petite flamme au fond de moi. Cela peut paraître absurde pour certains, mais je suis persuadée que lorsque l'on a sincèrement aimé quelqu'un, il est impossible de le détester à cent pour cent. Même s'il ne reste qu'une infime partie de tous ces bons moments, ce n'est pas rien.

Je presse le pas pour rejoindre la salle de réunion ; avec pratiquement une demi-heure de retard, je vais encore avoir droit à un bon nombre de réflexions. J'ai tellement honte d'arriver avec une telle tenue, j'ai si peur de voir tous ces regards inquisiteurs sur moi. Que vont-ils penser ? J'en reviens toujours à cette notion de paraître. Vouloir faire bonne figure pour ne pas éveiller les soupçons. Avec ces vêtements, c'est la porte ouverte aux diverses questions, toutes plus intrusives les unes que les autres. Tremblante et terriblement honteuse, je pousse la porte. Je baisse la tête pour éviter de croiser leur regard. J'ai repéré une place libre à côté de Faustine, je m'y dirige le plus rapidement possible.

— Excusez-moi pour le retard.
— C'est un horaire pour arriver Madame Louvier ? Vous resterez à la fin, il faut que l'on parle, encore. dit sèchement le proviseur.

Je ne réponds pas, de toute façon, il n'y a rien à répondre. S'il a été clément tout à l'heure, cela me surprendrait fortement qu'il le soit encore. Ce n'est vraiment pas mon jour. Aux mots de mon supérieur, mon amie m'interroge du regard, surprise que je ne lui aie fait part de rien. Je lui chuchote que je lui expliquerai tout à l'heure. J'aurais aimé éviter un interrogatoire de sa part, mais je crois que c'est mal parti pour qu'elle me laisse tranquille. Du coin de l'œil, durant le monologue du proviseur, je remarque qu'elle m'observe, ou plutôt me scrute. Son regard insistant me perturbe un petit peu, mais je sens également qu'elle est inquiète. Je ne peux pas lui en vouloir, il est tout à fait normal que mon amie s'inquiète de me voir dans un tel état. Je sais que si elle était à ma place, j'agirais de la même façon. Au bout d'un moment, elle finit par stopper son inspection, tout sauf discrète, et me questionne, ne pouvant attendre la fin du conseil pour trouver des réponses à ses questions.

— Tout va bien Anne ? demande-t-elle, pointant mes mains écorchées du doigt.

— Oui, ne t'en fais pas. Il y a simplement des jours où rien ne se déroule comme prévu. chuchoté-je, échappant un petit rire sarcastique.

— Il faut vraiment que l'on discute après et que tu m'expliques ce qu'il t'arrive.

— Je t'assure que ça va Faustine, ne t'inquiète pas pour moi.

— On se soucie toujours des gens qu'on aime.

Ses mots me vont droit au cœur. Je suis très touchée d'entendre quelqu'un tenir ces propos à mon égard, je crois que j'en avais besoin. Quand nos journées sont rythmées par des coups, des insultes et des paroles abaissantes, recevoir un petit peu de considération est très plaisant. Dans ma sombre et brumeuse tête, elle est le brin de soleil qui m'empêche de sombrer, qui éclaire ma journée. Heureusement qu'elle est là, sinon je ne sais pas ce que je deviendrais. Je ne serais même peut-être plus de ce monde. Elle est ma force, la dernière personne qui me raccroche à la vie.

Une bonne heure plus tard, le conseil touche à sa fin. Bilan : classe agréable mais trop bruyante et parfois trop agitée. Pas une grande surprise d'entendre cela puisque c'est le discours que l'on entend pour toutes les classes. Personne n'est jamais vraiment satisfait, et tout le monde trouve toujours quelque chose à redire. Je ne partage pas vraiment ce point de vue. Il est vrai que nous avons parfois des classes difficiles, c'est un fait, mais franchement, on ne peut pas demander à des ados de quinze ans de rester stoïques comme des statues de pierre. Oui, le bruit et l'agitation ne sont pas des plus agréables, mais c'est notre métier, et nous le savions très bien en choisissant cette voie. Il est vrai que parfois ils m'agacent, mais ils sont quand même attachants. À entendre mes collègues plus âgés, ils ne peuvent supporter aucun élève. Trop ceci, pas assez cela. Mais sont-ils parfaits pour parler de la sorte ? Je ne crois pas. Il faudrait quand même que certains repensent leur choix de carrière, car il est impossible d'intéresser ses élèves si ne nous leur portons pas un minimum de considération. J'en suis intimement convaincue.

La salle se vide peu à peu. Faustine pose une main sur mon épaule pour me donner un petit peu de force. Sans le savoir, elle touche un de mes bleus, je tressaille, mais par chance, elle n'a rien senti. Elle m'affirme qu'elle m'attend dehors. Je lui souris timidement et avance chancelante vers le proviseur. Debout et sans mes talons, je me sens minuscule à ses côtés, renforçant ma sensation d'infériorité face à tous ceux qui m'entourent. J'ai envie de partir en courant, mais je me retiens.

— Vous vous moquez vraiment de moi Madame Louvier, je pensais pourtant avoir été clair ce matin. J'ai déjà plus ou moins passé l'éponge quant à votre geste plus que déplacé, mais si en plus vous vous permettez d'arriver avec un tel retard, cela ne va pas me convenir du tout. Vous me décevez sincèrement.

— Je suis désolée Monsieur, j'ai pleinement conscience que mon comportement n'est pas professionnel, je vous promets que je vais me reprendre.

— Ah ça c'est certain ! Je ne tolérerais pas cela encore longtemps, votre suspension va vous faire le plus grand bien.

Ça c'est vous qui le dites...

— Et puis franchement, vous pensez que c'est une tenue pour venir travailler ? C'est trop difficile d'enfiler des vêtements propres ? C'est un lycée ici, pas une porcherie. Cela ne va pas du tout Madame Louvier, mais vraiment pas du tout. Je ne sais pas ce qui me retient de vous suspendre définitivement. Il va falloir vous ressaisir, et rapidement si vous ne voulez pas finir à la porte.

Ses réflexions pleines de sarcasme et de mépris me font l'effet d'un coup de poignard. Les larmes me montent une nouvelle fois aux yeux, mais je ne peux pas me permettre de craquer devant lui. Je me suis déjà fait suffisamment remarquer comme cela ; il est, je pense, dans mon intérêt de me faire toute petite. Je baisse la tête pour cacher mes yeux humides. Ce qui me fait le plus de mal dans tout cela, ce ne sont pas ses mots en tant que tels, mais le fait qu'il ne cherche pas à comprendre le pourquoi du comment. Moi qui suis toujours tirée à quatre épingles, je me retrouve toute sale. Cela a de quoi en troubler plus d'un, mais c'est toujours la même chose. Au lieu de chercher à comprendre afin de potentiellement venir en aide à la personne, les gens commencent toujours par faire une réflexion déplacée. Qu'il est facile de critiquer, cela ne demande pas une grande intelligence, alors que déceler les choses et tendre une main demande tout de suite plus d'investissement.

Le proviseur semble avoir fini son monologue ; je décide de m'éclipser discrètement. Une fois de dos, je décrispe mon visage et laisse les larmes que je m'efforçais de contenir ruisseler le long de mes joues. Je suis à bout de forces, à bout de nerfs. Je n'aime pas craquer comme cela, j'essaie un maximum d'attendre d'être seule dans ma chambre pour être certaine que personne ne me voie. Mais parfois, il est impossible de lutter, je me retiens depuis trop longtemps. Il fallait bien que cela arrive à un moment où à un autre. Tout se trouble rapidement, je commence à sangloter. Je dois vraiment faire peur à voir, j'ai honte d'être comme cela, je ne me reconnais même plus. Anne n'était pas comme cela, du moins avant que Laurent ne la détruise.

— Oh ma belle, qu'est-ce qu'il se passe ? Il a été si terrible que cela ? me questionne Faustine, qui, malgré la seule lumière de la lune, a remarqué mes joues mouillées.

— J'ai eu droit à son monologue... blabla cela ne va pas du tout... blabla agissez mieux... Je n'y ai même pas trop fait attention.

— Alors que se passe-t-il, Anne. Parle-moi, je suis là pour toi tu sais. me dit-elle d'une voix délicate, tout en posant ses mains sur mes fragiles épaules.

— C'est...c'est simplement que je suis à bout Faustine. Je suis épuisée et à bout de nerfs, à tel point que j'ai complètement déconné ce matin. Putain Faustine j'ai frappé un élève parce qu'il a tenu un discours qui ne me plaisait pas ! Tu te rends compte de la merde dans laquelle je suis ? Je suis déjà suspendue jusqu'au retour des vacances de Noël...

— Quoi ? Merde Anne cela ne te ressemble pas. Il s'est passé quelque chose pour que tu sois à cran comme cela ?

— Je...je ne sais pas.

Je parviens tout juste à prononcer ces quelques mots avant de fondre en larmes, sans que je ne puisse contrôler quoi que ce soit. Faustine, comprenant que cela est inutile d'insister davantage, se contente simplement de me prendre dans ses bras. Je me doute qu'elle ne doit pas être très satisfaite de ne pas avoir de réponses claires à ses questions, mais je la remercie d'arrêter son interrogatoire. Elle m'attire dans ses bras, et je pleure sans retenue. Je déteste voir mes émotions me submerger de la sorte. Ne plus être maître de moi-même me terrifie puisque cela est une porte ouverte à toutes les atteintes. La vulnérabilité n'a jamais rien de bon. Je sais que Faustine ne fera rien contre moi, mais j'ai quand même du mal à accepter de craquer face à quelqu'un.

Nous nous détachons après un court moment. J'observe les yeux luisants de mon amie éclairés par la belle lumière blanche de la pleine lune. Cela m'attriste de la voir aussi touchée par ma faute. Ses larmes coulent en miroir des miennes, et je ne parviens pas à l'accepter. Je ne supporte pas de voir les personnes que j'aime être aussi peinées par ma faute. Je m'en veux de la voir comme cela, je m'en veux profondément. Soudain, Laurent arrive devant le lycée ; malheureusement, il ne m'a pas oubliée. Je rassure tendrement mon amie, essuyant ses larmes.

— Ne te mets pas dans des états pareils pour moi, je n'en vaux pas la peine.
— Anne, je ne suis pas capable d'imaginer une journée de boulot loin de toi, alors comment veux-tu que je reste de marbre après ce que tu m'as dit. Non je ne peux pas.
— Faut que j'y aille, mais ne t'en fais pas, on trouvera toujours un moment pour se voir. me défilé-je.

— Prends soin de toi Anne, et repose-toi, tu en as besoin. N'oublie pas que tu peux me téléphoner à n'importe quel moment, je suis et serai toujours là pour toi.

— Merci Faustine.

La mort dans l'âme, je l'observe rejoindre sa voiture, partant en même temps vers la mienne, devenue celle de Laurent. Ce dernier vient de se garer sur le parking ; je remercie le ciel qu'il ne soit pas arrivé avant. Une petite boule commence à se former dans mon estomac. J'aurais peut-être dû me confier, qui sait, peut-être qu'elle aurait compris ? Il est maintenant trop tard, je viens de m'enfermer dans ce cercle infernal pour encore un bien long moment...

Chapitre X

Les vacances de Noël ont commencé il y a quelques jours, mais cela ne change pas grand chose pour moi. Je suis déjà en congé depuis bien longtemps à cause de ma suspension, enfin si l'on peut appeler cela un congé. De vraies vacances à proprement parler, reposantes, cela fait bien longtemps que je n'en ai pas eues. La vie avec Laurent est loin d'être reposante, jamais il ne se calme. Lorsque j'ai dû, à contrecœur, lui avouer que j'avais été suspendue, je ne l'ai jamais vu aussi heureux. Il jubilait. Je me souviens encore de son regard émerveillé, et je pèse mes mots. Il a compris qu'il allait m'avoir à sa merci constamment, qu'il allait pouvoir faire de moi ce qu'il voulait et passer ses nerfs à n'importe quel moment de la journée. J'ai tenté de calmer ses ardeurs en lui précisant que je reprenais mon poste après les vacances, mais ce dernier a fait comme s'il ne m'avait pas entendue. J'ai rapidement compris que cette suspension allait probablement s'avérer plus longue que prévue, pour peut-être finir en un licenciement. Si je ne peux pas retourner travailler, qui plus est sans certificat médical, car oui, Laurent ne voudra jamais aller chez un médecin, je vais rapidement perdre mon poste. Laurent sait très bien que s'il m'emmène voir quelqu'un pour justifier mon arrêt de travail, il se met doublement en danger. Premièrement parce que le médecin pourrait comprendre ce qu'il me fait subir en constatant mes blessures. Et deuxièmement parce que si je justifie mon arrêt, je garde mon travail, et si je le garde, il faudra que j'y retourne un jour. Cela serait synonyme de retour en arrière pour lui, et il ne le supportera pas.

Laurent a une carte en or à jouer, et il l'a parfaitement compris. L'occasion ne se présentera pas deux fois, j'aurais fait attention à mes mots et mes gestes par la suite. Je sais que je ne suis pas près de remettre les pieds au lycée, si ce n'est peut-être jamais. Il peut s'en passer des choses, à des degrés d'atrocité différents, c'est-à-dire que je peux aussi bien perdre mon travail que ma vie. Si Laurent finit par avoir raison de moi, c'est sûr que je n'aurai plus besoin de certificat ou de quoi que ce soit. L'avenir nous le dira ; maintenant, j'essaie de vivre au jour le jour. Chaque journée de passée est un succès, *super je respire encore*, mais me rapproche fatalement de la mort. Quand frappera-t-elle ? Dans quelques jours ? Quelques mois ? Quelques années ? Au-delà, je ne pense pas. Si les choses continuent ainsi, et elles n'ont aucune raison de changer, je ne vais pas faire long feu. Mon corps est trop affaibli pour continuer à se battre. Je puise déjà dans mes dernières forces, je le sais, je le sens. Je suis constamment épuisée, je n'ai plus de force, plus de motivation, et mon moral est aussi taché que ma peau. On dit que les corps et l'esprit fonctionnent en symbiose, je n'aurais pas dit plus vrai.

277

Vous me diriez qu'enfermée dans ma chambre, j'aurais le temps de me reposer et de reprendre des forces. Dans le fond, vous auriez raison, mais à quoi bon tenter de se reconstruire quand on sait que la prochaine fois que la porte s'ouvrira, les coups pleuvront ? Pour Laurent, je remplis trois fonctions : cuisinière, ménagère et punching-ball. Rien d'autre. Alors franchement, pourquoi se battre pour une telle vie ? Surtout lorsque l'on comprend qu'il n'y a pas d'autre issue possible. Je suis condamnée à vivre de la sorte. Répondre aux exigences de Monsieur, tout en lui offrant un divertissement satisfaisant, car oui, il est beaucoup plus plaisant de se défouler contre une personne qui se tord de douleur que face à un coussin qui ne réagit pas, qui ne faiblit pas et qui endure tout sans jamais flancher. Laurent a ce côté sadique, il aime me voir souffrir le martyre, presque agoniser parfois. Il m'a dit que c'était ce qui le faisait jouir et frôler le septième ciel. Drôle de façon d'atteindre l'extase.

Le reste du temps, quand il n'a plus besoin de son objet fait-tout, il m'enferme dans ma prison de dix mètres carrés. Les journées sont interminables, je tourne en rond et m'emmerde comme un rat mort. Je tente de combler mes journées comme je le peux. Un livre par-ci, quelques mots griffonnés sur un papier quand j'ai envie de laisser couler mon cœur, de longues siestes, qui sont plutôt de longs moments de réflexion. J'ai un mal fou à dormir, mes pensées me submergent trop, ressassant sans cesse les actes de Laurent. C'est toujours dans ces moments-là que je trouve les meilleures réparties, les solutions les plus propices à me sauver la mise. Ça, j'en ai des scénarios parfaits, mais quand les événements se présentent, je suis bien souvent prise de court et incapable de faire ou dire quoi que ce soit, tétanisée. Je passe également de longs moments à la fenêtre, m'oxygénant un temps. Si au moins j'avais la possibilité d'aller dans le jardin... Je ne demande pas à aller plus loin, connaissant déjà la réponse, notre propre cour étant déjà proscrite. On ne sait jamais, si un jour j'avais l'idée d'escalader le portail de pratiquement deux mètres pour m'enfuir, dans mon état...

Il est bientôt midi, l'heure de manger selon l'horloge Laurent. Je n'ai absolument pas faim, cela fait d'ailleurs bien longtemps que cette sensation n'a pas traversé mon corps. J'ai réussi à stabiliser mon poids en me forçant à manger un petit peu, mais je ne peux pas dire que je le fasse avec plaisir. Voulant éviter au maximum les séjours à l'hôpital, et sachant pertinemment que mon époux finira par m'en interdire l'accès si j'y multiplie les allées et venues, je m'efforce de manger pour tenir debout, ni plus, ni moins. J'ai perdu beaucoup de poids ces derniers mois, pratiquement dix kilos. N'étant déjà pas très épaisse, cela n'a pas arrangé mon apparence. Mes os saillent ma peau devenue terne ; à me regarder comme cela, sans savoir ce qui se passe dans mon quotidien, on pourrait croire que je souffre d'une grave maladie. Peu flatteur de renvoyer une telle image de soi.

Soudain, Laurent ouvre la porte de ma chambre, sans prendre la peine de frapper. L'intimité ? Autant ne plus y penser. Depuis que Laurent a fracassé la porte de la salle de bain, il n'y a plus aucun endroit où je puisse avoir la paix et agir insouciamment, en ayant la certitude de ne pas être surprise. Cette pièce devenue aussi bien ma prison que mon refuge, c'est Laurent qui en a la clé, et la salle de bain ne verra probablement plus jamais une porte, d'une part par fainéantise de mon conjoint, et d'autre part pour être sûr de pouvoir me surveiller quand il le souhaite. Laurent m'ordonne de descendre lui préparer son repas, me promettant, s'il est satisfait de ce que je lui sers, une petite surprise. Ces mots m'effraient plus qu'ils ne m'enchantent ; avec lui, je sais désormais que je dois m'attendre à tout, vraiment à tout.

Une fois à la cuisine, je m'attaque sans perdre de temps à la confection du plat parfait pour Monsieur. Je suis dans l'obligation d'y avoir réfléchi avant, hors de question de passer d'incessantes minutes à trouver une idée ; j'ai trente minutes, montre en main, pour préparer et faire cuire son déjeuner. Bien entendu, je ne dois pas lui cuisiner la même chose que le jour précédent, cela va de soi ! Je dois le surprendre chaque jour, tout en respectant ses goûts ; il n'est pas question que je fasse quelque chose que j'aime si lui ne partage pas mon choix ; pas de découvertes, que des valeurs sûres. Évidemment, si je ne respecte pas un de ses exigeants critères, j'ai droit à mon lot de représailles. Si Laurent n'est pas satisfait, il me jettera son plat à travers la figure avant de me corriger physiquement. À force de le pratiquer, je commence à savoir quoi faire pour qu'il soit content, tout en respectant les trente minutes imposées. Je peux au moins m'assurer comme cela que le moment du repas ne sera pas prétexte à une nouvelle déferlante de haine.

Dans l'encadrement de la porte, Laurent épie mes moindres faits et gestes. Il ne dit jamais rien, mais observe et analyse probablement ma façon de faire. J'ai mis du temps à comprendre pourquoi il préférait me regarder plutôt que de vaquer à ses occupations, mais l'explication est toute simple. La cuisine regorge de tout un tas d'objets qui pourraient me permettre de me défendre et de prendre le dessus. Couteaux, gaz, pics à glace et j'en passe. Laurent a probablement conscience que je peux prendre le dessus à n'importe quel instant, c'est le seul moment où il devient vulnérable. Je n'ai jamais essayé de sauver ma peau en le menaçant, couteau de boucher à la main, puisque je sais pertinemment que si je manque mon coup, Laurent, lui, ne va pas me rater. Je n'ai pas envie de jouer sur ce terrain-là car je sais que je peux très rapidement perdre la main.

Ce midi, j'ai choisi de lui faire décongeler du poisson en sauce avec du riz, simple et efficace ; je le vois déjà l'eau à la bouche. Le seul avantage que j'ai avec Laurent, c'est qu'il ne va pas m'embêter à vouloir de la haute gastronomie, du surgelé ou de la conserve ne le gêne pas. C'est d'ailleurs étonnant, comme il sait que je n'ai pas d'autre choix que d'acquiescer à ses caprices, il pourrait me demander des mets fins, mais non. Est-ce à cause de mes piètres talents de cuisinière ou parce qu'il ne tire pas plus de plaisir à manger du homard qu'une assiette de pâtes ? Laurent décompte le temps qu'il me reste toutes les cinq minutes. C'est usant et stressant puisque je suis tout à fait capable de gérer mon temps toute seule, mais c'est sa façon à lui de me dire "regarde, j'ai la main sur toi. C'est moi qui contrôle et fixe les règles. Si c'est dix minutes, c'est dix. Si c'est cinq, c'est cinq".

— Plus que cinq minutes pour me servir. Il serait dommage que tu ne sois pas dans les temps, tu ne verrais pas ma surprise, et pourtant, je suis certain qu'elle te fera plaisir.
— C'est prêt. dis-je, finissant de dresser mon assiette.

J'apporte les deux belles assiettes sur la table, ainsi que les couverts. Laurent s'assoit et attend que je mange une bouchée pour y goûter à son tour. À chaque repas, c'est le même sketch. Je dois commencer mon plat, puis Laurent échange les assiettes avant d'enfin daigner y avaler. Il me force à manger avant lui et exige de prendre l'assiette que j'ai touché pour être sûr que je ne l'empoisonne pas. En voyant que tout va bien, il estime que mon assiette et saine et accepte de la manger. Malgré son manque de confiance, il ne fait pas à manger pour autant, alors qu'il pourrait être certain que ce qu'il prépare n'a rien de toxique, mais non, sa fainéantise le pousse à avoir ce comportement. Et attention à moi s'il se trouve barbouillé, même si cela n'a aucun rapport avec ce que je lui ai fait à manger, il estimera que c'est ma faute. Dans ces moments-là, il me fait subir l'humiliation extrême. Laurent se forcera à vomir dans un bol, et il m'obligera à remanger le contenu à moitié digéré de son estomac. Il m'a fait ce coup-là la semaine dernière, autant dire que cela m'a vaccinée pour un moment du poulet et de la purée. Ce midi, Laurent ne réagit pas ; aucun commentaire, ni positif, ni négatif, cela est bon signe. Avec lui, un silence vaut bien plus que n'importe quelle parole. Un silence est pratiquement un compliment, puisqu'il critiquera toujours si quelque chose ne va pas, mais ne félicitera jamais s'il est satisfait. Il ne faut pas trop en demander non plus.

— Bon, Anne, tu pourras débarrasser et laver la vaisselle, j'ai assez mangé. Tu iras ensuite t'habiller convenablement, je t'emmène te balader à la plage, comme tu m'as dit que tu avais envie de sortir, j'ai supposé que cela te ferait plaisir. Je me trompe ?

— Non, absolument pas, j'en suis ravie. Merci Laurent.

—Tu vois que je suis gentil quand tu l'es avec moi. Je te l'ai déjà dit plusieurs fois, mais tout dépend de toi et seulement de toi Anne.

Sa proposition ne m'enchante en réalité qu'à moitié. Oui, j'ai une envie folle de sortir m'aérer un petit peu, changer d'air et sentir le vent danser dans mes cheveux, j'en rêve déjà. J'ai envie de sortir, mais sans lui, complètement me ressourcer, et je sais très bien que cela sera presque impossible s'il est à mes côtés. Je me garde bien de lui faire une quelconque réflexion, je sais que cela ne me fera pas obtenir ce que je souhaite, j'aurais simplement droit à l'effet inverse. Laurent trouve déjà suffisamment de motifs, si tant est qu'il y ait toujours un motif, pour passer ses nerfs sur moi, alors ce n'est pas la peine que je lui en offre d'autres sur un plateau d'argent. Je me tais et lui expose bien toute ma joie, souriant faussement à m'en décrocher les mâchoires. Dans le fond, si je ne fais rien qui puisse agacer mon compagnon, tout devrait relativement bien se passer. Il ne faut pas que je mette trop d'espoir dans cet élan de gentillesse ; tout un tas de choses peuvent justifier sa proposition : un besoin de se dégourdir, de prendre l'air ou je ne sais quoi d'autre, car même pour lui, cela doit vite devenir redondant de rester constamment à la maison, oscillant entre télévision, ordinateur et console.

Une fois le repas de midi effacé, Laurent m'accompagne à la salle de bain. Je commence à enfiler un jogging avec un sweat, mais Laurent, me scrutant dans l'encadrement de la porte, me fait part de sa désapprobation. Je m'en doutais un petit peu ; pour lui, sortir en survêtement est rédhibitoire, même pour aller marcher le long de la mer. Je troque donc cette tenue si confortable pour un jean bleu foncé et un pull blanc cassé. Je tente de lui faire comprendre que je risque de me salir et qu'il est plus simple de laver un pantalon de jogging plutôt qu'un jean, mais il ne veut rien savoir. Je n'insiste pas et me plie à ses petits caprices esthétiques. Lui aussi a fait un effort vestimentaire bien trop important pour aller simplement marcher sur le sable, a-t-il une autre idée derrière la tête, idée encore tenue secrète ? Je ne cherche pas à comprendre, je me contente de le suivre, et cela me semble déjà pas mal.

Une fois prêts, nous enfilons chacun une paire de baskets avant de nous mettre en route, bras dessus bras dessous. Je suis toujours aussi mal à l'aise de me retrouver dans cette situation. Cela me paraît tellement superficiel, tellement faux. Comment peut-il pousser le paradoxe aussi loin ? Comment peut-il me rouer de coups et me serrer dans ses bras presque dans le même laps de temps ? C'est trop illogique. J'ai besoin de concret, de choses sensées pour vivre normalement, mais voilà, ma vie n'a plus rien de normal, alors je dois me contenter de ce paradoxe totalement fou. Cela veut-il dire que dans le fond, il m'aime encore ? Ben oui, s'il cherche parfois à me faire plaisir, s'il entrelace ses doigts dans les miens, s'il m'embrasse, c'est que je ne le répugne peut-être pas autant qu'il me le laisse croire. C'est l'hypothèse à laquelle j'ai envie de croire, même si je sais que tout cela peut être dû à la présence d'un public et qu'il veut faire bonne figure, se prouver dans les yeux de tous qu'il est un bon mari. Et même s'il ne me le montre que très rarement, je préfère croire que ces petits gestes sont purement affectifs, pas stratégiques. Suis-je trop crédule ?

Au fur et à mesure que nous approchons de la plage, je me décrispe peu à peu. Il m'a fallu le temps de m'habituer à ce nouveau Laurent, ou plutôt de me réhabituer au Laurent que j'ai épousé. Quand cette facette refait surface, effaçant l'image tyrannique que je garde en tête, j'ai envie de croire à un nouveau départ. Chaque fois, je m'imagine qu'il a compris, qu'il va changer, que l'on va retrouver une belle vie rythmée par l'amour et la complicité. Mais les gens ne changent jamais, c'est bien connu. Les salauds restent des salauds à vie. Les tyrans restent diaboliques à vie, et les violeurs restent des pourritures, même après qu'ils sont passés de l'autre côté. J'aurais dû le comprendre à force, savoir qu'il ne changera jamais et que même si parfois il me renvoie une belle image, une allusion au personnage qui m'a fait succomber, le naturel finira par revenir au galop. Oh oui, j'aurais dû le comprendre, mais j'ai le cerveau trop lavé et formaté et il peut faire ce qu'il souhaite de moi.

Nous finissons par arriver sur le sable après une bonne demi-heure de marche. Je suis déjà épuisée et presque à bout de force, mais je ne dis rien. Règle numéro un, se plaindre le moins possible. Vous imaginez bien que si je lui laisse sous-entendre que j'en ai déjà marre, cela ne va pas lui plaire du tout. Alors je me tais et continue d'avancer, finalement bien contente d'être soutenue par son bras. Laurent me tient tellement fermement, probablement par peur que je lui échappe, ce qui est totalement débile puisqu'il court bien plus vite que moi et me rattraperait en quelques secondes, que je ne peux pas m'effondrer ; bien pratique finalement.

Paradoxalement, nous ne parlons pratiquement pas, en même temps, je n'ai rien à lui dire. Nos échanges se limitent à « Regarde cette mouette comme elle est jolie » ou encore « Il y a un beau soleil », très constructif tout cela. Après près d'une heure de marche, Laurent commence à voir mes forces s'affaiblir drastiquement. Je veux bien faire un maximum d'efforts pour feindre que tout va bien, mais vient un moment où cela devient fatalement impossible. Je ne suis pas un robot, le corps a ses limites que l'esprit ne peut surpasser. Il ne faut pas déconner quand même, je trouve que j'en ai déjà bien bavé comme cela. Laurent, a priori vraiment bien luné aujourd'hui, me propose de faire encore quelques pas pour aller s'asseoir sur les rochers, j'accepte.

Malheureusement, la bonne humeur de mon conjoint aura été de courte durée. Pour rejoindre l'amas de pierres, nous croisons un couple, qui lui aussi se balade. Poliment, je les salue, accompagnant mes mots d'un sourire rayonnant. Grosse erreur ma chère.

— Ça va, je ne te gêne pas ? Non mais dis-le tout de suite si tu veux prendre la place de cette femme ! Avec moi, tu tires une gueule de cent pieds de long, mais bizarrement, dès que tu croises quelqu'un, qui plus est un homme, tu lui offres un sourire radieux. Tu n'es vraiment pas sortable.

La poigne de Laurent se resserre et son pas s'accélère, cela est rarement bon signe. Il me traîne presque, se dirigeant vers les rochers. Ses traits se sont crispés et son regard s'est assombri ; autrement dit, je vais passer un sale quart d'heure. Tendu et en colère, Laurent desserre son emprise et me pousse violemment contre les rochers. Inévitablement, je perds l'équilibre et m'écroule contre ces pierres. Je me rattrape de justesse avant que mon nez ne se fracasse par la même occasion. Je m'en sors avec quelques nouvelles égratignures sur les mains et les pieds complètement trempés. Je n'ai pu éviter de mettre les pieds dans la mer ; je savais que je finirais par me salir, mais je ne pensais pas que cela arriverait de la sorte. J'ai cru à une belle journée, dans le calme et un semblant d'amour. Oh oui, j'y ai cru.

Mon angoisse revenue en flèche, je baisse la tête et n'ose plus émettre un quelconque son. Incapable de rester à côté de Laurent par peur de m'en prendre une, j'escalade tant bien que mal les quelques mètres de pierres afin d'aller m'asseoir, un petit peu à l'écart. Je me laisse tomber, rabattant mes jambes contre ma poitrine et les entourant de mes bras. Je bascule d'avant en arrière, tentant de calmer mes tremblements. Mais Laurent, n'en démordant pas, me rejoint d'un pas décidé. Il se place derrière moi et la grande claque qu'il m'assène derrière le crâne me fait sursauter, créant en moi une petite décharge électrique.

— Cela devrait te remettre les idées en place ! Mais bordel Anne, tu es donc si chiante que cela pour ne jamais être satisfaite. Chez nous, tu tires la gueule et quand je te sors pour te faire plaisir, tu gardes la même expression. Franchement, je ne sais plus quoi faire de toi, tu me désespères.

Je ne réagis pas à ses mots, ne les entendant plus que d'une oreille. Je suis ailleurs, plus vraiment sur terre, mais pas complètement dans l'au-delà. Un entre-deux inqualifiable que, visiblement, Laurent ne supporte pas. D'un écho lointain, je distingue ses hurlements. Même s'il me crie dans les oreilles, je suis incapable de comprendre quoi que ce soit. Je reste interdite, les jambes serrées dans mes bras et le regard dans le vide, fixant inlassablement la danse régulière des vagues. Laurent, ne pouvant se résoudre à parler dans le vide, choisit d'employer la manière forte pour me forcer à comprendre là où il veut en venir.

Laurent me tire en arrière grâce à mes cheveux, faisant claquer mon dos contre les rochers glacials. Ses coups de pieds commencent à s'abattre sur mon dos, sur mon crâne et sur mes avant-bras qui tentent de protéger mon visage. J'ai toujours au fond de moi cette lueur d'espoir qui me crie que je vais m'en sortir, alors j'essaie de limiter les séquelles physiques irréversibles, les mentales occupant déjà une belle place. Ses insultes coulent sur moi, mais bientôt, c'est moi qui vais couler. Sombrer au fond d'une eau glaciale. Ses coups sont douloureux, mais c'est comme si une part de moi était déjà morte, incapable de ressentir quoi que ce soit. Laurent, n'obtenant pas la réaction escomptée, décide de décupler l'horreur, me faisant subir une épreuve absolument terrible.

De sa force, il me soulève sans souci ; faisant bien moins de la moitié de son poids, il n'a aucun mal à me porter. Comprenant que je ne suis plus en contact avec la terre ferme, je panique et commence à m'agiter. Je me doute immédiatement qu'il n'a pas l'intention de me faire descendre gentiment d'ici. Je pense tout d'abord qu'il va me lancer sur les rochers, mais son geste va être encore pire que cela, du moins à mes yeux. Sans que j'aie le temps de comprendre ce qui est en train de m'arriver, je me sens voler un instant. Quitter ses bras pour l'incertitude des airs. La rencontre des éléments. Mes poumons se remplissent d'une eau absolument infâme. Dans le noir complet, transie de froid, j'entre en contact avec une résistance. Je pousse de toutes mes forces et d'une grande inspiration, la lumière me revient. Je m'agite et crache à pleins poumons pour faire s'envoler les dernières gouttes d'eau salée. La tête hors de l'eau, mais les pieds dans le vide, je commence à paniquer et à m'agiter une énième fois. Pas assez forte pour rejoindre le bord, je cesse toute agitation et me laisse couler au fond de l'eau. J'essaie de gorger mes poumons pour ne plus jamais avoir à remonter. Je veux finir ici, parmi la fascinante part du monde encore inconnue.

J'ouvre difficilement les yeux. Je manque d'air. J'ai la bouche pâteuse et salée. Il faut que je crache cela. Je me redresse d'un coup et, prise d'une quinte de toux, je recrache tout ce que je peux. Je me frotte les yeux et distingue face à moi un homme trempé, une femme en larmes et, un peu plus à l'écart, Laurent me regardant d'un sale œil. Je ne sais plus vraiment où je suis ni où j'en suis. Pourquoi cet homme est-il mouillé avec un anorak sur le dos, il ne pleut pourtant pas ? Pourquoi cette femme pleure-t-elle ? La seule chose dont je suis sûre, c'est que moi aussi je suis trempée et absolument congelée par la même occasion. Mais pourquoi suis-je trempée par un temps pareil ?

— Doucement Madame, ne vous relevez pas trop vite. Comment vous sentez-vous ?

— Je...je ne sais pas trop. J'ai froid. Que s'est-il passé ?

— Vous ne vous souvenez de rien ? me questionne-t-il, visiblement inquiet.

Je réfléchis quelques instants, puis soudain, tout me revient. Laurent, ses mots, ses coups. C'est lui qui m'a jetée dans la mer, mais ce n'est visiblement pas lui qui m'en a sortie. Je comprends rapidement que c'est cet homme qui vient de me sauver la vie, sautant courageusement dans l'eau glacée du mois de décembre. En prenant conscience de cela, les larmes me montent aux yeux. Je lutte tant bien que mal pour les maintenir au bord de mes yeux, mais une perle salée déborde et glisse le long de mon visage. La femme pose une main sur mon épaule et l'homme fige mon regard, visiblement très touché. Il est le premier à briser de nouveau le silence.

— Vous savez Madame, je viens de voir ce qu'il s'est passé, absolument tout, même avant qu'il ne vous jette dans l'eau. Vous ne pouvez pas rester dans cette situation. Personne n'a le droit de subir cela de la part de qui que ce soit. Vous êtes victime de violences conjugales. Je sais que j'emploie des mots forts, mais je sais de quoi je parle. Ma sœur en a été victime, et c'est en en parlant qu'elle s'est sauvée la vie. dit-il en la pointant du doigt.

— Ne vous en faites pas, tout va bien. Ce n'est qu'un moment d'égarement, il n'est pas toujours comme cela.

— Il n'est pas question d'être toujours comme cela ou pas. Une fois, c'est déjà trop. Vous devez appeler la gendarmerie et des associations, eux sauront mieux vous aider que moi. Tout cela n'est pas de l'amour.

Cet homme et sa sœur me laissent seule, assise sur le sable et toujours aussi frigorifiée. J'ai bien senti que la femme avait envie de me venir en aide, mais elle n'a pas osé, probablement encore trop touchée par sa propre expérience. Je suis quelque peu hébétée face à la drôle d'attitude de cet homme. Pourquoi me tendre une main pour ensuite se rétracter ? Pourquoi me sortir de l'eau et me tenir un beau discours si ce n'est pas pour me venir en aide après ? Pourquoi me donner des pistes et ne pas m'accompagner, qui plus est s'il sait que c'est difficile de sortir de l'emprise ? Je suis interdite, il aurait pu me sauver de ce calvaire. Il m'a sauvée la vie, c'est déjà pas mal me diriez-vous, mais pourquoi ne pas aller au bout de la démarche ? Mais c'est la réalité de ce monde qui me frappe en pleine gueule. Nous sommes seuls à crever. Personne n'est là quand on en a vraiment besoin. On ne peut compter sur personne mis à part soi-même, si tant est qu'on ait les épaules pour s'aider seul. Seuls à crever.

Laurent revient vers moi une fois le frère et la sœur partis. Il ne m'adresse pas d'autre mot que « On rentre ». S'est-il fait remonter les bretelles pendant que je luttais pour revenir dans le monde réel ? Je ne le saurai malheureusement jamais. Contrairement à l'aller, nous nous tenons côte à côte, mais Laurent ne me touche pas. Je ne pense pas qu'il ait envie de me donner un petit peu de liberté, mais simplement parce que je le dégoûte. Je tente de suivre son pas soutenu, mais j'ai du mal à avancer. Je suis à bout de souffle, à bout de force et à bout de nerfs. J'ai simplement envie de m'écrouler et de me réchauffer. J'espère ne pas tomber malade, mais ce n'est pas gagné.

Une fois arrivée chez nous, je file à la salle de bain me changer. Il faudrait que je me lave, mais je n'en ai pas la force. Je me contente simplement de me sécher et d'enfiler une tenue bien chaude. En enfilant mon pantalon de survêtement, je sens un petit papier dans ma poche. Étonnée et n'ayant vraiment aucune idée de ce que cela peut être, je le sors et le déplie. Il s'agit d'une petite carte avec des numéros de téléphone utiles pour les femmes victimes de violences conjugales. Je me rappelle très bien ce papier, c'est un contrôleur de bus qui me l'a donné le jour où j'avais pris le bus sans titre de transport après un petit footing. J'avais dû drôlement lui faire pitié ce jour-là... Je ne savais même pas que je l'avais encore. Prenant cela comme un signe non négligeable, je comprends qu'il est temps de mettre un terme à ce cercle vicieux. Je ne veux plus vivre l'enfer. Je veux m'en sortir, retrouver une vie normale et heureuse. Je sens que c'est le moment d'y mettre un terme. Je ne sais pas si je serai assez courageuse pour parler au bout du fil, mais j'ai envie d'essayer. Laurent est en bas, j'ai mon téléphone sur moi, il faut que je profite de cette occasion qui ne se présentera peut-être pas une seconde fois.

Je me tapis en boule contre la baignoire, presque cachée par le meuble du lavabo. Les mains tremblantes, je compose le 17, estimant qu'il est préférable d'informer les gendarmes de ma situation plutôt qu'une association, au moins, ils pourront se déplacer. Fébrile, je porte le combiné à mon oreille et calque ma respiration sur les sonneries. Je prie pour que quelqu'un décroche, je n'aurai pas la force de joindre quelqu'un une seconde fois. Cela me parait déjà impensable d'en être arrivée là.

— Gendarmerie de Nice, que puis-je pour vous ? me demande une voix féminine

— Bon...bonjour. Je m'appelle Anne Louvier. Mon mari me frappe, il...il va finir par me tuer. Je...j'ai peur, faites quelque chose je vous en supplie, je ne veux pas mourir. chuchoté-je, haletante.

— Je suis désolée, mais par téléphone, je ne peux entamer aucune procédure. Il me faut des preuves tangibles pour envoyer une équipe. Il faut que vous veniez déposer plainte avec des certificats médicaux qui prouvent vos éventuelles blessures.

— Mais je ne peux pas me déplacer. Il ne me laisse pas sortir, j'ai réussi à m'isoler quelques instants pour vous téléphoner. Je vais mourir si vous ne faites rien.

— Venez déposer plainte. Je ne peux rien d'autre pour vous. Nous n'avons pas assez d'équipes pour en envoyer à chaque personne qui nous téléphone.

La gendarme me raccroche au nez. Complètement sous le choc de sa froideur et de ses mots, je lâche mon téléphone qui retombe sur le carrelage. Que de belles phrases sur les affiches des commissariats. « Nous sommes là pour vous écouter, pour vous aider ». Foutaise. Je me suis armée d'un courage que jamais je n'ai eu auparavant pour tenter d'appeler au secours, mais la seule chose que j'ai trouvée, c'est un mur. Comment ne peut-on pas croire une femme qui joint la gendarmerie en état de semipanique, qui demande une assistance pour ne pas mourir. Oui, les mots sont forts, mais c'est la vérité. Si je ne fais rien, Laurent finira par avoir ma peau. Donc je suis d'office condamnée ? Parce que je ne peux pas aller à eux et qu'ils ne veulent pas venir à moi, je dois mourir ? Dois-je me résoudre à cette idée ? Ma vie ne vaut rien, n'a ni valeur, ni importance. Je suis condamnée à creuser ma tombe et à m'y glisser, sans mot dire. Quel constat. Quelle claque. Cette gendarme vient de m'enfoncer plus bas que terre. À quoi bon continuer de me battre puisque l'on vient de me dire explicitement que ma mort leur importait peu. Je suis tellement sous le choc que les larmes ne coulent pas. Quel monde...

Comme si tout cela ne suffisait pas, Laurent, probablement alerté par mes cris, débarque en furie dans la salle de bain. Ce dernier récupère mon téléphone et le déverrouille afin de savoir avec qui j'étais en ligne. Comme il connaît mon code, je sais que je n'ai aucune chance de lui dissimuler mon appel. Oh, je vais encore me prendre une claque, bien réelle cette fois-ci, mais ce n'est pas grave. J'aurai essayé et j'aurai compris que ma place était au cimetière. Tout n'est plus qu'une question de jours. Plus jamais je n'aurai la certitude de voir le soleil se lever le lendemain matin. Je ne vis même plus au jour le jour, mais en fonction de la minute précédente. Plus rien ni personne ne peut me sortir la tête de l'eau. L'inertie est une chose absolument terrible. Voir et ne rien faire. Savoir et ne rien dire. Tout cela, c'est être complice. Laurent me tuera, mais combien seront complices de n'avoir rien fait contre ? Bien trop. Et combien seront condamnés ? Aucun. Voilà ce qu'est la vie. Passer entre les mailles du filet. Être le chasseur ou la proie. Ce n'est pas nous qui contrôlons notre vie, mais les autres qui choisissent notre mort, et cela change tout.

— Pourquoi tu as appelé les flics salope ? hurle-t-il.

N'ayant plus rien à perdre, je choisis d'être franche.

— Parce que je craignais que tu me tues. Je voulais que tu paies pour tout ce que tu me fais subir Laurent. dis-je, un certain détachement dans la voix.

Mon conjoint, incapable de me répondre, choisit de faire la seule chose pour laquelle il est compétent, cogner. Laurent me tire par les cheveux et me lance contre le carrelage. Il me tire et me lance sans fin. Mes os cognent, de grands bruits assourdissants résonnent, illustrant la violence dont il est capable de faire preuve. Je sens un craquement me tordre les côtes. Il a dû m'en casser une. Pas grave. Plus rien n'est grave de toute façon. Laurent se défoule. Coups de pieds, de poings, crachats, insultes. J'ai le droit à tout. Je me cogne dans tous les recoins de la salle de bain. Le bord de la baignoire dans les côtes, le coin du lavabo dans le dos, les dents contre le sol. Je ne résiste même pas, je le laisse faire ce qu'il veut de moi. De toute façon, c'est comme cela que tout doit finir, non ?

Laurent, visiblement calmé, me laisse étalée sur le carrelage glacé. Plus vraiment vivante, mais pas complètement morte non plus. Il s'arrête là pour se garder encore un petit peu de plaisir pour les prochaines fois. Le jour où il en aura assez, si tant est que cela arrive avant que je ne succombe, il m'achèvera. Il ne me l'a pas dit clairement, mais je l'ai compris. Reprenant peu à peu mes esprits, j'évite soigneusement de croiser mon regard dans un miroir. Je n'ai pas besoin de me voir pour savoir dans quel état je me trouve. Je le sens, et je le vois malgré moi. La salle de bain, anciennement d'un blanc éclatant, est maculée de sang. Je me demande comment je fais pour être encore debout quant à la quantité d'hémoglobine étalée. Tout en est recouvert, absolument tout. Passant ma langue contre mes dents, je sens que l'une d'entre elles est fêlée. Il ne m'a pas loupée.

Laurent, ayant oublié quelque chose d'important, revient à la charge. Devant mes yeux, il explose mon téléphone contre le sol, et ce dernier se casse en plusieurs morceaux. Je n'avais déjà plus grand espoir de le revoir, mais là, il vient de faire envoler mes derniers doutes.

— Cela t'apprendra à appeler les flics sans mon approbation. Lève ton cul que je te ramène dans ta chambre, à moins que tu préfères que je t'y traîne ?

Ayant suffisamment souffert pour aujourd'hui, je le suis sans discuter. Je titube, les quelques mètres séparant la salle de bain de ma chambre me semblent interminables. Je suis vidée de tout, mes jambes ne me portent quasiment plus. Laurent me pousse contre mon lit et je m'écroule. J'entends la clé se tourner dans la serrure. Soulagement, enfin tranquille.

Ayant compris beaucoup de choses tout au long de cette journée, je m'arme de mes dernières forces et m'assieds à mon bureau. Je sais que je ne m'en sortirai pas, c'est couru d'avance, mais je veux que mon histoire soit utile. Je veux que les choses changent, que le système évolue en faveur des victimes. La peur doit impérativement changer de camp. Il faut que les représentants de l'ordre prennent les femmes battues au sérieux, car oui, aujourd'hui je peux le dire, je suis une femme battue. Effectivement, Laurent ne m'aime pas, du moins pas de la bonne façon. Je sais qu'il est trop tard pour me sauver, je suis condamnée, mais je veux que mon histoire puisse aider d'autres femmes. Le monde ne peut pas continuer ainsi. On ne sait jamais vraiment ce qu'il se passe derrière les murs d'une maison ; il peut s'en cacher des choses derrière un semblant de bonheur.

L'omerta doit se briser. C'est une obligation, c'est ce que je veux. Alors je prends ce stylo et cette feuille, et je raconte tout, dans les moindres détails. Dénonçant Laurent et ce putain de système.

Après de longues heures passées à la rédaction de cette lettre, je pose le point final et mon stylo. Je suis épuisée, c'était éprouvant. J'ai absolument tout dit, dans les moindres détails. Ma lettre fait quatre pages, et j'ai lutté pour m'arrêter là. J'aurais pu continuer encore et encore, mais je pense que l'essentiel a été écrit. Mes yeux sont rougis, mes joues trempées, mais par chance, aucune larme n'est tombée sur mes feuilles. Je crois que j'ai pleuré du début à la fin, et même après l'avoir mise sous enveloppe, je suis encore toute retournée. Dire l'indicible n'est pas une chose évidente, mais je me devais de le faire. Je ne sais pas si je passerai la nuit, mais une chose est sûre, je ne veux pas que Laurent s'en sorte indemne. Il doit payer autant qu'il m'a fait souffrir. Justice doit être rendue.

Je place cette lettre sur mon bureau, assez en évidence pour que quelqu'un la trouve le jour où je ne serai plus là, mais pas trop pour ne pas que Laurent la remarque et la fasse disparaître. Ce serait un cruel manque de chance, mais ai-je eu de la chance à un moment ? J'espère que la fin est proche, que quelqu'un la trouvera et que les choses changeront enfin. Souhaitant un petit peu accélérer les choses, je saisis mon plus précieux engin de torture. Je pose la brûlante lame dans le creux de mon coude, et sans hésitation, je la laisse glisser jusqu'à mon poignet, appuyant de plus en plus. L'hémoglobine ne tarde pas à pointer le bout de son nez, tachant ma couette. Un peu plus ou un peu moins de sang dessus ne changera rien. Les blessures que Laurent m'a causées tout à l'heure n'ont toujours pas cessé de saigner. Satisfaite de cette belle coupure d'une quinzaine de centimètres, je m'allonge et ferme les yeux. J'ai mal bien sûr, mais ne sachant plus vraiment ce qu'est ne pas avoir mal, je n'y prête même plus attention. Je sens mes forces me quitter peu à peu, je suis en train de m'endormir. Définitivement ou pas, telle sera la surprise. J'en aurai le cœur net demain matin, mais sincèrement, j'espère que cette « vie » s'achèvera ici. Je n'ai plus envie de vivre.

Chapitre XI

Je suis toujours de ce monde, même deux jours plus tard, exploit. Mon entaille a bien saigné, mais pas suffisamment pour me coûter la vie, à l'image des coups de Laurent, assez forts pour m'affaiblir encore davantage, mais pas assez pour que ce soient les derniers. Étrangement, cela fait deux jours que Laurent me laisse une paix royale. Pas de coups, pas de repas ni de ménage à faire, rien. Je ne sors de ma chambre que pour aller à la salle de bain, sous surveillance, bien entendu. Laurent se contente simplement, si je puis dire, de fumer sa cigarette dans ma chambre et de me l'éteindre sur le dos. À force, j'en ai pris l'habitude. Je ne dis plus rien, ne bouge plus et le laisse faire, comme cela, ça passe plus vite. Le fait qu'il fume dans ma chambre me dérange plus que le fait qu'il me l'écrase sur le dos. Je ne supporte plus cette odeur, et pourtant j'ai pu en fumer quand j'étais étudiante, mais une fois que l'on arrête d'y toucher, généralement, cela dégoûte à vie.

Étrangement, je ne m'ennuie même pas. N'ayant plus d'objectifs, si ce n'est d'abréger mes souffrances, les journées sont interminables, mais je ne ressens pas d'ennui. Je dors, je lis, je m'accoude à ma fenêtre, et c'est reparti pour un tour. Mes journées sont plus que répétitives, mais que puis-je faire d'autre ? J'ai perdu tout espoir de reprendre le travail à la nouvelle année, alors cela ne sert à rien de préparer de nouveaux cours. Ma grande question est verrai-je, ne serait-ce que quelques heures, une nouvelle année débuter, ou laisserai-je une place sur Terre ? L'avenir nous le dira. N'ayant plus de téléphone non plus, je me doute que mon amie doit commencer à s'inquiéter. Nous avons l'habitude de parler tous les jours, sans exception, mais depuis que Laurent m'a cassé mon téléphone, je n'ai plus aucun moyen de la joindre. J'espère qu'elle ne m'en voudra pas trop, et surtout qu'elle comprendra pourquoi. J'aimerais que ce soit Faustine qui tombe sur ma lettre. J'ai confiance en elle et je sais qu'elle saura la rendre utile. Oui, j'aurais pu me confier à elle, mais je n'avais pas envie de l'embarquer là-dedans, ce n'est pas son rôle. Mon amie a une belle vie, une fille et un mari adorable, elle n'a pas besoin de porter mes soucis. Laissons les gens heureux tranquilles, il y en a tellement peu.

Il doit être onze heures lorsque Laurent débarque dans ma chambre. Surprise de sa venue, je me redresse d'un bond. J'imagine qu'il va me demander de venir préparer le repas, étant sûrement lassé de commander des burgers. Il se place dans l'encadrement de la porte et me fixe, le regard las. Sans qu'il ait besoin de me demander quoi que ce soit, je le rejoins et lui réponds que je vais aller lui préparer son repas. À ma plus grande surprise, il ne bouge pas et me stoppe de sa main. Je fronce les sourcils et recule d'un pas, mais que me veut-il encore ?

— Je ne suis pas venu pour cela.

— Hum d'accord, et que veux-tu ?

— Faustine a téléphoné, elle veut que tu gardes sa mioche pour pouvoir aller au resto. Elle s'inquiète de ne pas avoir de tes nouvelles, alors j'ai accepté, mais je te préviens, cette petite merdeuse n'a pas intérêt à me déranger. Si elle chiale je la bute, clair ?

— Parfaitement.

Sans le savoir, et sans le vouloir, Laurent vient d'illuminer mon cœur. Passer du temps avec cette petite puce est pour moi un réel bonheur, un privilège inqualifiable. J'aurais adoré avoir un enfant, je pense que j'aurais été une bonne mère. Je suis folle des enfants, je les trouve tellement craquants avec leur petite bouille et leurs gestes maladroits. Je parle au passé puisque je sais que je n'en aurai jamais. Laurent ne voudra jamais avoir un bébé qui pleure sans cesse à la maison, il ne le supportera pas. Et puis je ne vivrai pas assez longtemps pour en avoir un. Je m'imagine bien enceinte avec Laurent... J'aurais vite fait de faire une fausse couche. Il prendrait un malin plaisir à frapper mon ventre pour ne jamais connaître ce petit être. Non, un bébé avec Laurent n'est pas une bonne idée. Si on fait un enfant, c'est pour lui offrir la meilleure vie qu'il soit, peuplée d'amour et de tendresse. Notre enfant ne connaîtrait que la violence et le mépris, autant s'abstenir.

Profiter de Rebecca est le seul luxe que je puisse me permettre. Je l'adore cette petite ; elle est si joviale, si attachante. Je suis très étonnée que Laurent ait accepté que je pouponne cet après-midi ; dès qu'il s'agit d'arranger les autres, il est aux abonnés absents. Peut-être a-t-il voulu rassurer Faustine pour ne pas éveiller les soupçons ? J'espère simplement qu'il ne s'en prendra pas à Rebecca ; de toute façon je ne le laisserai pas faire. Avant de violenter cette petite princesse parce qu'elle pleure un petit peu trop ou simplement pour passer ses nerfs, il faudra qu'il m'affronte. Je ferai barrage s'il le faut, mais il est hors de question qu'il la touche. Je sais que je ne suis pas la mieux placée pour faire barrière, mais quand il le faut, le corps peut se révéler très compétent. Que Laurent me fasse du mal est déjà inacceptable, mais qu'il s'en prenne à un pauvre bébé qui n'a rien demandé, c'est inenvisageable.

Mon premier souci va être de camoufler toutes mes blessures, enfin au moins un maximum devant mon amie. Si cette dernière remarque mes bleus, mes contusions, ma démarche difficile ou encore mon incisive fêlée, cela risque de l'inquiéter fortement. Laurent n'y a pas fait allusion, mais je sais très bien que si mon amie a le moindre doute et qu'elle se montre insistante, je vais en payer les conséquences. Je ne crains plus que Laurent ait ma peau puisque je me suis faite à cette idée, la seule chose qui m'inquiète est de placer mon amie dans une situation inconfortable, voire dangereuse. Si Laurent est capable de me fracasser, il est capable de le faire avec n'importe qui, si Faustine fouine ou s'approche de la vérité, mon conjoint la freinera, à sa manière...

Après avoir bandé ma belle cicatrice sur mon avant-bras droit pour éviter de tacher mes vêtements, je choisis d'enfiler un haut très moulant noir avec un col montant ; au moins, je ne prends pas le risque qu'une manche remonte et dévoile une partie de l'horreur. J'enfile également un jean noir et des chaussettes, chose que je ne fais habituellement jamais lorsque je suis chez moi, mais comme cela, je suis presque totalement camouflée. Ne restent plus que mes mains et mon visage, tous deux bien marqués. Malheureusement, je ne peux trop rien y faire, même le meilleur fond de teint ne suffirait pas à tout dissimuler. J'espère que Faustine passera outre, et surtout qu'elle ne me posera aucune question. Même bien habituée à cacher la vérité et à la mener en bateau, je n'en suis pas plus à l'aise. C'est toujours quelque chose de délicat que de mentir, et surtout un art dans lequel je suis loin d'exceller. Je sais qu'avec Rebecca, je ne crains pas grand chose ; du haut de ses six mois, elle ne risque pas de comprendre, dans le pire des cas, elle me fera un petit peu mal en s'appuyant sur une blessure, mais bon, disons que maintenant, je suis plutôt habituée à la douleur. Je prie pour que Faustine ne dise rien. Je sais qu'elle remarquera puisque c'est tout à fait impossible de ne rien voir, mais j'espère qu'elle se taira, pour son bien comme pour le mien.

Il est pratiquement midi lorsque j'entends sonner. Laurent, qui m'a autorisée à descendre si je ne bouge pas du canapé, m'ordonne d'aller ouvrir. Je me dirige d'un pas nonchalant vers l'imposante porte d'entrée, mais Laurent me saisit brutalement le bras, plaçant sans le vouloir ses doigts sur ma cicatrice, je grimace.

— Tu la fermes Anne, si tu lui dis quoi que ce soit, j'envoie se faire foutre ta putain de copine et sa saloperie de mioche. Compris ?

J'acquiesce d'un simple geste de la tête, j'espère simplement pouvoir être convaincante. Je prends une grande inspiration, la main pourtant posée sur la poignée, je suis incapable de l'actionner. Faustine sonne une seconde fois, accompagnant son geste par quelques mots que je peine à entendre. Je commence à sentir Laurent s'agacer derrière ; je ne peux plus faire marche arrière, je dois me retrouver nez à nez avec elle. Je plaque sur mes lèvres mon plus beau sourire, en prenant évidemment garde à ne pas montrer mes dents. Je fais bonne figure, donnant l'illusion d'ouvrir la porte du bonheur ainsi que celle d'une une vie simple et heureuse. Que les apparences et les murs peuvent en cacher des choses... On ne connaît jamais complètement la vie des autres, même si on se pense très proche d'eux, et je suis bien placée pour le savoir.

Mon amie se tient devant moi, un grand sourire plaqué sur les lèvres. Elle a visiblement l'air ravie de me revoir, non pas que moi je ne le sois pas, mais j'aurais préféré la retrouver dans un autre état, car même bien maquillée et couverte, je ne fais probablement pas très fraîche. Faustine, visiblement pas très réchauffée dans sa petite robe, tient dans ses bras sa petite. Contrairement à sa maman, Rebecca est habillée comme pour aller faire une balade dans la neige. Bonnet, moufles, anorak bien chaud et petites chaussures rembourrées. Il ne fait certes pas bien chaud, mais nous ne sommes pas non plus dans les Alpes, la neige se fait rare dans le sud. Je leur souris timidement, très mal à l'aise. J'ai l'impression d'être comme nue dans les yeux de mon amie. En me voyant si affaiblie, Faustine a rapidement perdu son expression rieuse, à tel point que je me mets à l'imaginer avec des yeux loin du commun des mortels, qui lui permettent de voir au-delà des apparences, un petit peu comme si elle lisait en moi. Cette sensation est très déroutante, j'ai envie de disparaître et de m'enterrer à six pieds sous terre.

— Coucou Anne, tu vas bien ?

— Tout va bien, merci, et toi, prête pour ton déjeuner en amoureux ?

— Oui, on ne va pas tarder à partir, mais dis-moi, tu es certaine que cela ne te dérange pas de garder Rebecca, sinon on l'emmène, ce n'est pas un souci. C'est vrai, je t'ai demandé cela sans même savoir si tu avais quelque chose de prévu. Je vais peut-être vous laisser tranquilles finalement...

— C'est bon, tu as fini ? Ne t'en fais pas, c'est un réel bonheur pour moi que de garder votre petite puce. Allez, laisse-la-moi et profite de ce moment privilégié !

— Merci Anne, tu me sauves, tu n'as même pas idée !

Je lui réponds par un simple sourire. Faustine pose délicatement sa fille dans le creux de mes bras, je la serre fort contre moi pour la réchauffer. Sans le savoir, mon amie a posé la tête de Rebecca sur ma coupure, je me force pour ne pas grimacer, ni trop bouger afin de ne pas trop bousculer cette petite princesse, mais la douleur causée est à la limite du supportable. Pour éviter de trop m'y attarder, je ferme les yeux et enfouis mon nez dans le minuscule cou de Rebecca, humant tendrement son odeur de bébé. J'aime ce parfum délicat et fragile que les nourrissons peuvent dégager, c'est une odeur très singulière et reconnaissable, mais que j'affectionne tout particulièrement. Je sens une vague d'amour et de tendresse m'envahir, c'est très abstrait dit comme cela, mais la douceur de ce bébé me remplit d'un quota d'amour indénombrable. Une vague de bonheur qui ne vient pas balayer mais surfer sur toute la violence passée. Faustine s'apprête à partir, mais je vois bien que quelque chose la chiffonne. Elle jette un coup d'œil furtif à l'intérieur de la maison, puis s'approche vers moi. Elle me prend dans ses bras et prononce la phrase que je redoutais tant d'entendre. Je me doute que si elle fait si attention à ce que personne d'autre n'entende ses mots, c'est qu'inconsciemment ou non, elle connaît déjà une part de la vérité. Le fait que Laurent, étant resté en retrait, ne se soit même pas déplacé pour la saluer a probablement de quoi la surprendre.

— Tu es sûre que tout va bien Anne, tu ne m'as pas l'air très en forme ?

Oh vraiment ? Mais ce n'est qu'une illusion, je pète la forme, me souffle ma conscience.

— Oui, tout va bien, ne t'en fais pas. Je suis simplement un petit peu fatiguée, mais rien de grave. souris-je.
— Tu sais que si tu as besoin de te reposer, je peux la garder avec nous. Je sais à quel point un bébé peut être fatigant, il faut toujours être aux aguets !

— Je t'assure que je suis assez en forme pour m'en occuper comme il se doit, ne t'en fais pas pour elle, ni pour moi d'ailleurs. Allez, file profiter de ce moment en amoureux !

— Merci beaucoup ma belle, je te revaudrai ça ! Mais dis-moi, maintenant que j'y pense, pourquoi ne réponds-tu plus à mes messages ?

— Parce que j'ai cassé mon téléphone. Il faudra d'ailleurs que j'aille m'en racheter un. dis-je, de la façon la plus convaincante qu'il soit.

— Hum...d'accord. Bon j'y vais, mais il faudra qu'on se voie pour discuter un petit peu, j'ai à te parler. me répond-elle, sceptique.

Je réponds à Faustine par un simple signe de tête. Je sens bien que je ne l'ai pas convaincue et qu'elle commence de plus en plus à avoir de gros soupçons. Je ne sais pas si elle se doute que Laurent est violent avec moi, mais une chose est sûre, elle se rend bien compte que je n'agis pas normalement. Elle me connaît depuis suffisamment longtemps pour savoir que quelque chose ne tourne pas rond. Je ne sais pas comment tout cela va se goupiller, mais une chose est certaine, il va m'être extrêmement compliqué de faire semblant encore longtemps. J'ai un petit peu l'impression d'être dans un entonnoir. Plus les jours avancent et plus l'étau se resserre, réduisant peu à peu le champ de mes possibles. Je suis coincée à chaque extrémité. Laurent veut ma peau et je ne peux quitter son emprise, et de l'autre côté, mon amie est de plus en plus inquiète et suspicieuse. La fin est proche, c'est une certitude, mais de quel côté la balance va-t-elle pencher ? Laurent ou Faustine, qui m'attirera en premier vers lui ? La mort ou la vie ? Un qui veut m'enfoncer, une qui veut me sauver, mais ne sait ni de quoi, ni comment s'y prendre. Et moi, je suis au milieu de tout cela, sans vraiment trop savoir où j'en suis réellement. Ne pouvant me projeter concrètement, je choisis de vivre en fonction. Pour l'instant, j'ai Rebecca auprès de moi ; j'en suis absolument ravie, alors autant en profiter. Ces petits moments de joie sont devenus tellement rares qu'ils sont plus que précieux.

— Tu fais ce que tu veux avec la mioche, tant que tu ne sors pas de la maison. Si je te surprends en train de joindre qui que ce soit ou d'essayer de sortir, je l'étrangle jusqu'à ce qu'elle soit raide. Idem si elle pleure.

Dégoûtée, mais malheureusement pas surprise pour deux sous par les propos de Laurent, j'acquiesce sans mot dire. Ce qui m'étonne, c'est qu'il ne m'enferme pas. Pourquoi aujourd'hui suis-je « libre » ? Je vais mettre cela sur le compte que Rebecca soit un bébé et que je peux avoir besoin de la changer ou de lui donner à manger, mais cela m'étonnerait que mon conjoint réfléchisse de la sorte. Je ne cherche pas à comprendre et profite de ce semblant de liberté. Je déshabille la petite, qui me semble très en forme. Ses parents reviendront la chercher vers quatorze heures, j'ai donc un petit peu plus de deux heures pour jouer avec et remplir mon petit cœur d'amour intense. J'entends Laurent monter dans son bureau, probablement pour jouer aux jeux vidéo. Avec le bruit de ses jeux de combats et son casque, il ne devrait pas entendre grand chose. Tant mieux pour nous, cela nous évitera toute réflexion.

Je m'installe confortablement sur le canapé et prends la petite Rebecca dans mes bras. Cette dernière, posée sur ma poitrine, tente de grimper le long de mon buste, s'agrippant à mon pull à l'aide de ses minuscules mains. Elle parvient à atteindre mes épaules, et par conséquent mes cheveux. Rebecca semble très intriguée par cette densité noire qui lui glisse entre les doigts. Cette dernière les entortille, les tire, les sépare et recommence sans fin. Elle qui n'en a presque pas sur le crâne semble vraiment passionnée. Je ne peux réprimer un petit sourire en la voyant si émerveillée de découvrir de plus ou moins nouvelles choses. Mes cheveux ne doivent pas être les premiers qu'elle touche ; avec sa maman, elle a de quoi jouer, mais seuls les miens sont si foncés. Les bébés doivent probablement être sensibles aux différentes couleurs, passer d'un blond foncé à un noir ébène a de quoi la surprendre.

Voyant que Rebecca commence à prendre un petit peu trop de hauteur à mon goût, je remets mes mains sous ses aisselles pour la faire revenir contre mon cœur. Je l'invite à poser sa tête sur mon épaule droite et la câline de délicats mouvements le long de son dos. Je ferme les yeux et profite de ce moment privilégié. Pour la première fois depuis bien longtemps, je m'autorise à rêver. Je m'imagine maman, avec le luxe de pourvoir agir de la sorte chaque jour. Un pincement au cœur me saisit brutalement, cela ne restera qu'un rêve, une chimère inaccessible. Je sais que dans le fond, cela ne serait pas une bonne idée de vivre avec une troisième personne sous notre toit, qui plus est un bébé. Laurent n'aurait pas la patience de s'en occuper pour me soulager, ni même de contrôler ses pulsions et ses colères face à une éventuelle crise inévitable. C'est la dure loi de la vie, il y a certaines personnes qui ne peuvent atteindre leurs rêves, et j'en fais partie.

Rebecca, rapidement lassée par mes bras qui doivent la serrer un petit peu trop, se met à gigoter et commence à pleurnicher. C'est vrai qu'elle doit peut-être avoir un petit peu chaud avec son pyjama en laine et mes bras. Voulant absolument éviter que ses petits pleurs ne deviennent de vrais sanglots, je desserre mon emprise, à contrecœur. J'étais si bien comme cela que j'aurais aimé y rester encore pendant de très longues minutes. Un petit peu de douceur me sort tellement de mon quotidien que j'ai du mal à m'en détacher. Tout cela est quand même assez grave quand on y réfléchit quelques minutes. Je pose Rebecca sur le canapé, juste à côté de moi et commence à la chatouiller. Le ventre, les jambes, les mains, les pieds, tout y passe, et cela semble visiblement l'amuser. Les petits gémissements de la fille de mon amie se sont envolés, laissant place à de vrais rires francs. Je suis soulagée d'avoir réussi à comprendre ce qu'elle voulait, c'est presque une petite fierté pour moi.

Nous jouons comme cela pendant plus d'un quart d'heure. Rebecca a la faculté de me faire tout oublier : la douleur causée par mes nombreuses blessures et cette mort constamment présente dans mon esprit. Tout serait tellement plus simple si nous pouvions savoir quand et comment arrivera la fin, du moins à mes yeux. Je suis toujours tiraillée entre ce désir de profiter de chaque instant, ayant conscience que le dernier approche à grand pas, et celui de ne plus rien faire puisque cela ne sert à rien d'entreprendre quelque chose que je ne pourrai jamais finir. Je n'ai parfois plus de plaisir à me battre ou à profiter d'un petit moment de joie, n'y trouvant plus de sens ni d'utilité. Mais depuis que Faustine m'a confié sa petite princesse, tout est différent. J'ai envie de profiter de ce bonheur éphémère, je ne veux pas gâcher ce précieux moment. Je sais que cet apaisement sera plus que temporaire, mais tant pis, c'est ainsi. Je suis comme hors de tout ce qui a pu se dérouler jusqu'à présent, mais malheureusement, je sais que Laurent me fera bien vite revenir à la réalité, ma réalité, car certaines personnes ont la chance de vivre dans la maison du bonheur.

Je finis par poser Rebecca sur le sol, la laissant se mouvoir à sa guise. Immédiatement, elle se dirige vers la grande fenêtre donnant sur notre petit jardin. Elle semble avoir envie d'aller dehors. Je ne suis pas convaincue que cela soit une bonne idée puisqu'elle risque de prendre froid ou de se salir, mais je ne veux absolument pas la frustrer. Nous savons tous ce qu'un bébé frustré est capable de faire, et je veux absolument éviter toute crise. Laurent n'est pas encore descendu, c'est que tout doit bien aller, que je ne le dérange pas ou qu'il est trop happé par son jeu. J'enfile donc un manteau bien chaud et une paire de baskets réservée exclusivement aux activités extérieures. Je rhabille également Rebecca, lui mettant son anorak et ses petites chaussures. J'espère qu'elle n'aura pas froid dans cette tenue, normalement il n'y a pas de raison, mais je ne peux réellement savoir à sa place. C'est toujours une chose que j'ai trouvée fascinante. Comment une mère parvient-elle à habiller son enfant lorsque celui-ci ne peut pas s'exprimer ? Comment savoir s'il a chaud ? S'il a froid ? Sûrement grâce à l'instinct maternel, mais cela me fascinera toujours autant.

Je prends la petite dans mes bras afin qu'elle ne se salisse pas ou qu'elle ne se blesse pas à cause du verglas sur la terrasse. Je compte simplement lui faire prendre l'air, même si elle semble cruellement avoir envie de faire ses propres expériences. Je ne doute pas que Rebecca soit contente de respirer un petit peu d'air frais, mais je commence à avoir très froid. Un soubresaut parcourt mon corps, ce qui surprend Rebecca. Si j'ai froid, elle ne doit pas être très réchauffée non plus. Ne voulant pas prendre le risque de la rendre malade, je décide qu'il est temps de rentrer. Je vois bien dans ses petits yeux bleus qu'elle n'est pas contente, mais elle ne bronche pas. Je ne suis pas certaine de pouvoir affirmer qu'elle comprenne le bien-fondé de ma décision, mais elle ne dit rien, à mon plus grand bonheur. Au-delà du fait que je ne veuille pas que Laurent s'en prenne à elle, je déteste entendre pleurer un enfant, cela me fend le cœur. Un bébé semble tellement souffrir lorsqu'il pleure et que l'adulte ne peut pas répondre à son besoin pour la simple raison qu'il n'a pas la faculté de s'exprimer. Je déteste déjà, en règle générale, voir quelqu'un verser des larmes puisque cela fait immédiatement monter les miennes, mais ma sensibilité est décuplée face à un bébé.

De retour au chaud, je trouve Rebecca un petit peu fatiguée. Ses yeux se ferment doucement et son corps dans mes bras se fait de plus en plus lourd. Je la pose immédiatement dans le berceau que Faustine m'a amené, la bordant délicatement. J'aurais aimé pouvoir la cajoler davantage, mais je me dois d'écouter ses besoins. Je l'embrasse délicatement sur le front, mais je crois que cette dernière est déjà endormie. Je la place à côté du canapé pour pouvoir garder un œil sur elle. Je profite d'avoir mes deux mains de libres pour me faire un café avant de revenir m'asseoir près de Rebecca, saisissant un livre au passage. Je m'allonge sur le canapé et me plonge dans ma lecture : un roman policier. L'histoire que je suis en train de lire est passionnante, vraiment, mais mes paupières se font de plus en plus lourdes. Je lutte pour ne pas tomber dans les bras de Morphée, devant impérativement surveiller Rebecca, puisqu'un bébé, même attaché dans son berceau, doit être surveillé comme le lait sur le feu, mais l'épuisement finit par avoir raison de moi. Mon livre tombe sur ma poitrine ; je ne peux plus lutter. Jamais je n'aurais dû m'allonger.

Je suis tirée de mon sommeil par un lointain bruit sourd. Dans un premier temps, je me contente simplement d'émettre un petit grognement et de me retourner, souhaitant à tout prix poursuivre ce délicieux sommeil. Cela fait bien longtemps que je n'ai pas aussi bien dormi, alors j'ai envie de faire durer ce moment le plus longtemps possible. Je me réinstalle bien confortablement sous mon plaid et tente de retomber dans les bras de Morphée, un air apaisé et détendu plaqué sur mon visage.

J'aimerais retrouver le sommeil, sentant vraiment que ce petit somme peut me reposer correctement, mais ce bruit assourdissant m'empêche de me rendormir. Encore dans les vapes, je n'arrive pas vraiment à évaluer sa distance, ni à définir clairement de quoi il s'agit. Peu à peu, le son se précise. Je parviens à distinguer des cris et des pleurs. Ne comprenant pas vraiment pourquoi j'entends cela, j'estime que Laurent doit regarder la télévision et que cet étrange bruit en provient. Encore légèrement sonnée, je ne m'inquiète pas plus que cela, oubliant la mission qui m'a été confiée.

Soudain, un éclair de lucidité me traverse l'esprit. Merde ! Rebecca, je l'avais complètement oubliée. Je me redresse d'un bond, mais bien vite, ma tête se met à tourner, me forçant à me rasseoir quelques instants afin de reprendre mes esprits pour ne pas faire un malaise. Je suis encore bien faible, il ne faut pas que je l'oublie. Je m'en veux atrocement de m'être assoupie pendant plus d'une heure. Quelle irresponsabilité de ma part ! Je ne suis effectivement pas digne d'être mère. Laisser un bébé, même attaché, sans surveillance, est une faute grave, impardonnable. N'importe quoi aurait pu se dérouler durant ce laps de temps. Un enfant en bas âge ne se quitte pas des yeux un instant, mis à part quand celui-ci est tranquillement posé dans son lit, et encore. Je ne sais pas depuis combien de temps Rebecca pleure, mais à en croire ses yeux rougis et sa peau marquée, cela doit faire un moment que cette petite princesse cherche à attirer mon attention. Que j'ai honte de l'avoir laissée comme cela, toute seule, elle n'a rien dû comprendre.

Immédiatement après avoir pris le temps de me lever à mon rythme, je la prends dans mes bras pour essayer de la calmer. Je tente de la rassurer, en lui disant que je suis là, que tout est fini et en la serrant contre moi, mais rien n'y fait. Rebecca est inconsolable et ses larmes intarissables. Je suis démunie, j'ai perdu tous mes repères, tous les gestes à effectuer pour calmer une crise. Je ne suis pas en mesure de faire autre chose que de lui affirmer que tout va bien et que je suis là. Je n'ai pas le réflexe de vérifier sa couche, ni de lui présenter un biberon. Je commence à paniquer de la voir se mettre dans des états pareils. Elle ne cesse de s'égosiller, à tel point qu'elle doit avoir la gorge tout irritée, s'ajoutant à cela son visage cramoisi. À cet instant, j'ai peur pour elle. Je me doute qu'une crise aussi forte et aussi longue ne doit pas arranger le petit corps fragile d'un bébé, mais je suis absolument incapable de la calmer comme je le devrais.

— Allez Rebecca, sois gentille, calme-toi. S'il te plaît, dis-moi ce dont tu as besoin, je ferai tout ce que tu voudras, mais arrête de pleurer. l'imploré-je.

Je commence à sérieusement paniquer. Tout mon corps tremble et mes yeux se remplissent de larmes. Je suis à bout de nerfs, je ne sais plus quoi faire pour que cessent ses cris déchirants. Dans l'absolu, tout cela est bien fait pour moi. Si je ne m'étais pas assoupie, j'aurais pu garder un constant contact avec Rebecca, me permettant de savoir ce qui a déclenché cette crise. Était-ce parce que je l'ai laissée seule ou parce qu'elle me réclame quelque chose que je ne suis pas en mesure de lui donner ? À ce moment, je suis incapable d'émettre une quelconque hypothèse, je suis bien trop troublée pour cela. Je me culpabilise de ne pas savoir répondre à sa demande. Faut-il avoir ce qu'on appelle l'instinct maternel pour y parvenir ? Dans ce sens, cela voudrait donc dire que je ne l'ai pas ? Aurait-ce été pareil si Rebecca avait mon sang dans ses veines ? Je suis trop abasourdie pour réfléchir, je me sens simplement comme une merde. Une pauvre et vulgaire merde qui pensait naïvement être douée et à l'aise avec des enfants. Encore une fois, je me suis surestimée.

Dans toute cette agitation, je n'ai même pas pensé à Laurent. Même dans son bureau, avec un casque sur la tête, il est impossible qu'il n'entende pas ne serait-ce qu'un écho des cris stridents et aigus de Rebecca. Je sais à ce moment précis que je vais en payer les pots cassés, soit lorsqu'elle sera rentrée chez elle, soit avant s'il a fini sa partie. Ce serait un miracle sans nom qu'il ne l'entende pas, trop happé dans son jeu. Je n'ai qu'une hâte, que Faustine revienne chercher sa fille. Je l'apprécie toujours autant, mais sa crise commence à sérieusement m'épuiser. J'ai un mal de crâne inqualifiable et un moral encore plus affecté qu'il ne l'était auparavant. Cette crise me met face à mon impuissance, à mon inutilité dans cette vie. Si je ne suis même pas capable de venir à bout d'une enfant de quelques mois, comment est-il sérieusement possible que je prenne le dessus sur Laurent ? Il faut être un minimum réaliste et en accord avec la réalité des choses, même si cette dernière fait atrocement mal. Et comme si un problème ne suffisait pas, voilà Laurent qui descend. Là, c'est réellement la merde. Je commence à sérieusement craindre pour les minutes à venir, ne voyant pas comment cette situation peut se finir sans un drame.

— Pour l'amour du ciel, fais taire cette môme !

— Je te jure que j'essaie Laurent, mais je n'y arrive vraiment pas. dis-je, paniquée et les joues baignées de larmes, par crainte de ce qui peut survenir.

— Tu as oublié ce que je t'ai dit tout à l'heure ? Ou tu as juste envie d'envoyer la gamine au cimetière ?

Ses mots me donnent la nausée, comment peut-il être si cruel ?

— Laurent, je t'en conjure, ne lui fais pas de mal, ce n'est qu'un bébé !

— Je n'en ai rien à foutre que ce soit un bébé ou pas, je veux la paix, tu l'entends ça ? La paix !

Sans que j'aie le temps de rétorquer quoi que ce soit, Laurent se jette sur moi dans une furie incontrôlable. Je n'ai même pas le temps de me retourner pour protéger Rebecca que sa main s'abat brutalement sur la minuscule et fragile tête de la petite. Ses pleurs redoublent d'intensité ; Laurent s'apprête à réitérer son geste, mais j'ai juste le temps de me retourner pour que sa lourde main se fracasse contre mon dos. Je suis sous le choc d'une telle violence, je ne pensais pas qu'il allait être capable de mettre ses menaces à exécution, mais visiblement, rien ne l'arrête dans sa folie destructrice, même pas la transparente fragilité d'un nouveau-né. Il est prêt à tout pour arriver à ses fins, peu importe les conséquences morales derrière. La colère de Laurent ne faiblit pas, pour la simple raison que la pauvre petite, ne comprenant pas l'enjeu ni le problème, continue de pleurer, ce qui est bien normal ; elle a peur et doit probablement avoir très mal. La situation va dégénérer, me plaçant dans une position plus que catastrophique. Ni Laurent ni moi-même n'avons entendu la sonnette : grosse erreur. Laurent, n'en démordant pas, me pousse violemment contre la table basse du salon, et tout va s'enchaîner très vite, trop vite. Je perds l'équilibre et trébuche. Rebecca m'échappe des mains. Son petit corps retombe contre le carrelage dans un fracas qui me donne envie de vomir. J'ai à peine le temps de réaliser ce qui vient de se passer que mon regard se fixe dans celui de Faustine, qui a dû entrer, probablement alertée par les cris, au moment où Rebecca m'a échappé des mains à en croire sa mine complètement consternée. Je comprends que je vais passer un sale moment.

Faustine se précipite vers sa fille, qui, choquée par sa chute, s'est instantanément arrêtée de pleurer. Je peux lire l'inquiétude et la colère dans les yeux de mon amie, et elle a tout à fait raison. Je n'ai pas su m'occuper convenablement de sa fille. N'entendant plus pleurer Rebecca, je commence à imaginer le pire. J'espère sincèrement ne lui avoir causé aucun mal, sinon, je m'en voudrai atrocement. Je ne supporterai pas qu'elle ait quoi que ce soit par ma faute. Même si Laurent m'a poussée, je n'aurais jamais dû la lâcher, c'est la base pourtant ! Faustine câline doucement sa fille, en lui expliquant que tout est fini, que maman est rentrée. Je ne sais plus où me mettre, penaude, je baisse la tête et n'ose même pas soutenir son regard. Comme si cela ne suffisait pas, Laurent, ayant bien compris qu'une perche lui était tendue pour détruire mon amitié avec Faustine, en rajoute une couche.

— Putain, mais franchement Anne, tu ne pouvais pas faire attention !

Je ne réponds rien, osant simplement le fusiller du regard.

— Pas la peine d'en rajouter Laurent. Je sais maintenant que je ne peux rien lui confier. Non mais Anne qu'est ce qui t'a pris de la lâcher ? Tu sais que c'est un bébé que tu avais dans les mains, pas une poupée ? Tu me déçois vraiment, mais vraiment.
— Je...je suis désolée Faustine. me contenté-je simplement de lui répondre.
— Mais Anne, je n'en ai rien à faire que tu sois désolée ! Tu aurais pu la tuer ! Tu t'en rends compte de cela ? Et en plus, tu ne sembles même pas sincère en t'excusant. Jamais je n'aurais dû te faire confiance, jamais ! Je pensais que je pouvais compter sur toi, mais je me suis bien trompée !

Faustine pose sa fille dans son berceau, en évitant soigneusement de me regarder. Elle quitte la maison avec sa fille sous le bras, saluant uniquement Laurent. J'ai envie de lui courir après, lui expliquer réellement ce qu'il s'est passé, mais je crains qu'elle ne veuille même pas m'écouter. Je refuse de croire que mon amitié avec Faustine tourne court. Non, ce n'est pas possible. Tout ne peut pas se terminer, pas comme cela, pas maintenant. Je ne veux pas perdre ma seule et unique amie, celle qui a toujours été là pour moi, dans n'importe quelle situation. C'est grâce à Faustine que j'ai réussi à tenir dans mon métier, c'est elle qui m'a portée et m'a soutenue à mes débuts. Faustine ne m'a jamais lâchée, elle a toujours fait en sorte que tout aille au mieux. Elle m'a toujours défendue. Elle a toujours tout fait pour moi, absolument tout, et moi, je ne suis pas foutue de remplir la mission qu'elle m'a confiée. Je n'ai pas été capable de lui rendre la pareille. Je me déteste à un point qui n'est pas quantifiable. Comment puis-je être si égoïste ?

Ne pouvant admettre que tout cela se termine si brutalement avec mon amie, je choisis de la rattraper. Elle est ma seule raison de vivre, la seule flamme qui me maintienne en vie. Sans elle à mes côtés, je n'ai plus de raison de me battre. Plus personne ne tient à moi dans ce fichu monde. Mes deux parents sont décédés, je n'ai ni frères, ni sœurs, ni enfants, ni autres amis. Je suis seule à en crever sans Faustine, alors je ne peux pas la laisser partir, pas sans au moins essayer de lui expliquer pourquoi j'ai laissé tomber sa fille. Tout aurait été plus simple si je ne m'étais pas endormie, pourquoi fais-je toujours tout de travers ? Vais-je un jour passer une journée sans encombre ?

Laurent m'ordonne de rester auprès de lui, mais je n'en ai que faire. En chaussettes et sans prêter attention à mes nombreuses douleurs, je cours du plus vite que je peux, scandant le prénom de mon amie. Je manque de trébucher dans les graviers à de nombreuses reprises, mais je m'en moque. La seule chose qui me préoccupe, c'est de réparer mon erreur, même si je sais pertinemment que c'est impossible. J'ose simplement espérer qu'elle m'écoutera, ne traçant pas un trait irréversible sur notre amitié. Une fois le portillon passé, je me retrouve dans la rue. Je l'aperçois à quelques mètres de chez elle. Je scande son nom en continu, l'implorant de m'écouter juste un instant. Faustine feint ne pas m'entendre et accélère le pas, mais je n'en démords pas. Je peux parfois avoir tendance à baisser facilement les bras, mais je sais également faire preuve de combativité. Je suis prête à tout pour sauver mon amitié, de toute façon, je n'ai plus rien à perdre.

— Faustine, s'il te plaît, écoute-moi, juste cinq minutes.
— Je n'ai plus rien à te dire Anne, laisse-moi. Tu as tout gâché. Merde, je te faisais confiance, je t'ai confié la vie de ma fille et la seule chose que tu trouves à faire, c'est la laisser tomber par terre sous prétexte que tu as perdu l'équilibre ? Je commence à comprendre pourquoi tu n'as toujours pas d'enfants. Tu serais une mère ignoble ! Les enfants malheureux courent déjà suffisamment les rues comme cela, pas besoin d'en procréer d'autres !

Ses mots se plantent dans mon cœur comme un violent coup de poignard. Faustine a touché une corde sensible, et elle le sait très bien. Je vois dans son regard qu'elle ne pense pas un mot de ce qu'elle dit, mais qu'elle a tenu ces propos pour me faire réagir et réfléchir à mon acte ; je ne peux néanmoins m'empêcher d'être extrêmement blessée. Avoir un enfant était un désir intense, presque charnel, mais que je ne pourrai jamais atteindre. Faustine ne connaît pas les réelles raisons qui font que je ne suis toujours pas mère ; elle a conscience que cela ne constitue pas une des priorités de Laurent, mais elle ignore totalement qu'avoir un enfant, qui plus est avec moi, le dégoûte éperdument. Je n'ai jamais osé lui en parler, mais à présent je serais prête à le faire. Je pourrais tout lui avouer afin de lui montrer combien elle compte à mes yeux. Je serais prête à dénoncer Laurent, et qu'importe les représailles ; cela me permettrait au moins de partir l'esprit tranquille et de faire comprendre à Faustine le pourquoi du comment de mes agissements passés. Je n'en ai plus rien à faire que Laurent me tue, la seule chose qui m'importe est de retrouver un brin de confiance et de considération dans les yeux de mon amie, le reste n'a plus d'importance. Ma vie n'a plus d'importance sans elle. Je me permets alors de lui saisir le bras. Je ne cache plus rien, laissant pour la première fois couler délibérément mes larmes. Je laisse enfin tomber mon armure, en espérant que cela fonctionne.

— Je sais que tu m'en veux, et c'est tout à fait normal, mais il y a des choses que tu ne sais pas Faustine. Tu as bien dû remarquer que je n'étais pas vraiment comme d'habitude ces derniers mois ; je ne voulais pas t'en parler pour ne pas te déranger ni t'inquiéter, mais maintenant je suis prête à me confier à toi, parce que tu es la seule en qui j'ai réellement confiance. Cela n'excusera jamais mon geste, mais peut-être que cela te permettra de comprendre pourquoi.

— C'est trop tard Anne. Je pense que je t'ai suffisamment tendu de perches, que je me suis suffisamment souciée de toi en te montrant que j'étais là, que tu pouvais compter sur moi, mais tu n'as jamais voulu te confier. Je l'ai accepté, finissant par me résoudre à cette douloureuse idée que tu n'avais pas assez confiance en moi pour me parler. Sais-tu combien de nuits j'ai passées à pleurer, cherchant désespérément un moyen de te faire savoir que j'étais là pour t'écouter ? Sais-tu combien de fois je me suis remise en question ? Car oui, je tiens à toi Anne, mais sans un minimum de confessions de ta part, je ne pouvais rien faire. Il est trop tard maintenant, tu ne rachèteras pas ma confiance en me parlant de choses bateau pour me montrer la pseudo-confiance que tu as en moi. Il faut que tu comprennes que c'est trop tard Anne, tu avais tout le loisir de me parler ces derniers temps, maintenant j'aimerais vraiment que tu me laisses, il faut que j'emmène Rebecca à l'hôpital afin de m'assurer qu'elle n'ait rien de grave.

Faustine tourne les talons et rentre s'enfermer chez elle, me laissant complètement interdite en plein milieu de la rue baignée par la brume. J'ai vu dans ses yeux embués qu'elle ne prenait pas plaisir à me tenir ce discours, probablement énoncé à contrecœur. Même si je l'ai déçue, je ne peux pas me résoudre à cette idée absolument infâme que tout est terminé, je ne veux pas l'admettre. Je ne peux pas perdre ma seule amie de longue date à cause des accès de colère de Laurent, sans lesquels Rebecca ne m'aurait jamais échappé. Je comprends tout à fait qu'elle ait eu peur pour sa fille ; n'importe quelle mère serait inquiète de voir son enfant chuter si brutalement, mais j'aurais simplement souhaité qu'elle m'écoute, même si rien ne pouvait justifier ma maladresse.

Je ne sens plus le vent glacial s'aventurer sous mes vêtements. Je n'ai plus froid. Je suis vide de toute sensation. Je suis au milieu de la route, les bras ballants et incapable de me mouvoir. Mes jambes, luttant déjà depuis un moment, finissent par me lâcher. Je m'écroule violemment contre le goudron glacé, échappant un long gémissement de douleur. Je hurle à pleins poumons, prenant ma tête dans mes mains et pleurant à chaudes larmes. Je réalise douloureusement que j'ai absolument tout perdu, sans exception. La liberté ? Perdue. Mon travail ? Perdu. Ma seule amie, ma confidente ? Perdue elle aussi. J'ai perdu ma vie. Je n'ai plus aucune raison d'exister, ma vie a perdu tout son sens. Tout a basculé en l'espace de quelques heures. J'étais liée à la vie par tout un tas de cordes que j'ai vu se sectionner au fur et à mesure. Faustine était la dernière, mais aussi la plus solide corde qui m'obligeait à rester sur Terre. Maintenant qu'elle a choisi de me laisser, je n'ai plus aucune raison de rester. Je me prends en pleine face la solitude dans laquelle Laurent m'a doucement enfermée. Il a tout réussi. Il m'a coupée de tout, petit à petit, gravissant chaque jour une étape supplémentaire. C'est un douloureux constat que je me prends en pleine face, mais c'est la réalité de ma vie. Je suis seule à en crever et je vais crever seule. Voilà à quoi je suis en fait condamnée depuis le début. Tout était écrit. Laurent n'a plus qu'une chose à me retirer avant d'avoir parfaitement réussi à assouvir sa domination : ma vie. Il le fera, ce n'est qu'une question de jours, mis à part si je parviens à rejoindre l'au-delà avant qu'il ne l'ait décidé pour moi. Me donner la mort serait donc la dernière chose que je puisse faire de moi-même, sans son approbation. La mort est mon but, j'espère juste l'atteindre avant qu'il ne la choisisse pour moi. Enfin être capable de réussir quelque chose dans cette putain de vie. Mourir est désormais ma seule ambition puisque la vie n'a plus de sens quand on a perdu la dernière personne que l'on aimait.

Chapitre XII

Ce matin, deux jours après avoir perdu la personne la plus importante à mes yeux, je me réveille plus déterminée que jamais. J'ai beau ressasser et retourner les choses dans tous les sens, je ne veux pas admettre que Faustine m'ait laissée. Alors oui, c'est en partie de ma faute si sa fille est tombée, et j'aurais probablement réagi de la même façon à sa place, mais je ne veux pas tirer un trait, pas sans au moins avoir essayé de recoller les morceaux. Demain, c'est le réveillon de Noël, et nous étions censés le passer chez nous, tous les quatre. Je me doute que ce n'est plus vraiment dans les projets ni de mon amie, ni de mon mari, pourtant, probablement naïvement, je l'espère toujours. Mon objectif est donc simple, enfin sur le papier. Il faut que je parvienne à convaincre Faustine de venir faire les dernières courses avant le réveillon avec moi, tout en trouvant un prétexte pour que Laurent accepte de me laisser sortir sans lui. Tout cela semble bien simple énoncé de la sorte, mais je ne sais pas encore comment je vais m'y prendre.

Espérant pouvoir profiter du petit-déjeuner pour partir, je ne perds pas de temps et m'habille au préalable. J'enfile les premiers vêtements qui me tombent sous la main : un pantalon noir devenu trop grand quant aux kilos que j'ai perdus, que je maintiens avec une ceinture, accompagné d'un pull bordeaux.

Simple, efficace et parfait pour camoufler mon corps tacheté. Je sais que je ne passerai pas par la salle de bain, par souci de temps, alors j'observe mon reflet dans le miroir. Par chance, je suis plutôt bien coiffée. Pas maquillée ? Ce n'est pas grave, de toute façon, cela fait bien longtemps que je n'ai rien mis sur ma peau. J'ai une sale gueule, la peau terne, les traits tirés, des blessures et quelques petits boutons par-ci par-là. Je ne suis vraiment pas fraîche, mais je n'ai même plus envie de faire d'efforts pour masquer tout cela, sachant pertinemment que même le meilleur fond de teint ne fera pas de miracles.

J'attends maintenant patiemment que Laurent vienne me chercher pour préparer le petit-déjeuner, sagement assise sur mon lit. Je regarde fixement la lettre qui dépasse sous mes affaires de cours ; je veux que ce soit mon amie qui la trouve, et personne d'autre. Je sais que pour l'instant, c'est mal parti, mais c'est elle qui doit la lire. Si jamais je n'ai pas le temps de tout lui expliquer de vive voix, elle doit prendre conscience de tout ce que j'ai traversé, savoir que je ne suis pas mauvaise à ce point, mais que les événements prennent parfois une tournure qui fait que nous ne nous reconnaissons plus. Elle doit connaître la sombre vérité, la faire éclater lorsque ma voix ne pourra plus émettre aucun son. C'est pour cela que je saisis un stylo et écris sur l'enveloppe « *Pour Faustine Hortega* ». Le message est clair, j'espère qu'il lui reviendra et surtout que mon amie le lira et comprendra, sans trop m'en vouloir.

Laurent ouvre la porte d'un fracas, m'ordonnant de descendre lui préparer son premier repas de la journée ; il est neuf heures et ce dernier s'étonne de me voir déjà habillée. Laurent me laisse passer devant lui, je ne suis pas très rassurée de prendre les escaliers avant lui, surtout en entendant ses pas derrière qui me suivent d'un peu trop près à mon goût. Je crains à chaque marche qu'il me pousse, je ne veux pas m'écrouler dans ces escaliers si abrupts car je sais pertinemment que je n'aurais rien pour me freiner dans ma chute. Par chance, Laurent ne fait rien, pourquoi je ne sais pas, mais je ne vais pas m'en plaindre. Laurent s'installe sur la petite table de la cuisine, me toisant pour que je lui apporte son café et sa brioche rapidement.

Je vais donc à la cuisine, tout en évitant de croiser son regard. Je me sens atrocement mal à l'aise, par crainte qu'il ne comprenne l'idée que j'ai derrière la tête. Je nous fais donc couler un café chacun et vais m'asseoir en face de lui, le paquet contenant les tranches de brioches sous le bras. Je pose le tout sur la table et l'observe engloutir son repas à grande vitesse. Je n'ose pas parler et plonge mon regard dans le vide, mangeant aussi lentement qu'un moineau. Je n'ai pas faim, mais je me force pour éviter de faire un malaise dans les heures qui suivent ; je

335

n'ai vraiment pas besoin de cela en ce moment. Laurent n'est pas plus loquace que moi ; trop concentré sur son téléphone, il ne me prête aucune attention. Enfin bon, je préfère cela aux insultes et aux coups devenus quotidiens. Je fixe inlassablement le carrelage et laisse mes pensées divaguer, m'emmenant çà et là dans les sinueuses routes de ma mémoire.

Laurent quitte sa chaise au bout d'une dizaine de minutes, il n'a pas levé les yeux de son téléphone portable durant tout le long du petit déjeuner et continue d'agir comme cela en se dirigeant vers le canapé, attitude très productive. Je termine à mon tour mon repas plus que succinct et m'apprête à débarrasser. Très affaiblie, je décide d'économiser mes forces afin de les garder pour le reste de la journée en empilant toute la vaisselle sale afin de ne faire qu'un voyage. Un coup de main de Laurent n'aurait pas été de refus mais je vais bien me garder de lui demander quoi que ce soit. Je m'apprête à me lever, la vaisselle en équilibre plus que précaire à la main, mais j'ai à peine eu le temps de contourner la table que je me cogne le pied dans la chaise que Laurent n'a pas rangée. Inévitablement, la vaisselle m'échappe des mains et commence à virevolter avant de s'écraser violemment contre le carrelage. Les assiettes et bols se brisent et s'éparpillent un petit peu partout dans un bruit assourdissant qui fait immédiatement réagir mon conjoint. Et merde ! Je voulais à tout prix éviter que Laurent ait quoi que ce soit à me reprocher, c'est mal engagé.

Laurent se lève dans une colère noire et se place derrière moi. Sa voix, pleine de sarcasme, et m'insultant de tous les noms d'oiseaux possible, me fait sursauter. Je me retourne brusquement afin de lui faire face, échappant un cri de surprise. Laurent me sermonne violemment, mais je ne l'écoute que d'une oreille. Blabla...tu n'es qu'une bonne à rien. Blabla...tu es inutile. Blabla...empotée, mais je n'en ai que faire. Ses mots glissent sur moi comme une vulgaire eau de pluie. Ils rentrent par une oreille, je les entends, mais ils ressortent immédiatement par l'autre avant que je n'aie eu le temps de les assimiler. Enfin bon, ce n'est pas très grave, je crois que je ne perds rien puisque de toute façon, je connais déjà l'opinion qu'il a de moi.

Après son monologue, je me retourne afin de ramasser les débris qui jonchent le sol. Par chance, tous les récipients étaient vides, cela me fait toujours du travail en moins. Ramasser de simples morceaux de verre est bien moins pénible qu'un liquide collant, je le sais d'expérience. Le croyant déjà parti, je me permets de lever les yeux au ciel et de lâcher un long soupir d'agacement. Grosse erreur Anne. Encore. Laurent, toujours derrière moi, saisit mon pull à l'aide de ses gros doigts, me griffant sur mes brûlures. Je tressaille de douleur. Les battements de mon cœur s'accélèrent, mes yeux s'écarquillent et là, tout s'enchaîne bien trop rapidement pour que j'aie le temps de comprendre quoi que ce soit. Laurent me propulse dans les débris de verre. Je tente de ne pas me couper en retombant, sans grand succès.

II s'approche de mon corps fragile et m'assène un violent coup de pied dans le ventre, bientôt suivi de nombreux autres. Je protège mon visage à l'aide de mes avant-bras, mes mains s'accrochent à mes cheveux à chaque nouvelle décharge. Je mords mes lèvres pour m'obliger à me taire. Ne pas crier, surtout ne pas crier. Je rabats mes genoux contre ma poitrine pour l'empêcher de continuer ses coups dans mon ventre. Je ne peux plus les endurer, ils sont beaucoup trop douloureux. Le dos, surtout sachant l'état dans lequel se trouve le mien, n'est pas plus agréable, mais la douleur est, disons, moins intense. Les brûlures encore bien à vif pour certaines, je déchante rapidement. Je regrette cet excès de confiance dont j'ai fait preuve. À vouloir économiser mes forces, j'obtiens finalement l'effet inverse. C'est quand même assez impressionnant cette malchance dont je fais preuve. J'ai l'impression que jamais je ne fais le bon choix ; toutes les décisions que je peux prendre finissent toujours par un drame.

Je serre les dents pour ne pas pleurer, il faut que je reste forte, sinon il continuera jusqu'à ce que je n'en puisse plus. C'est difficile de refouler ses larmes et de rester de marbre quand on est en train de se faire massacrer à coups de pieds. Laurent n'arrête pas. Il frappe encore et encore, ne se fatiguant jamais. Je ne contracte même plus mon corps, je n'y parviens plus. Je roule dans les débris de verre, me coupant çà et là. Mes vêtements doivent être dans un état lamentable, mais tant pis, je n'aurai pas le temps de me changer. Même prise dans la colère de mon conjoint, je ne perds pas de vue mon objectif. Je veux revoir Faustine, c'est un besoin viscéral.

Laurent daigne enfin se stopper, n'observant plus de réaction de ma part. Je l'entends partir à l'étage. Ni une ni deux, je me redresse d'un bond, passant outre la douleur. La réalité me frappe rapidement, me freinant dans mon élan. Ma tête tourne, je manque de m'écrouler. Par chance, je me rattrape de justesse à l'îlot central. Je ferme les yeux quelques secondes pour reprendre mes esprits, mais je n'ai pas le temps de m'apitoyer sur mon sort. Si je veux sortir, c'est maintenant. Laurent ne m'offrira pas ce cadeau, tout sauf volontaire, de me laisser seule en bas. J'ai une opportunité énorme à saisir, alors il ne faut pas que je la rate. Le plus discrètement possible, j'enfile une paire de bottines plates, prends ma veste et mon sac à main avant de quitter la maison. Je tourne la clé dans la serrure le plus discrètement possible ; Laurent ne semble pas m'avoir entendue. Je ne mesure pas encore la chance que je viens d'avoir. Moi qui suis enfermée depuis des mois et des mois, Laurent a baissé la garde, me pensant trop affaiblie pour faire quoi que ce soit, mais la détermination peut faire faire de grandes choses. Je me fiche complètement d'avoir laissé tout ce bazar sur le sol, c'est le cadet de mes soucis maintenant.

L'hiver est rude ce matin, tout est gelé tant il fait froid. Je me retrouve devant chez mon amie, le doigt sur la sonnette. J'hésite à appuyer par peur qu'elle refuse catégoriquement de m'écouter, chose que je ne supporterais pas. Je m'apprête à me raviser, me persuadant que c'est une mauvaise idée et que je me fais trop d'illusions. Il faut que j'accepte mon sort, si les choses sont ainsi, c'est qu'elles doivent se passer de la sorte. Pourquoi vouloir forcer le destin lorsqu'on sait pertinemment que c'est peine perdue ? Je commence à rebrousser chemin, mais je me souviens que je suis partie de chez moi sans l'autorisation de Laurent. Je pense qu'il a déjà dû s'en rendre compte, il n'est pas du genre à s'éterniser dans la salle de bain. Si je retourne chez moi, je vais encore avoir droit à ses foudres, et franchement, je m'en passerais bien. Je n'ai donc pas le choix, il faut que je reste dehors toute la journée afin de revenir le plus tard possible chez moi. Car oui, il faudra bien que je rentre. Je n'ai nulle part où aller et je ne compte pas dormir dans la rue. Je sais que Laurent va me punir d'avoir transgressé ses règles, alors autant repousser ce moment au maximum.

Comprenant qu'en me sauvant, je suis obligée d'aller au bout de mon plan, je retourne devant le portail de mon amie et pose mon doigt sur la sonnette, l'enclenchant cette fois-ci. Quelques secondes plus tard, la porte s'ouvre sur...Sébastien. Quelque peu déçue de me trouver nez à nez avec le mari de mon amie, je ne me démonte pas pour autant. Ce dernier ne semble pas vraiment ravi de me voir, je me doute bien que mon amie a dû lui raconter mes exploits. J'espère simplement qu'il m'écoutera. Déjà un bon point, il ne referme pas sa porte et s'avance vers moi.

— Bonjour Sébastien, je suis désolée de te déranger, mais il faut vraiment que je parle à Faustine. Je sais qu'elle ne veut plus me voir, et je la comprends tout à fait, mais il faut au moins qu'elle me laisse une chance de lui expliquer.
— Je crois qu'elle n'a effectivement aucune envie de te voir, tout comme moi d'ailleurs, mais je vais lui dire que tu es là, elle en fera ce qu'elle veut, mais si elle refuse, laisse-nous tranquilles. Ce ne sera plus la peine d'insister.

Sébastien, malgré sa froideur et son regard noir, a quand même accepté de prévenir sa femme. Sincèrement, j'ai peu d'espoir qu'elle accepte de m'écouter plus qu'avant hier, mais je vais tout tenter. Je n'ai plus rien à perdre, tout à gagner. J'ai extrêmement froid, le vent souffle fort. J'aurais volontiers apprécié que Sébastien m'invite à rentrer, mais bon, je ne vais peut-être pas abuser. Je suis déjà dans une position plus que délicate, ce n'est pas utile que je m'enfonce davantage. Je crains également que Laurent débarque dans la rue et me ramène à la maison de force. Je suis à l'affût du moindre bruit, de la moindre agitation. Sur mes gardes, j'espère quand même pouvoir discuter comme il se doit avec mon amie. Mon visage s'illumine au moment où je la vois sortir. Je manque de m'écrouler tant cela me fait du bien de la revoir, elle dégage quelque chose d'inexplicable qui me redonne automatiquement le sourire, mais je me soutiens grâce aux pylônes qui encadrent le portail. Faustine n'ose pas vraiment me regarder, je sens que la discussion va être délicate.

— Faustine, je tenais déjà à m'excuser pour avant-hier. Je pense que tu te doutes bien que faire tomber ta fille n'était vraiment pas mon intention, mais en me cognant dans la table, j'ai perdu l'équilibre et je...je ne sais pas comment s'est déroulée la suite. Tout s'est enchaîné si vite, je n'ai pas eu le temps de réagir. Vous êtes allés lui faire passer des examens ? Comment va-t-elle ?

— Elle va bien, juste un petit hématome sur le bras, mais rien de grave. me répond-elle calmement, toujours sans oser soutenir mon regard.

— Je suis soulagée de savoir qu'elle va bien. Je sais que rien ne peut pardonner mon geste. Je suis pleinement fautive et je ne te demande pas de me trouver des excuses. Mais s'il te plaît Faustine, ne me laisse pas, pas comme cela, je ne le supporterais pas. Je tiens trop à toi pour te rayer définitivement de ma vie. dis-je, la voix tremblante d'émotion.

Faustine ne me répond toujours pas, continuant de fixer inlassablement ses chaussons. Je ne sais plus comment faire et son manque de réaction ne me laisser rien présager de bon. Je tente une dernière carte.

— Je n'ai pas oublié que nous devions passer le réveillon de Noël ensemble, alors je ne sais pas si tu as toujours envie de venir chez nous, mais sache que si c'est le cas, tu es la bienvenue. Moi en tout cas, j'ai très envie de le passer avec toi. Si tu ne veux pas, je respecte ton choix et te promets de te laisser tranquille, mais si tu en as toujours envie, alors faisons comme les années précédentes. Viens avec moi faire les dernières courses, comme au bon vieux temps.

Mon amie reste toujours muette. Je crains de ne pas réussir à la convaincre. Il va falloir que je me fasse à cette idée. Toutes les bonnes choses ont une fin, qui arrive malheureusement toujours trop vite. Je comprends, face à son mutisme persistant, que je ne peux plus rien y faire. Je ne peux pas forcer le destin, si les choses doivent se finir ainsi, je suis obligée de m'y résoudre, même si cela me brise le cœur.

— Bien, je pense que tout est clair alors. Sache que tu vas énormément me manquer Faustine. J'aurais aimé que les choses se passent autrement, mais le destin en a décidé ainsi. Je suis désolée pour tout le mal que je t'ai causé.

Je fais demi-tour, plus détruite que jamais. Les larmes me montent aux yeux, mais je ne cherche même plus à les retenir. À quoi bon ? La mort dans l'âme, je descends la rue, retournant chez moi pour recevoir les foudres de Laurent, en espérant que cette fois-ci, il aille au bout des choses. Soudain, je sens une main saisir mon bras, me faisant faire volte-face. Je sursaute, puis je découvre que ce n'est ni plus ni moins que mon amie. Cette dernière m'attire contre elle, le visage baigné de larmes. Je reste immobile, ayant besoin d'un certain temps de réaction pour comprendre que, visiblement, elle ne m'en veut plus. Je passe mes bras autour de ses épaules à mon tour.

— Je ne pouvais pas te laisser partir Anne, c'était impossible. Je t'en ai voulu sur le coup, mais j'ai très rapidement relativisé les choses, l'erreur est humaine. Je me suis bien doutée que ton geste n'était pas intentionnel. Et puis, j'ai également ma part de responsabilité dans tout cela. Je savais que tu étais fatiguée, et la fatigue joue forcément sur l'attention. Jamais je n'aurais dû te parler comme cela non plus. Je suis désolée Anne, sincèrement.

— Si tu savais à quel point cela me fait du bien d'entendre cela. On en reste là alors ?

— Ma fille va bien, alors pour moi, tout est oublié. Ta proposition tient toujours ?

— Bien évidemment !

— Alors attends-moi, je vais simplement mettre des chaussures et on y va.

Nous nous détachons, aussi ravies l'une que l'autre. Chacune le visage bien marqué par ce moment chargé en émotions, nous finissons par éclater de rire, nous rendant compte de nos maladresses. Je ne peux m'empêcher de sourire, consciente de la chance que j'ai d'avoir une amie aussi bienveillante et conciliante à mes côtés. Je ne sais pas si, après avoir plus ou moins brisé la glace, je parviendrai à me confier à mon amie. J'aimerais sincèrement pouvoir me confier à elle, qu'elle m'aide à sortir des griffes de Laurent, mais en serai-je capable ? Avouer l'inavouable ne va pas être simple. J'ai honte

345

de ma faiblesse et je suis terrifiée des représailles qui m'attendent si je parle. Si Laurent est emprisonné juste après, cela ne devrait pas poser de problème, mais s'il apprend que je me suis confiée à Faustine avant que les policiers ne viennent l'arrêter, dans l'optique où ces derniers me croient, les choses ne se passeront pas aussi bien que prévu. Si Laurent sait que j'ai parlé, il me tuera pour être certain que je ne puisse jamais refaire ma vie après lui, mais ce n'est pas cela que je crains le plus. Je crains qu'il s'en prenne à Faustine ou à son bébé, et ça, je le refuse. Laurent a déjà détruit ma vie, il n'a pas à détruire celle des autres. Je m'en voudrais terriblement d'envoyer mon amie à l'abattoir, la laissant tout gérer et endurer pendant que je me reposerais dans l'au-delà. Il faut que je sois certaine de mon plan pour lui dire l'indicible, et ce n'est pour l'instant pas le cas.

Faustine retourne rapidement chez elle prendre ses affaires. Je l'attends patiemment, juste à côté de sa voiture, plus heureuse que jamais. Je sais que rien n'est gagné, que je ne suis pas encore sauvée, mais je m'en moque, j'ai récupéré la personne qui compte le plus à mes yeux, alors le reste... Mon amie revient rapidement, et nous prenons sa voiture pour rejoindre le centre commercial. Durant le trajet, nous discutons de tout et de rien. Je sens que Faustine a envie de me questionner, mes blessures n'étant quand même pas toutes invisibles, mais cette dernière sent bien qu'il ne faut pas s'aventurer sur ce terrain-là, du moins dans l'immédiat. Nous sommes encore un petit peu sur la réserve, mais je sais très bien que cette petite gêne va rapidement se dissiper. Pour éviter les questions et combler les quelques blancs, nous chantons à tue-tête. Cela fait du bien et vide la tête.

Après quelques minutes de route, nous arrivons au centre commercial où nous nous garons dans le grand parking souterrain. Nous prenons chacune nos affaires et marchons jusqu'à l'entrée principale. Les allées sont bondées, rien de bien étonnant la veille du réveillon de Noël. J'ai beaucoup de mal à comprendre pourquoi certaines personnes attendent la dernière minute pour acheter les différents cadeaux. Que de stress inutile ! Autant pour les courses alimentaires, cela me semble logique, mais pour les cadeaux, il est quand même tout à fait possible, dans la majeure partie des cas, de s'y prendre en avance. D'ailleurs, en parlant de cadeaux, ce n'est pas quelque chose qui m'a beaucoup retardée cette année. Je n'ai jamais pu sortir faire les magasins, donc cela limite forcément les achats. Laurent m'a simplement laissée commander sur Internet. J'en ai alors profité pour prendre un bracelet à mon amie, un doudou pour sa fille et un livre pour son mari, féru de lecture. Je n'ai rien pris pour Laurent, je n'en ai pas eu envie. Je sais que cela ne va pas lui plaire, qu'il me le fera probablement payer, mais je m'en moque. Je n'avais pas envie de dépenser un centime pour celui qui a fait de ma vie un enfer. De toute façon, lui ne m'offrira rien d'autre que des coups.

Nous zigzaguons entre les nombreux clients afin de pouvoir nous faufiler dans les boutiques qui nous intéressent. Il est difficile de se frayer un chemin entre les différentes personnes et leurs nombreux sacs qui gênent la fluidité du passage. Je ne suis pas une grande fan des lieux bondés comme cela, mais je fais un effort pour mon amie, qui, à l'inverse, rayonne de bonheur. J'ai l'impression que je vais étouffer à tout moment et redoute par-dessus tout un mouvement de foule. Il suffit d'un bruit suspect pour que les gens se mettent à courir dans tous les sens, créant une vraie vague humaine. J'ai toujours très peur de me retrouver prise au milieu de ce genre de mouvement. Une chute est si vite arrivée, et après, il est impossible de se relever. Les gens vous piétinent sans gêne ni honte. L'animal prend le dessus sur l'homme. Survivre est le seul mot d'ordre. J'ai par ailleurs la terrible impression que toutes les pupilles que je croise me dévisagent telle une bête de foire. Je sais que je ne fais pas très en forme, mais les dizaines de regards inquisiteurs posés sur moi ne m'aident pas à me sentir bien. Je suis terriblement mal à l'aise, j'ai envie de sortir d'ici, mais je tente de prendre sur moi. Je commence presque à regretter d'avoir voulu à tout prix convaincre mon amie de venir ici, mais après réflexion, je comprends facilement que c'est grâce à ma démarche que nous avons brisé la glace.

Après avoir flâné dans différentes boutiques sans grand but, nous décidons qu'il est l'heure d'aller manger. Il n'est pas tout à fait midi, mais nous voulons justement éviter l'abondance de clients à l'heure, disons classique, du déjeuner. Je ne peux pas dire que j'ai faim, mais je suis mon amie, qui est à l'inverse affamée. Comme à notre habitude lorsque nous venons ici, nous nous dirigeons vers notre restaurant italien préféré, situé au premier étage. Par chance, il n'y a pas encore trop de monde. Le serveur vient à notre devant, nous demandant si nous souhaitons déjeuner. Nous acquiesçons et ce dernier nous installe à une table en plein milieu de la salle. Nous feuilletons brièvement la carte des plats. Faustine sait déjà qu'elle prendra son habituelle pizza quatre fromages ; quant à moi, je suis totalement perdue. J'ai l'habitude de manger des pâtes carbonara, elles sont absolument délicieuses ici, pas comme ailleurs. Je ne saurais comment les décrire ou expliquer ce qui diffère, mais elles ont un petit quelque chose en plus qui fait toute la différence. Je pourrais prendre cela, mais n'ayant vraiment pas faim, ce serait gâcher. Je pars donc sur une petite salade de tomates mozzarella.

Mon malaise, déjà bien omniprésent, ne fait que s'accroître davantage. Je déteste la place qui nous a été attribuée, la salle est pleine à craquer et j'ai l'impression d'être dévisagée de tous côtés. Des couples s'embrassent plus qu'ils ne mangent, des enfants ne cessent de s'agiter, des groupes de jeunes font tout pour se faire remarquer et attirer l'attention sur eux. Je me sens différente, bien loin de tous ces gens parmi lesquels j'ai vraiment l'impression de faire tache. J'ai l'horrible sensation que tous les regards sont posés sur moi, que chacun d'entre eux peut lire en moi, que chaque œil qui me fixe connaît ma situation et me juge drastiquement. Chaque éclat de rire qui fuse renforce ma sensation d'être l'attraction principale du restaurant. Je finis par oublier que je suis au restaurant, ayant davantage l'impression d'être un animal en cage autour duquel chacun tourne. Je sais que je me fais probablement des films, mais je n'arrive pas à effacer cette terrible sensation de mon esprit. Je suis coincée dans cette spirale infernale, dans cette paranoïa qui me ronge de l'intérieur. Je prends tout contre moi alors que je ne devrais pas. Oui, parmi tous ces clients, il y en a bien quelques-uns qui me scrutent réellement, mais ce n'est probablement pas une majorité.

Le repas arrive après une dizaine de minutes d'attente ; étonnamment, le service a été très rapide. À peine posé devant elle, Faustine s'attaque à son plat tout en répétant inlassablement que c'est délicieux. Je veux bien la croire, sa pizza semble vraiment appétissante, mais elle ne réussit pas pour autant à m'ouvrir l'appétit. Ma salade, que j'espérais toute petite, se révèle être plus que démesurée. Je n'ai pas été volée, mais ce n'est pas que cela m'arrange. J'espère pouvoir terminer mon plat, mais je ne suis même pas certaine d'être capable de l'entamer. J'ai l'estomac noué et déjà la nausée, ça promet... Pour masquer mon malaise, je plaque un sourire faux sur mon visage. Pour tenter de créer un passage pour avaler ma salade, je commence déjà par boire une grande gorgée d'eau. Faustine, ayant déjà mangé un quart de sa pizza, commence à se demander pourquoi je ne mange pas, alors pour éviter toute question, je me force à prendre ma première bouchée. C'est vrai qu'elle est très bonne, mais quand on n'a pas faim, même le plat le plus appétissant qui soit ne peut pas nous donner envie.

Après de longues minutes, qui ont dû paraître interminables pour mon amie qui a fini depuis longtemps, je suis pratiquement arrivée au bout de mon plat. Je crois en avoir mangé les trois quarts, ce qui me semble déjà énorme. Je décide de m'arrêter là, ne pouvant plus avaler quoi que ce soit. J'ai déjà fourni un effort considérable dont je ne suis pas peu fière. Le serveur débarrasse nos assiettes, nous demandant au passage si nous souhaitons un dessert. Je lui réponds, sur un ton catégorique, que j'ai assez mangé. Mon amie, quant à elle, semble hésiter un instant, mais elle décline la proposition à son tour.

— Je vais aux toilettes me laver les mains, je reviens. dis-je, tout en me levant.

— Pas de problème, je t'attends.

J'ai besoin d'un petit moment loin de toute cette agitation pour reprendre mes esprits. Je me dirige donc vers le fond du restaurant et pousse la porte. J'échappe un petit rire sarcastique, presque inaudible, en découvrant qu'ils ne les ont toujours pas refaites. Ces toilettes sont entièrement noires. Un carrelage noir, certes très élégant, recouvre le sol, les murs, et le plafond est peint de la même couleur. Je ne suis jamais très rassurée de venir ici, surtout que la lumière n'est vraiment pas puissante. Nous ne sommes pas loin d'une scène plus que cliché de film d'horreur. Je me place face au lavabo, posant mes mains de part et d'autre, et fixe mon reflet dans le miroir. Mes traits sont tellement marqués que j'ai du mal à me reconnaître. Alors cette fille, plus proche du zombie que de l'être humain qui se reflète, c'est donc moi ? Les miroirs ne peuvent malheureusement pas tricher. Ne pouvant plus soutenir mon propre regard, je baisse la tête, ouvrant au passage le robinet.

Je fais couler l'eau chaude sur mes mains et la laisse s'échapper entre mes phalanges. Je reste comme cela un long moment, sans bouger ni utiliser une goutte de savon. Mes pensées divaguent et j'en profite pour calmer mes angoisses, me forçant à respirer très lentement. Je passe un petit peu d'eau sur mon visage, lorsqu'au même moment, la porte s'ouvre brusquement. Je sursaute et me retourne d'un bond, mettant de l'eau partout. Un homme assez âgé, au cheveux grisâtres, probablement d'une soixantaine d'années, m'apparaît tout en titubant. Il me sourit d'une manière, disons, assez perverse et marche jusqu'à moi, son haleine puant l'alcool très bas de gamme embaumant toute la pièce. Je ne prête pas attention à lui et me dirige vers le sèche-mains électrique, levant les yeux au ciel, désespérée par son état lamentable. Il continue à me suivre, se rapprochant de plus en plus, presque collant son corps au mien.

— Salut toi, tu sais que t'es vraiment très belle ?

Et en plus il se fout de ma gueule, non mais j'hallucine. Je tente de m'enfuir rapidement, mais étrangement, malgré la quantité astronomique d'alcool qu'il doit avoir dans le corps, il arrive encore à être plus réactif que moi. Il place sa main droite contre les carreaux qui recouvrent le mur, me coinçant donc entre le coin de la pièce et son corps gras et répugnant. Sans me laisser déstabiliser, je tente de m'éclipser une seconde fois, gigotant davantage, et sans apporter plus de réponse à sa question, qui pour lui, ne doit pas vraiment en être une. Grosse erreur. Mon refus n'a pas l'air de vraiment lui plaire ; son regard se noircit, ses traits se durcissent, mais son haleine reste inchangée, faisant revenir ma nausée. Sans que j'aie vraiment le temps de comprendre ce qui m'arrive, il me pousse violemment contre la porte d'une toilette et colle son corps contre le mien. Il s'écrase contre mon corps, le parcourant de ses mains. Tout y passe, mes seins, mes cheveux, mon visage. L'homme commence à passer ses mains brutalement derrière moi et saisit mes fesses, ce qui lui permet de pouvoir coller son sexe encore plus fort contre le mien. Je n'ose plus bouger, je suis totalement pétrifiée, j'aimerais hurler mais rien ne veut sortir. Je suis comme paralysée. Étrangement, je ne pleure pas, non pas que l'envie me manque mais rien ne coule, je suis hors de mon corps.

Soudain, le pire se produit, ses lèvres se rapprochent dangereusement des miennes, les capturant brutalement, et là, j'ai vraiment envie de vomir. Il ne me semble pas prêt à s'arrêter en si bon chemin. Je comprends tout de suite où il veut en venir, ses intentions sont plus que claires. Je sais qu'il ne me reste plus beaucoup de dignité, mais je souhaite quand même conserver le peu qu'il me reste. Je refuse qu'il aille plus loin, il en a déjà fait trop. Son comportement est inacceptable, et je refuse de lui laisser la voie libre. Alors je m'arme de courage et lui assène un violent coup de genou dans son entrejambe, le stoppant net. Il recule, mais continue à me fixer avec un regard noir qui crie braguette. Au même instant, le gérant du restaurant, un homme d'une trentaine d'années, assez bourru, entre dans les toilettes.

Comprenant plus ou moins ce qui vient de se dérouler, il assène un violent coup de poing dans la tête du sexagénaire et le chasse de son établissement. Il se dirige ensuite vers moi et pose délicatement une main sur mon épaule.

— Ça va aller mademoiselle ?
— Je...je crois que oui. murmuré-je, encore un petit peu secouée par ce qui vient de se produire.
— Faut pas hésiter à taper contre les murs ou à crier si cela se reproduit. J'ai bien senti que ce mec n'était pas net.

Je me contente de hocher la tête, doucement.

— Pour vous dédommager, la maison vous fait cadeau de votre repas et de celui de votre amie.
— Me...merci. C'est gentil.

Il me sourit et retourne à son comptoir. Je regarde la porte se refermer, les yeux dans le vide. Soudain, celle-ci se rouvre brutalement, et Faustine, affolée, se dirige vers moi et me serre contre elle. Les bras ballants, je la laisse faire, interdite, le regard perdu dans le vide.

— Qu'est-ce qu'il s'est passé ? me questionne-t-elle, essoufflée.

— Le...l'autre, il a tenté de...mais...enfin...je...il m'a juste...emb...embrassée. murmuré-je, des sanglots dans la voix.

— Je suis tellement désolée pour toi. J'aurais dû voir cet homme entrer et comprendre qu'il n'était pas net.

— Tu n'aurais rien pu changer Faustine.

Quelques larmes parviennent finalement à s'écouler le long de mes joues. Faustine se contente de me serrer un peu plus fort contre elle. C'est à ce moment-là que je me rends compte, encore plus que ce que j'avais déjà conscience, de la gentillesse de mon amie. La voir aussi soucieuse de mon bien-être me fait du bien. Il était impossible que notre amitié se termine, nous sommes trop attachées l'une à l'autre. Mais sa bienveillance n'enlève pas ma honte. Pourquoi est-ce que je n'attire que des hommes comme cela ? Pourquoi les hommes se défoulent-ils autant sur moi ? Que leur ai-je donc fait ? Je me dégoûte d'être comme cela, sincèrement. Finalement, le problème ne vient peut-être pas des hommes, mais de la personne que je suis. L'image faible et fragile que je renvoie doit décupler leur envie de me dominer. Ils savent pertinemment, ces manipulateurs nés, qu'ils me contrôleront bien plus facilement qu'une femme un petit peu plus imposante et moins renfermée. Mon petit gabarit ne joue pas en ma faveur.

Au bout d'un petit moment, je me détache délicatement de son emprise et saisis ses épaules à bout de bras, lorsque je remarque ses yeux rougis. Cela me fait tellement mal au cœur de la voir se mettre dans un tel état pour moi. J'ai l'impression que je ne sais que lui donner de mauvais moments. Nos temps de joie existent, mais sont vraiment rares, surtout depuis le début de l'année scolaire. Je m'en veux terriblement de la faire souffrir comme cela, elle mérite tellement mieux. Je sais que Faustine est assez sensible, elle prend les choses très, voire trop, à cœur, créant souvent ce genre de réaction chez elle. J'aimerais pouvoir lui offrir une amitié simple, lui permettant de prendre parfois la vie à la légère, mais je n'ai jamais réussi. Depuis que nous nous connaissons, mon amie a toujours su lire en moi. Je pouvais difficilement lui cacher les choses, elle remarquait toujours tout. Elle a donc toujours tout fait pour me venir en aide, quitte à parfois se rendre très malheureuse. Je m'en veux beaucoup pour cela, me persuadant que, sans moi, elle aurait eu une vie bien plus légère.

— Faustine ne pleure pas je t'en supplie, je...je suis désolée de te faire autant de mal. Franchement tu ne me mérites pas. dis-je, la voix cassée, tout en baissant le regard.
— Ne dis pas cela ma belle. C'est juste que je m'en veux terriblement de ne pas t'avoir accompagnée, cela aurait évité que

cet homme s'en prenne à toi, tu n'avais vraiment pas besoin de cela.

Faustine passe une main sous ses yeux afin d'essuyer les vestiges de son maquillage, je fais de même pour chasser les quelques larmes restantes. Une fois de nouveau présentables, nous sortons et remercions le gérant pour son geste. Ayant encore beaucoup de choses à faire, nous ne perdons pas de temps et allons directement voir les téléphones portables pour que je m'en rachète un. Il faudra que je parvienne à le cacher si je veux éviter que Laurent ne lui assène le même sort qu'à l'autre. Je ne sais pas si c'est très utile, ne sachant quand ses foudres auront raison de moi, mais j'ai quand même envie d'y croire encore un petit peu. Avoir retrouvé mon amie me donne des ailes. Le choix devrait être rapide puisque je compte reprendre exactement le même, il me convenait parfaitement.

— Bonjour, alors cela fera un total de cinq cent cinquante-neuf euros Madame.

Je m'apprête à sortir ma carte bancaire pour régler cette somme conséquente, mais mon amie prend les devants, tendant la sienne au caissier. Surprise de son geste, je la regarde, quelque peu déboussolée, mais mon amie ne se laisse pas démonter, justifiant son geste.

— Anne je te l'offre, prends cela comme ton cadeau de Noël. me sourit-elle.

— Non non, je ne peux accepter cela, c'est beaucoup trop.

— Cela me fait plaisir, je te le promets.

— Faustine non ! Tu n'as pas à rembourser les accès de colère de Laurent !

Mon amie se stoppe net et me fixe avec des yeux ahuris et là, je comprends tout de suite que j'ai parlé un petit peu trop rapidement. Je ne voulais pas lui avouer la vérité, du moins pas maintenant, pas comme cela. Ma maladresse est quand même assez effroyable. Je me doute que maintenant, je ne pourrai plus nier, ni repousser les aveux. Est-ce un mal pour un bien ? Je ne peux pas encore en être certaine, mais bon, ce qui est dit est dit, je ne peux plus revenir en arrière. Je n'avais qu'à contrôler ma parole. Avec mes déclarations, j'ai créé un lourd malaise entre le vendeur et mon amie, je bredouille maladroitement quelques excuses. Faustine s'éclipse immédiatement ; totalement sous le choc, je lui emboîte le pas, très gênée, laissant le vendeur en plan, probablement déçu de n'avoir pu aller au bout de sa vente. Faustine doit probablement m'en vouloir, comprenant qu'encore une fois, je n'ai pas été franche avec elle. Elle doit probablement remettre en cause les mots que je lui ai dits ce matin. J'espère simplement ne pas avoir tout gâché.

Faustine continue d'avancer, se dirigeant d'un pas décidé vers le supermarché, me donnant l'impression qu'elle cherche à me semer. Je tente tant bien que mal de la suivre, courant presque, mais mon corps me rappelle brutalement ce que j'ai vécu ce matin. Je suis donc contrainte de ralentir drastiquement pour réduire mes douleurs. Je construis pendant ce temps mon discours, essayant d'ordonner mes propos afin de tenir une explication claire et cohérente. J'hésite un instant à lui dire la vérité, toute la vérité pour qu'elle comprenne l'horreur que je vis, mais je me ravise rapidement. Il faut que cette fois-ci, je nuance mon propos. Je veux que Faustine comprenne que je suis victime de violences conjugales, mais sans lui exposer toute l'horreur. Je ne veux ni l'inquiéter, ni la choquer, simplement lui faire comprendre que j'ai besoin d'aide, ni plus, ni moins. Mon amie allant vraiment trop vite pour moi, je choisis de me stopper et de l'interpeller.

— Faustine ! Faustine attends-moi s'il te plaît ! crié-je.

Mon amie se retourne brusquement et rebrousse chemin, se plaçant juste devant moi.

— Tu es décidée à enfin arrêter de me cacher des choses ? Je veux bien être là pour toi et t'aider Anne, mais si tu ne te confies pas un minimum, je ne peux rien faire ! C'est facile de tenir un beau discours pour que j'accepte de t'écouter, mais si derrière tu ne fais pas d'efforts, cela ne pourra jamais aller ! s'énerve-t-elle.

Pour la seconde fois en peu de temps, les larmes me montent aux yeux, mais cette fois-ci, j'arrive à les contenir. Il faut que je sois courageuse et sincère car des occasions comme celle-ci ne se représenteront peut-être jamais. Je sais que là, je ne peux plus me défiler.

— Bon d'accord. Je...je t'avoue qu'en ce moment, c'est un peu compliqué avec Laurent à la maison, il ne travaille toujours pas et son humeur se dégrade de plus en plus. Il a parfois des pics de colère, et c'est pendant une de ses crises qu'il a cassé délibérément mon téléphone. clamé-je, baissant la tête.

Je me suis bien gardée de lui dire que j'avais essayé de joindre la police et qu'il s'en était rendu compte, cela n'aurait pas d'intérêt. Je ne détaille pas non plus le viol et ses nombreuses humiliations, trop honteuse. Je me convaincs qu'en faisant silence, tout cela n'est pas réel. Le déni m'aide à tenir, même si je sais que ce n'est qu'un pansement éphémère.

— Je vais être claire avec toi Anne. Est-ce à cause de Laurent que tu es parfois couverte d'ecchymoses ?

Je me retrouve piégée, tiraillée entre deux choix : me confier et prendre le risque de souffrir une nouvelle fois en rentrant, ou alors ne rien dire, au risque de ne jamais atteindre la nouvelle année et de décevoir mon amie une énième fois ? Je m'étais pourtant promis de me confier à mon amie si celle-ci s'apercevait de quelque chose, ne voulant pas lui mentir une énième fois. Je me sens prête à parler, mais pas à faire éclater toute la vérité. Jamais je ne pourrai accepter de parler de mon viol, jamais je ne pourrai lui raconter que Laurent se force parfois à vomir pour m'obliger à y remanger derrière. C'est l'humiliation suprême, la définition de l'impuissance et de la vulnérabilité même. Je suis consciente que Laurent assoit toute sa domination sur moi, mais je ne suis pas prête à le reconnaître aux yeux de tous. Je choisis donc de ne pas nier ses doutes, mais je refuse d'entrer dans les détails. Jamais je ne pourrai en parler. Jamais.

— Oui...il...il m'a déjà frappée...à deux reprises et je t'avoue que cela commence à devenir compliqué. murmuré-je timidement.
— Oh ma pauvre, je suis sincèrement désolée. Mais pourquoi tu ne m'as rien dit avant ? me dit-elle, tout en me serrant dans ses bras.
— Je...j'avais honte. affirmé-je, laissant quelques larmes s'échapper.
— Est-ce que tu veux que je t'accompagne porter plainte ?

— Non ! Je ne suis absolument pas prête à cela.

— Il faudrait pourtant Anne, tu ne peux pas rester indéfiniment comme cela, ce n'est pas une vie. Je tiens trop à toi pour te laisser sous son emprise.

— Je sais, mais pour l'instant, je ne veux pas. Je préfère qu'on laisse passer un petit peu de temps, qui sait, les fêtes le calmeront peut-être.

— Tu sais Anne, s'il te fait souffrir, rien ne pourra le calmer. La violence fait monter l'adrénaline et on en devient rapidement dépendant. Tu sais ce que l'on va faire ? Je vais en parler avec Sébastien ce soir, et on trouvera la meilleure solution pour t'aider. Cela te convient ?

J'acquiesce et enfouis ma tête dans le cou de mon amie. J'ai l'impression d'enfin voir le bout du tunnel, que quelqu'un va m'aider à remonter à la surface et me prendre au sérieux. Je sais qu'elle a raison, que je devrais porter plainte, mais j'ai trop peur de ne pas être prise au sérieux. Lorsque je vois comment la gendarme s'est moquée de moi, cela ne m'encourage pas à y retourner. Je ne supporterais pas d'être traitée de menteuse. Me confier sur l'horreur que je subis est déjà suffisamment compliqué, alors si par-dessus on ne me croit pas, je ne pourrai pas le supporter. Rien n'est pire que l'indifférence lorsque l'on ose enfin briser l'omerta qui nous entoure. J'espère qu'un jour, je pourrai retrouver une vie normale. Disons que je suis déjà sur la

363

bonne voie ; quelqu'un est au courant et partage donc ma douleur. C'est difficile d'admettre que l'on se décharge sur quelqu'un. Je trouve cela presque égoïste ; déplacer la douleur ne la fera pas disparaître, cela fera juste souffrir quelqu'un d'autre. Était-ce la bonne solution ? Je ne sais pas. L'avenir nous le dira...

Je me suis bien gardée d'avouer à mon amie que tous mes agissements des mois précédents étaient liés à la violence que Laurent exerce sur moi. Je ne me suis pas non plus dédouanée de la chute de Rebecca. À quoi bon ? Cela ne changera pas les choses. Ce qui a été fait ou dit est indélébile, alors pourquoi revenir dessus et se faire du mal pour rien ? Je pense que mon amie n'est pas bête, elle comprendra tout cela par elle-même. Je n'ai plus envie d'en parler, c'est trop difficile et encore bien trop présent. Nous nous contentons simplement de pleurer silencieusement dans les bras l'une de l'autre. Je ne sais pas où mes semi-confessions nous mèneront. J'espère simplement avoir fait le bon choix et que Laurent ne s'en prendra pas à leur famille. C'est peut-être une nouvelle page de ma vie qui est en train de s'écrire. J'ai en tout cas envie d'y croire.

Chapitre XIII

Il doit être pratiquement vingt heures lorsque la voiture de Faustine arrive dans notre rue. Cette dernière se gare rapidement sur le trottoir et nous descendons. Le trajet du retour s'est fait dans un silence presque monacal, aucune d'entre nous n'a osé prononcer le moindre mot. De toute façon, j'ai la gorge trop nouée pour pouvoir parler. Plus nous avancions, plus je voyais notre rue se rapprocher, et plus je priais pour que nous ayons un accident. Je ne veux pas retourner chez moi, je ne veux pas encore subir les foudres de Laurent. Je sais pertinemment qu'une fois que j'aurai passé le seuil de la porte, tout recommencera. Dans la pénombre et l'intimité, personne ne peut soupçonner l'insoupçonnable, et c'est tout à fait compréhensible. Personne, mis à part Laurent et quelques hommes, n'est capable d'imaginer de telles atrocités. Enfin, je pense cela, mais je n'en ai aucune certitude. Qui me dit que ce que je vis n'est pas la normalité ? Si cela se trouve, toutes les femmes subissent ce même calvaire à huis clos, qui ne serait donc plus un calvaire mais la suite logique des événements. La vie. Peut-être que mon amie, qui semble si épanouie et qui est de si bon conseil, endure la même chose avec Sébastien. Si la gendarme n'a pas voulu me venir en aide, c'est peut-être parce que je n'en ai pas besoin. En admettant que cette vie soit le schéma classique à suivre, je n'aurais donc pas à m'en plaindre ni à solliciter l'aide de qui que ce soit. Mais d'un autre côté, si je me réfère à ce que j'ai pu observer chez mes parents quand j'étais enfant, je n'ai absolument aucun souvenir de violences. Peut-être n'ai-je pas été élevée normalement, ce que j'ai toujours connu n'était peut-être qu'une simple exception ? Je ne sais plus, je suis perdue.

Trop troublée, je ne parviens plus à discerner la réalité de ma réalité. Je suis tiraillée entre ces deux pensées, ne sachant laquelle croire. La violence est-elle normale ? L'homme doit-il punir son épouse qui selon lui transgresse, comme nous punirions un enfant ? Mais d'un autre côté, si je souffre autant et si je suis si affaiblie, c'est qu'il y a un souci, que cette façon d'agir n'est peut-être pas si normale que cela ; d'ailleurs, en reprenant l'exemple de l'enfant, il est totalement interdit de sanctionner physiquement un enfant. Du moins en France, ce geste peut nous faire encourir un bon nombre d'années à l'ombre, derrière les barreaux infranchissables de la prison. Me confier à mon amie m'a totalement chamboulée. Je suis pour l'instant tout bonnement incapable de savoir si j'ai eu raison d'agir de la sorte. Je suis comme ailleurs, hors de mon corps, dans une autre dimension. Mon amie ne semble pas plus sur Terre que moi, je la trouve très songeuse depuis mes confessions au supermarché. Dans le fond, je la comprends. Je ne sais pas comment j'aurais réagi si j'avais été de l'autre côté, celle à qui on confie ce genre d'atrocité. Il est impossible d'anticiper ses réactions, mais je me doute que j'aurais également été très inquiète. Je m'en serais probablement voulu de n'avoir rien vu ou compris avant. Je ne suis pas dupe, je connais mon amie et je sais qu'elle culpabilise rapidement, alors je me doute qu'après la bombe que j'ai lâchée, elle ne doit pas être au mieux.

Toujours sans oser prononcer le moindre mot, nous ouvrons le coffre de sa voiture afin d'en sortir les nombreux sacs de courses. Malgré nos émotions respectives, nous n'avons pas perdu de vue le réveillon de Noël, et qui dit réveillon, dit courses. Nous avons convenu, d'un commun accord qui n'a pas été facile à mettre en place, que nous commencerions les démarches pour me sortir des griffes de Laurent après les fêtes de l'Avènement. Faustine aurait préféré que nous prenions les choses en main dans l'immédiateté afin de ne pas risquer ma vie encore deux jours, mais j'ai refusé. Il n'a pas été simple de la convaincre, mais j'ai réussi à trouver les bons arguments pour la faire céder. J'ai joué sur le fait que les gendarmes auraient d'autres choses à faire la veille de Noël, et que par conséquent, ils ne m'écouteraient que d'une oreille. J'ai également envie de croire que les fêtes de fin d'année adoucissent les mœurs, je ne sais pas si cette maxime s'appliquera à Laurent, mais j'ose espérer qu'il ne nous gâche pas ces deux jours censés être magiques. Faustine a fini par admettre, à demi-mot, que je n'avais probablement pas tort. Je ne suis pas sûre que les fêtes de Noël jouent sur ma crédibilité, je pense que le problème est au-delà de ça. Le souci principal, c'est ce foutu système qui condamne les victimes et laisse les agresseurs dehors, libres comme l'air. C'est tout un système à réorganiser, toute une éducation à refaire, alors ce ne sont pas deux jours qui vont changer les choses, c'est certain. J'ai simplement refusé d'aller porter plainte maintenant parce que je ne suis pas encore prête à aller jusque-là. J'ai besoin d'un peu de temps pour réfléchir à ce que je vais pouvoir dire face aux policiers pour être prise au sérieux. Et puis, il faut également que j'aille faire constater mes blessures, car même couverte de bleus, sans certificat, on ne me croira pas. Justice de merde. À croire que pour être entendue en tant que victime, il ne faudrait pas l'être, car oui, c'est bien connu, il est très simple pour une victime d'aller à l'hôpital pour faire un certificat, pour ensuite se rendre gentiment à la gendarmerie, presque encouragée par notre conjoint violent. Quelle absurdité quand même. Et je ne parle même pas des victimes qui ne se rendent pas compte de ce qu'elles subissent, car ouvrir les yeux sur son propre calvaire est loin d'être chose évidente.

Après avoir chacune récupéré nos sacs respectifs, nous nous apprêtons à nous quitter. Je n'ai pas envie de rentrer, de laisser mon amie que je viens à peine de retrouver, mais j'essaie de me consoler en me disant que c'est seulement l'affaire de vingt-quatre heures. Faustine ne semble pas plus ravie que moi à l'idée de se séparer. Malgré la faible lumière des réverbères, j'arrive à distinguer ses yeux luisants d'émotion. Je suis également au bord des larmes et un rien pourrait me faire craquer, les au revoir vont être éprouvants.

— Anne, je n'ai même pas pensé à te le proposer puisque c'était trop évident, mais viens donc dormir à la maison, tu auras au moins la paix ce soir. me demande mon amie, une pointe d'espoir dans la voix.

Il est vrai que la proposition de Faustine ne pourrait m'être que bénéfique, puisque je serais au moins sûre d'éviter de subir les foudres de Laurent, du moins pour ce soir. Je m'apprête à accepter son offre, quand un éclair de lucidité me traverse l'esprit. Si je ne rentre pas chez moi ce soir, premièrement, Laurent n'aura pas de mal à me retrouver, il sait bien que jamais je ne dormirais dehors, et encore moins sous un froid pareil, je ne pourrais passer la nuit. Deuxièmement, si je ne rentre pas maintenant, si tant est qu'il ne soit pas déjà trop tard, je ne pourrai plus jamais revenir. Plus les jours passeront, plus la colère de Laurent s'intensifiera, et moins il acceptera que je revienne. C'est peut-être un mal pour un bien de ne jamais pouvoir y retourner, mais je ne peux pas partir sans au moins un minimum d'affaires. J'ai besoin de vêtements propres et chauds, et puis il y a surtout des objets dont je ne peux pas me séparer.

Je pense notamment à différents cadeaux ou héritages de mes défunts parents.

J'imagine qu'à ce moment précis, et depuis mon départ ce matin, Laurent doit faire les cent pas, s'inquiétant pour son sort puisque rien ne peut lui assurer que je ne sois pas allée à la gendarmerie. Puisqu'il m'a surprise en train de leur téléphoner, il connaît maintenant mes intentions. Dans sa tête, si je suis partie, ce n'est sûrement pas pour aller faire les magasins, et pourtant... J'avais une occasion en or, mais je ne l'ai pas saisie. C'est peut-être une grosse erreur de ma part ; de toute façon, je le saurai assez tôt. Si Laurent veut me faire payer et me faire taire à jamais afin de pouvoir tranquillement disparaître et éviter tout jugement, il n'attendra pas bien longtemps. Il doit déjà suffisamment s'en vouloir de m'avoir laissée en liberté durant toute une journée, il ne prendra pas le risque que cela se reproduise une seconde fois. J'en suis intimement persuadée. Je l'imagine, bouillant d'impatience et de colère dans le salon, à l'affût du moindre bruit ou de la moindre voiture de police. Il doit se sentir fait comme un rat. Je doute même qu'il me croie lorsque je vais lui avouer, après la question fatidique « Tu étais où ? », que je faisais tranquillement les courses de Noël avec mon amie. J'ai moi-même du mal à croire l'absurdité de la situation. Faustine avait raison, nous aurions dû aller déposer plainte, quitte à ne pas être prises au sérieux, mais je ne peux pas revenir sur ma décision, mon amie n'est pas une marionnette.

— Ça ira Faustine, ne t'en fais pas, et puis de toute façon, nous nous voyons demain soir.

— Je sais bien, mais j'ai du mal à te laisser après tout ce que tu m'as avoué. Je m'en voudrais s'il t'arrivait quoi que ce soit.

— Que veux-tu qu'il se passe en moins de vingt-quatre heures franchement ?

— Mais tout Anne, il peut se passer n'importe quoi. Tu sais, il suffit d'une seconde pour que la vie bascule.

Oh oui, je le sais, et même très bien. Je ne crois moi-même pas un mot de ce que je peux dire. Je sais pertinemment ce qui m'attend en franchissant la porte. Je ne suis pas dupe, il va passer ses nerfs sur moi et j'en ai pleinement conscience. Il est encore temps pour moi d'accepter sa proposition, mais je reste sur ma décision. Je vais les laisser tranquille, leur permettant de se retrouver en famille, sans intrus, et tout en discutant de ma situation. Ce moment de détachement leur permettra peut-être de trouver la bonne solution, celle adaptée à la tournure des événements. Je sais qu'ils ne me laisseront pas tomber, je peux avoir confiance en eux, mais je ne veux pas non plus abuser de leur gentillesse. Je me trouve déjà bien assez intrusive comme cela. J'espère simplement que la vie ne choisira pas une autre tournure que celle que nous avons envisagée, mais j'en doute. Laurent est capable du pire comme du meilleur, mais ce soir, je pense goûter au pire du pire. L'inverse me semble inimaginable.

Faustine n'insiste pas davantage, comprenant que je ne reviendrai pas sur ma décision ; bien que frustrée, elle respecte néanmoins mon choix. Par crainte de ne jamais la revoir, je la serre dans mes bras pour la saluer de la meilleure façon qui soit. Nous nous entrelaçons tendrement, posant chacune notre tête sur l'épaule de l'autre. Nous restons comme cela de longues minutes, savourant ce moment suspendu. L'une comme l'autre, nous n'avons pas envie de stopper ce moment magique, mais nous savons également très bien qu'il est impossible d'arrêter le temps. Alors, à contrecœur, nous nous séparons, tenant chacune les épaules de l'autre à bout de bras. Il est presque impossible pour nous de briser ce lien, alors symboliquement, on se tient, se lâcher étant synonyme de cassure. Je plonge mon regard luisant dans le sien, nos larmes menacent de couler, mais ni l'une ni l'autre ne veut craquer, probablement par pudeur. Le moment s'éternisant, et bien que j'aie conscience de ce qui m'attend par la suite, je me résous à l'idée qu'il est temps de rentrer, de pousser les portes de l'enfer, encore une fois. Je salue mon amie d'un geste de la main, espérant que cela ne soit qu'un au revoir...

Je descends la rue, me retrouvant bien vite devant ma maison, où je ne me sens d'ailleurs plus vraiment chez moi. Partir une fois, c'est renier le domicile et ce qui en découle, je l'admets parfaitement. J'ai tiré un trait sur cette maison qui n'est plus la nôtre, mais pratiquement celle de Laurent, et elle le sera complètement lorsque je serai partie et que j'y aurai retiré toutes mes affaires. J'espère pouvoir arriver jusque-là, je l'espère profondément. Mon souhait de quitter ce monde n'est plus d'actualité. Je sais que j'ai une amie sur qui je pourrai durablement compter, alors ma vie a retrouvé un sens. Je ne veux pas mourir, mais simplement quitter cette vie afin d'en bâtir une nouvelle. Plus calme, plus saine, plus belle. Je me rapproche de la fin, la situation se décante petit à petit, mais rien n'est encore fait, ni acté. Je lâche un grand soupir, prends une profonde inspiration, m'arme de tout mon courage et pousse la porte d'entrée. Ça y est, je ne peux plus reculer, me voilà face au mur et à mes responsabilités.

— Qu'est-ce que tu fous là ? Tu étais partie où salope ?

Dès que mon conjoint a entendu la porte d'entrée s'ouvrir, il s'est immédiatement levé du canapé, sachant pertinemment qui il allait retrouver. Ses insultes pleines de sarcasme ne m'atteignent même pas. J'hésite entre me taire et lui répondre, tout en soutenant son regard. Je choisis la seconde option, ne voulant plus me laisser dominer. Cette journée m'a donné des ailes.

— J'étais partie faire les courses de Noël avec Faustine, c'était génial !

— Et en plus tu oses te foutre de moi ! Non mais tu penses que je suis complètement con Anne ? Si je t'ai surprise une fois au téléphone avec les flics, c'est forcément que tu en as profité pour y aller. Alors c'est ça ? Tu jubiles parce qu'ils vont bientôt débarquer ? Et qui me dit qu'ils ne sont pas déjà là en train de m'observer ? Ohé, je suis un gros connard, venez m'attraper et me coller en taule. crie-t-il, gesticulant dans tous les sens.

— Non mais tu délires complètement mon pauvre. Si je te dis que je n'y suis pas allée, c'est que je n'y suis réellement pas allée. Je ne suis pas une menteuse, alors si cela t'amuse de t'agiter ainsi, fais, mais moi je ne vais pas supporter cela longtemps. Bref je vais me coucher, je suis fatiguée.

— Non mais tu crois quoi Anne, que tu vas t'en tirer comme cela ? Je vais t'apprendre à désobéir à mes ordres, je t'assure que cela va te passer l'envie une bonne fois pour toutes.

Comprenant que Laurent dit vrai — il n'est pas du genre à parler pour ne rien dire — je tente de m'enfuir à l'étage. Je sais que je n'irai pas bien loin, que Laurent va me coincer rapidement. J'aurais dû reprendre la porte, j'aurais dû accepter la proposition de Faustine. Mon excès de confiance s'évapore en une fraction de seconde. Je regrette déjà d'avoir cru que j'étais capable de passer au-dessus de mon conjoint. C'est bien d'avoir des projets et des idées bien précises, en pensant que les événements avaient pris une tournure en ma faveur. C'était le cas, j'avais une chance inouïe de me sauver la vie, mais je ne l'ai pas saisie. Mes illusions vont bientôt devenir désillusions, mais je ne peux en vouloir qu'à moi-même. J'aurais dû réfléchir, me méfier davantage. Oh oui j'aurais dû, mais c'est maintenant trop tard.

En tentant de m'enfuir dans les escaliers, je trébuche et m'écroule au pied de ces derniers. Laurent en profite pour reprendre le contrôle. Retour à la case départ. Finalement, rien n'a servi, rien ne m'a servi. Je constate, plus que désolée, que Laurent est bien plus fort que moi. Il peut assouvir sa domination sans problème, sachant qu'il a et aura toujours la main sur moi. Je m'en veux d'y avoir cru. J'aurais dû savoir qu'il était tout bonnement impossible pour une femme comme moi de prendre le dessus sur un homme comme lui. C'est une question de logique, ni plus ni moins. Je ne sais pas de quoi il sera capable ce soir, j'espère simplement que je serai assez résistante pour encaisser. Si par miracle Laurent n'a pas réussi à avoir ma peau, je reviendrai sur ma décision et irai porter plainte contre lui, même si nous serons le vingt-quatre décembre et que les gendarmes n'auront que faire de mes peurs, je l'aurai fait. J'aurai au moins tout tenté pour me sauver la vie. Je veux vivre, plus survivre.

Laurent est rouge de colère, il a besoin de passer ses nerfs. Il profite donc que je sois au sol, incapable de me défendre, pour m'agripper par les cheveux. Il m'enjambe je ne sais comment et tire violemment, m'arrachant un cri de douleur et de stupéfaction. Je tente de me relever comme je peux pour éviter d'être traînée par la simple force de mes cheveux. Laurent, ne faisant part d'aucun état d'âme, continue de me faire monter les escaliers, à sa façon. À chaque nouvelle marche que je franchis, mon corps se cogne, et moi je hurle. J'ai toujours essayé de faire preuve de retenue pour ne pas agacer Laurent davantage, mais la douleur est trop insupportable pour que je me taise. Inconsciemment, j'espère qu'en criant, quelqu'un m'entendra, Faustine notamment. Je l'espère fermement, croyant en ma bonne étoile, mais je ne me fais pas d'illusions. Je sais qu'il est tout bonnement impossible que qui que ce soit m'entende gémir. Je ne peux que souhaiter que Laurent ne m'achève pas ce soir, mais ses premiers gestes ne me laissent rien présager de bon.

Une fois sur le palier, Laurent continue de me traîner sur le sol, tenant fermement ma chevelure ébène, mais la douleur diminue. N'étant plus en pente, je n'ai plus besoin de supporter le poids de mon corps, et cela rend forcément son geste moins douloureux et insupportable. Laurent m'emmène dans ma prison. J'espère naïvement qu'il va me laisser ici, n'en faisant pas plus pour ce soir, mais à en croire son regard noir, plein de rage, je comprends que tout cela n'était qu'une mise en bouche. Laurent me soulève par mes vêtements et me lance violemment sur le lit. Il tente de déboutonner mon pantalon afin de le retirer. Je comprends tout de suite ce qu'il a derrière la tête, il veut me faire l'amour, encore une fois, sans mon consentement. Je me débats en donnant des coups de pieds et de poings un peu partout, frappant le vide. Je refuse de subir une nouvelle fois cette humiliation suprême. Je gesticule un maximum pour qu'il ne réussisse pas à me déshabiller. Je n'ai pas su me défendre la dernière fois, j'espère que maintenant, je pourrai me débattre davantage et le décourager. Voyant que je ne coopère pas, Laurent se lève. J'ose espérer qu'il ait baissé les bras. Je finis par me dire qu'il a compris et qu'il va bien sagement rejoindre sa chambre, comme si de rien n'était, mais encore une fois, j'ai tout faux. Laurent n'est pas du genre à revoir ses ambitions à la baisse. Lorsqu'il a une idée derrière la tête, il ira au bout, coûte que coûte. J'aurais dû le savoir.

— Tu ne veux pas qu'on baise dans les règles de l'art, c'est ton problème. J'ai envie de te sauter, et lorsque j'ai envie, j'ai. Alors si tu ne veux pas te montrer un minimum coopérative, c'est ton choix, mais ne viens pas te plaindre d'avoir mal, tu l'auras bien voulu. clame-t-il, avec un calme décontenançant.

J'ai à peine le temps de comprendre ce qui est train de se tramer, que Laurent s'allonge sur le sol. Je ne comprends pas vraiment ce qu'il fait, mais je ne dis rien. J'ai envie de profiter de ce moment de vulnérabilité de sa part pour m'enfuir. Tirer avantage de la situation, m'enfuir chez Faustine et ne jamais revenir. Tant pis pour mes affaires. J'ai envie de courir, malgré le peu de forces qu'il me reste. J'aimerais avoir ce courage, mais malheureusement, je n'arrive pas à dépasser mes pensées pour les transformer en actes concrets. Je crains trop qu'il me rattrape, sachant pertinemment que je ne suis pas en position de force. Je reste donc immobile, recroquevillée contre la tête de lit, les jambes rabattues contre ma poitrine. Je sais que Laurent parviendra au bout de son désir, je suis coincée. Je me résous donc à l'idée de subir cette terrible humiliation, une seconde fois. Je me sens terriblement faible, incapable de me défendre pour me protéger. Je suis sa chose, sa marionnette, il peut tout faire de moi puisque je n'ai pas la force physique pour prendre le dessus. J'abandonne rapidement l'idée de me défendre, espérant avoir mal moins longtemps.

Laurent se relève, une vieille latte du parquet à la main. Je m'en rappelle bien, nous l'avions en trop lorsque nous avons refait le sol il y a de ça plus de trois ans. Je n'avais pas voulu la jeter, au cas où nous en aurions besoin un jour, s'il y avait un problème avec une latte déjà posée. Le fameux au cas où qui prend la poussière inutilement. J'aime bien tout garder, dans la limite des placards et des recoins où s'entassent tout un tas de choses. Je déteste jeter, par crainte d'en avoir un jour besoin ou par attachement. Je regrette fermement de ne pas m'en être débarrassée sur le champ, comprenant sans grande difficulté ce pourquoi Laurent va l'utiliser. Il va me massacrer, j'en suis certaine. Jusqu'à ce qu'il puisse me dominer sans mal. Jusqu'à ce que je m'effondre, lui laissant la voie plus que libre. Je ne pourrai jamais endurer la rage avec laquelle il va me cogner, c'est certain, il va me tuer. J'aurais mieux fait d'accepter que l'on couche ensemble ; n'ayant plus vraiment de dignité à préserver, cela m'aurait évité une énième souffrance.

Laurent, empli de rage, se rue sur moi, la latte tenue bien haut. Il la saisit à deux mains, telle une batte de baseball, et m'assène un premier coup en pleine face. Instinctivement, je protège mon visage à l'aide de mes avant-bras, voulant éviter qu'un nouveau coup tombe sur cette partie de mon corps. Une douleur inqualifiable parcourt mon corps, me traversant de la tête aux pieds. Je sens un filet liquide et chaud rouler le long de ma tempe, probablement du sang. La violence de son premier coup ne peut m'avoir laissée indemne. Je passe de la position assise à couchée en boule. Je me laisse tomber sur le traversin, roulant de l'autre côté pour placer ma tête contre le haut du lit, la protégeant à l'aide d'un coussin. Laurent ne s'arrête pas, frappant encore et encore, avec toujours la même force. Il ne faiblit pas, reste constant et régulier dans son geste. Il ne fait preuve d'absolument aucun état d'âme, rien ne le freine. Même ensanglantée, terrifiée et hurlant de douleur, il continue. Je me demande à ce moment s'il est vraiment humain, s'il ressent quelque chose, un minimum d'empathie, mais cela me paraît tout bonnement impossible. Ma souffrance doit le faire jouir, l'extasier au plus haut point. Il aime ça ; même de dos, je peux savoir qu'il est tout sourire. La peur qu'il doit lire dans mes yeux et mon corps tremblant l'encourage à continuer. C'est un pervers sadique qui prend un malin plaisir à me voir souffrir le martyre.

Vient un moment où la douleur s'évapore. J'ai tellement mal que je ne ressens plus rien. Mes oreilles n'entendent plus aucun son. Ses insultes deviennent un vulgaire bourdonnement. J'ai l'impression d'avoir quitté mon corps. Je ne résiste plus. Mes muscles s'amollissent, mes mains ne parviennent plus à se contracter sur l'oreiller pour me protéger la tête. Je suis presque inerte. Plus aucun son ne sort de ma bouche. Le néant. Je suis encore consciente, mais dans un état second. Laurent le comprend bien, voyant que je ne réagis plus, la situation ne représente pour lui plus aucun intérêt.

Un dernier coup derrière la tête, puis il s'arrête, reposant la latte sagement contre le mur. Son calme me sidère. Comment peut-il passer d'un tel état de rage à un calme presque religieux ? Je n'ose pas me retourner, je reste donc figée, sur le traversin. Je sens que mon sang ruisselle le long de mon corps, tachant probablement les draps déjà bien marbrés. Le blanc éclatant de la couette n'est plus qu'un lointain souvenir. Elle est couverte de sang depuis des mois, je n'ai jamais trouvé le courage de la changer, sachant pertinemment qu'elle sera dans le même état quelques heures plus tard. Elle est tachée de sang à différents stades. Tout frais, un peu marron ou formant de vieilles croûtes d'une couleur douteuse. J'entends les pas de Laurent s'éloigner, son souffle haletant n'étant plus qu'un souvenir. Je ne sais pas où il est parti, mais je sais qu'il n'en a pas fini avec moi.

Soudain, une main me saisit brusquement, me faisant faire volte-face. Laurent est déjà de retour, sans que même je ne l'aie entendu passer le seuil de la porte. Je me retrouve sur le dos, mes yeux pile dans son regard. Sa furie ne semble visiblement toujours pas être passée, bien au contraire, j'ai l'impression de voir une détermination encore plus forte dans ses yeux que tout à l'heure. Je jette un regard furtif sur sa main droite, il tient des cordes. Je ne comprends pas immédiatement ce qu'il souhaite faire, mais me voyant perplexe et quelque peu perdue, Laurent ne tarde pas à dénouer le mystère. Ce dernier m'installe au milieu du lit, toujours dos contre le matelas. Je ne bouge pas et me laisse faire, mais mon conjoint tient quand même à s'assurer que je n'aie pas la capacité de me débattre lorsqu'il mettra à exécution son plan sordide. Il place donc un genou sur mon ventre, bloquant ma respiration et mes mouvements. Laurent positionne mes bras en croix et ligote mes poignets fermement à la tête de lit en fer forgé. Il fait de même avec mes jambes. Je me retrouve donc bloquée sur ce lit, écartée plus que permis pour que mon petit corps soit ligoté de chaque côté afin que je ne puisse m'enfuir. Alors c'est donc pour cela qu'il est allé chercher des cordes, pour me coincer afin de me violer facilement, sans prendre de coups, et tout en m'obligeant à souffrir, impuissante.

Laurent se place face à moi, devant le lit. Du regard, je l'implore de me laisser tranquille. Je ne lui demande absolument rien, ayant la gorge trop nouée pour prononcer le moindre son, mais mes yeux remplis de larmes parlent pour moi. Mon compagnon, me voyant si fébrile, jubile davantage. Il lâche un rire gras et sarcastique, me souriant de toutes ses dents. Il joue avec moi, pensant que j'ai envie de rigoler à ses tortures malsaines. Laurent ne tergiverse pas longtemps, il a un but, une pulsion à assouvir, alors il compte bien aller au bout, surtout étant parti sur un terrain si lisse. Il défait doucement sa ceinture, bougeant sensuellement afin de m'exciter à mon tour. Il me donne plus envie de gerber que de baiser. Sa cruauté et sa perversité me dégoûtent. Laurent retire ensuite son pantalon et son T-shirt. Il se retrouve en caleçon, son corps imposant et musclé exhibé sous mes yeux terrifiés. Laurent ne tarde pas à découvrir son sexe, continuant ses petites manies perverses, qu'il pense sensuelles. Comme si tout cela ne suffisait pas, mon conjoint décide de se masturber devant moi, m'ordonnant fermement de regarder la scène. Il joue inlassablement avec son sexe, rigolant toujours autant. Il est totalement cinglé. J'ai la nausée et je suis terrifiée. Laurent m'a déjà fait peur, la vie avec lui depuis quelques mois est effrayante, mais à ce point-là, jamais. Comment aurais-je pu imaginer qu'il pousse le curseur de la barbarie aussi loin ? Personne ne peut même y songer, c'est tout bonnement hors de ce que l'homme normalement constitué est capable de produire.

— Alors tu aimes ça salope ? N'est-ce pas que cela t'excite ?

Je ne réponds pas à sa provocation, incapable de prononcer quoi que ce soit d'audible et de compréhensible. J'aimerais lui demander d'arrêter, mais je ne peux pas, il faut que je me protège, et puis j'ai l'espoir qu'en me taisant, les choses passeront plus vite.

— Oh ! Je t'ai posé une question. Tu n'es vraiment qu'une saloperie ! Je vais t'apprendre à apprécier, je te le jure !

Laurent se rue une nouvelle fois sur moi, mais cette fois-ci, sans la latte. Il n'en a pas vraiment besoin, sa force devrait lui suffire à causer des dégâts irréversibles. Frustré que je n'aie pas témoigné de mon plaisir à le voir se masturber, si tant est qu'il soit possible de ressentir du plaisir en voyant cela, Laurent me corrige, à sa manière. Il m'assène un violent coup de poing dans le nez. Je lâche un cri de douleur ; il me l'a cassé, c'est certain, je l'ai senti. Je commence à sentir le sang venir, mais pourquoi il ne se rate jamais ?

— Laurent, s'il te plaît, arrête. Tu me fais mal. l'imploré-je.
— Pardon, je n'ai pas bien entendu ?

Comprenant où il veut en venir avec sa question qui n'en est pas vraiment une, je décide de jouer le jeu, quitte à lui mentir, afin d'éviter de me reprendre un violent coup.

— Ou...oui, tu...tu m'excites. chuchoté-je, à contrecœur et au bord de la nausée.
— Bon, je préfère. Tu vois quand tu veux, tu n'es pas si débile que cela. me répond-il avec mépris.

Je m'en veux de lui avoir cédé, mais je n'en avais pas le choix. Je ne suis déjà même pas certaine d'être capable d'endurer ses pratiques sexuelles douteuses, alors une énième déferlante de coups en tout genre, non merci. Je m'abaisse à ses désirs, prouvant encore une fois toute la faiblesse dont je peux faire preuve. C'est un constat qui est maintenant irréfutable. Je suis faible et absolument incapable de me défendre face aux désirs d'un homme. Je suis soumise à ses moindres exigences. Si Monsieur exige, Madame s'exécute sur le champ, sans mot dire. Je suis horrifiée de la femme que je suis devenue. Je me demande même quelle est réellement ma vraie nature. Ai-je été forte à un moment donné ? Ai-je pu endurer et surmonter les situations compliquées ? Ai-je su dire "non" quand je n'en avais pas envie ? Aujourd'hui, je suis incapable de trouver une réponse à ces questions. Ai-je toujours été faible ou est-ce Laurent qui m'a complètement détruite et anéantie ?

Une fois en pleine possession de ses capacités sexuelles, Laurent s'avance doucement vers moi, tranchant drastiquement avec le comportement dont il a pu faire preuve jusqu'à présent. Il est calme, n'ayant plus que son idée en tête. Laurent sait maintenant que je ne peux plus lui échapper, que je ne peux plus bouger et qu'il lui suffit d'un coup bien placé pour me faire taire si je me mets à geindre un petit peu trop à son goût. Il m'a pour lui seul, il sait pertinemment qu'il pourra aller au bout de son désir pervers, sans que je puisse m'y opposer. Laurent ayant oublié de retirer mes vêtements avant de m'attacher, et ne voulant pas prendre le risque que je lui échappe, s'empare d'une paire de ciseaux qui traînait sur mon bureau afin de découper mes vêtements. Adieu mon beau jean noir que j'aimais tant. Il ne fait preuve d'aucun scrupule et m'enlève comme cela tous mes vêtements, lingerie comprise. Je me retrouve inévitablement nue, sans que j'aie vraiment eu le temps de comprendre ce qu'il était en train de faire. Je ne suis de toute façon plus tout à fait là.

Laurent s'accroupit au-dessus de moi, il pourrait simplement assouvir sa pulsion, rapidement, mais cela ne l'intéresse pas. Il préfère faire durer son plaisir, longtemps, alors il commence à jouer avec moi. Sa main se pose délicatement sur mes lèvres, et redescend le long de mon torse, jusqu'à mon bas-ventre. Je tressaille, effrayée par ce contact si doux avec ma peau ; je n'ai plus l'habitude de le voir agir de la sorte. Ma réaction ne lui plaisant visiblement pas, il change de méthode. Laurent pose chacune de ses mains sur mes seins et commence à les presser brutalement. J'avais presque oublié la force de sa poigne. Je commence bien rapidement à bouger dans tous les sens, brûlant mes chevilles et mes poignets à cause des frottements de la corde contre ces derniers.

— Il n'y a vraiment que dans la douleur que tu réagis, c'est presque triste, mais bon, si c'est ton choix, alors je vais me montrer plus brutal. Tu aimes cela finalement, ce petit côté bestial ! Chaudasse !

Je secoue furtivement la tête, désapprouvant ses mots. Laurent rigole une énième fois, satisfait de me voir aussi terrifiée. Il a tout gagné ce soir. Mon conjoint ne tarde pas à stopper ses premières approches pour passer aux choses sérieuses. Il se replace bien au-dessus de mon sexe, me bloquant avec ses deux mains posées sur mes épaules. Il appuie fort, trop fort sachant que même sans cela, je ne pourrai lui échapper. Je manque rapidement d'air, trop oppressée par sa force. Ma respiration s'accélère, mes yeux se remplissent de larmes que je ne tente même pas de retenir. Je répète inlassablement ce petit mot qui n'a pour lui aucun son ; « non ». Le consentement ? Il n'en a que faire. Ses désirs et ses choix passent avant. J'ai beau refuser, pleurer et m'agiter tant que possible, rien ne lui fait comprendre que je ne suis pas d'accord. Et sans me prévenir, dans ses éternels va-et-vient fictifs, l'un devient le bon. Une douleur inqualifiable s'empare de tout mon être, comme une décharge électrique. Il a pénétré les barrières de la cruauté, de l'horreur même, une seconde fois. Laurent colle son torse au mien, frottant nos corps dans une alchimie que seul lui prétend ressentir. Au moment où son corps s'est emparé du mien, une remontée acide m'a chatouillé la gorge. J'ai envie de vomir, mais je ravale mes spasmes, ne laissant sortir que de douloureuses larmes.

Laurent prend un malin plaisir à faire durer cette relation sexuelle, qui n'en est pas une du tout. Relation sous-entend désir, et des deux côtés. C'est un viol, une agression, mais certainement pas une relation consentie. Il continue ses va-et-vient, retirant son sexe et le replongeant dans le mien, jamais rassasié. J'ai arrêté de m'agiter, comprenant que cela ne le ferait pas arrêter et que surtout, cela rendait son geste encore plus douloureux et insupportable. Seules des larmes silencieuses, presque détachées du reste de mon corps, roulent le long de mes joues. La douleur s'est évaporée, presque habituée à endurer ses mouvements répétitifs. Finalement, Laurent décide qu'il en a eu assez. Je n'ai pas d'horloge sous les yeux, ni une notion du temps vraiment exacte, mais sans compter ses petits gestes préliminaires, je pense que Laurent a passé plus d'une heure à me faire l'amour. Je dirais une heure, ayant trouvé ce moment interminable, mais ayant fini par décrocher de la réalité à un moment donné, je n'en ai aucune certitude. Mon violeur se relève, tout sourire et transpirant après cet effort, probablement considérable pour lui.

— Je suis déçu Anne, oh oui, je suis déçu. J'aurais espéré t'entendre jouir un petit peu plus, c'en était presque vexant, même si je suis certain que dans le fond, tu as bien apprécié.

Je ne prends pas la peine de répondre, de toute façon, il n'y a strictement rien à répondre à cela. Je n'ose pas confronter son regard, même si de toute façon, je ne parviendrais qu'à le deviner, les yeux trop embués pour voir clairement ce qui m'entoure. J'entends Laurent quitter la pièce, me laissant nue et ligotée. Ne voulant quand même pas passer la nuit dans cette position plus qu'inconfortable qui met en tension tout mon corps, je décide de le rappeler.

— Laurent ? Tu me détaches s'il te plaît.
— Si tu veux que je te lâche, il va falloir y mettre un petit peu du tien. Je veux que tu me supplies de te détacher. Supplie-moi, et je serai ton sauveur.

Je tombe encore un petit peu plus des nues, il n'en a donc jamais assez. Je n'ai pas envie de l'implorer, par principe. Je me sens suffisamment inférieure comme cela, pas besoin d'en rajouter une couche. Je n'ai pas envie de m'abaisser encore un petit peu plus bas, me sentant assez humiliée comme cela. Ce n'est pourtant pas grand chose, qui pourrait me permettre de réduire une douleur que je m'inflige inutilement, mais ma fierté m'empêche de prononcer le moindre son. Je me sens particulièrement conne, mais je ne reviens pas sur mon choix.

— Bien, alors je prends cette absence de réponse pour un non. Ce n'est pas la peine de faire tout ce cinéma Anne, si tu ne te plies pas à mes exigences, c'est que cela doit te plaire finalement.

Sur ces mots, Laurent quitte ma chambre, m'enfermant à double tour. Oh oui, si jamais j'avais l'idée de m'enfuir ! Ligotée par les quatre extrémités, je ne risque pas d'aller bien loin, mais soit, partons du principe qu'il a fait cela machinalement. Je tente d'user les cordes, bougeant et tirant dans tous les sens, hurlant à m'en briser les cordes vocales. Très vite, je m'arrête, comprenant l'absurdité de mes gestes. Je n'ai plus de force, et je céderai bien avant ces fichues cordes. Je me replace donc au centre du lit, dans cette position où je ressens moins les tiraillements sur mes poignets endoloris et ensanglantés. Je suis complètement vidée, de toute émotion et de toute énergie. Je suis léthargique. Inerte et loin de ce monde, de mon corps. Détruite encore un petit peu plus. Bien sûr, j'ai mal. Ma peau me tire, mes plaies me brûlent et mes bleus me font mal dès que je m'appuie dessus, mais cette douleur est moindre comparée à la souffrance psychologique que je peux ressentir.

Je suis complètement détruite. Laurent m'a détruite. Je ne suis plus qu'un corps, vidé de toute âme et de toute émotion. Une plante bien fanée qui perd ses pétales au compte-gouttes, se fragilisant jour après jour, jusqu'au moment fatidique où la plante se brisera. Ma vie, comme celle de la plante, ne tient plus qu'à un fil. Un rien que je ne saurais qualifier me maintient encore à ce putain de monde réel, trop cruel à mon goût. Pourquoi la vie est-elle si difficile ? Pourquoi nous inflige-t-elle tant d'épreuves ? Je ne suis pas croyante, mais bon sang, s'il existe vraiment un Dieu, pourquoi laisse-t-il de telles atrocités se dérouler ? Lui qui est censé être paix et amour, pourquoi ne les exige-t-il pas ? À quoi bon avoir la foi si c'est pour se confronter à une telle cruauté humaine ? Je voudrais juste tout stopper, tout recommencer à zéro et ne jamais l'épouser, lui qui dès le départ, se montrait intransigeant et colérique. J'ai cru que j'allais réussir à l'apaiser, à le canaliser et à fonder quelque chose de beau, rempli d'amour. Je me voyais en bonne Samaritaine, capable de sauver le monde, croyant en l'amour et la bonté humaine. J'ai toujours été un petit peu fleur bleue, presque naïve parfois, et ce dans tous les domaines. J'ai déjà été confrontée à la réalité, mais jamais je ne suis redescendue de mon petit nuage au monde idéalisé. La retombée sur Terre de ces dernières semaines a été plus que brutale. J'ai compris que toutes mes idées, que tous mes principes et que tous mes espoirs étaient en fait complètement faux. J'ai ouvert les yeux, et si j'ai la chance de me sortir vivante de ce calvaire, je me promets de ne jamais les refermer. Je ne veux plus croire en cette magie et en cette bonté humaine qui n'est en réalité qu'une chimère. Je suis passée de l'autre côté, dans le pessimisme et le noir complet, mais c'est la réalité de ce monde. Sois un animal féroce si tu veux survivre et t'en sortir. De toute façon c'est simple, soit tu es la proie, soit tu es le chasseur, mais il faut choisir dans quel rôle tu veux te cantonner pour le reste de ton existence. Ce monde est finalement clair, le mot de la fin serait « marche ou crève ». Je crois que cela résume tout, et parfaitement bien. Marche et fais attention à toi, méfie-toi de tout et de tout le monde, ou crève, acceptant ton propre châtiment en silence, sans broncher.

Chapitre XIV

Je bouge mon cou délicatement, le faisant craquer d'un côté puis de l'autre. Bougeant délicatement, et surtout comme je le peux, mon corps est parcouru par une drôle de sensation. Ma peau frotte contre un tissu que j'identifie comme étant une couverture. Je comprends que je suis probablement sur mon lit, mais ce qui m'étonne, c'est que cette couette, je la sens absolument partout de la même façon, comme si j'étais nue. Ne comprenant pas vraiment pourquoi je serais nue, je tente de me mouvoir, souhaitant replier mes jambes et baisser mes bras. Je suis rapidement freinée, bloquée par mes poignets et mes chevilles. Plus que surprise et réveillée par la douleur, j'ouvre brutalement les yeux. Dans la pénombre, je distingue simplement un ciel régulier, parfaitement blanc et lisse. Je finis par réaliser que je suis dans ma chambre. Bougeant la tête à droite et à gauche, je constate non seulement que je suis complètement nue, mais également que je suis attachée aux quatre pieds du lit. C'est donc pour cela que je suis si restreinte dans mes mouvements. J'ai un mal de crâne terrible, l'impression d'avoir été assommée. J'ai mal partout, comme si j'étais passée sous un rouleau compresseur. Je ne sais plus trop où j'en suis, ni quel jour nous sommes. Hors de mon corps, je mets du temps à reprendre mes esprits et à ordonner mes pensées.

Après quelques moments de réflexion, je finis par retrouver un semblant d'idées claires. Mes souvenirs reviennent par bribes, mais le scénario d'hier soir se dessine petit à petit. Je me souviens être partie de la maison, et d'en avoir payé le prix fort. Les contusions à peine coagulées, c'est Laurent. Mes poignets sciés jusqu'au sang, c'est Laurent. Mes douleurs lancinantes, c'est Laurent. Mon corps nu...ça aussi, c'est Laurent. J'aurais aimé que mon cerveau oublie cette partie-là définitivement, l'enfouissant bien profondément avec les autres douloureux souvenirs. Je me refais le film, comme si je revivais l'agression une seconde fois. Tout est intact, les moindres détails, je les revois à l'identique. Chaque geste, chaque mot, tout me revient par flashs. Je ferme les yeux et secoue la tête, espérant chasser tous ces souvenirs de mon esprit. J'ai l'impression de devenir folle ; je n'ai qu'une envie, me taper la tête contre les murs pour enfin les enfouir au fond de moi. Laurent me revient, par son rire sadique et ses gestes obscènes. Dès que je ferme les yeux et tente d'oublier, des images me submergent. C'est atroce, insupportable, comme si mon esprit avait pris possession de tout mon corps. Je ne contrôle plus rien. J'ai beau m'agiter, rien ne disparaît. Je sombre tout doucement.

Laurent, probablement interpellé par mon vacarme, ouvre la porte de ma chambre d'un fracas. Je ne sais plus s'il est réel ou si c'est encore ma mémoire qui me joue des tours. Réalité ou fiction ? Vraie vie ou imaginaire ? Je suis complètement perdue, dépossédée de toute faculté de réflexion. Je continue de hurler et de remuer mon corps dans tous les sens. Je suis dans un état second, plus vraiment sur Terre. La scène est digne d'une séance d'exorcisme. Moi m'égosillant, insultant le monde à tout va. Mon corps se soulevant, voulant s'enfuir, mais attaché et maintenu fermement. Je deviens folle. Pour me calmer et me faire revenir dans la réalité, Laurent m'assène une grande claque sur ma joue. L'effet est immédiat, radical. Dans un grand sursaut, je me reconnecte avec la réalité. C'est bien la première fois que je suis contente qu'il me gifle.

— C'est bon, tu as fini ta crise ? Tu entends le bordel que tu fais déjà à huit heures du matin ? Je ne t'ai pas suffisamment calmée hier soir ? Tu en veux encore ?
— Non, c'est bon.
— Alors sur ce, bonne journée, et tu la fermes sinon je t'en recolle une.

Laurent s'apprête à me laisser comme cela, sans me détacher ni me laisser la possibilité de me rhabiller. Ayant déjà passé une nuit comme cela, j'estime en avoir eu assez, alors même s'il faut que je me plie à ses ordres pour être libérée, je le ferai. Il ne faut pas que j'oublie que nous sommes le vingt-quatre décembre et que tout un tas de choses m'attendent si je veux que tout soit prêt pour ce soir. Cela me coûte beaucoup de le supplier puisque c'est consentir à l'emprise qu'il a sur moi, mais je n'en ai plus vraiment le choix. Je ne peux pas rester indéfiniment vissée au lit, c'est physiquement impossible. Lui avouer ma faiblesse, et donc par la même occasion louer sa domination, me dégoûte, mais je dois m'y résoudre. De toute façon, c'est déjà trop tard. C'est bien avant que j'aurais dû avoir cette réflexion. C'est bien avant que j'aurais dû refuser de lui obéir. Accepter une fois, c'est accepter pour toujours. Ce n'est pas la première fois que je me plierai à ses souhaits, et probablement pas la dernière non plus, alors à quoi bon souffrir inutilement ? Laurent a tellement de raisons, ou plutôt de prétextes, pour m'en faire baver, pas besoin de m'auto-infliger une douleur vaine pour soi-disant coller à des principes que je ne suis plus depuis bien longtemps.

— Tu ne me détaches pas ? l'interpellé-je.

— Les conditions n'ont pas changé. me répond-il froidement, sans aucune émotion dans sa voix.

— Je te supplie de me détacher mon amour. Je m'excuse pour mon comportement d'hier, je n'ai pas été une bonne épouse. Pardonne-moi et fais-moi ce cadeau de me libérer si tu acceptes mes excuses. l'imploré-je, jouant la comédie de la façon la plus crédible qui soit, mais sans penser un mot de ce que je peux avancer.

— Eh bien tu vois quand tu veux ! Tu dois vraiment aimer souffrir inutilement. Je vais être gentil et te détacher, prends cela comme un cadeau de Noël.

Je manque de lui rire au nez tant ses paroles sont absurdes, mais je me retiens, ne voulant pas envenimer la situation davantage. Laurent détache un à un mes membres prisonniers depuis hier soir. Lorsque les cordes se desserrent, une drôle de sensation s'empare de mon corps, le traversant de bas en haut. La douleur des frottements sur mes plaies vives mélangée au bonheur de regagner en mobilité. Mon corps a été tellement étiré qu'il va m'être difficile de me mouvoir convenablement dans l'immédiateté. Étrangement, mais cela ne me surprend plus vraiment, Laurent fait preuve d'une grande douceur en dénouant les liens bien serrés. Il fait attention à frotter un minimum mes plaies, il ne tire pas comme une brute. Il se montre délicat, attentionné, se plaçant presque en mon sauveur. Ce n'est pas la première fois qu'il agit de la sorte, je crois même qu'il le fait après chaque accès de violence, une fois que la pression est redescendue. Il m'offre ses deux facettes, la violente et la délicate. Hier il était mon bourreau, ce matin, il est mon héros. Il veut me montrer qu'il sait parfois être autre chose qu'un salaud, et dans ces moments-là, j'ai l'impression de retrouver l'homme que j'ai épousé. Le chevalier attentionné et éperdument amoureux qui m'a fait craquer un soir à la fête

397

foraine. C'était il y a six ans, et depuis on ne s'est jamais quittés. Nous nous sommes mariés à peine un an après notre rencontre, bien trop rapidement pour certains, mais l'un comme l'autre, nous étions sûrs de notre décision. Laurent s'est rapidement révélé être parfois brutal et violent, mais ce n'était rien comparé à maintenant. Son accident de la route, dont je suis pour lui responsable, a tout décuplé. Je me suis retrouvée une fois à sa merci, et il en a pris l'habitude. Jamais je n'ai pu revenir en arrière. Jamais plus les tâches n'ont été réparties. Jamais plus il ne m'a respectée. Jamais plus il ne m'a aimée de la même façon. Je suis persuadée qu'avant, c'était un amour sincère. Maintenant, c'est un amour intéressé. Il a trouvé en moi le défouloir parfait.

— Me…merci. murmuré-je
— Tu vois, je sais être gentil lorsque tu obéis.

Gentillesse ? Parce que c'est être gentil que de me laisser libre ? Le pire c'est qu'il trouve ses actes normaux. Je veux bien être complètement aveuglée par Laurent, mais je refuse d'admettre qu'être ligotée à un lit et violée à je ne sais combien de reprises est normal.

— Et tu me feras le plaisir de te rhabiller rapidement, c'est vraiment un supplice pour moi que de t'observer nue. Tu ne ressembles à rien qui peut donner un minimum envie, je

398

commence à comprendre pourquoi je t'ai sautée dans le noir, sinon cela m'aurait coupé l'envie à tout jamais. Un tas de graisse ne peut exciter que les porcs, et encore...

Sur ces mots, Laurent quitte ma chambre, toujours en prenant bien soin de la refermer à double tour derrière lui. Ses mots m'ont transpercée, sciée en deux. Il a encore réussi à toucher une corde sensible. J'ai toujours détesté mon corps et mon image. Dans le fond, je sais que je ne suis pas grosse, c'est même plutôt l'inverse. Je suis plutôt trop maigre que trop en chair, mais cela n'empêche que je me trouve énorme. Je ne parviens pas à me voir telle que je suis réellement, et même si la balance me dit que mon poids est trop bas, j'ai toujours l'impression d'être en surpoids. C'est absurde, je le sais très bien. Quand nos os saillent chaque parcelle de notre corps, quand on a des jambes aussi épaisses que des allumettes et lorsque notre ventre ne fait aucun pli lorsqu'on s'assoit, on est tout sauf en excès de masse pondérale. Je le sais, mais je ne parviens pas à l'admettre. Laurent connaît très bien mon problème, étant donné que je l'ai depuis toujours, mais il s'en est constamment servi pour me faire mal. Détestant déjà l'image que je renvoie, il suffit que quelqu'un fasse une réflexion maladroite pour décupler ma colère. Je sais qu'il l'a fait exprès pour obtenir une nouvelle réaction de ma part et avoir motif à me punir. Et bêtement, je tombe les deux pieds dans le plat, lui donnant ce qu'il cherche.

Mais avant cela, je l'écoute naïvement et enfile un long T-shirt sur mes sous-vêtements que j'ai préalablement remis.

Dans une rage décuplée par ma captivité forcée, je me relève d'un bond. J'ai mal, mais je parviens à agir comme si je ne ressentais absolument rien. Répétant inlassablement ces mots — *Tu ne m'auras pas connard* — je commence à tout casser autour de moi. Poussée par une force et une détermination que je n'avais plus depuis bien longtemps, je saccage l'entièreté de ma chambre. Tout y passe, sans exception. Les bibelots sur l'étagère volent en éclat, se brisant sur le parquet pour les objets un petit peu fragiles. J'envoie valser la couverture à l'autre bout de la pièce, ainsi que la latte ensanglantée qui m'a fait vivre un calvaire. En voyant un petit peu l'état dans lequel se trouve mon engin de torture, je comprends que je ne dois plus ressembler à grand chose. Comme si mes pensées avaient été écoutées, je me retrouve nez à nez avec mon reflet dans le petit miroir au-dessus de la commode en bois marron. Ce miroir en fer forgé doré était magnifique, mais mon reflet m'horrifiant tellement, je lui réserve le même sort.

Dans ce miroir, j'observe un être, qui est censé être une femme me ressemblant parfaitement. Je refuse de croire que cette personne au visage gonflé, endolori, couvert de sang et de plaies incrustées d'échardes, ce soit moi. Non. Ce n'est pas possible. Je ne me reconnais pas. On dirait que cette personne sort tout droit d'un film d'horreur. Le pire cauchemar qui hante les nuits de toute une maison. Cette créature complètement défigurée, abîmée par la vie et les éléments. Non ce n'est pas moi. Je refuse de l'admettre. Ne pouvant plus supporter ce reflet insoutenable, je donne un violent coup de poing dans la glace, qui se brise automatiquement. Le miroir s'effondre sur la commode et le verre s'éparpille un petit peu partout. Ma main droite pisse le sang, mais je m'en moque complètement. Plus rien ne peut stopper ma furie. Je suis en rage envers et contre tous. J'ai besoin d'évacuer, de tout défoncer pour me défoncer au passage. À croire que la vie ne m'a pas assez abîmée comme cela. Je continue de saccager ma chambre, déchirant mes vêtements et mes cours pourtant si précieux à mes yeux. Je n'en ai maintenant plus rien à faire. C'était une autre vie, que je ne retrouverai plus jamais. Saignant abondamment, j'en mets partout, mais je n'en ai que faire. Enragée, je pleure dans de lourds sanglots et hurle tel un animal en cage, que finalement j'illustre bien. Je lance mes livres, arrachant les pages et les envoyant un petit peu partout. Seule la lettre pour Faustine reste à sa place. Je refuse de la toucher, peut-être pour qu'inconsciemment, il reste une trace de tout cela. J'ai envie de m'en emparer et de lui réserver le même sort qu'à tout le reste, mais une force inqualifiable m'en empêche.

Je suis rapidement stoppée par mon corps, qui décide de me ramener dans la réalité. À bout de forces, je finis par m'arrêter d'un coup. Je suis dans un coin de la pièce, près de la porte, quand soudain, mes yeux se confrontent au bordel que j'ai mis. Absolument toute la pièce est sens dessus dessous. Tout est cassé, ensanglanté et entassé. Je comprends l'ampleur du désastre que je viens de commettre, mesurant également la violence dont je viens de faire preuve. Finalement, tout le monde est capable du pire. Tout le monde est capable de briser, voire de tuer. La rage décuple tout, sans exception. J'imagine un instant une personne à la place de tous ces objets, elle ne s'en serait jamais remise. La colère est parfois incontrôlable et peut pousser à l'extrême, et franchement, cela fait peur. Confrontée à cette scène postapocalyptique, je me fais peur moi-même. Je prends conscience de l'acte que je viens de commettre et j'ai l'impression d'être dans la peau de Laurent. Sa colère, je viens de la vivre. Je comprends ce qu'incontrôlable veut dire, et ce n'est pas du chiqué. J'ai réellement été dépassée par ma folie, ne pouvant m'arrêter. Alors voilà jusqu'où peut mener la rage. Je ne vaux finalement pas mieux que lui. Nous sommes pareils et capables des mêmes horreurs. Sur cette douloureuse réflexion, je m'écroule dans les débris de cette scène qui se rapproche étrangement d'une scène de crime quant à la quantité de sang présente. C'est une petite mort. Je viens de tuer la part réfléchie et mesurée de Anne. J'ai basculé de l'autre côté. Abasourdie et interdite, je fonds en larmes, noyant celle que j'étais.

Sans grande surprise, Laurent revient dans ma chambre, visiblement moins calme que tout à l'heure. Je ne suis pas surprise de le voir, mon vacarme a dû encore une fois l'alerter. J'ai vu le visage de mon compagnon changer du tout au tout en poussant la porte, et franchement, je le comprends. Il y a de quoi être surpris, et pas dans le bon sens du terme, en découvrant l'ampleur des dégâts. Je sais que je ne vais pas échapper à une nouvelle déferlante de colère. J'espère juste ne pas finir dans le même état que la chambre, quoiqu'il ne manquerait pas grand chose. Si mon cerveau parvient à accepter que le reflet que j'ai observé dans le miroir est le mien, j'en arrive à la conclusion que je suis déjà dans un état lamentable. Voyant le regard de Laurent s'assombrir et se gonfler de colère, je baisse les yeux et fixe mes pieds, pétrifiée.

— Non mais tu as un sérieux problème ce matin Anne ! Tu n'en as pas eu assez hier ? Tu es tellement cinglée et sadomasochiste que tu as besoin que je te boxe pour te sentir vivante ? Tu l'auras bien cherché, là tu vas avoir droit à une punition d'une intensité que tu n'as encore jamais connue, mais il faut bien que j'agisse proportionnellement à tes écarts. Je pensais que tu étais moins bête que cela, mais je crois que je t'ai trop surestimée. Tu n'es juste qu'une pauvre folle qui, même internée, ne parviendrait pas à se soigner. Tu es condamnée à vivre enfermée dans ta débilité, alors autant que j'abrège ton sort. Tu ne crois pas Anne ?

Que veulent dire ses derniers mots ? Qu'il doit en finir avec moi ? Que je suis incurable ? Je crois qu'il a raison. Le problème, ce n'est peut-être finalement pas Laurent, mais moi-même.

Cette situation dans laquelle je me suis mise, c'est entièrement ma faute. Si je n'avais pas appelé Laurent ce soir-là, si je m'étais pliée à ses désirs, telle une bonne épouse, tout cela ne serait probablement pas arrivé. Je ne peux m'en prendre qu'à moi-même. C'est comme cela qu'était écrite l'histoire, j'étais condamnée depuis le départ, alors pourquoi vouloir changer les choses ? Les étoiles ne peuvent être redessinées, l'alignement est tel et immuable. Cela veut donc dire qu'il va me frapper à mort, jusqu'à ce que je succombe. Mourir dans ses mains, par ses mains. C'est donc comme cela que ma vie va s'achever ? Si près du but, si près de sortir de l'emprise grâce à mes confessions, je comprends que rien n'est encore fait. Parler n'aura peut-être servi à rien, si ce n'est blesser encore d'autres personnes qui culpabiliseront de n'avoir rien fait. Encore une fois, je n'ai pas su faire les choses pour viser un intérêt collectif. Pourquoi lâcher une bombe qui fera finalement plus de dégâts que de bénéfices

? En me confiant, je n'avais aucune certitude de me sauver la vie, bien au contraire. J'ai hésité à me taire, me soumettant à mon propre sort, mais mon manque de tact et de réflexion ont détruit tous mes plans.

Laurent, toujours en forme lorsqu'il s'agit de se battre, se rue sur moi. Il place ses mains autour de ma gorge et serre de plus en plus fort. Je commence à rapidement manquer d'air, il a ma vie dans ses mains et peut donc avoir sur moi droit de vie ou de mort. Je devrais me résoudre à cette idée. Ça y est, mon heure est venue. Mais je ne peux accepter cela sans au moins essayer une dernière chose. Je ne veux pas mourir sans avoir essayé de me sauver. Je ne sais pas ce que je deviendrai après, si je parviens à m'en sortir, mais je veux essayer. Me battre jusqu'au bout, au moins pour Faustine, mais également par fierté. C'est peut-être bête à dire, mais je refuse de laisser Laurent choisir si je dois vivre ou mourir. La mort est une affaire de temps, et normalement, personne ne devrait en être maître. Je ne sais pas si j'arriverai à me reconstruire, mais je préfère essayer de vivre, quitte à moi-même choisir de partir, que de le laisser faire ce qu'il veut. Je ne veux pas lui donner ce plaisir. Je ne crains pas la mort, j'ai peur de ne pas en être maîtresse, c'est différent. Pour moi, il est impensable que la mort me frappe de plein fouet. Si je dois mourir, je veux que ce soit mon choix et ma décision. C'est peut-être cruel et égoïste dit comme cela, mais je refuse de ne pas avoir le contrôle sur ma vie. Autant dire que le contrôle, cela fait longtemps que je l'ai perdu et que Laurent l'a récupéré, mais j'ai envie de prendre ma revanche.

Dans un dernier espoir, je saisis la latte du lit, qui par chance, se trouve juste à côté de moi. Je tends ma main et sans hésiter, donne un violent coup sur le crâne de Laurent. Ce dernier me lâche immédiatement, surpris par mon geste. Je saisis cette occasion en or de prendre le dessus et continue de le frapper, me relevant avec dextérité. J'ai mal, je manque d'air, mais je passe au-dessus de tout cela. La latte comme une batte de baseball, je le frappe sans m'arrêter. Laurent recule et trébuche, je me retrouve debout et lui couché. En position de force pour la première fois, je me sens pousser des ailes. La peur est en train de changer de camp, je le sens, je le sais, je le vois. Dans ses yeux, pour la première fois, je lis la peur. Laurent comprend que c'est maintenant moi qui le maîtrise, et voyant l'état de la chambre, il doit comprendre que rien ne pourra m'arrêter. Je le vois se liquéfier à chaque nouveau coup. Il se retrouve faible, incapable de se sauver. Je comprends donc que sa violence n'était qu'un personnage, un rôle et un prétexte pour passer ses nerfs, mais la réalité est tout autre. Il est en réalité fragile, comme tout le monde. C'est un homme, avec ses forces et ses failles. Les rôles s'inversent, le bourreau devient victime. J'espère qu'il a au moins l'intelligence de réfléchir à ce qui est en train de se dérouler. J'espère qu'il comprend la peur que je peux ressentir quand il me violente. Cette pression de la mort qui pend au-dessus de nous comme un couperet. Je l'espère, mais je ne suis pas sûre qu'il y parvienne, trop imbu pour se mettre à la place de l'autre.

— Alors salaud, tu vois ce que ça fait d'être de l'autre côté ? Tu flippes n'est-ce pas ? Oh oui tu flippes car tu sais que c'est maintenant moi qui ai droit de vie ou de mort sur toi, et je te promets que je ne vais pas te louper. rigolé-je, dépossédée de moi-même.

Dans cet excès de confiance de ma part, je vais commettre une erreur qui peut s'avérer fatale, car Laurent ne me laissera maintenant plus une seule chance de m'en sortir, surtout s'il sait que moi aussi, je suis capable d'agir comme lui. Ayant osé le toucher, il ne me le pardonnera jamais. Continuant à le frapper et maladivement satisfaite de le voir le visage ensanglanté, je commets une maladresse. Trop confiante et parallèlement à bout de forces, dans un dernier coup qui le fait se tordre de douleur, la latte m'échappe et retombe sur Laurent. Malgré les douleurs qu'il doit ressentir, il a le réflexe de reprendre la latte. Je comprends que je suis foutue, que c'est fini pour moi. J'ai cru que j'avais réussi à reprendre le dessus, que la vie avait enfin été de mon côté, mais non. J'ai pu me venger un temps, mais ce n'était qu'éphémère. Je suis condamnée à souffrir et à encaisser. Je suis cantonnée à être une victime et à mourir victime. Les rôles se sont inversés quelques instants, mais chacun a repris sa place.

Laurent se relève, comme si de rien n'était. En possession de cette maudite latte, il m'assomme avec un coup d'une extrême violence derrière la nuque. Je m'écroule sur-le-champ, un filet de sang remontant dans ma gorge. Laurent jubile d'avoir repris son rôle, et cette fois-ci, il m'expose clairement que je n'ai aucune chance de m'en sortir.

— Alors comme cela tu as essayé de te défendre, bien, belle initiative mais qui me prouve encore une fois toute ta connerie. C'est bien de vouloir inverser les rôles, mais encore faut-il être en mesure de le faire. Tu n'es qu'une sous-merde Anne, et tu as cru que tu allais m'avoir ? Je vais te pourrir, te détruire et te défigurer pour te faire comprendre qui je suis. Et une fois que tu seras en train d'agoniser, je brûlerai les dernières lettres de mon prénom sur ton dos. Je signerai mon œuvre.

À ces mots, Laurent m'assène de grands coups de pieds dans le dos, les jambes, le ventre, la tête, enfin partout où il le peut. Je comprends que c'est la fin. La fin d'une vie, mais également la fin d'un calvaire. Je sais que je vais encore souffrir une dernière fois. La souffrance la plus intense, la plus brutale, mais j'espère la plus courte. Je suis fatiguée, je veux qu'il en finisse, qu'on en finisse. Je ne comprends pas comment nous sommes arrivés à nous vouloir tant de mal. Je ne sais plus comment nous avons basculé de l'amour à la haine, si tant est qu'il y ait eu de l'amour un jour. Je tente de me protéger comme je le peux, puisque même si je sens la mort s'approcher de plus en plus, j'ai du mal à m'y résoudre et à faire comme si de rien n'était. Terrifiée, je laisse mes larmes couler. Je pleure à chaudes larmes, comprenant que c'est la fin. L'histoire se finit d'une bien triste manière. J'aurais aimé avoir une autre vie, mais c'était écrit autrement. Je ne peux m'empêcher de penser à Faustine. J'espère qu'elle ne m'en voudra pas trop, qu'elle ne sera pas trop triste et qu'elle parviendra à passer au-dessus de ce qui, pour elle, constituera sûrement un drame. J'espère également qu'elle trouvera ma lettre et qu'elle en fera bon usage. J'espère simplement que mon histoire sera utile, qu'elle fera bouger les choses. Je ne veux pas avoir souffert pour rien, sinon la vie n'aurait vraiment aucun sens.

Laurent, visiblement trop à l'étroit pour se défouler comme il l'entend, attrape mes cheveux et me tire dans le couloir. Je sens mon dos frotter contre les débris de verre qui jonchent le sol. Je sens de petites coupures rejoindre le tatouage artisanal de Laurent. Mais dans quel état vais-je finir ? Mon conjoint lâche mes cheveux. Je me retrouve parallèle aux escaliers, et ce que j'imaginais se produit. Laurent me donne un nouveau coup de pied, rigolant d'un rire gras et sarcastique. Il jouit de son regain de puissance. Je ne cherche pas à me retenir, cela ne servirait à rien. Je roule dans les escaliers, me cognant absolument partout. Je sens certains de mes os craquer, se briser dans un fracas. Je ne sais pas vraiment ce qui se brise en moi, mais les douleurs et les horribles craquements ne laissent aucun doute subsister. Ma chute est rapide. Laurent m'a fait descendre avec énergie, à tel point que je ne sais pas si j'ai été en contact avec toutes les marches. Je finis ma course infernale mes dents sur le carrelage. Le grincement et le sang dans ma bouche me laissent comprendre qu'une ou plusieurs autres de mes dents ont dû se casser. Laurent descend à son tour les escaliers, doucement. Il ne se presse pas et il a bien raison. Cela ne fait qu'augmenter et prolonger ma douleur, et puis il ne prend pas un grand risque. Je ne suis plus capable de me mouvoir. Mes paupières sont fermées, je n'ai même plus la force de les ouvrir. Je suis au bout, vidée de tout. Ma respiration saccadée est le seul élément qui prouve à Laurent que je ne suis pas encore passée de l'autre côté. Mes yeux ne pleurent plus, plus aucun son ne sort de ma bouche. Je suis à l'agonie, étendue sur le sol dans mon sang qui tache tout autour de moi. J'espère qu'il ne va pas faire durer son plaisir trop longtemps, de toute façon, je pense que mes heures sont comptées. S'il me laisse comme cela, je pense succomber d'ici peu. C'est la fin, nous y voilà.

Les paupières toujours closes, je me force pourtant à les ouvrir, ne voulant pas être prise par surprise. Je ne parviens pas à les décoller entièrement, mais suffisamment pour avoir une infime perception de ce qui m'entoure. J'entends Laurent farfouiller dans le tiroir de la cuisine, cherchant je ne sais quoi. Le bruit strident des couverts qui se choquent résonne bien trop fort dans ma tête, amplifiant mon mal de crâne. Laurent, ayant probablement trouvé ce qu'il cherchait, referme le tiroir. J'entends ses grands et lourds pas revenir vers moi. Il se place une nouvelle fois au-dessus de moi, s'écrasant lourdement sur mon ventre. Avant de refermer mes paupières, ne pouvant soutenir son regard plein de détermination, j'ai eu le temps de distinguer un grand couteau de cuisine dans sa main droite. Je sais qu'il ne va pas hésiter à s'en servir, bien au contraire. Je suis terrifiée, je me vois mourir et cette sensation est insupportable. La mort frappe généralement sans prévenir, mais là, j'ai conscience que d'un instant à l'autre je ne serai plus rien. Juste un corps meurtri et défoncé, qui reflétera plutôt bien l'ampleur des supplices que j'ai pu subir. Le reflet physique est déjà terrible, mais dépourvu de celui de l'âme, il n'est rien. Psychologiquement parlant, je ne suis plus rien. Finalement, c'est peut-être une bonne chose que Laurent ait décidé de mettre un terme à tout ce calvaire. Si j'avais réussi à miraculeusement m'en sortir, je crois que je n'aurais pas pu tenir longtemps. Jamais je n'aurais été capable de parler de l'entièreté de mon histoire, par honte et par blocage. L'indicible porte bien son nom. Et puis de toute façon, personne ne pourrait comprendre. Tant que l'on n'a pas vécu la violence et les humiliations, tant que l'on ne connaît pas les dégâts et la souffrance que cela génère, il est tout bonnement impossible d'imaginer ce que les violences conjugales sont. Des perceptions souvent bien loin et bien moindres par rapport à la réalité des choses.

Laurent commence à dénouer mon peignoir, anciennement blanc. Je me retrouve une nouvelle fois en sous-vêtements, étendue sur le sol. Mon conjoint se saisit du couteau qu'il avait posé à côté de lui et commence à jouer avec. Il fait danser la brillante et glaciale lame le long de mon torse, sans appuyer. Ma respiration s'accélère tant bien que mal, mon cœur s'emballe, effrayée. Laurent caresse cette putain de lame, faisant glisser ses doigts de la pointe au manche. D'un rire diabolique, il la porte à sa bouche et la lèche avec délectation. D'un côté puis de l'autre, il y dépose bien soigneusement son ADN. Son jouet bien humide se rapproche une seconde fois de mon torse. Laurent pose la pointe de la lame entre mes deux clavicules et la descend sans souci jusqu'au-dessus de mes seins. La lame s'enfonce en moi comme dans du beurre, sciant ma peau en deux.

Une longue et régulière faille se crée, s'élargissant à chaque nouvelle incision. Un liquide chaud en sort et ruisselle de part et d'autre. J'ai si mal, mais je ne bouge pas, n'ayant plus la capacité de faire le moindre mouvement. Je pourrais hurler et me tordre de douleur, mais tout cela est au-dessus de mes forces. Je ne peux qu'encaisser en silence, priant pour que mon corps cède rapidement. Je n'en peux plus, je veux que tout cela s'arrête, c'en est trop que je puisse supporter.

Ma respiration ralentit. Je sens que mes forces me quittent peu à peu. Chaque nouvelle inspiration, qui me crée une douleur inqualifiable, me rapproche un peu plus de la mort. Ma tête commence à tourner, la nausée grimpe le long de ma gorge, mais ce n'est qu'un filet de sang qui passe la barrière de mes lèvres. Ça y est, je le sais, je le sens, c'est la fin. Laurent a réussi son coup, il est arrivé à ses fins. Il a posé sur moi la dernière marque de domination, et pas des moindres. Droit de vie ou droit de mort. Je l'avais déjà compris. J'étais en sursis permanent, comprenant que si un matin j'avais vu le soleil se lever, cela ne voulait pas pour autant dire que je le verrais se coucher, rejoindre son lit. Si Laurent avait voulu me tuer avant, rien ne l'en aurait empêché, il lui suffisait de redoubler d'intensité dans la violence, ou de se montrer plus radical, en m'enfonçant un couteau en plein cœur. S'il a choisi de me garder tout ce temps, c'est simplement pour faire durer le plaisir, son plaisir. Il avait trouvé en moi le jouet parfait, la bonne petite marionnette dont il pouvait faire absolument tout ce qu'il voulait. Des plus atroces supplices aux humiliations dégradantes pour se glorifier et se valoriser, il pouvait tout faire, sachant pertinemment que je ne pouvais rien dire. Je ne sais pas s'il s'est lassé de me faire souffrir, je ne pense pas, mais comprenant que je lui échappais, dans tous les sens du terme, c'est-à-dire aussi bien par ma condition physique plus que diminuée et par ma petite fugue, il a compris qu'il devait mettre un terme à la partie. Faire le deuil de son jouet favori. Je crois qu'il en aura quand même bien profité, mais maintenant, tout est fini. Je ne sais pas s'il fera long feu dehors. Parviendra-t-il à disparaître pour échapper à la justice ou au contraire, se suicidera-t-il juste après m'avoir tuée ? Une chose est sûre, il ne se rendra pas à la police, trop fier pour cela. J'aurais aimé que notre histoire connaisse une autre fin, plus heureuse ou moins triste, mais une fin classique. En nous mariant, nous avons signé pour le meilleur et pour le pire. Je ne sais pas si nous avons connu le meilleur, mais en tout cas, le pire, on l'aura traversé en long, en large et en travers.

Laurent, comprenant que je suis en train de doucement quitter ce monde, ne veut pas me laisser mourir de ma, disons, belle mort. Il veut asseoir son emprise jusqu'au dernier instant. Il ne veut pas que je succombe, mais que je meurs dans ses mains. C'est un petit peu la même chose, mais pas pour lui, pas pour les bourreaux. Alors Laurent prend la décision d'abréger mes souffrances et de m'envoyer dans l'au-delà. Il met fin à la partie. Elle devait inévitablement se terminer un jour ou l'autre. Laurent reprend son couteau à deux mains et le tient bien droit, juste au-dessus de ma poitrine. J'aurais pu, par son manque de vigilance, m'en emparer à plusieurs reprises, mais je n'en ai pas eu la force. Je veux en finir. C'est mieux comme cela, pour tout le monde. Vient un moment où il faut accepter de voir se terminer l'histoire. Vient un moment où les choses sont telles qu'elles ne peuvent pas connaître une autre fin que la plus tragique. C'est ainsi.

— Joyeux Noël mon amour. Je t'aime.

Laurent prononce ces mots sur un ton plus qu'effrayant. Alors voilà mon cadeau de Noël ? Un voyage sans retour dans l'autre dimension ? Ma mort est la seule chose qu'il a su m'offrir. Est-ce finalement un beau cadeau ? Je n'aurais pas pu vivre avec un tel traumatisme, alors ce n'est peut-être pas plus mal comme cela. Je ne peux qu'accepter et m'y résoudre. Je ne peux plus rien faire pour contrer le sort. Ce matin, les étoiles ne se sont pas alignées. Elles ont décidé qu'il était temps pour moi d'arrêter de souffrir dans le vide. Encaisser peut parfois être une bonne chose, donnant lieu après bon nombre de déconvenues au bonheur. Je sais que je n'y aurais plus jamais eu droit. Alors pourquoi vivre pour souffrir sans but ? Cela n'a pas de sens. Mais ma vie a-t-elle eu un sens à un moment ? Dans ce joyeux bordel, j'ai connu quelques éclaircies, mais trop moindres par rapport aux zones d'ombres.

Alors, après sa dernière déclaration, Laurent passe à l'acte. Dans un détachement effrayant, sans expression ni émotion, il enfonce la lame du couteau droit dans mon cœur, sans hésitations ni tremblements. Il reste quelques instants sans bouger, mains sur le couteau, et moi je lutte. Malgré ma volonté d'en finir, je résiste. Je sens la lame se retirer délicatement, au même titre que mes forces me quittent progressivement. L'hémorragie se déclenche immédiatement, maculant le sol. Une dernière respiration. Un dernier souffle. Un dernier soulèvement de poitrine. Le sang afflue dans ma bouche, ruisselant de part et d'autre des commissures de mes lèvres. Une dernière pensée pour Faustine. Anesthésiée par la douleur, je ne ressens plus rien. La dernière chose que je sens, ce sont les lèvres de Laurent qui se posent délicatement sur les miennes.

— Adieu mon amour.

Une de ses larmes tombe sur ma bouche, puis plus rien. Tout est fini. Il a réussi. Adieu. Moi aussi je t'aimais et t'aimerai toujours, malgré tout. Je suis désolée que nous n'ayons pas pu construire autre chose que la haine.

***

Chapitre XV

Je me réveille ce matin sur le coup des onze heures, exténuée après la courte et mouvementée nuit que j'ai passée. Surprise de ne pas avoir été tirée de mon sommeil par les pleurs matinaux de Rebecca, je constate que le lit conjugal est vide et froid. Sébastien a gentiment dû s'en occuper, me laissant récupérer un petit peu. J'ai eu du mal à trouver le sommeil, si je me suis endormie avant le lever du soleil, c'est un miracle. Les révélations de mon amie m'ont bouleversée. Jamais je n'aurais pu soupçonner que derrière cette si jolie façade se cachait l'horreur. Je m'en veux de ne rien avoir vu ni compris plus tôt, cela aurait probablement évité bien des drames. Si j'avais su, j'aurais pu l'empêcher de souffrir en silence. Si j'avais eu conscience de l'insoupçonnable, j'aurais pu éviter de l'accabler pour la chute de ma fille, qui n'était finalement pas de sa faute. Si ma fille est tombée, c'est probablement parce que Laurent avait poussé mon amie, et, déjà bien affaiblie, elle n'a pu empêcher le drame. J'ai eu la mauvaise idée d'entrer à ce moment-là. Je m'en veux de l'avoir accusée si rapidement, sans chercher à comprendre ni à écouter ses explications. J'ai réagi dans la précipitation et la peur, et je m'en veux terriblement. Je n'ose même pas imaginer la douleur qu'elle a dû ressentir en voyant que je lui tournais le dos, que moi aussi je la culpabilisais.

Je n'ai pas été très intelligente ni très fine sur ce coup-là, mais comment aurais-je pu imaginer qu'elle dissimulait un si lourd secret ?

Lorsque je suis rentrée chez moi après ses aveux, je me suis complètement effondrée dans les bras de mon mari. Je ne voulais pas la laisser. J'aurais aimé l'accompagner déposer plainte, ou au moins la placer à l'abri, bien au chaud et au calme chez nous, mais je ne pouvais aller contre sa volonté. J'aurais peut-être dû, mais je n'ai pas osé m'imposer, ni la forcer. Je me suis dit que Laurent devait probablement agir de la sorte, alors je voulais vraiment éviter de lui renvoyer la même image. J'ai tenté de ravaler mes larmes de dégoût et de culpabilité durant son récit et tout le reste de l'après-midi, mais une fois la porte fermée, je n'ai pas pu faire semblant bien longtemps. Lorsque Sébastien m'a innocemment demandé si j'avais passé une belle journée, j'ai craqué. Il n'a pas compris ma crise de larmes, mais il s'est contenté de me serrer délicatement contre lui, m'apportant tant bien que mal son soutien. Une fois calmée et ma fille couchée, nous avons pris le temps de discuter autour d'un café. La gorge trop nouée, je n'ai pas pu avaler ne serait-ce qu'une bouchée de la salade qu'il m'avait préparée. Sébastien nous a alors fait deux cafés, et nous nous sommes installés dans le canapé. Je n'avais pas envie de parler, mais simplement d'agir avant qu'il ne soit trop tard, mais par respect pour la volonté de mon amie, j'ai accepté le café de Sébastien et lui ai tout raconté, du moins tout ce que je savais. Je ne suis pas dupe, j'ai bien compris qu'Anne ne m'avait confié qu'une infime partie de son calvaire, je me doute que dans la réalité, les choses sont bien pires.

Prenant une grande inspiration, j'ai expliqué à mon mari tout ce que je savais. Je lui ai parlé des nombreuses blessures que j'avais vues, de sa perte de poids, des malaises à répétition, des coups de Laurent. J'ai rapidement fait le lien entre tout, maintenant c'est si logique. Ses sautes d'humeur, sa faiblesse qui ne faisait que s'accroître, ses retards de plus en plus nombreux, et j'en passe. Tout était décousu, j'avais parfois du mal à suivre et comprendre mon amie, mais à présent, connaissant une part de la vérité, tout s'éclaircit. J'aurais dû comprendre les choses bien avant. Je me pensais bonne psychologue, capable de cerner les gens qui vont mal, tout en identifiant une part de ce qui les détruit. Alors oui, j'avais remarqué son mal-être, mais jamais je n'ai compris pourquoi. C'est une véritable claque que je me prends. J'ai réussi à aider de sombres inconnus dans leurs périodes difficiles, mais je n'ai même pas été capable de venir convenablement en aide à mon amie et collègue que je côtoyais pourtant de nombreuses heures par jour. Sébastien m'a écoutée, consterné par mes révélations qui lui ont fait l'effet d'une bombe. Lui aussi était loin de se douter de la vérité que renfermaient les quatre murs de leur maison. Tout comme moi, il a eu des doutes, il a vu Anne s'assombrir et s'affaiblir de jour en jour, mais sans comprendre ni mettre de mots dessus pour justifier. L'un comme l'autre, nous avons vu sans voir, ou sans vouloir comprendre. Nous avions tout sous les yeux, mais jamais les pièces du puzzle ne se sont assemblées convenablement.

J'ai beaucoup pleuré hier soir, ayant besoin d'extérioriser et de faire le vide. À bout de nerfs, ne trouvant aucune bonne solution pour venir en aide à mon amie le plus vite possible, j'avais envie de me fracasser la tête contre les murs. J'ai ressenti la pire sensation que l'on puisse ressentir : l'impuissance. Sébastien n'a pas été plus inspiré que moi, jugeant qu'il était préférable de suivre les désirs de notre voisine, attendant la fin des fêtes de Noël pour agir de la meilleure façon possible. Mon mari pensait qu'elle seule était capable de savoir ce qu'il était bon de faire ou non, et que les gendarmes seraient plus sensibles et attentifs à ses dires une fois les festivités derrière nous. Je n'étais et ne suis d'ailleurs toujours pas d'accord avec leurs raisonnements ; pour moi, il n'y aura jamais de "bon" moment pour agir. Aucun moment ne se montrera propice puisque telle ou telle chose ira à l'encontre. Ce n'est pour moi qu'un prétexte pour ne pas se mouiller. J'ai passé toute la nuit à ressasser cette idée, et je ne peux pas la laisser passer Noël puisque rien ne me garantit qu'il ne sera pas déjà trop tard. Il suffit d'un mot de travers pour que la situation dérape, et d'un instant tout aussi court pour stopper brutalement une vie. Je refuse de rester les bras croisés, bien au chaud et au calme chez moi, alors qu'à quelques mètres de là, l'une des personnes les plus chères à mon cœur est peut-être en train de souffrir le martyre. Peut-être que cette pulsion qui me pousse à agir dans l'immédiateté n'est pas seulement due à l'envie de sauver mon amie. Bien évidemment que je veux lui sauver la vie et la savoir en sécurité, c'est logique, mais je crois qu'au fond de moi, si je veux faire quelque chose, c'est surtout pour soulager ma conscience. Je déteste avoir ce raisonnement-là, mais je crois que c'est malheureusement la vérité. Je veux me déculpabiliser de n'avoir rien fait avant, me placer en héroïne, en sa sauveuse. Bien entendu, je ne suis pas consciente de tout cela, mais au plus profond de moi, je suis persuadée que c'est le souhait de mon cerveau. Je veux soulager ma conscience si jamais le drame finit par survenir. Finir par me dire que ce n'est pas ma faute, qu'au moins j'aurai essayé. Je ne suis pas comme cela habituellement, l'autre prime sur moi, mais quelque chose me dit qu'il faut que je fasse quelque chose, et rapidement.

Lorsque j'observe l'heure affichée sur mon réveil, je blêmis. Et s'il était déjà trop tard ? Et si durant les quelques heures d'accalmie que mon cerveau m'a obligée à prendre, l'impensable s'était produit ? J'ai un mauvais pressentiment, une sensation inexplicable qui s'empare de tout mon corps, me laissant croire le pire. Je me lève d'un bond, ne pouvant rester inerte. J'ai besoin d'avoir le cœur net, d'être sûre que mon amie va bien, ou du moins qu'elle ne court aucun danger. Je ne peux attendre bien sagement ce soir ; sur les nerfs, j'ai besoin d'une réponse immédiate. J'espère que ce drôle de pressentiment qui m'anime n'est qu'un tour joué par mon cerveau, trop emmuré dans ses sombres pensées. J'enfile les premiers vêtements qui me passent sous la main, à savoir un jogging noir et un gros sweat à capuche de la même couleur. Je n'ai pas le temps de me faire belle, ni même de coiffer ma tignasse vénitienne indomptable, j'ai d'autres priorités plus urgentes à régler. Je descends les escaliers quatre à quatre, manquant de glisser à plusieurs reprises, mais je parviens finalement à rejoindre le salon sans drame. Sébastien est bien calmement assis par terre, jouant avec Rebecca. Cette scène, pourtant plus que mignonne, ne parvient ni à m'attendrir, ni à calmer mes angoisses. De toute façon, je me connais par cœur, tant que je n'aurais pas eu la réponse, et sous-entendu la réponse qui me convienne, à mes questions, je ne pourrais m'apaiser. Je suis comme cela, déterminée et butée. Mon comportement peut paraître capricieux, et j'en conviens tout à fait, mais disons que j'aime avoir la réponse aux doutes qui me taraudent. Sensible et à fleur de peau, je peux monter rapidement dans les excès, mais je redescends également très vite lorsque je suis rassurée.

— Sébastien, il faut absolument que l'on aille voir Anne, j'ai l'horrible sensation qu'il se passe quelque chose d'anormal. Tu me connais, tu sais que je fonctionne à l'instinct et que je me trompe rarement, alors qu'il te plaît, accompagne-moi, simplement pour en avoir le cœur net.

— Je partage ce que tu ressens chérie. Je ressasse ce que tu m'as dit hier soir, cela tourne en boucle dans ma tête et je pense qu'il faut qu'on agisse le plus rapidement possible. Ce n'est pas la peine d'attendre qu'un drame survienne pour finalement ouvrir les yeux et réfléchir en "si". On trouve un prétexte pour sonner, une connerie comme un besoin urgent de farine, et une fois que l'on est avec Anne, on ne la lâche plus. S'il faut la sortir de force, on le fera, mais on ne peut pas la laisser à la merci de son bourreau, sinon c'est consentir à ce qu'il fait.

Je suis très touchée que Sébastien raisonne de la sorte, j'ai vraiment trouvé une perle rare. Peu d'hommes auraient voulu me suivre par la seule justification d'un ressenti, qui plus est pour aider une femme violentée par son époux. Chacun devrait agir lorsqu'il constate ou croit constater une situation de violence conjugale, sinon, c'est ne pas porter assistance à personne en danger, et par conséquent, comme l'a très bien dit Sébastien, consentir à la violence. Je ne sais pas combien trouveraient cela "normal", si tant est qu'il soit possible de raisonner de la sorte, et malheureusement, je sais qu'une bonne partie des personnes de ce monde, et en grande majorité des hommes, se taisent et ferment les yeux sur ce genre de comportement. Pour trouver ce genre d'agissements normaux, il faut être sacrément dérangé, ou soi-même bourreau, sinon, n'importe quel individu normalement constitué sera au minimum choqué. Mais malheureusement, trop peu de témoins osent agir, soit par impuissance, soit par peur des représailles. Je les comprends puisque moi-même, je n'ai pas su agir dans l'immédiateté, trop démunie et trop peu informée sur ce fléau pourtant bien existant. Je les comprends, mais ce n'est pas pour autant que c'est une bonne chose. Le manque d'information et de médiatisation des violences conjugales est trop important, une vraie omerta s'est créée autour de cela. C'est un cercle vicieux puisque les victimes n'osent pas parler, donc les bourreaux en profitent pour asseoir leur domination ainsi que la peur, refermant encore un petit peu plus les portes qui permettraient d'informer le grand public. Je suis certaine qu'il y a tellement de gens qui ignorent totalement ce que sont les violences conjugales, je suis d'ailleurs persuadée que si nous n'y avons jamais été confrontés, de près ou de loin, on ne sait pas vraiment ce que c'est. J'espère vraiment qu'un jour, les choses évolueront, par respect pour les victimes parties trop tôt et pour celles qui n'ont même pas conscience du calvaire dans lequel elles se trouvent.

Je me chausse en vitesse, et pendant que mon conjoint enfile quelque chose de plus chaud, j'en profite pour aller déposer Rebecca chez la petite mamie qui habite juste en face de chez nous. Cette dame d'une soixantaine d'années est adorable et nous rend parfois service lorsque mon amie ne peut pas me dépanner en gardant ma fille. À bien y réfléchir, j'aurais mieux fait de confier Rebecca à cette petite mamie un petit peu moins souvent, car même si elle courait un danger plus important auprès de Laurent, cela m'aurait peut-être permis de comprendre l'horreur que renfermaient ces quatre murs. Jamais je n'aurais pu soupçonner que de telles atrocités se tramaient à deux pas de chez nous, qui plus est chez des gens que je croyais très bien connaître. La vie n'est finalement qu'une succession de désillusions, plus ou moins fortes et avec plus ou moins de conséquences. Ce n'est pas évident à accepter, se dire qu'on aurait pu voir les choses plus tôt pour éviter à l'autre de souffrir inutilement, mais je n'ai pas d'autre choix que de me résoudre à cette idée. L'homme est plus impuissant que ce qu'il croit, à mon plus grand regret. Dans la rue, frôlée par l'épais brouillard de décembre, attendant Sébastien, je rive mes yeux sur la maison d'Anne et Laurent. J'espère simplement que mon amie va bien et que cette boule grandissante au fond de mon estomac n'est qu'un tour que me joue mon cerveau. Je l'espère sincèrement, mais moi qui suis d'habitude si optimiste, j'ai du mal à imaginer une fin heureuse à ces évènements. La notion d'emprise porte ici bien son nom, et j'espère que Laurent ne l'aura pas assise jusqu'à l'ultime possession. Je le souhaite plus que tout, mais j'ai un sérieux doute qui m'anime. J'espère me tromper, sinon, je ne me le pardonnerai jamais.

Sébastien sort presque immédiatement. Me voyant au bord de la crise de nerfs, il passe ses bras autour de mes épaules, me donnant un petit peu de sa force. J'ai conscience de la chance que j'ai d'avoir un mari si attentionné, et je regrette à ce moment-là de ne pas le remercier assez pour cela. Cette situation m'aura au moins fait comprendre cela. J'aimerais rester dans ses bras encore longtemps, captant sa force et son amour, mais je sais que le temps nous est compté, enfin principalement celui de mon amie. Je l'embrasse tendrement, nos lèvres glacées se réchauffant au contact de celles de l'autre, puis nous nous détachons. Pour calmer mes tremblements, je saisis sa main gauche dans ma main opposée, et nous nous dirigeons vers cette maison que nous croyions connaître par cœur. Nous ne connaissons jamais réellement les autres ; dans l'intimité, il peut se passer tout un tas de choses, aussi belles qu'atroces. Devant le portail, nous prenons chacun une grande inspiration. Transis par le froid et la peur, nous l'ouvrons d'un commun accord, sans prendre la peine de sonner. Plus près nous serons de la porte pour faire savoir notre présence, et mieux cela nous permettra d'aider convenablement Anne, minimisant au maximum les dangers. Je

427

pose mon doigt sur la sonnette, le regard baissé et apeurée de ce que je vais découvrir derrière l'imposante porte qui cache bien des horreurs. J'espère simplement qu'il n'est pas trop tard et que je n'ai pas commis une erreur en acceptant le refus catégorique de mon amie. J'espère ne pas avoir aidé Laurent à lui creuser sa tombe...

Nous sonnons, mais personne ne nous ouvre. Nous insistons encore deux fois, tambourinant au passage sur la porte. La voiture de mon amie est garée dans la cour, ils sont donc forcément chez eux. Inquiets de ne pas avoir de réponse, nous essayons tout bêtement d'actionner la poignée de porte, sans pourtant avoir grand espoir que celle-ci soit déverrouillée. Comme par miracle, la poignée se baisse sans résister. Nous nous regardons, perplexes et encore plus angoissés qu'auparavant. Si la porte n'est pas fermée, c'est forcément qu'il y a quelqu'un dans la maison ; ils ne seraient jamais partis en laissant la porte ouverte aux cambrioleurs, surtout dans cette période bien connue pour accroître les intrusions intéressées. S'ils sont là et qu'ils ne répondent pas malgré nos insistances, c'est qu'il s'est passé quelque chose d'anormal. Nous hésitions un instant à pousser la porte, par respect puisque nous ne sommes quand même pas chez nous, mais également par crainte de ce que nous allons découvrir derrière. Il est de toute façon trop tard pour reculer, alors main dans la main, nous poussons cette porte, prêts à découvrir l'impensable.

Sous nos yeux, l'impensable se dresse. Du couloir, nous avons vue sur les escaliers, du haut de ces derniers, jusqu'en bas... Sébastien est pris d'un mouvement de recul, et moi, je manque de m'effondrer. Mes jambes tremblent, à tel point que je dois me tenir au mur pour ne pas m'effondrer. Je suis rapidement prise d'un spasme que je ne peux retenir. Je sors rapidement dans la cour et me mets à vomir le contenu pourtant bien maigre de mon estomac. Sébastien accourt derrière moi pour me tenir les cheveux. Je vomis essentiellement de l'eau, accompagnée d'une bonne dose de dégoût. Ce que je viens de voir, je ne le souhaite à personne, pas même à mon pire ennemi si j'en avais un.

Je suis tellement sous le choc que je ne parviens pas à pleurer, ne croyant peut-être pas à la véracité de ce que mes yeux ont transmis à mon cerveau. Je ne peux pas. Et surtout ne veux pas accepter la scène qui vient de se dresser sous mes yeux. C'est impensable. Trop immonde pour être vrai. J'espère que mes yeux m'ont joué un tour, qu'ils ont simplement projeté ce que je redoutais de voir. Avoir aperçu mon amie sur le sol, dans une mare de sang, je ne peux pas l'envisager. Je ne l'ai pourtant que discernée de loin, mais j'ai tout de suite compris, qui cela pourrait-il bien être d'autre ?

N'ayant rapidement plus grand chose à vomir, je me redresse et plonge mes yeux dans ceux de mon mari. Observant son regard assombri et empli de dégoût, je comprends que nous avons vu la même chose. La scène qui s'est dressée sous nos yeux était donc bien réelle, nous ne pouvons pas être deux à avoir imaginé la même chose, c'est tout bonnement impossible. Sébastien, comprenant que je suis à deux doigts de m'effondrer, me serre dans ses bras. Je me laisse faire. Au moment où sa peau entre en contact avec la mienne, je reviens dans la réalité. Le sol se dérobe sous mes pieds, mais mon mari me retient de justesse avant que je ne m'effondre sur les graviers. J'éclate immédiatement en sanglots, pleurant à chaudes larmes dans les bras de mon époux. Me sentant faible, il ne prend pas le risque de me laisser en équilibre debout. Sébastien m'accompagne donc délicatement sur le sol, m'aidant à m'adosser contre un arbre. Il fait de même, ne lâchant jamais ma main. Nos visages crispés et nos yeux rougis ne peuvent pas mentir, eux détiennent la réelle vision qui s'est offerte à nous. Je ne sais pas si nous parvenons à réaliser, mais une chose est sûre, chacun partage la douleur de l'autre. Nous ne nous lâchons pas un instant. Main dans la main, nous essayons de se transmettre le peu de force qu'il nous reste pour ne pas sombrer. Ce que nous avons vu est innommable, mais l'un comme l'autre, nous savons qu'il va falloir retourner auprès d'Anne. Nous espérons secrètement qu'il ne soit pas trop tard, que l'on puisse encore essayer quelque chose pour la ramener parmi nous, mais nous ne nous faisons pas de faux espoirs. Je resterais bien ici à pleurer et à me lamenter sur mon sort, mais s'il y a encore une chance, même infime, de la faire revenir auprès de nous, il faut la saisir. Je me blâmerai plus tard, pour l'instant, nous devons agir, et inévitablement replonger dans l'horreur.

Je me relève tant bien que mal, très affaiblie par le coup de massue que je viens de recevoir. Sébastien m'aide à me relever et me soutient de son bras. Je m'appuie sur lui, nous ravalons nos larmes et retournons dans la maison. Surpris de ne pas avoir vu Laurent dans la maison, nous supposons qu'il a pris la fuite, cela paraît être le plus logique. Et pourtant... Une nouvelle surprise, et pas des moindres, nous attend. Nous pensions bêtement que Laurent avait pris la fuite, c'était pour lui la meilleure solution pour tenter de sauver sa peau. Il n'a aucune excuse, il est coupable à cent pour cent de l'état dans lequel se trouve Anne, et comme il n'acceptera probablement jamais de reconnaître ses torts, il semble donc logique qu'il ait tenté de fuir. Mais visiblement, ma logique n'est pas la sienne. En poussant la porte, nous discernons la silhouette de Laurent au-dessus d'Anne, en train de l'embrasser. J'ai besoin d'un certain temps pour accepter ce que je vois. La scène est tellement absurde que j'ai du mal à réaliser. Comment peut-il être sagement sur ses lèvres alors qu'il vient de la frapper, probablement à mort ?

J'ai envie de me ruer sur le corps inerte et ensanglanté de mon amie afin d'essayer de la ramener parmi nous, mais je ne peux pas. Je dois malheureusement penser à ma sécurité et me protéger de Laurent. J'ai remarqué, et je crois que Sébastien l'a aussi nettement vu, un couteau posé juste à côté du corps de mon amie. Ce couteau ensanglanté a probablement été l'arme qui a causé ces importantes blessures qui continuent de saigner abondamment. Laurent est capable du pire, de commettre l'irréparable. Il n'a maintenant plus rien à perdre. Ayant déjà blessé, je n'espère intimement pas à mort, mais j'en doute, mon amie, je sais qu'il est capable de reproduire son geste sur n'importe qui. Qu'il soit condamné pour un ou deux meurtres, le résultat sera le même, alors autant essayer d'éliminer tous les témoins potentiels pour se sauver après. Laurent me terrifie, et je perçois tout à fait l'inquiétude similaire qui traverse l'esprit de mon mari. Nous n'avons pas besoin de parler, ni même de se regarder. Nous sommes connectés, nous nous comprenons presque chimiquement. Une main qui se serre un petit peu plus fort que d'habitude, et le message passe clairement. Nous savons qu'il va falloir jouer stratégiquement et négocier finement pour se sortir sains et saufs de cette situation. Nous devons nous en sortir, pour notre petite fille et pour faire encore vibrer l'âme de notre amie, si jamais elle succombe à ses blessures. Ne voyant pas sa poitrine se soulever et quant à la quantité astronomique de sang qui jonche le carrelage, je ne me fais pas d'illusions. Je voudrais y croire, mais la réalité me fait quelque peu revoir mes espérances à la baisse. Sébastien, commerçant expérimenté, commence une négociation qui s'avère musclée avec Laurent.

Je fais comprendre à mon mari que je ne veux pas qu'il se mette en danger. Sébastien peut parfois avoir tendance à minimiser les risques pour essayer de parvenir à ses fins, c'est un gros défaut qu'il a et qui parfois, me fait très peur. J'espère qu'il parviendra à rester raisonnable et distant, car je ne supporterais pas de le perdre. J'ai besoin de lui, tout comme sa fille a besoin de son père. Je ne veux pas lui offrir cette vie-là alors que nous avons tout pour être heureux et avoir un schéma de vie tout à fait classique. Je suis déjà persuadée d'avoir perdu mon amie, alors perdre mon mari serait l'anéantissement suprême. Je crois que tant que je n'aurais pas eu la confirmation des médecins qui prononceront leur fameux Delta Charlie Delta, j'aurais espoir de lui reparler. Je crois que mon cerveau ne veut pas encore réaliser la réalité, il se ferme à cette éventualité trop difficile à imaginer. Je sais que le moment où je vais comprendre que je l'ai perdue définitivement et que c'est en grande partie de ma faute, parce que je n'ai rien fait alors que je savais, les choses ne seront pas tout à fait identiques. Pour l'instant, je sais sans savoir, je vois sans comprendre, j'espère sans y croire.

Je m'éclipse discrètement dehors afin de prévenir gendarmerie et SAMU. J'espère les voir arriver rapidement puisqu'un rien peut faire dégénérer la situation, et qu'Anne a besoin urgemment de soins.

Laurent ne m'a pas vue sortir, je ne sais d'ailleurs même pas s'il a compris que nous étions là, mais c'est tant mieux. Je pense qu'il n'est pas redescendu ; l'expression complètement détachée sur son visage et ses yeux vitreux me laissent présager qu'il est toujours sous l'emprise de sa folie et qu'il n'est pas retombé dans la réalité. Dans ses fantasmes sadiques et pervers, il est possible qu'il projette le visage d'Anne sur Sébastien ou sur moi-même, nous devons donc redoubler de méfiance pour ne courir aucun risque. Après avoir brièvement expliqué la situation au téléphone au Samu, ils m'ont promis d'arriver dans les plus brefs délais et de prévenir la gendarmerie pour arrêter Laurent avant qu'il ne fasse une nouvelle victime. Chuchotant, la voix chevrotante et rauque, je pense avoir été prise au sérieux. Je sais que les minutes vont me paraître interminables avant l'arrivée des renforts, et je ne pourrai rester dehors, dans le froid, à faire les cent pas. Alors même si Sébastien m'a implicitement déconseillé de venir me mêler de la situation, je retourne dans la maison de l'horreur, prenant part à leur discussion.

— Laurent, Laurent c'est Sébastien. Pose ce couteau pour que l'on discute calmement. négocie mon mari, les deux mains en l'air et une pointe d'anxiété dans la voix.

— Ils vont tous crever. Je vais les saigner un à un, qu'ils se vident comme des porcs. répond Laurent, le regard vide, complètement déconnecté de la réalité.

Ses propos incohérents m'effraient tout autant que son couteau avec lequel il semble jouer depuis que je suis sortie. Il varie ses positions, mais reste toujours devant le corps de mon amie pour que l'on ne s'approche pas d'elle. D'une seconde à l'autre, il change son couteau de main, tantôt il nous menace, tantôt il le tourne contre lui. Après réflexion, je ne suis pas sûre que ce soit nous qu'il pointe avec sa lame ensanglantée. A l'entendre tenir ses propos dépourvus de sens pour nous qui ne sommes pas dans ses pensées, j'ai comme l'impression qu'il voit des créatures imaginaires, ce serait le plus cohérent. Je ne peux pas savoir ce qui a déclenché sa folie. A-t-il sombré après avoir poignardé mon amie, ou a-t-il poignardé celle qu'il considérait comme une de ces créatures qui le hantent ? Je n'aurai malheureusement jamais la réponse à cette question puisque je suppose que même Laurent ne saurait y répondre.

Je commence à trouver le temps long. Je ne supporte plus de ne rien faire pour essayer de stopper l'hémorragie de mon amie. Elle a même probablement besoin d'autres soins urgents, notamment un massage cardiaque, mais je ne peux que constater son état se dégrader peu à peu. Je ne supporte plus cette inertie imposée, c'est tellement difficile à accepter. Soudain, la situation va déraper brutalement, sans vraiment que l'on comprenne pourquoi. Est-ce que Laurent a eu un éclair de lucidité et s'est rendu compte qu'il était fait ? A-t-il entendu des voix qui lui ont dicté sa conduite ? Nous ne pouvons savoir réellement ce qui a déclenché son geste, encore une fois. Nous ne pouvons faire que des suppositions, créant chacun une vérité, notre vérité.

— À tout de suite mon amour, plus jamais nous ne serons séparés.

À ces mots plus que déroutants, Laurent pose la lame contre sa gorge, et d'un geste bref et assuré, il tranche profondément sa gorge. Il n'a pas hésité à passer à l'acte. Aucune expression. Aucun bruit. Une simple justification perturbante. Laurent a dû trancher sa carotide quant à la quantité de sang qui s'écoule en un rien de temps. Il s'effondre brutalement contre le carrelage, dans un bruit sourd. Le couteau retombe en même temps, créant un grincement qui me fait frissonner. Bouche bée, nous n'osons ni bouger ni parler. Choqués par l'atrocité et la violence de la scène qui vient de se dérouler sous nos yeux, nous avons besoin d'un temps de réaction pour assimiler les informations. Alors c'est comme cela que les choses devaient finir ? Forcément mal ? Sans explications, nous ne pouvons que constater les choses telles qu'elles sont, des doutes et des questions plein la tête. Nous sommes sous le choc, tant de violence en si peu de temps, il faut l'encaisser. Je crois que l'un comme l'autre, nous ne parvenons pas à réaliser ce qu'il vient de se dérouler. Il va nous falloir un temps pour admettre et réaliser l'enchaînement des événements, parce qu'il est tout bonnement impossible de le comprendre sur le fait. Bien que nous soyons complètement sous le choc et ahuris, nous nous ruons sur Anne, elle est notre seule priorité.

Je me précipite vers le corps visiblement sans vie de mon amie, répétant inlassablement que cela est impossible. Je me laisse tomber sur mes rotules, en plein milieu de la mare de sang qui entoure Anne. Je saisis ses mains toutes fines, mais pourtant si abîmées, et les presse, l'implorant de les serrer en retour. J'espère sentir une faible pression, même brève, mais simplement pour avoir un signe de vie auquel me raccrocher. Rien. Anne ne bouge pas d'un millimètre. Je secoue énergiquement son corps pour la faire revenir parmi nous, mais toujours rien. Je tapote son visage, quand soudain, je comprends qu'il n'y a plus aucun espoir. Depuis que je suis entrée dans la maison, je n'ai perçu qu'une silhouette, mon cerveau m'a dit que c'était Anne, alors je l'ai cru, sans chercher à l'observer dans les détails. Peut-être a-t-il brouillé ma vision pour me protéger ? En tout cas une chose est sûre, confrontée à cette terrible réalité, il n'y a plus d'espoir. Je suis tout bonnement incapable de reconnaître avec certitude mon amie tant elle est défigurée. Je sais que c'est elle par ses cheveux, par son gabarit et parce que cela ne peut être personne d'autre, mais je ne peux plus la discerner. Son visage, habituellement si délicat, est méconnaissable. Boursoufflé, taillardé de tous côtés, ensanglanté et tuméfié. Personne ne parviendrait à la distinguer précisément. Son corps est meurtri comme après un grave accident de la route, et encore, je pense qu'un accident l'aurait moins amochée. Son nez complètement tordu et ses nombreuses blessures témoignent de la puissance et de la folie dont Laurent a fait preuve. Son comportement est tout bonnement inhumain, personne de normalement constitué ne serait capable d'une telle violence délibérée. Je veux bien admettre un coup de sang, cela arrive à tout le monde, mais à ce point-là, cela relève plutôt de l'acharnement délibéré et complètement sadique.

Je ne sais pas ce qui a pu lui passer sur la tête à ce moment précis, mais une chose est sûre, il ne lui a laissé absolument aucune chance de s'en sortir. Anne n'était plus très en forme, alors cela n'a pas dû jouer en sa faveur, mais en observant les bleus qui maculent son corps, je comprends que personne n'aurait pu s'en sortir dans la même situation. Laurent a une force démesurée, avec laquelle il peut maîtriser n'importe qui. Je n'ose même pas imaginer à quel point elle a dû être terrifiée, toute seule face à son bourreau, voyant la mort se rapprocher peu à peu. Elle s'est probablement sentie abandonnée, soumise sans pouvoir protester à la violence de son mari. Personne ne pourra jamais imaginer ne serait-ce qu'une infime partie de sa terreur, je reste persuadée qu'il faut l'avoir vécu pour le comprendre. Je ne peux pas l'imaginer, mais je compatis amplement, même si cela n'a plus grand intérêt et ne la fera jamais revenir. Je reste bloquée sur les blessures visibles sur son corps, pourtant bien camouflées par un peignoir imbibé de sang. Mieux vaut ne pas regarder en dessous car je doute fortement que Laurent ait laissé une infime partie de son pauvre corps indemne. Elle a vécu l'horreur en silence, sans jamais se plaindre ni laisser transparaître quoi que ce soit. J'avais vu qu'elle n'était pas très bien, qu'elle perdait du poids à vue d'œil et qu'elle avait parfois quelques bleus étranges, mais jamais je n'aurais pensé à cette justification-là. J'allais dire que j'imaginais une grande fatigue chronique à cause de ses élèves, mais c'est faux. C'est totalement faux puisque je n'ai jamais rien imaginé, j'ai laissé couler, fermant les yeux. Je ne vaux pas mieux que tous ces autres qui font semblant de ne pas voir pour ne pas se mettre en danger. Dans ce monde égoïste où chacun raisonne individuellement, moi qui pensais avoir des valeurs différentes, j'ai agi comme eux. J'ai fermé les yeux, alors peut être pas délibérément j'en conviens, mais le résultat est le même. Mon inertie, comme celle de tous les autres acteurs de la société, a tué. J'ai tué mon amie. Je suis complice de Laurent puisque ne rien dire c'est consentir.

Complètement abattue et m'en voulant atrocement d'avoir minimisé les faits hier soir, mes larmes redoublent d'intensité, noyant mes joues. Jamais je n'aurais dû la laisser rentrer chez elle. Il était de mon devoir de la protéger pour la simple et bonne raison que je ne pouvais plus agir dans l'ignorance. J'ai eu des aveux clairs de sa part, certes probablement bien amoindris, mais cela n'empêche qu'elle m'a mis explicitement sous les yeux son calvaire. Je savais et je n'ai rien dit. J'étais là et je n'ai rien fait. Elle est morte par ma faute. Alors oui, ce n'est certes pas moi qui lui ai planté un couteau en plein cœur et qui l'ai battue à mort, mais j'ai protégé Laurent par mon silence, lui laissant le champ libre pour finir ce qu'il avait commencé. J'ai fait un choix, celui du meurtrier. Je n'ai pas protégé mon amie des griffes de son bourreau, mais j'ai encouragé ce dernier à lui planter ces dernières un peu partout. Je m'en veux terriblement, et j'ai de quoi. Je suis coupable, alors encore heureux que je ressente une culpabilité. C'est moi qui mériterais d'être à sa place, pas dans le sens où je mériterais de me faire battre puisqu'absolument personne n'a le droit de subir cela, mais c'est moi qui aurais dû mourir, et elle enfin vivre. Je n'ai plus ma place sur cette Terre, mon comportement est impardonnable et jamais je ne me pardonnerai de n'avoir rien fait. Jamais je ne pourrai vivre avec une telle culpabilité, c'est impensable. Anne méritait amplement de vivre, et non plus de survivre, car ses derniers mois n'étaient franchement pas une partie de plaisir. Elle avait tout à construire, mais la vie ne lui en a malheureusement pas laissé le temps. La vie est injuste, et ce proverbe "Ce sont toujours les meilleur.es qui partent en premier" porte bien son nom, d'autant plus aujourd'hui.

Je ne sais pas si Laurent s'est donné la mort dans la suite de sa folie destructrice et meurtrière ou s'il a compris, après être revenu dans la réalité, qu'il était fait comme un rat. Il ne paiera donc jamais le meurtre et les violences qu'il a fait subir à sa compagne, puisque sa tête à demi pendante à son cou me laisse fortement présager qu'il n'y a plus grand chose à faire pour lui non plus. Quel drôle de réveillon de Noël, deux décès en quelques minutes, cela est de bon augure pour l'année à venir... Sébastien s'est approché de Laurent pour retirer le couteau de sa main, voulant éviter de courir le moindre risque supplémentaire. Il n'y avait normalement plus grand danger quant à la vitesse à laquelle il se vide de son sang, mais nous ne savons jamais. C'est une vraie scène d'horreur dans laquelle nous baignons. Plusieurs litres de sang jonchent le carrelage anciennement blanc du salon. Du sang a également été projeté un petit peu partout sur les murs, témoignant de l'extrême violence des coups portés. Cette pauvre Anne a dû souffrir le martyre. Je sais que cela ne changera rien, mais Dieu que je suis désolée de t'avoir laissée seule face à lui, tu n'avais aucune chance ma pauvre. Incapable de quitter le corps sans vie de mon amie, je m'allonge à ses côtés, dans son sang, serrant fort dans mes bras son petit corps blessé. Sébastien tente de me relever, mais je résiste, continuant de m'excuser en boucle, tout en pleurant à chaudes larmes. Les perles salées qui roulent le long de mes joues finissent leur course dans le sang d'Anne, qui lui-même se mélange au sang de son conjoint. Que nous le voulions ou non, nous sommes fermement liés par nos ADN qui se mélangent sur le sol. Ce trio symbolise pour moi l'emprise d'Anne, prisonnière de notre culpabilité : celle de Laurent de l'avoir fait souffrir, et la mienne de n'avoir rien fait contre cela. Sébastien, comprenant que cela ne sert à rien de me forcer à lâcher mon amie, se recule et s'assoit un petit peu plus loin, déversant sa peine silencieusement.

Ce sont les gyrophares bleus ainsi que les pas lourds des médecins et gendarmes qui me font revenir sur Terre. Bien qu'à côté d'un cadavre, qui plus est allongée dans son sang, je n'ai pas envie de bouger. Je ne veux pas la lâcher, c'est impensable. Serrant bien fort sa main glacée dans la mienne, je refuse de bouger, malgré les ordres des forces de l'ordre. Si je me relève et si je me détache de son corps, c'est accepter sa mort, et par conséquent le fait de ne jamais plus la revoir. Je ne veux pas. Je ne peux pas. Je serre encore un petit peu son corps contre le mien. Anne, ma chère Anne, comment vais-je faire sans toi à mes côtés ? Comment vais-je pouvoir retourner travailler sans te savoir à mes côtés ? À qui vais-je raconter les petites pépites et grosses péripéties de mes journées ? Qui sera là pour me soutenir et m'aider à prendre les bonnes décisions ? Qui vais-je pouvoir tenter d'aider, moi qui aime tant cela ? Ma vie n'a plus de sens si tu n'es plus auprès de moi. J'ai certes un mari fantastique et une petite fille qui a toute une vie devant elle, mais jamais ils ne pourront combler le vide que tu laisseras dans mon cœur. Personne ne pourra prendre cette place, elle était tienne et la sera pour toujours, même si tu n'es plus de ce monde. Tu vas tellement me manquer ma belle et douce Anne, toi qui es partie bien trop tôt.

Les gendarmes, comprenant que je ne bougerai sous aucun prétexte, et que je n'ai que faire de leurs ordres que je n'écoute que d'une oreille, sont obligés de me faire lâcher de force le corps de mon amie. Ils s'y mettent à deux pendant que les médecins, ayant rapidement compris qu'il n'y avait plus rien à faire pour sauver mon amie, laissent son corps aux mains du médecin légiste, déjà sur place. Je m'agite dans tous les sens, criant que je ne veux pas la laisser toute seule et qu'il est impossible que les choses connaissent une fin si tragique. Je donne coups de pieds et de poings dans le vide, gémissant sans cesse. Le gendarme qui tente de me maintenir en me ceinturant de ses bras musclés, commence à s'agacer de mon comportement, c'est alors Sébastien qui prend le relais. Son contact me calme automatiquement, comme par magie. Mes larmes ne se tarissent pas pour autant, mais coulent maintenant silencieusement le long de mes joues. Le médecin légiste s'apprête à disposer le corps de mon amie dans une housse blanche, celle que j'ai toujours redoutée de voir en vrai. Mes jambes faiblissent, Sébastien essaie de détourner mon regard de cette scène plus qu'insoutenable en m'attirant contre lui, mais je résiste, ne voulant lâcher Anne des yeux sous aucun prétexte. Alors c'est donc bien vrai, je ne la reverrai plus jamais. Je me rappelle les derniers mots que je lui ai dits — « Demain, nous irons porter plainte si tu ne veux pas le faire aujourd'hui » — mais il n'y a jamais eu et n'y aura plus jamais de demain. S'il y a bien une chose que j'ai retenue, c'est qu'il faut faire les choses le plus vite possible, sans trop hésiter ni repousser pour X ou Y raison, puisque demain, il sera peut-être trop tard. Cette terrible veille de Noël en est une bien belle, mais bien triste illustration.

Le corps de mon amie parti pour être autopsié, une gendarme nous invite à aller nous asseoir autour de la table du salon afin que nous lui expliquions ce qu'il s'est passé. Nous racontons tout ce que nous savons, en essayant de ne rien oublier. Même s'il est trop tard pour punir qui que ce soit, le corps de Laurent étant également parti pour l'Institut Médico-légal de Nice, ils ont besoin de précisions pour leur enquête, eh bien soit, remuons encore davantage le couteau dans la plaie déjà bien à vif. Tout y passe, les bleus et blessures que j'avais remarqués, sa perte de poids, ses malaises à répétition. La gorge nouée par l'émotion et la culpabilité, je lui fais part de ses aveux d'hier, extrêmement honteuse de n'avoir rien fait pour empêcher le drame, car je suis certaine que si j'avais poussé Anne à aller à la gendarmerie, nous serions encore réunies à cette heure. À cette douloureuse pensée, je ne peux retenir mes larmes. La gendarme, d'une quarantaine d'années, se montre très douce et patiente, je l'en remercie pour cela. Je traverse, durant ce ressassement des faits, un grand nombre d'émotions. Sébastien me demande souvent si je souhaite qu'il me reprenne, mais je refuse à chaque fois, estimant avoir connaissance de plus d'éléments que lui, enfin plus, tout est relatif.

J'essaie également, plus ou moins inconsciemment, de me déculpabiliser, refaisant vivre sa pensée, et par la même occasion son terrible calvaire. La gendarme me répète à de nombreuses reprises que je ne suis pas coupable et qu'il est quasiment impossible d'aller à l'encontre de la volonté de quelqu'un, mais moi, ce n'est pas comme cela que je ressens les choses. Les gens pourront me dire ce qu'ils veulent, dans ma tête,

445

je suis et resterai en grande partie en faute quant à ce qui a pu arriver à mon amie, quoi que l'on me dise. Mon silence a contribué à son tragique sort.

— Pourriez-vous simplement me redonner son nom pour le dossier ?
— Anne Moreau, mariée Louvier.

Je déclare cela sans expression, mais une chose va retenir mon attention. Lorsque j'ai prononcé son nom, la gendarme s'est décomposée. Ne comprenant pourquoi elle est devenue blême, je me risque à lui poser la question. La connaissait-elle ? Sa réponse est tout sauf celle que j'espérais entendre.

— Vo...vous n'êtes pas la seule fautive Madame Hortega. Il y a de cela moins d'un mois, j'ai reçu un appel au commissariat d'une certaine Anne Louvier, m'expliquant qu'elle était victime de violences conjugales et qu'elle craignait de mourir si personne ne venait l'aider. Je...je lui ai répondu qu'elle devait venir porter plainte avec des preuves tangibles et certificats médicaux à l'appui. Oh mon Dieu, mais pourquoi ne l'ai-je pas crue, elle semblait pourtant réellement paniquée.

La gendarme ne cesse de se lamenter, et moi je bouillonne. Alors Anne avait prévenu la gendarmerie, probablement dans une grande détresse que personne n'aurait pu remettre en cause, et personne ne l'a prise au sérieux. Je comprends mieux pourquoi elle ne voulait pas y retourner. La façon dont elle a été reçue est tout bonnement inexcusable et honteuse. Comment peut-on remettre en cause la parole d'une victime qui prend le risque de supplier de l'aide pour ne pas mourir ? Ils auraient dû se déplacer, c'était de leur devoir, mais ils ne l'ont pas fait par crainte de perdre du temps inutilement. Ils se déplacent pour moins que cela pourtant. Et quand bien même c'était faux, ils auraient quand même dû vérifier, dans l'éventualité où la victime était sincère. Comment peut-on demander à une victime prise au piège, qui se sent mourir et qui ne peut bouger de chez elle de se déplacer et d'aller faire constater ses blessures, c'est insensé. Je finis par exploser, c'est la goutte d'eau.

— Non mais vous vous moquez ouvertement de moi ? Vous me dites que vous saviez, que vous avez eu des aveux et que vous n'avez rien fait ? Vous avez conscience que votre silence a contribué à sa mort ? C'est vous qui devriez aller derrière les barreaux au lieu d'y enfermer les gens. Vous avez tué mon amie ! Vous l'entendez ça ? Mais bien sûr vous vous en foutez, elle n'était rien pour vous, juste une menteuse, comme toutes les autres d'ailleurs ! Je vais vous coller un procès au cul en m'assurant que plus jamais vous n'exercerez. Comment peut-on revêtir la veste brodée « GENDARMERIE » sans avoir une once d'humanité ? Vous me dégoûtez profondément.

Je me suis levée d'un bond, tapant du poing sur la table pour l'obliger à m'écouter. Les yeux noirs de rage, je lui ai craché ma haine au visage, la pointant du doigt pour bien insister sur sa faute impardonnable. Je sais que je n'ai pas eu la bonne réaction non plus, mais il ne faut pas oublier que prendre des plaintes, ce n'est pas mon métier. Oui, j'aurais dû la forcer à aller au commissariat, mais commençant à imaginer la façon dont elle a été reçue, je comprends légitimement son refus. Je ne parviens pas à me remettre des terribles aveux de la gendarme, qui a annoncé cela avec un regret plus que faux, simplement pour se donner bonne conscience. Si même les femmes ne se soutiennent pas entre elles dans ce monde patriarcal, ça ne peut pas aller. Submergée par l'émotion et à court de mots, je me tais bien rapidement. Je pourrais l'insulter de tous les noms, lui souhaiter le même sort, mais tout cela ne fera pas revenir mon amie pour autant. Elle essaie de s'excuser platement, mais je n'en ai que faire, ne voulant plus l'écouter.

Ayant besoin de souffler un petit peu, loin de toute cette agitation, je m'éclipse discrètement à l'étage. Je sais que théoriquement, je n'en ai pas le droit, la maison étant placée sous scellés pour l'enquête, mais je m'en moque, j'ai besoin de me retrouver dans les traces d'Anne, de simplement réimprimer son souvenir dans ma mémoire. Je me dirige dans la chambre conjugale, mais y observant les placards vides de tout vêtement féminin, je comprends qu'elle ne dormait plus ici. Je me dirige instinctivement vers la chambre d'amis, quand une nouvelle scène postapocalyptique se dresse devant mes yeux ébahis. La porte s'ouvre sur une pièce complètement saccagée qui s'additionne au désastre du bas. Une grosse bagarre a eu lieu là, en témoignent les objets cassés, renversés et le sang séché un petit peu partout. J'aurais aimé me poser quelques temps ici, mais cette ambiance m'oppresse, il faut que je la quitte au plus vite avant de faire une crise d'angoisse. Cette pièce me rappelle trop à quel point mon amie a souffert en silence, endurant chaque jour un terrible calvaire sans mot dire.

Ne voulant pas partir bredouille, j'enjambe les débris pour aller récupérer son écharpe favorite. Il s'agit d'une simple écharpe en laine noire, légèrement pailletée. C'est une écharpe que nous avions achetée ensemble lors d'une séance shopping il y a plus ou moins deux ans, elle l'adorait, la portant tout l'hiver. Je veux la récupérer, souhaitant par-dessus tout garder un objet matériel me rappelant mon amie. Je saisis délicatement cette belle écharpe, presque comme un objet fragile. Je la presse délicatement et enfouis mon nez dedans, fermant les yeux et humant son parfum délicat et raffiné. L'émotion me submerge immédiatement. Je laisse mes larmes couler, reflet de ma culpabilité. Je suis blessée et détruite au plus profond de mon âme, j'ai l'impression d'avoir perdu une part de moi. Je suis vide de tout, une épave tout juste bonne à se lamenter. Son corps meurtri et défiguré me reste en mémoire. Jamais je ne pourrai effacer cette terrible image de ma mémoire. Elle est gravée en moi jusqu'à la fin de ma vie, et même le meilleur psychologue ne pourra me la faire accepter. Je suis coupable et complice du meurtre de mon amie, tout comme cette flic et la société qui ont fermé les yeux. Je ne sais pas si un jour je parviendrai à vivre avec. La page ne pourra jamais se tourner. Cette terrible journée est et sera toujours gravée à l'encre indélébile dans ma mémoire. Noël ne sera plus jamais un jour de fête, mais un jour de deuil pour moi. La vie bascule donc si vite...

N'ayant plus de larmes tant j'ai pleuré depuis ce matin, je commence peu à peu à retrouver une vision claire. Je m'apprête à redescendre, quand une chose attire mon attention. Dans ce bordel, un élément bien rangé m'intrigue. Traîne un papier blanc sur le bureau ; par curiosité, je m'en approche tant bien que mal, passant au-dessus des livres et copies déchirés. Il s'agit d'une enveloppe. Je la retourne et à ma plus grande surprise, y lis mon prénom écrit dessus. Anne aurait donc pris le temps de me laisser une lettre avant de partir ? Cela veut donc dire qu'elle avait déjà compris qu'elle ne s'en remettrait pas. Déstabilisée et une nouvelle fois submergée par l'émotion, je me laisse tomber par terre. J'ouvre délicatement l'enveloppe, les mains tremblantes. Je sors ces quelques feuilles manuscrites de sa si jolie écriture. Mes mains ont du mal à tenir cette lettre tant l'émotion me submerge, mais je décide de prendre sur moi, m'armant de forces trouvées je ne sais où. Je me plonge dans une lecture qui va bien certainement changer ma vie et m'ouvrir les yeux. Les premiers mots — « Ma chère Faustine, promets-moi que ma mort ne sera pas vaine et qu'elle servira au moins à faire changer les mentalités. J'espère que mon histoire permettra de sauver une femme, ne serait-ce qu'une seule. Je ne veux pas avoir souffert pour rien » — me laissant entrevoir le but de son écrit. Je n'en suis qu'au début, mais je te promets que je ferai tout ce qui est en mon possible pour faire perdurer ta mémoire. Je veillerai personnellement à ce que personne ne t'oublie ma très chère Anne. Tu es inoubliable, et même si ton cœur ne bat plus, le mien battra pour deux.

Épilogue

Je passe ces grandes portes en ferraille au bras de Sébastien. La neige tombe doucement sur les épaules de mon manteau en laine, tranchant nettement avec le noir éclatant de ce dernier. Perchée sur mes escarpins de douze centimètres, je me concentre pour ne pas trébucher sur les graviers de ce sol irrégulier. Les jambes nues par souci d'esthétique, je regrette rapidement mon choix, transie de froid. La neige de fin décembre, suffisamment rare pour être soulignée, me surprendra toujours. Je tire bêtement sur ma robe, espérant la prolonger pour me réchauffer un petit peu. Je ne peux que tomber malade, cela me semble inévitable. Au loin, je commence à distinguer un attroupement de personnes, toutes de noir vêtues. Plus je m'approche d'elles et plus mon cœur se serre. Mes jambes tremblent. Je suis obligée de me cramponner fermement à mon mari pour ne pas m'effondrer. Sébastien ne semble pas plus en forme que moi, mais il fait bonne figure pour me donner du courage, sachant pertinemment que s'il craque, je ne résisterai pas longtemps. Nous ne sommes pas très en avance ; ayant tenté de repousser ce moment au maximum, nous sommes partis presque en retard. Il n'y a vraiment pas grand monde. Nous devons au maximum être une trentaine. Je reconnais quelques-uns de mes collègues et certains élèves du lycée, c'est tout. Dix professeurs et vingt élèves pour un établissement aussi grand. Je suis absolument dégoûtée. Très peu ont fait le déplacement alors que nous avons tous reçu, sans exception, un mail de la direction. Nous avons tous été prévenus que l'enterrement de notre amie et collègue avait lieu ce trente décembre, mais très peu s'en sont visiblement souciés. Cela me révolte au plus haut point, mais ce n'est qu'une preuve supplémentaire de la solitude dans laquelle les victimes de violences conjugales sont placées. Ce n'est pas devant trente personnes que je vais parvenir à faire un discours qui marquera les esprits. Je me dois d'honorer la mémoire de mon amie, faisant résonner les mots qu'elle n'a jamais pu prononcer, mais tout l'intérêt, c'est de marquer le plus grand nombre. Nous sommes pour l'instant mal partis.

La lettre que mon amie m'a laissée, je l'ai lue et relue des dizaines de fois, toujours avec la même émotion et le même dégoût. Dans cette lettre, Anne a relaté tous les faits, je pense sans exception, afin de dénoncer l'horreur qu'elle a vécue. Elle a mis en lumière ce que peut être le huis clos familial. J'ai parfois eu presque du mal à croire que tout ce qu'elle écrivait était vrai, et je m'en veux d'ailleurs énormément, mais les atrocités qu'elle a pu subir sont à mille lieues de ce que notre cerveau est capable d'imaginer. J'ai blêmi, apprenant que son mari l'avait violée, tatouée de son prénom aux brûlures de cigarettes, tabassée, étranglée, obligée à remanger le contenu de son estomac si celui-ci lui semblait empoisonné. C'est insensé, immonde. Personne ne peut imaginer qu'un être humain soit capable de faire endurer cela à son semblable. C'est vrai qu'à un moment, j'ai douté, je l'admets, mais pas bien longtemps. Je sais que mon amie n'aurait jamais eu la force de confier ce genre de choses, personne ne pourrait parler librement d'un tel calvaire, c'est d'ailleurs pour cela qu'elle l'a fait par écrit. Même si je me doute que cela a dû être une épreuve très épineuse de dénoncer et ressasser tout cela, il est quand même plus simple de laisser couler nos émotions sur le papier. Nous sommes au moins sûrs que comme cela, nous pouvons transmettre tout ce que nous voulons, sans risque de contresens ou d'être coupés par notre interlocuteur. Je ne lirai pas sa lettre à haute voix, estimant qu'elle mérite de garder certaines choses intimes. Personne n'a besoin de savoir les moindres détails de son supplice, cela ne regarde qu'elle. Je suis déjà étonnée qu'elle ait eu la force de tout me confier à travers ces quelques pages, je souhaite donc respecter son intégrité. À la toute fin de la lettre, Anne m'a demandé de faire circuler son histoire pour faire connaître davantage les violences conjugales, briser l'omerta qui entoure les victimes, et aussi et surtout dénoncer la médiocre prise en charge des plaintes au commissariat.

Je reste toujours sous le choc et énervée de la façon dont mon amie a été reçue par cette gendarme. Anne a pris un risque incommensurable en téléphonant aux forces de l'ordre pour essayer de se sauver. Elle a compris que si elle ne faisait rien, elle creusait sa tombe progressivement. Elle s'est alors armée d'un courage remarquable, mais personne ne l'a crue. Je suis sûre qu'elle serait à mes côtés, enfin protégée de son mari, si la flic avait effectué son travail. Laurent derrière les barreaux et mon amie en liberté. Inversion des rôles. Enfin. Mon amie s'est retrouvée seule, piégée dans ses griffes. Tout le monde lui a tourné le dos, et je pense que c'est le cas pour la plupart des victimes. Nous entendons constamment de beaux discours. Blabla il faut en parler... Blabla nous sommes là pour vous écouter... Ces mots placardés sur les façades des commissariats qu'ils prononcent haut et fort à la télévision ne sont que foutaise. La vérité, c'est que nous sommes seules à crever dans ce monde. C'est d'ailleurs après avoir été reçue de la sorte que mon amie s'est décidée à tout dénoncer dans sa lettre. Elle aurait pu se laisser abattre, mais non, elle s'est encore montrée forte, se relevant une énième fois. Anne est une combattante, elle ne s'est jamais laissé couler. Elle a toujours essayé de se sauver la vie, se relevant après chaque coup, mais vient un moment où le corps dit stop. Elle s'est battue seule, envers et contre tous, et pour cela, je l'admire. Elle a une force que je ne suis pas certaine d'avoir. Elle est un exemple, et je compte bien mettre l'accent dessus lors de mon discours. J'espère ne pas me laisser envahir par l'émotion. Je dois être forte et claire, par respect pour elle et son combat.

Dès le lendemain du meurtre de mon amie, je suis allée déposer plainte contre cette gendarme qui n'a pas fait son travail. Je sais que cela n'aboutira sûrement pas à grand chose puisqu'elle est protégée par sa fonction. Elle se fera peut-être simplement remonter les bretelles, et encore... À la suite de cela, j'ai décidé de me renseigner un petit peu plus sur les violences faites aux femmes, et j'ai découvert une association luttant contre cela à Nice. J'irai les rencontrer juste après la nouvelle année afin de savoir si je peux m'engager dans cette cause à leurs côtés. Je veux continuer de faire battre le cœur de mon amie, au moins dans nos mémoires. Personne ne doit l'oublier, ni oublier son tragique calvaire. Elle m'a confié une mission, faire connaître ce fléau. Ne t'inquiète pas ma belle, je te ferai honneur. Je me suis sentie horriblement mal en découvrant son corps, persuadée que tout cela était de ma faute. La culpabilité n'a pas disparu et elle ne disparaîtra jamais, mais je ne vais pas m'apitoyer sur mon sort. En imaginant différents scénarios, je ne ferai jamais revenir mon amie. Ce qui est fait est malheureusement fait et indélébile. Je ne veux plus me lamenter mais faire revivre l'âme de mon amie.

Nous finissons par arriver tant bien que mal vers le petit groupe. Nous nous plaçons près de mes collègues, que je salue et remercie chaleureusement d'être venus. Tous semblent très émus, bien qu'ils ne réalisent pas vraiment l'ampleur des événements. Tous savent qu'Anne a été assassinée par son mari, mais ils n'ont pas conscience de tout ce qu'il lui a fait endurer avant cela. Laurent a d'ailleurs été incinéré hier, mais nous ne nous y sommes bien évidemment pas rendus. N'étant pas considérés comme famille proche, nous n'avons pas pu accéder aux rapports d'autopsie, mais je pense qu'il n'y a pas bien de surprise. Laurent est mort de s'être tranché la gorge, quant à mon amie, je pense que l'inventaire de ses blessures doit constituer une liste à rallonge. Il l'a défigurée de ses poings, alors le reste... Elle n'a eu aucune chance de s'en sortir, et je pense même qu'elle n'aurait pas survécu longtemps si les médecins étaient arrivés à temps. Vient un moment où le corps ne peut plus endurer. Elle n'aurait probablement pas pu tout reconstruire, vivant avec de lourdes séquelles. Je ne sais pas ce qui est le mieux. Il est tout à fait possible de vivre, même si la vie nous a fortement abîmés, mais à quel prix ? Passer sa vie à l'hôpital pour y faire des soins ? Ne pas pouvoir faire telle ou telle chose à cause de sa condition physique diminuée ? Ce n'est pas une vie non plus. Je ne dis pas que mon amie est mieux là où elle est, bien au contraire puisqu'elle me manque atrocement, mais parfois, la vie qui s'offre à nous n'en est plus vraiment une.

Après avoir fini son discours, le maître de cérémonie nous demande si parmi nous, certains souhaitent rendre un dernier hommage à Anne. Nous sommes trois à nous signaler :

mon mari, Valentine et moi-même. Je suis sidérée. Seulement trois personnes souhaitent lui adresser un dernier message. Elle était donc si seule que cela ? Elle n'a vraiment pas eu de chance dans sa vie, j'espère que l'au-delà lui offrira tout ce qu'elle mérite et qu'elle n'a malheureusement pas reçu. Je peux comprendre que l'émotion coupe le souffle, mais personne ne s'émeut, à croire qu'ils se sont tous forcés à venir ici, tous sauf Valentine et nous-mêmes. Je vais être à la première à parler, alors je décide de couper mon discours en deux. Je vais commencer par lui dire au revoir, prononçant les mots que je n'ai jamais eu l'occasion de lui dire, trop pudique pour lui témoigner toute mon affection. Que je regrette... Je laisserai ensuite mon mari et Valentine s'exprimer, puis en toute fin de cérémonie, une fois que nous aurons chacun déposé la rose blanche que nous tenons dans nos mains sur son cercueil, je passerai un dernier message, celui qu'elle m'a demandé de lire lors de son enterrement. Très émue, je m'avance à côté de son cercueil, faisant face à cette bien maigre foule. J'espère ne pas flancher, mais j'ai un sérieux doute. J'ai envie de partir en courant, laissant couler le long de mes joues ce trop-plein d'émotion, mais je dois me ressaisir. Anne mérite un vrai hommage, alors même si nous ne sommes que trois à trouver important de lui dire un dernier adieu pour la laisser partir en paix, nous devons nous armer de courage.

— Mesdames et Messieurs bonjour. Merci à vous d'avoir fait le déplacement pour rendre un dernier hommage à Madame Anne Moreau. Oui, Moreau. Je refuse d'entendre qui que ce soit l'appeler par le patronyme qui lui a été imposé. Elle n'a plus rien à voir avec cet homme qui l'a brutalement arrachée à la vie. Anne était notre amie, notre collègue, ou pour vous, chers élèves qui avez fait le déplacement, votre professeure. Je vous remercie bien chaleureusement d'être là pour elle, même si j'avais cru et espéré que nous soyons plus nombreux. Les victimes de violences conjugales sont sous emprise, et l'emprise coupe du monde. C'est une réalité parfaitement illustrée ce jour. Je vais aujourd'hui t'adresser mes plus profondes pensées ma chère Anne. Tu étais une grande amie, ma seule et ma vraie amie, avant d'être ma collègue. Nous nous sommes rencontrées il y a un petit peu plus de quatre ans, et je crois que jamais je n'oublierai ce jour. Je te revois encore entrer dans cette salle des professeurs, aussi intimidée qu'émerveillée. Je ne peux que réprimer un petit sourire en pensant à ce jour. Je savais dès nos premiers mots échangés que nous allions bien nous entendre, mais jamais je n'aurais espéré tisser une aussi belle amitié, c'était au-delà de mes pensées. J'ai tout de suite été charmée par ta façon de t'exprimer et tes idées bien arrêtées sur les choses. À force d'échanger ensemble, nous nous sommes découvert de nombreux points communs, et ce sont ces points communs qui te laisseront à jamais immortelle dans mon cœur. Mais dès nos premiers échanges, j'ai perçu ta fragilité et ton cruel manque de confiance en toi. Malgré tes compétences indéniables, tu as eu du mal à trouver ta place, te sentant illégitime d'être là. Anne je peux te le dire, tu avais entièrement ta place dans ce lycée, tes compétences ont permis à tous tes élèves d'obtenir un diplôme, bien souvent avec mention. Tu m'as souvent dit que c'était grâce à moi si tu avais réussi à plus ou moins trouver ta place parmi tes collègues, tous plus âgés et soi-disant, si je reprends tes mots, plus expérimentés que toi. Je ne sais pas si c'est vrai, mais si c'est de telle façon que tu percevais les choses, alors merci du fond du cœur. Tu m'as beaucoup fait évoluer ma belle Anne, et j'aimerais te remercier pour cela. J'aurais aimé te dire à quel point je t'aimais et à quel point tu comptais à mes yeux, mais je n'ai jamais osé, *(la gorge serrée par les larmes, je me stoppe quelques instants avant de reprendre)*, mon Dieu que je le regrette. Je regrette ma pudeur, mais tu m'as appris quelque chose. Je sais d'ores et déjà que personne ne prendra ta place dans mon cœur, mais si j'ai un compliment à faire à quelqu'un que j'aime, je le ferai sur le moment. Attendre plus tard parce que l'on est trop timide ou parce que l'on pense que certains moments seront plus propices à cela, c'est bien, mais parfois, il n'y aura jamais de plus tard. Aujourd'hui, je suis triste et en colère. Triste puisque je sais que je ne te reverrai plus jamais. Je me voyais déjà construire toute ma vie à tes côtés, nos deux familles en symbiose. J'étais persuadée de cela, mais c'était sans savoir ce que tu endurais. Je suis en colère contre Laurent, celui qui t'a arraché ta vie et tes rêves au nom de l'amour. Mais non, on ne tue jamais au nom de l'amour, jamais. Sinon, c'est que ce n'en était pas vraiment. Je m'en veux de n'avoir rien fait pour te sauver de ses griffes ma belle. Je t'imagine terrifiée, ne sachant quand un coup sera celui de trop. Je ne peux imaginer ta douleur, personne ne peut d'ailleurs l'imaginer. J'avais vu que tu n'étais pas bien, mais jamais tu ne t'es confiée. J'aurais dû insister. Pardonne-moi Anne. Je suis profondément désolée de n'avoir rien fait. Sache que tu vivras à jamais dans mon cœur, tu y as ta place à l'infini. Je garderai en tête ton si joli sourire, voulant effacer la dernière image de toi qui m'a été offerte. Il t'a tellement abîmée que je ne t'ai pas reconnue, alors imaginez un petit peu la violence de ses coups. Ce que tu as vécu est inhumain, et personne ne mérite de vivre cela. J'espère que tu pourras reposer en paix. Je t'aime ma belle Anne et je sais que de là-haut, tu veilles sur moi comme je veille sur toi.

Je prononce ces derniers mots la gorge nouée par les larmes. Je tente de revenir à ma place, complètement essoufflée et à bout de force. Sébastien, voyant mon malaise, accourt vers moi. Je m'écroule dans ses bras, laissant rouler sur mes joues toutes les larmes que je contenais tant bien que mal. J'avais préparé un discours, mais ce n'est finalement pas cela que j'ai dit. Je n'ai rien récité, mais tout fait à l'instinct. J'ai laissé parler mon cœur. Mon discours n'était sûrement pas le plus beau, mais il était sincère. J'avais envie de lui dire mes derniers mots avec le cœur et non avec toute une réflexion pour faire quelque chose d'agréable à entendre. Je voulais être sincère, et je pense que cela s'est senti. J'ai vu quelques personnes essuyer furtivement leurs yeux à l'aide d'un mouchoir. L'émotion est palpable. Je reprends tout doucement mes esprits, me stabilisant sur mes jambes. Mes larmes ne se tarissent pas, mais je ne cherche pas à me contrôler. Je ne me suis pas maquillée ce matin, je pense avoir été plutôt inspirée. Sébastien, également saisi par l'émotion, s'apprête à aller prononcer quelques mots pour saluer celle qu'il connaissait finalement si peu. Il s'assure que je sois capable de tenir seule debout et prend ma place, face à la petite foule émue qui le fixe, les yeux rougis.

— Anne, ma chère Anne. Nous nous connaissions sans pourtant nous connaître. Tu étais l'amie et collègue de ma femme. Si tu savais toutes les fois où Faustine m'a parlé de toi, et toujours en bien. Tant d'éloges à ton égard, alors sans même savoir qui tu étais au plus profond de toi, j'avais la certitude que tu étais une femme bien, généreuse et au grand cœur. Je t'ai rencontrée quand Faustine t'a fait venir à la maison, il y a trois ans de cela, et je t'ai tout de suite appréciée. Nous n'avons jamais pris le temps de nous connaître plus que cela, et aujourd'hui je le regrette. Je me fie à ce que j'ai pu entendre et ce que tu as pu me montrer quand tu venais chez nous, et je suis certain que nous nous serions très bien entendus. Quand je pense à toi, il y a immédiatement une chose qui me vient en tête : l'amour que tu pouvais donner à Rebecca. Notre fille à Faustine et moi, c'était aussi un petit peu la tienne. Tu t'en es souvent occupée pour nous rendre service, tu aurais fait une mère merveilleuse Anne et je suis sincèrement désolé que tu n'aies pu trouver l'homme avec qui fonder une belle famille. Chez toi, tu n'as connu que la violence. Tu aurais mérité bien autre chose, la vie ne t'a pas épargnée, mais jamais je n'aurais pu soupçonner ce qui se tramait derrière les murs de votre maison à la façade pourtant si paisible. Quand Faustine m'a fait part de tes aveux, je t'avoue honteusement que j'ai douté également. Après avoir rencontré Laurent quelquefois pour prendre l'apéritif, j'aurais juré que vous formiez un couple bien heureux. C'est vrai qu'il avait une carrure imposante, mais jamais je n'aurais pu imaginer qu'il mette ses forces en avant, et encore moins pour te violenter. Ton calvaire était inimaginable, et c'est bien là tout le problème. Comme le disait Faustine, si nous avions su plus tôt, nous aurions peut-être pu faire quelque chose pour te sortir de l'emprise. Que je regrette la tournure qu'ont pris les choses. J'aimerais pouvoir revenir en arrière, pour apprendre à te connaître et surtout, surtout pour empêcher Laurent de te faire tant de mal. Tout comme Faustine, je suis en colère de la façon dont tu as été reçue, ou plutôt non reçue par cette saloperie de gendarme qui n'a même pas daigné t'écouter. J'aimerais

463

réécrire le passé, tout changer pour t'offrir la vie que tu méritais, mais c'est malheureusement impossible. Tu vas énormément me manquer, c'est certain, mais je n'ose imaginer à quel point tu vas manquer à Faustine. Je ne peux avoir conscience du vide que tu as laissé en elle, je le vois, mais je ne peux le mesurer. Notre vie sans la tienne ne sera plus pareille. Je suis maintenant seul à veiller sur ma chère Faustine, je savais qu'avec toi, elle était en sécurité et heureuse. J'espère simplement qu'elle parviendra à retoucher le bonheur du doigt, sans pour autant t'oublier. Tu es de toute façon inoubliable ma chère Anne. Repose-toi enfin, et en paix cette fois-ci. Tu es en nous pour toujours.

Sébastien termine son discours d'adieu la voix cassée, pris par l'émotion que ta disparition suscite en nous. J'ai été moi-même très touchée par ses mots, qui s'adressaient bien évidemment à toi, mais qui faisait constamment écho à ce que j'ai pu dire juste avant. Il a raison, notre vie sans la tienne va être bien fade. J'espère pourvoir un jour vivre avec, m'en remettre étant tout bonnement impossible. J'espère qu'un jour, ton souvenir me fera sourire et non plus pleurer. Mon mari revient à mes côtés. Ma main se glisse dans la sienne, il la serre automatiquement. J'ai envie de me blottir dans ses bras, mais je ne veux pas perturber la cérémonie par mes pleurs déchirants, alors je tente de me contenir, mais pas pour bien longtemps. Sébastien, n'ayant même pas besoin de me regarder pour comprendre ce dont j'ai besoin, se tourne légèrement et m'attire contre lui. Je ne me fais pas prier plus longtemps et me blottis dans ses bras, enfouissant ma tête sur son torse. Je n'ai plus aucune notion de retenue, alors j'éclate bruyamment en sanglots. C'est tellement dur. Elle qui était si jeune, qui avait toute la vie devant elle. Elle allait fêter ses vingt-huit ans en janvier, mais jamais elle ne soufflera cette bougie supplémentaire. Laurent lui a arraché ce qu'elle avait de plus précieux : sa vie. Cette vie trop cruelle et injuste qui protège les meurtriers et condamne les victimes. Cette vie, c'est le monde à l'envers où règne l'incompréhensible. Sébastien pleure silencieusement, mais refuse de s'effondrer pour faire bonne figure. Je sais qu'il se laissera aller quand il sera seul, pour ne pas accroître ma peine davantage. Je lui en suis tellement reconnaissante. Chaque femme mérite un homme comme Sébastien, mais ce n'est malheureusement le cas que pour trop peu.

Dans ce moment chargé en émotion, c'est maintenant Valentine qui s'avance pour prononcer quelques mots en l'honneur de sa professeure. Je l'admire pour son courage, n'étant pas sûre qu'à quinze ans j'aurais été capable de m'exprimer au nom de tous mes camarades pour rendre un dernier hommage à une professeure. C'est une responsabilité et une pression très importante, mais je sais qu'elle en est capable. Anne m'avait plusieurs fois parlé d'elle, louant sa grande maturité et sa délicatesse. M'étant détachée des bras de Sébastien pour regarder Valentine s'exprimer, je remarque ses mains tremblantes serrant une petite feuille de papier. Je cherche à capter son regard pour lui faire un petit signe de tête, lui témoignant ma reconnaissance. Je l'encourage d'un clin d'œil et d'un léger sourire, malgré mes joues baignées de larmes. Valentine sèche les siennes du revers de la main, se racle la gorge et commence à lire la petite feuille griffonnée de son écriture.

— Aujourd'hui, je m'exprime au nom de toute la classe de seconde cinq pour qui vous étiez notre professeure principale, ainsi que pour tous les élèves du lycée qui ont pu croiser votre chemin. Vous étiez pour nous Madame Louvier, mais par respect, je vous appellerai Madame Moreau. Vous étiez une professeure absolument fantastique, attentive et dévouée pour ses élèves. Vous n'aviez qu'un seul et unique objectif : nous mener à l'excellence. Je suis sûre qu'avec notre classe, vous auriez réussi à redonner le goût de la langue française à n'importe qui. Vous étiez une passionnée de littérature, ça se sentait, et c'est grâce à cette passion qui vous animait que l'on avait envie d'apprendre chaque jour de nouvelles choses. Chaque fois que je venais en français, c'était un pur bonheur. Vous parveniez à nous intéresser à n'importe quoi, et pour cela merci. J'aurais aimé vous avoir encore longtemps. Vous allez énormément me manquer, ainsi qu'à tous les autres élèves qui ont eu la chance de découvrir la littérature grâce à votre façon d'enseigner si particulière mais si efficace. Votre métier, je suis certaine que vous l'adoriez, et même si nous ne vous le montrions pas forcément tous, nous vous appréciions énormément. Oui, parfois, certains ont eu quelques écarts de comportement, et ceux-ci s'en excusent profondément. Nous regrettons de vous avoir fait endurer des journées de cours difficiles, vous méritiez bien autre chose. Madame Moreau, vous étiez une professeure parfaite qui ne mettait jamais personne de côté. Bons ou en difficulté, vous nous donniez à tous les mêmes chances de réussite, et pour cela, nous vous en sommes tous extrêmement reconnaissants. Nous aurions aimé pouvoir vous dire tout cela de vive voix, à la fin de l'année, mais les événements ne nous en ont pas laissé le temps. J'ai également l'impression d'avoir ma part de responsabilité dans ce qui vous est arrivé. Nous avions tous remarqué votre changement de comportement, nous l'avions tous vu mais nous n'avons rien fait. Nous ne savions comment vous aborder, par crainte de dépasser notre simple rôle d'élèves. Où s'arrête donc la hiérarchie ? Voilà la question à laquelle je n'ai jamais su répondre. Je crois qu'après réflexion, dans ce genre de moment, on se fout de la hiérarchie, en tout cas, on devrait. C'est vrai quoi ! Une vie est une vie, alors peu importe si vous êtes la professeure et nous les élèves, nous aurions dû faire quelque chose dans le doute. Lorsque nous avons des soupçons, il faut les éclairer, sinon ce n'est pas possible. Nous ne pouvons pas vivre sereinement en apprenant que quelqu'un est décédé à cause de notre inertie. Dans ce genre de situation, la hiérarchie doit sauter. Ce n'est pas parce que nous sommes mineurs que nous ne pouvons pas venir en aide à une personne en difficulté. Tout le monde a le pouvoir d'aider et d'ouvrir les yeux d'une personne en danger, et cela doit impérativement se démocratiser ! Un élève peut aider son professeur. J'ai bien remarqué votre malaise le jour où j'ai évoqué les violences, en l'occurrence les violences sexuelles intrafamiliales, en classe. J'ai essayé de vous aborder, mais je n'ai pas su trouver les mots justes pour vous montrer que j'étais là pour vous et que vous pouviez vous confier si vous le désiriez. J'aurais dû insister ou bien faire preuve de plus de tact, mais je n'ai pas su. Je n'ai pas su vous aider, vous qui m'avez tant apporté. Je n'ai pas su alors que j'avais plus ou moins compris. Je suis tellement désolée...

Valentine se stoppe brutalement, envahie par l'émotion. Je l'observe placer une main devant ses yeux et quitter prestement le cercueil à côté duquel elle a fait son discours. Elle part se réfugier dans les bras d'une de ses amies, autant émue qu'elle. Cette scène me brise le cœur. La disparition d'Anne nous affecte tous, peu importe notre âge ou notre rapport avec elle. Je regrette toujours autant qu'il n'y ait pas plus de personnes pour lui dire un dernier au revoir, mais au moins, tous ceux qui sont présents aujourd'hui semblent réellement peinés. La scène est difficile à supporter, mais elle n'en est pas moins sincère, et c'est tout ce qui compte. Le maître de cérémonie nous invite maintenant à déposer notre rose sur le cercueil déjà orné d'une imposante couronne de fleurs blanches. C'est un moment solennel, où le temps semble suspendu. Personne ne prononce le moindre mot. C'est dans un calme monacal que nous lui adressons cette fois-ci notre dernière pensée. Les larmes ne cessent de couler le long de mes joues, mais nous sommes tous dans le même état. Anne est partie trop vite et trop brutalement pour que nous puissions rester de marbre. Son histoire fait forcément écho en chacun de nous puisque les violences intrafamiliales, cela n'arrive effectivement pas qu'aux autres. Nous pouvons toutes nous imaginer à la place d'Anne car si moi j'ai la chance d'être dans un foyer où l'amour et la tendresse sont les maîtres-mots, ce n'est pas le cas de tous. Femmes et hommes, nous pouvons tous être touchés, sans que cela nous prévienne. C'est pourquoi tous, même à notre petite échelle, nous devons être vigilants. Tout le monde peut sauver une vie en péril.

Après ce moment, juste avant que chacun rentre chez lui, je fais savoir que j'ai quelque chose à rajouter. Le maître de cérémonie semble surpris, qui plus est que je me suis déjà exprimée, mais il me laisse la parole. Je me place une seconde fois devant leurs yeux étonnés. Sébastien m'encourage du regard, approuvant mon idée. Je me dois d'être claire et incisive, pour Anne. Ses mots ne doivent pas restés tus, et puisqu'elle n'a pas pu les prononcer de sa voix, je suis là pour les faire résonner dans chacune de nos mémoires. Mon message est crucial, je ne sais pas s'il fera changer les choses, mais j'espère simplement que tous m'entendront et agiront maintenant en conséquence. Je prends une grande inspiration et m'apprête à réciter, presque mot pour mot, les choses qu'Anne aurait dites. Étrangement, je me sens bien plus sereine que tout à l'heure. Missionnée, je me dois d'être à la hauteur.

— Écoutez-moi un instant s'il vous plaît. Je sais que je me suis déjà exprimée et que vous vous apprêtiez à rentrer chez vous, mais j'avais une dernière chose à vous dire. Anne, comprenant qu'elle ne se sortirait pas indemne des griffes de Laurent, a décidé d'écrire une lettre qu'elle m'a adressée. Je pensais au départ la garder secrète, mais à la fin, elle m'a fait promettre de ne pas rendre sa mort inutile. Anne a souhaité que son histoire serve, au moins pour une personne, alors s'il vous plaît, écoutez bien ce que je vais vous retransmettre, pour Anne. J'ai sélectionné quelques passages, mais vous comprendrez que je ne pourrais vous la lire en entier, pour respecter son intimité. Pour vous la faire courte, Anne relate absolument tout ce qu'elle a pu endurer dans cette lettre, dans les moindres détails. J'ai plongé dans l'horreur avec elle, comprenant sans pour autant pouvoir ressentir la même douleur que la sienne. J'ai connaissance des moindres détails, et je peux d'ores et déjà vous affirmer que les violences conjugales, ce n'est pas du chiqué. L'horreur existe vraiment sur Terre, et pour reprendre une citation de Sartre qu'Anne adorait « L'enfer, c'est les autres », je crois qu'ici, cela résume bien la situation. Personne ne peut même imaginer que de tels agissements soient possibles lorsque l'on prétend aimer quelqu'un, car là, c'est tout ce que vous voulez, sauf de l'amour. Même à votre pire ennemi, vous ne souhaiteriez pas qu'il lui arrive un quart des épreuves qu'Anne a dû traverser. J'ai été effarée de ce que mon amie a pu vivre dans le huis clos, mais une autre chose m'a encore plus bouleversée. Saviez-vous qu'Anne avait prévenu la gendarmerie de ce qu'elle endurait, *je marque un silence, regardant leurs visages ahuris*, Eh oui ! La gendarmerie était au courant et n'a rien fait ! Imaginez un petit peu sa peur et son incompréhension face à cette réaction ! Anne n'a pas été prise au sérieux, personne ne l'a crue. Tout le monde lui a tourné le dos, elle s'est retrouvée seule contre tous, devant lutter elle-même contre son tortionnaire. Je suis extrêmement en colère contre cette gendarme et ce système, qu'Anne a qualifié de « putain de système » dans sa lettre. Je suis d'accord avec elle, c'est un putain de système où rien ne va ! Vous ne trouvez pas cela absolument immonde qu'une victime qui ose prendre les choses en main pour se sauver ne soit pas crue ? Dans une grande majorité des cas, les victimes ne se rendent même pas compte

471

qu'elles vivent l'horreur, que ce qu'elles endurent n'est pas normal. On encourage, sur les plateaux de télévision, les réseaux sociaux, sur les façades des commissariats et j'en passe, les victimes à déposer plainte, à parler pour se sauver, mais dans la réalité, c'est tout autre chose ! Ah oui c'est bien de tenir des beaux discours, mais il faut que les actes suivent derrière, sinon c'est trop facile et tout le monde peut jouer au bon Samaritain ! Il faut que les mentalités changent. Toutes les forces de l'ordre doivent être formées pour agir en conséquence dans ce genre de situation car il est tout bonnement impossible de renvoyer une victime parce qu'elle ne semble pas vraiment mal en point ou qu'elle n'a pas de certificat médical ! Oui, parfois certains en jouent, mais mieux vaut être pris pour un con que de laisser seule, apeurée et face à sa propre mort imminente une victime. Il y a un tas de choses à revoir, et notamment la sensibilisation. Cela devrait commencer très tôt, au lycée voire au collège. Tout le monde devrait être au courant que ce genre de fléau existe, pour se protéger et essayer de protéger les autres. Lorsque nous avons connaissance de la potentielle réalité, nous sommes bien plus à même de remarquer les petites choses que laissent transparaître malgré elles les victimes. Tout le monde mérite d'avoir une belle vie, et c'est en se bougeant que l'on peut essayer d'offrir cette vie à ceux qui ne la connaissent pas encore. Je ne sais pas si à ma petite échelle je pourrais changer quoi que ce soit, mais je suis intimement convaincue qu'ensemble, nous pouvons agir durablement. Si chacun ajoute sa petite pierre à l'édifice, nous pouvons faire remonter les éléments très haut. Il faut que l'État nous entende et entende la souffrance de ces femmes qui se taisent parce qu'elles savent qu'elles ne seront pas reçues convenablement. Voilà ce que ma chère Anne m'a demandé dans sa lettre. Elle veut que son histoire soit relatée au maximum, que les choses changent en faveur des victimes. Elle savait qu'elle était malheureusement condamnée puisque même les forces de l'ordre lui ont tourné le dos, elle aurait pu accepter son châtiment en silence, mais elle a préféré partir dignement. Anne souhaite que son histoire puisse aider ne serait-ce qu'une femme à s'en sortir, moi j'espère que son histoire prendra une ampleur nationale pour faire connaître les violences conjugales. Alors s'il vous plaît, aidez-moi à concrétiser la dernière volonté d'Anne. Parlez autour de vous et surtout, soyez vigilants, les violences conjugales ne sont jamais loin de nous, et j'en sais quelque chose.

Essoufflée, je clôture mon discours plus vite que prévu. Je n'ai pas l'impression d'avoir été très percutante, mais à en croire les applaudissements qui commencent à fuser, j'ai dû convaincre. Je me sens vaseuse, mais j'espère avoir réussi à transcrire le message qu'Anne aurait aimé transmettre. J'espère maintenant que mon engagement dans l'association m'aidera à faire entendre sa voix davantage. Les cours reprendront début janvier, je ne suis pas censée revenir tout de suite puisque le proviseur m'a laissé quinze jours de vacances supplémentaires afin que je puisse faire mon deuil. Je ne pourrai jamais faire mon deuil, j'en suis persuadée, mais mon travail, comme cela l'était pour Anne, c'est toute ma vie. Je veux retourner travailler pour éviter de penser, mais également pour essayer de sensibiliser les élèves du lycée. Je sais que cela va être difficile de revoir son nom sur les emplois du temps, son casier probablement encore plein dans la salle des professeurs. Je sais que je vais craquer à de nombreuses reprises, j'espère simplement que mes collègues et mes élèves seront compréhensifs, c'est tout ce que je souhaite.

Tout le monde commence à quitter doucement le cimetière. Certains viennent me féliciter ou simplement me témoigner leur courage. Je leur en suis très reconnaissante. Tout le monde savait les relations que je pouvais entretenir avec Anne, ils doivent facilement s'imaginer la douleur que je dois ressentir. Perdre sa meilleure amie est l'une des épreuves les plus difficiles que l'on puisse traverser dans la vie. La perte d'un proche est une épreuve que je ne souhaite à personne mais que tout le monde traversera un jour. Sébastien vient vers moi, mais je le repousse gentiment. J'ai besoin d'être seule un petit moment pour vraiment faire mes derniers adieux à Anne. Le faire devant tout le monde n'est pas pareil et j'estime qu'à la suite de tout ce que nous avons pu partager, je lui dois un petit moment rien qu'à nous.

Je me place bien en face de la tombe de mon amie, observant l'inscription dorée marquée sur le marbre noir. Anne Moreau. Je ferme les yeux quelques instants et essaie de revoir son joli visage. J'ai envie d'avoir un dernier beau souvenir pour la laisser partir en paix. J'en crève d'envie, mais la vision qui s'offre à moi n'est pas vraiment celle que j'espérais. Depuis près d'une semaine, à chaque fois que je ferme les yeux, je revois son corps déformé, allongé sur le sol dans une mare de sang. Cette vision d'horreur me hante nuit et jour, je n'en peux plus. Désespérée, je m'écroule sur les graviers, hurlant à m'en déchirer les cordes vocales. Mon cri se répète en écho, brûlant mes oreilles. Sur mes genoux, je me laisse tomber en arrière, enfouissant ma tête dans mes mains. Je suis au bout du rouleau, au fond du trou, de façon imagée bien sûr. Je ne ressens plus le froid tant mon cœur est figé par ce manque et ce vide créés en moi. J'espère un jour pouvoir effacer cette douloureuse image de ma tête, je l'espère mais j'ai du mal à y croire.

Je sais qu'il va me falloir du temps et probablement un gros soutien psychologique. Je sais que je vais passer de nombreuses heures à raconter l'histoire de mon amie face à une psychologue qui me tendra mouchoir sur mouchoir. Je sais qu'au-delà de cela, je suis bien entourée. J'ai un mari et une fille qui m'aiment alors je dois continuer à me battre, pour eux. Ils n'ont pas choisi d'être confrontés à une telle horreur et je ne dois pas déverser ma haine sur eux. Je sais également qu'Anne aurait souhaité que j'avance, j'espère y parvenir, pour elle. Au fond de moi, j'ai conscience que je dois avancer coûte que coûte, mais je ne suis pas sûre d'y parvenir. Je ne sais pas si je suis suffisamment forte pour cela.

À travers mes larmes, je me retourne et fais signe à Sébastien de venir me rejoindre. J'ai la chance d'avoir un mari qui m'aime et ne veut que mon bien, il ne faut absolument pas que je réduise cela à néant. Sébastien s'assoit à côté de moi, nous nous enlaçons, fixant la tombe de notre amie. Je me laisse tomber en arrière, m'allongeant de tout mon long sur le sol, une main posée sur la tombe de mon amie. Sébastien fait de même. Je serre, de ma main libre, ses doigts dans les miens. Nous nous serrons fort et fixons le ciel. Il fait humide ce matin, mais le soleil commence à se lever. Dans le ciel se dessine progressivement un bel arc-en-ciel. Je me souviens qu'Anne était fascinée par ce spectre coloré, s'émerveillant à chaque fois qu'elle en voyait un. À travers mes larmes, j'esquisse un sourire timide. Voilà un premier souvenir positif qui remonte, j'espère qu'il sera progressivement suivi par d'autres. Même si je n'ai pas besoin que quelque chose me rappelle de penser à mon amie, je sais que je chercherai désormais tous les arcs-en-ciel possibles dans le ciel. Elle est ma lumière dans le noir, comme les sept couleurs de l'arc-en-ciel, elle brillera dans mes jours de pluie.

J'envoie un baiser vers le ciel.

Reçois-le je t'en supplie.

Fais-moi un signe.

Un oiseau passe.

Je sais que c'est toi.

Je t'aime Anne.

Tu étais tout pour moi.

Mon ange parti trop tôt.

Je t'aime Anne et te promets que je continuerai de faire battre ton cœur.

Tu méritais tellement mieux.

À toi et à toutes les autres victimes.

Vous n'êtes coupables de rien.

Et dire qu'à ce moment même, tant de femmes sont en train de souffrir.

Demain aura peut-être lieu un nouvel enterrement.

Quand tout cela s'arrêtera-t-il ?

Il n'y a plus qu'une chose à faire : AGIR.

Voilà ce combat devenu mien.

Pour elle, puis pour elles...

<u>Remerciements</u>

Un grand merci à Eva Bosio, ma première lectrice qui m'a encouragée à publier ce roman.

Merci à ma maman et à ma mamie de croire en moi et en ce livre.

Merci à mes amis pour votre soutien, vous m'êtes très précieux.

Et surtout un immense merci à vous, mes lecteurs, sans qui *Condamnée(s) au Silence* ne pourrait vivre.

Bien que très difficile à écrire, j'ai pris beaucoup de plaisir à essayer, à ma petite échelle, de défendre la cause des femmes victimes de violences conjugales. A vous qui avez connu l'enfer, vous n'êtes pas seules. N'oublions pas non plus les hommes, qui souffrent en silence de ce fléau. Vous non plus, vous n'êtes pas seuls.